ウィリアム・ゴールディング

可視の闇

吉田徹夫
宮原一成
監訳＋福岡現代英国小説談話会

開文社出版

願ハクハ、我ガ聞キシコトヲ我ニ語ラセ給へ*

*ラテン語で書かれたこの題辞の出典は、ウェルギリウスの叙事詩『アイネーイス』第六巻二六六行。語り手ウェルギリウスが、冥界で見聞した事柄を語ることについて、冥府の神々に許可を求める祈り。

第一部 — マティ

第一章

ロンドン市内アイル・オヴ・ドッグズ[*1]の東にある一地区は、周囲の状況を考慮に入れても異常だと思えるくらい雑然としていた。壁に囲まれた長方形の水面、倉庫、線路、走行クレーンなどの間を縫って二本の街路が走り、二軒のパブと二軒の商店、他にはみすぼらしい家が立ち並んでいる。家々にのしかかるように不定期貨物船の荷が積まれており、かつてはそこに住む所帯数と同じくらい数々の国の言葉が聞かれたものだった。だが地区全体に公式の避難命令が出されているため人声は皆無に等しく、今も爆撃を受けて一艘の船が炎上しているのだが、近くに見物人はほとんどいない。ロンドンの上空にはいく筋かのサーチライトが微かな白光でテントのようなものを織りなし、その中に敵機の進路を妨害するための気球が点在していた。サーチライトが照らし出すのは気球ばかりで、爆弾は何もない空間からまるで魔法のように降り注ぐ。爆弾は巨大な炎の真っ只中や、その周辺へと落ちていった。

炎の際にいる男たちは、手に負えない火勢を見つめるしかなかった。水道の主管は破壊されていて、炎の行く手を阻むものはここかしこにできた焼け野原だけ、これは夜毎の戦火で何もかも焼き払われてしまった後、図らずも防火帯の役割を果たしている。

巨大な炎の北端あたりでは、いかれてしまった消防車のそばに男たちが立っていたが、視線の先にある光景は、この男たちほどの経験をもってしても見たことがないものだった。サーチライトが造るテントの下の空間に、一つの構造物がひとりでにできあがっている。サーチライトの光線ほどくっきりした輪郭はないが、遙かに明るい。それは眩耀《げんよう》、燃える棘《しば》*二であり、この光越しではサーチライトの線もか細く見える。棘の周縁部は希薄な煙雲から成っており、その煙雲も下から照らされあたかも炎でできているようだ。棘の心臓部は二本の街路があったあたりに位置しており、もっと柔らかな色合いで光っていた。絶えず震えていて、時折壁が倒れたり屋根が崩れ落ちたりするたびに、明るさを収縮させたり増大させたりした。炎の咆哮、帰還していく爆撃機の唸り声、崩壊の轟音、それらをつんざいて句読点を打つかのように、瓦礫の中から遅延式爆弾が時々炸裂し、ある時はこの惨状の表面に一瞬ちらつく光を投げかけ、またある時は残骸の下でくぐもった物音だけを発したりした。

消防隊員たちは烈火を南に見ながら、その火の中へと続く道が始まる北側に立ったまま身動きもせず、壊れた消防車のそばで誰彼の区別なく一様に沈黙していた。左後方およそ二十ヤードのところにはできたばかりのクレーターがあったが、これは爆弾がこの一帯の水道施設を破壊し、行きがけの駄賃に消防車までぶち壊していった後に造ったものだ。クレーターの中ではじゃれるようにまだ上がっ

*一　テムズ川沿いグリニッジ対岸の、船渠が多い地域。グリニッジ宮殿がヘンリー八世やエリザベス一世に使用されていた頃、このあたりに船がさしかかると王室の猟犬の鳴き声が聞こえ始めるので、この名がついたと言われる。

*二　旧約聖書出エジプト記三章二―四節において、エジプトを単身逃亡したモーセは荒野で、盛んに燃えながら決して燃え尽きることのない棘を見つけ、この炎の中から神が呼びかける声を聞く。

ている噴水の勢いもだんだん衰え、その傍らに消防車の後輪の一つを真っ二つにした爆弾外被の細長い破片が転がっていたが、もう手で触《さわ》れるくらいに冷えていた。しかし男たちは目もくれなかった。爆弾外被や水道管からの噴水、残骸が造り出した抽象芸術など、平和な時であれば見物人が詰めかけたことだろうが、こんな些細な変事など隊員たちの眼中にはなかった。ただ道路の先の燃える棘を、爐《ろ》を、見つめていた。頭上から落ちてくるものは爆弾以外考えられないような、壁から離れた場所を選んで、隊員たちは立っていた。妙な話ではあるが、爆弾に晒されるのは隊員たちの仕事の中で危険が一番少ないもので、建物が崩れてきたり、地下室に閉じ込められたり、ガスや燃料の二次爆発に遭ったり、様々なものから発せられる有毒臭気を吸い込んだりする危険に比べれば、取るに足らないのだ。まだ戦争が始まってそれほど経ってはいないが、踏んだ場数はもうかなりのものになっていた。男たちの一人などは、爆弾によって閉じ込められたがまた別の爆弾によって脱出可能になる、ということも体験済みだった。今ではこういった危険も無感動に受け入れ、まるで大気の流れか何かみたいな、ある季節になるとこの地域を集中的に襲ってくる自然現象の力だと見なすようになっていた。消防隊員のうちの何名かは、戦時のため駆り出された非常要員である。一人は音楽家で、今やその耳は爆弾の飛来音を聞き分けて正確な解釈ができるまでに訓練されている。水道管と消防車を破壊した爆弾が落ちてきたときも、ほとんど身を隠せるものがないところにいたのだが、それでも十分安全と判断し、身体を屈めさえしなかったほどだ。その時音楽家は他の隊員と同じく、連続投下された次の爆弾の方に注意を向けていたのだが、結局そいつは道をずっと下った炎と隊の中間に落ち、その拍子に空いた穴の底に転がっている、不発弾か、それとも遅延式爆弾だろうか。音楽家は消防車のまだ壊れていない側に立って、他の隊員たちと一緒に道の先を見ていた。彼は呟いていた。

「おもしろくないね。なあ、みんな、全くの話、おもしろくない」

まさしくその通り、隊員たちの誰一人としておもしろがっている者はなく、それは唇をぎゅっと結んでいる隊長にしても同様だった。唇を閉じる力が転移したのか、それとも顎の筋肉自体が緊張しているためか、顎の前部が震えていたので、隊長の内心も窺い知ることができる。隊員たちも隊長と似たり寄ったりの気持ちを抱いていた。音楽家の横に立っているもう一人の非常要員は本屋で、戦時用消防隊員服に袖を通すたびに、これが本当に現実だとは信じることができなかったけれども、自分が今生きていられるのはどれほどきわどい幸運によっているのか数学的に査定することならできた。以前、六階建ての側壁が自分めがけてそっくりそのままの形で落ちてきたとき、身動きもできず立ちすくみ、そして次の瞬間なぜ自分はまだ生きているのだろうと訝《いぶか》ったことがあった。四階にあった窓の煉瓦製の窓枠にちょうどすっぽり収まっていたのだ。他の隊員たちと同じく本屋も、どれほど怖いかいちいち口に出して言う段階はとっくに過ぎていた。みんな怯えの中に固定された状態に置かれており、明日の天気はどうか、敵が今夜はどうするつもりなのか、次の一時間はある程度安全と見なしていいのか、それともおぞましい危険な一時間となるのか、そういう怯えが生活のすべてを支配していた。隊長は伝達される指令をできる範囲でこなしていたが、空襲が不可能な天気になりそうだという予報を電話で伝え聞いたとき、安堵のあまり涙を浮かべて身をわななかせた。

というわけでこのあっぱれな男たちは、去っていく爆撃機の唸りに耳を傾けながら、状況は筆舌に尽くし難いほど悲惨ではあるものの、もう一日は生きていられそうだと感じ始めていた。隊員たちは棘が震える街路を一緒に見つめ、本屋は古典文学世界のロマンティックな考えに毒されていたので、波止場のあたりはきっとポンペイ同然の姿になるのだろうと考えていた。だけどポンペイが火山灰に覆い隠されているのにひきかえ、街路の先はむしろあまりにもくっきりとした姿を露呈し、恥辱にまみれた非人間的な光に溢れている。明日になれば、すべてが暗くて汚れて荒涼とした、壊れた壁とガラスの外れた窓だらけの世界になるのかもしれないが、今は光に満ち満ちて、ただの石ころでさえ準宝石に見える。地獄の都市を描写するには*1、こういう表現形《ヴァージョン》もあったっけ。準宝石の向こうでは、炎の心臓部が鼓動というよりも戦慄するように震えており、壁、クレーン、船のマスト、果ては道路そのものに至るまで、形あるものすべてが殲滅《せんめつ》的な光の中に溶け込み、あたかもこの世界を形成している実質自体が、燃えないはずの物まで一緒くたになり、その一角から熔解し始めて火焔を上げているようだった。戦後には、といっても戦後なんて日が来ればの話だけど、ポンペイ遺跡の入場料は値下げするべきだよ、なぜって人間の生きる営みが破壊された様を物語る展示物なら、その頃にはどこの国だって自前で新品が調達できているはずだからな、などと考えたところで本屋はふと我に返った。

　他の物音を遮り、轟音が間奏のように聞こえてきた。炎の白い心臓の近くで赤い火焔のカーテンが翻り、そして心臓に飲み尽くされた。どこかで何かのタンクが爆発したのか、それとも地下の石炭置き場から放散された石炭ガスが閉じた部屋に侵入して、空気と混じり合い発火点に達したのか……たぶん石炭ガスが正解だろうと本屋は賢しく考えたが、今や自分の知識を自慢に思うだけの余裕も持てるほど危機感は遠ざかっていたのだ。奇妙な現象だなと本屋は思った。戦争が終わったら時間を見つけて……

素早くあたりを見回して木を捜すと、あったあった、足下に屋根の木摺《きずり》の破片が落ちているのが見つかったので、屈んでそれを拾い上げ、*二投げ捨てた。本屋は身体を起こすと、音楽家が今度は耳ではなく目を使って一心に炎の方に注意を傾けながら、またぶつぶつ言い始めたのに気がついた。

「おもしろくないね。いや全く、おもしろくない……」

「どうしたんだい、なあ？」

残りの隊員たちもさっきより真剣に炎を見つめていた。目という目はみんな一点に狙いを定め、口元は引き締まっている。本屋は振り向いて、他の者たちが見ているところを見ようとした。白い炎は煙雲を捕らえたあたりで淡いピンク色になり、血の色に変わったかと思うとまたピンクに戻ったりを繰り返し、あたかも火焔を上げることがあの場所の永続的な本性であるかに思われた。男たちは見つめ続けた。

街路の先は人間にはもはや居住不能な世界になっていて、全世界が蓋の取れたストーブと化して火を噴き、不揃いな光の欠片《かけら》が凝縮し、まだ直立している街灯柱みたいな形になったり、丸い郵便ポストになったり、風変わりな形の瓦礫になったりしており、その地点では火打ち石の街路が光へと変わっているのだが、あの、まさにあのあたりで、何かが動いた。本屋は視線を逸らし、目をこすってから、

*一　ジョン・ミルトンの『失楽園』第一巻六九〇―六九二行は、地獄には多くの財宝があると描写し、宝石類は人心を惑わせる有害物だから地獄にこそ似つかわしいと説明する。

*二　木製品に触ったりそれをコツコツ叩くのは、古くからあるおまじないで、自慢話などをした後、そのことで罰が当たらないように行う。

もう一度見た。紛らわしい動きをするものなら何度も見たじゃないか、炎の中で物がまるで生命を与えられているみたいに動くことがあるのだ。突風がたまたまそこに吹き付けたために箱とか紙切れとかが動き出したり、ある種の物質は熱のせいで筋肉性の動きを真似て縮んだり膨らんだりするし、鼠か猫か犬か生焼けの小鳥かが麻袋を動かしたりとか。鼠だろうな、とすぐさま残酷な考えを抱いたが、別に犬なら犬でもよかった。本屋は再び後ろを向いて、自分自身と、見ないことにしたものとの間を背中で隔てた。

そちらへ最後に目を向けたのが隊長だったのは珍しいことだった。隊長は顎を震えさせずにいられる気分になって炎から目を離し、壊れた消防車を眺めていたのだが、他の者たちの何気なさがかえって隊長の目を惹いた。隊員たちが炎から目を逸らすやり方が、あまりに無頓着すぎると思われたのだ。さっきまですべての目がさながら一列の砲台となり、世界の一隅が熔解していくのを見つめていたのに、今や砲台たちは別の方を向き、前に火事があった跡の大して珍しくもない残骸だの、クレーターの中で勢いがなくなっていく噴水だのを黙視していた。隊長は隊員たちが見ているものではなく、隊員たちが見ていない方を瞬時に見たが、それはまさに感度を高められた意識の力、不安感によって研ぎ澄まされた感覚の賜物だった。

街路を三分の二ほど下ったところで、壁の一部が崩壊して舗道にがらくたを撒き散らし、いくつかの破片が道を転がっていった。破片の一つはよりによって、道の反対側に置かれたゴミバケツに突き当たり、金属音を響かせた。

「何だ、ありゃ！」

そこで他の者たちも隊長と同じ方を向いた。

爆撃機の唸りはだんだん遠ざかっていた。白墨で引いたような光線が描く高さ五マイルのテントも、一瞬にして撤収され姿を消していたが、あの巨大な炎の光は相変わらず、いや、たぶん以前にも増して明るかった。今やその炎が発するピンク色の光輝《オーラ》は広がっていた。サフラン色と黄土色は鮮血色に変わった。炎の白い心臓の震動は、肉眼では捉えきれないほど速くなり、破廉恥に荒れ狂う眩耀へと変容していた。眩耀の遙か上空、二筋の光る煙の柱の間に今初めて見えるようになった満月が、鋼を思わせる無疵《むきず》の円周を披露している。恋人や狩人や詩人が讃えた月。冷酷な古《いにしえ》の月の女神に、今では新しい肩書と役割が与えられ……爆撃にうってつけの月。あの月は、爆撃機乗りが崇めるアルテミス[*一]、これまでで最も無慈悲なアルテミスだ。

本屋が無分別にも言い添えた。

「ほら、月が……」

隊長は本屋を乱暴に叱りとばした。

「月なんか他のどこに行きようがあるっていうんだ。北の空にでも浮かんでるってか？　目はついてるのか、おまえたち？　いつもいつもおまえらの分まで、おれが目配りしてなきゃならんのか？　あそこを見ろ！」

＊一　ギリシア神話に登場する月と狩猟の女神で、ローマ神話のディアナに当たる。沐浴するところを覗き見た猟師アクタイオンを猟犬に八つ裂きにさせるなど、この女神の冷酷さを示す逸話は多い。

あり得ないはずなので現実ではないと思われていたものが、今や誰の目にも明らかな事実となった。震える眩耀を背景に、何かが凝縮して一つの形になっていた。その人影は道路のきっかり真ん中を動いており、道路は以前より長さも幅も広がったように見えた。もし道路の大きさが以前と変わっていないのなら、そいつが信じられないほど小さいのだ。信じられないほどちっぽけだった、というのは、子どもたちはみんなこの一帯から真っ先に疎開させられていたからだ。そしてこの小汚くて粉砕された通りはとっくに大火災に遭っており、人の住める場所は残っていなかったからだ。それに鉛を熔解し鉄をぐにゃりと曲げるほどの炎の中から歩いて出てくるなんて、そんな芸当のできる子どもなどそういるものではないし。

「おい！　何をぼやぼやしてる？」

誰も口を利かなかった。

「おまえとおまえ！　あいつを連れ出せ！」

本屋と音楽家が前へ走り出した。街路を半分進んだところで、右側の倉庫の下に埋まっていた遅延式爆弾が爆発した。爆発は行く手を乱暴に遮り、道路の向こう側の歩道が持ち上がって、その上の壁がぐっと傾いで崩れ落ち、跡には新しいクレーターができた。それがあまりにも一瞬の出来事だったので、恐ろしくなった二人はよろめきながら戻ってきた。二人の後ろでは、道路全体が塵と煙で見えなくなっていた。

隊長が怒鳴った。

「ええい、チクショウめ！」

隊長は自ら駆け出し、ほぼ同時に走り出した他の者たちを横目に見ながら、煙がなくなって火の熱が急に皮膚を激しく襲い始めるあたりまで来て、やっと止まった。

あの人影は、子どもだった。近づいてきていた。隊員たちが足下に注意しながら新しいクレーターの横を通り過ぎたとき、子どもの姿がはっきり見えた。素っ裸で、数マイルの眩耀がその子を様々に照らした。子どもの足取りは普通素早いものだが、この子は大人だったら厳かという表現が似つかわしい儀式めいた歩きぶりで、街路の真ん中を進んでくる。隊長はなぜこの子がそういう歩き方をしているのかを見て取り、そしてその瞬間、胸中に疑いもなく人間らしい感情が噴き上がった。その子の左半身が明るく輝いているのは、光の加減ではなかったのだ。左側頭部は他の部位よりももっとはっきり火傷しているのが見える。左半分の髪の毛はなくなっており、右半分の髪は焼け縮れて胡椒の実をばらまいたようだ。顔はひどく腫れ上がっていて、自分の進行方向さえ上と下の瞼の間にほんの少し空いた隙間越しにしか見ることができない。世界が燃え尽きつつある一隅から、おそらく何か動物的本能に導かれて歩き出てきたらしい。命が助かる唯一の方向へ歩き続けているのは、たぶん運のおかげだろう、それが幸運なのか不運なのかは知らないが。

その子が近づいてきて、「あり得ないはず」のものではなく自分たちと同じ肉体の成れの果てだと分かったので、隊員たちは何が何でも救出し手当をしてやろうと躍起になった。隊長は少々危険が街路上で待ち受けていたって構うものかと、誰よりも先にその子のところへ辿り着き、手慣れた様子で親身に世話をした。隊員の一人は誰の指示も待たずに、百ヤード離れたところにある電話の方向へ駆け戻った。他の男たちは隊長がその子を運ぶ間、不慣れな様子だがそれでもしっかりと子どもを守るように人垣を結び、どうやら近くにいてやるだけでも何かを与えることになると思っているらしい。隊長はやや息を切らしてはいたが、胸は憐れみと満足感で一杯だった。あわただしく火傷のための応急処置をしてやったが、この火傷の治療法というやつは医者連中の意見に応じて毎年ころころ変わるので厄介だ。直後に救急車が到着し、救急隊員たちはその子についてはほとんど何もわからないとだけ知らされ、子どもを乗せて救急車は鐘を鳴らしながら走っていったが、たぶん鳴らす必要などなかっただろう。

全員の気持ちを代表して口を開いたのは、消防隊の中で一番頭の鈍い男だった。

「間抜けなチビだよ、可哀相に」

堰を切ったように皆、なんとも信じ難いことが起こったものだ、と熱を込めて話し始めた。子どもがあんなふうに、丸裸で、ひどく火傷しているくせにそれでも歩を止めず、微かに見える安全な場所を目指して炎の中から歩いて出てくるなんて……

「大したチビだよ！　取り乱しもせず、落ち着いてやがった」

「最近の医者どもは奇跡だって起こせるらしいぜ。あのパイロットたちもそうだったじゃねえか。顔なんか新品同様に治してくれるそうだ」

「ちっとばかり引き攣《つ》れたみたいになって、使いものにならなくなるかもな、左側の方は」

「ありがたいこった、うちのガキはもう疎開済みだからな。かみさんもだ」

本屋は何も喋らず、また何も目に入っていないようだった。まだ一つの記憶が心の縁で瞬いていて、それを心の内にきちんと据えて検討することができずにいた。あの子が姿を現した瞬間のことも思い出してみたが、本屋の近視眼には、その子が完全には存在していないように見えたのだった……いわば人間の形になるかそれとも単なる光の煌《きら》めきで終わるかの、どっちつかずの状態だったと思われた。黙示録だったっけ？　あれほど苛烈に焼き尽くされる世界以上に黙示録的なものはないだろう。しかし記憶は定かではなかった。その時音楽家の嘔吐する物音が耳に入り、本屋の考えは逸れてしまった。

隊長はもう炎の方へ向き直っていた。目が一本の街路を辿った。結局その道は思っていたほど熱くもなければ危険でもないと分かったわけだ。隊長はぐいっと目を離して、もう一度消防車に注意を向けた。

「さてと。何をぼやぼやしてるんだ？　まだこいつが転がってくれるようなら、牽引していってもらうことになるんだぞ。メイスン、ハンドルが動くかどうか具合を見てくれ。ウェルズ、いつまでぼんやりしているんだ！　ブレーキ・ラインを点検しろ。さっさと、気を入れてやれ！」

消防車の下で、ウェルズがおそろしく盛大に毒づいた。

「おいおいウェルズ、手が汚れたぐらいで何だ、それで給料をもらってるんだろうが」

「くそったれオイルがまともに口の中に落ちてきやがった！」

一斉にクスクス笑い。

「それでわかったろう、口ってのは閉じとくもんよ！」

「ウェル公よ、味はどうだったい？」

「署の食堂のコーヒーよりはましだったろうぜ！」

「おまえたち、もう無駄口は止めろ。レッカー隊におんぶにだっこじゃイヤだろう？」

隊長はまた炎の方を向いた。道の途中にできた新しいクレーターに目を据えた。心の中であれやこれやの幾何学的構図を思い浮かべ、さっきの場面での位置関係はどうだったのかを想起し、そしてあそこに子どもがいて助けてやらねばとわかった瞬間に、もしすぐさま自分が走り出していたとしたら、どんな羽目になっていただろうか、その時自分はどの辺を走っていただろうか、といったことをまざまざと見て取った。今では穴しかないあの場所を走っていたはずだ。危うく爆発めがけてまっしぐらに駆け込んで、影も形もなくなってしまうところだったのだ。

消防車の下から何かの部品が落ちる音がして、またウェルズの毒づく声が上がった。隊長の耳にはほとんど聞こえていなかった。皮膚が身体の上で凍り付いてしまったみたいだ。目を閉じ、しばらくの間自分が死んでいる姿を見ていた、もしくは死んでいる感触を味わっていた。次の瞬間また生の感覚を取り戻したが、これは物事の仕組みを覆い隠している幕が震えてちょっとずれたようなものだ。目を再び開くとそこには戦時下の夜としてはごく通常の夜があり、隊長は自分の皮膚の上に氷結した霜の正体を自覚しながらも、本性の一部を成す自己防御を狡猾なまでに素早く発揮して、こんなことはあまりくよくよ考えない方がいいと自分に言い聞かせた。どちらにしろあのチビの火傷の程度に変わりはなかっただろうし、それにどちらにしろ……

自分の壊れた消防車にまた目を戻すと、レッカー車が近づくのが見えた。隊長は黙ったまま消防車の方へ来て、異常なほど悲嘆を胸一杯に味わったが、それは身体が不随になったあの子どものためではなく自分自身のため、この時一度きりではあるが物事の本性に触れたせいで、心が不随になってしまった生きものである自分自身のためだった。彼の顎はまた震え始めた。

その子は「七番」と呼ばれた。ショック状態から回復する間、然るべき現状維持的な処置を施され、その後に外界からもらった最初の贈り物が「七番」という呼び名だった。この子の寡黙さが果たして発声器官の損傷によるものかどうか、少々釈然としないところがあった。左耳はおぞましい残骸になっていたが音は聞こえており、目の周りの腫れもまもなく退《ひ》いたので、十分な視界が得られるようになった。あまり鎮痛薬投与をされずに済む体位がどうやら判明したため、その格好で何日も何週間も何ヶ月も過ごした。身体全体に対する火傷部分の面積の比率から判断すると、生存は到底無理だと思われたのだが、この子は命を取り留め、ある専門医のいる病院からまた別の病院へと長い巡行をすることになった。口からぽつりと英語の単語が出てくるようになった頃には、英語が母語なのか、それともその単語を病院で聞き憶えただけなのか判断がつかなくなっていた。あの炎の他、この子に前歴はなかった。病棟を次々に渡り歩く間、その子は「ベイビー」「ねんねちゃん」「坊や」「ぼくちゃん」「かわい子ちゃん」「かすり傷くん」と、いろいろな呼ばれ方をした。ついに名前が与えられることになったのは、看護婦長が断固たる態度でこの件に、威力ある首を突っ込んだからだ。婦長はぴしゃりと言い放った。

「いつまでも陰でこそこそ七番なんて呼んでいるわけにはいかないでしょう。とんでもなく心無い、益体《やくたい》もない行為だわ」

こういう言葉遣いをする古いタイプの婦長だった。その言葉には説得力があった。

　この子は、幼年時代をめちゃめちゃにされた罹災児《りさい》のうちの一人に過ぎなかったので、然るべき部署がアルファベット順に名前を選んでやることになった。その部署はつい先だって女の赤ん坊に「ヴェナブルズ」と姓をつけたばかりだった。「W」で始まる姓を考える仕事を与えられた若い娘は、機知を発揮して「ウィンドアップ」という姓を提案したが、これは以前、空襲のとき上司がからっきし意気地のないところを見せたことがあったからだ。この娘は結婚しても仕事を続けられるとわかっていたので、上司に対しても安心して高飛車な態度をとるのである。上司はこの名前を見たとき、子どもたちがこの子を取り巻いて「臆病風《ウィンドアップ》！　臆病風《ウィンドアップ》！」と囃し立てている将来図を想像し、たじろいで名前の上に線を引いた。上司は考えていた代案を提示したが、書いてみるとその名前は何か間違っていると思われ、また変えた。はっきりした理由があるわけではない。そもそもその名前は、何もない空間から一時的な仮のものとして現れるといった具合で頭に飛び込んできたのであり、そいつが着地する地点に運良く居合わせたおかげで気がついたようなものだ。まるで珍種の蝶か鳥が、それまでこちらの目を惹くくらいたっぷりの間とまっていたかと思うとぱっと飛び立って、そのままいなくなるつもりのように横へ飛んでいったのに、こちらが静かに茂みの中で座っているうちに、おや！　目の前に舞い戻ってきた、そんな感じだった。

　その子がその時入院していた病院は、ミドルネームの「セプティマス」*1を受け付けはしたものの、実際には使わなかった。たぶん「化膿性《セプティック》」を連想させる名前だったからだろう。ファースト・ネームのマシューは「マティ」と縮められた。関連する全書類には未だに「七」と書いてあったので、姓を使う者は誰もいなかった。どうせ子ども時代の何年もの間ずっと、訪問者が顔の右半分以外の部位を確認しようと思っても、シーツやら包帯やら吊り具や医療装置の隙間から覗き込むより他に仕様がないくらい、ぐるぐる巻きにくるまれたままだったのだ。

様々な医療器具が取り外され、この子がもっとたくさんの単語を口にし始めると、この子と言葉との関係が異常なものであることがわかってきた。この子は口を歪めて大仰に話すのである。言葉を言おうと努力するとき、拳を握り締めるだけでなく、斜視みたいに目を動かした。言葉に実体があって、丸くて滑らかなこともあるが、どうにか口から外へ送り出すことができるゴルフボール様《よう》のものとでも感じているのか、それが口を通り抜けてくるときに顔を歪ませるのだ。単語の中にはギザギザ尖ったものもあり、こういった単語が通るときにはひどい苦痛が生じ、その苦闘ぶりを見て他の子どもたちは笑った。初期治療が終わり、可能な範囲での美顔整形処置が始まる前、ターバン状に巻かれた包帯が外された。半ば生焼けの頭蓋と萎《しな》びた耳の残骸の有様は、はなはだ魅力に乏しかった。忍耐と寡黙がこの子の本性の大部分を占めているらしい。喋るときの苦痛を抑えるやり方を少しずつ身につけて、ゴルフボールやら尖った石やらヒキガエルやら宝石やらが口を通って出てくるときも、人並み以上の努力を大してせずに済むようになった。

子ども時代にはあらゆる次元が無限だと感じられるものだが、この子にとっては時間だけが唯一の次元だった。大人がなんとか接触を図ろうとしても、言葉ではうまくいかなかった。言葉を受け取っ

＊一　セプティマスという名前自体、元来ラテン語で「第七」という意味である。また、マシューは、新約聖書四大福音書の一つを書いたマタイを英語読みした名。

てもその言葉について長い時間考え込んでしまうらしく、返事は時々しか出てこなかった。そのうえ口の外に出る言葉は相手の前で立ち往生してしまう。この頃のマティには、人間が考案した概念記号を超越した疎通手段によってアプローチを図る必要があった。そこでどこを触れば痛がらないか正確にわかったとき、看護婦が両腕でぎゅっと抱きしめてやったところ、比較的ましな、比較的損傷の少ない方の側頭部を胸にすり寄せてきたので、この子は言葉を使わない意志疎通を行っている、と看護婦は思った。ある存在本質がもう一つの存在本質に触れている、そんな感じだった。この若い看護婦が気づいたことは他にもあったのだが、何かの徴候の発見と呼ぶにはあまりにも微細な、私的とさえいえるくらいの知覚だったから、等閑視してしまったのは無理もないことではあった。看護婦は自分が格段に頭がいいわけでも聡《さと》いわけでもないと自覚していた。だからその発見を頭の隅にぼんやり漂うままにしておいて、大して注意を向けることもせず、ただ自分が他の看護婦たちよりもマティのマティらしさを深く知っているのだ、という事実を受け入れただけだった。ふと気がつくとこの看護婦は、他人からは全く違った意味に解釈されかねないこんなことを考えていたりした。

「マティったら、あたしがいっぺんに二つの場所にいることができると思ってるんだわ！」

するとと自分の頭が不用意に言葉をかぶせてしまったせいで、それまで感知していたものが、さーっと吹き払われるか、芯の芯まで不正確な描写に変わるかしてしまった、と感じられるのだった。しかしこういう感じがあまり頻繁に起こるものだから、この看護婦はこれを信仰の一様式《パターン》と化して胸中に収めるようになり、ついにはこの子の本性を定義するものとして受け入れたのである。

マティはあたしが二人いるんだと信じてる。

それからもっと後になると、他人には判らないような、いっそう私的な感覚となり……マティはあたしが誰かと二人連れだと信じてる。

これはマティに特有のもので、他人に話すことではない、そう理解するだけの繊細な感覚力がこの看護婦にはあった。いつもと全く違う働きを見せている自分自身の心の本性に関して、おそらくある種の繊細さを感じ取ったのだろう。それでも他の子に対してよりもこの子に親近感を覚え、それを態度に示したので子どもたちは憤慨した。この看護婦は美人だったからだ。看護婦はこの子を「あたしのマティちゃん」と呼んだ。そうしたとき、この子が爐から出現して以来初めて、何かを伝えようと顔の筋肉組織を複雑に動かすところが観察された。筋肉の配置換えは、油を差してやる必要がある小さな機械装置みたいに鈍重で、苦痛を伴うらしかったが、最終的な産物がどういう形をとったかについては疑う余地はなかった。マティは、微笑んでいたのだ。しかし口は一方に偏ってずっと閉じたままだったので、微笑みには子どもらしさがなく、あたかも笑顔を作ることができないわけではないが普段はしない行為で、あまり頻繁にやるのは道徳的堕落だと自認しているかのようだった。

マティはまた別の病院へ移された。マティはこういうことはどのみち起こるものであって、逃れることはできないと悟り、動物ばりの忍耐力で辛抱した。あの美人看護婦はわざと冷めた態度をとって、新しい病院はきっと楽しいわよなどと言った。患者との別れには慣れていた。それにまだ若かったので、マティが命を取り留めたのを幸運だと本気で思っていた。そのうえ当時この娘は恋をしていて、関心はそちらへ逸れていた。看護婦はマティとは別々の道を進んだ。ほどなくあの繊細な感覚も止み、自分の産んだ子どもに対してはその感覚を使うことがなかった。もしくは使えなくなっていた。幸福な人生を送り、中年期がのしかかってくるまでの長い間、マティを思い出すことはなかった。

マティはある部位から別の部位へ皮膚移植をするために、今度は違った体位で固定された。かなり滑稽な姿勢だったので、他に笑いの種があまりない火傷病院の子どもたちはマティの苦境を楽しんだ。大人たちは慰めたり機嫌を取ろうとしたりしたが、損傷のない側の頭を胸に押し当ててくれる女はいなかった。もしいたとしても、顔を背けずに抱いてくれはしなかっただろう。微笑みは使われないままになった。身体のかなりの部分が人目に触れるようになっていた。通りすがりの見舞客たちはそれぞれの不幸な身内の元へ急ぎつつ、マティが日々を過ごしているむさ苦しい惨状にむかつきを覚えながら、ぎこちない笑顔を横ざまに投げかけ、マティはこの笑顔の意味を全く的確に解釈した。やっと自由な姿勢をとれるようになり、可能な限りの治療は済んだからということで自分の足で立たされた頃、微笑みは永久に消えてしまったようだ。左側が萎びてしまい、組織が再生してもその部分の神経の引き攣りは治らないままだったので、片足を引きずって歩くようになった。頭蓋の右側には髪が生えたが左側はぞっとするほど白く、まるっきり子どもらしくなくて禿げみたいにも見えるため、子どもらしさをかなり割り引いて考えたくなるほどで、頑迷な大人か、もしくは単なるバカな大人として扱ってくれといわんばかりの外見だった。この子を巡って様々な団体組織がよかれと願い心を砕いてやったのだが、できることはもうほとんど残っていなかった。来歴についても綿密な調査が行われたけれども、成果はなかった。虱潰《しらみ》しに丹念な身元照会がなされはしたものの、もしかしたらこの子は、燃え盛る都市の純然たる惨苦から産み落とされたのかもしれなかった。

第二章

マティは退院すると片足を引きずって最初の学校へ行った。それから英国最大の労働組合のうち二つが共同で経営している学校へと移った。そしてそこ、グリーンフィールドのファウンドリングズ校[*一]で、ペディグリー先生と出会ったのである。マティは上ってきていたし、ペディグリー先生は下ってきてはいたが、二人はお互いに一点に収斂したのだと言えよう。

ペディグリー先生は古い聖歌隊学校を辞めて、それほど歴史のない二つの学校に勤務した後はかなりの空白期間があったが、自分では外国旅行に行っていたのだと説明していた。身のこなしは軽やかではっそりしており、髪は色褪せた金髪、顔は苛々していないときでも、わざと憎らしい表情をしていないときでも、痩せて皺が寄り不安げだった。先生はマティがやって来る二年前にファウンドリングズ校の教員になっていた。第二次世界大戦は言うなれば、ペディグリー先生の過去を消毒したのだ。それゆえ、浅はかにも学校の人目の届かない最上階で生活していた。もはや自分自身にとってさえ、「セバスチャン」ではなかった。「ペディグリー先生」というしがない教師の像こそ彼の確立した姿で

＊一　ファウンドリング（foundling）は、「拾い子」の意の普通名詞でもある。

あり、色褪せた髪の毛には白髪が縞となって現れ始めていた。生徒に関してはいっぱしの鑑賞家気取りで、一般的に言うと孤児というものは身の毛のよだつ連中だが、中には注目に値する例外もいることに気づいていた。古典の知識もここでは使いようがなかった。教えていたのは初歩の歴史と初歩の英文法が混ざった初歩の地理だった。二年間、先生は自分の「周期」に抗うことはたやすいと思い、空想の中で生活していた。いつも二人の少年が自分のものであると思い込んでいたのである。一人は美そのもののお手本のような子どもで、もう一人は野卑でつまらない子どもだった！　ペディグリー先生の担当は大人数のクラスで、教育的に限界だと思われる何らかの証拠を示す少年たちが押し込まれ、学校を出る見込みが立つまでそこで待機しているのだった。この生徒たちと一緒ならばペディグリーもほとんど害にはならないだろうと、校長は考えていた。これはペディグリー先生が「精神的関係」を結んでいる少年を別にすれば、おそらく真実だったろう。というのもペディグリー先生が年を取るにつれ、その関係には、異性愛者が異常だと感じるよりもっと異常な奇癖が現れ始めたからである。ペディグリー先生はその子どもを台座に座らせ、自分がその子にとって何よりも大切な人だと思わせる、そう、何よりも大切な人に。そして少年は人生が素晴らしいと感じ、物事すべてが楽になるだろうと思い込む。それから急に、ペディグリー先生は冷淡で無関心になる。その子どもに話しかけるとしても、口調はとげとげしい。しかしこれは、羊皮紙のような頬に指さえ触れていない精神的関係なのだから、どうしてその子どもが、また他の誰かが不平を言えようか？

こんな振る舞いはすべてリズムに従っていた。ペディグリー先生はそのリズムを理解し始めていた。それはその子どもの美が彼に食い入り、彼に取り憑き、彼を狂気に駆り立て始めた時である……少しずつ、狂気に駆り立て始めた時なのである！　その期間に少しでも気を抜いたら、気がつくと常識というものを超えて危険を冒してしまいそうになる。気がつくと、誰か他の人、ことによっては同僚の前で、口からこう言葉が溢れ出てしまいそうだ……幼いジェイムソンは稀に見るほど魅力的な子ですよね、あの子は美の化身という他ないじゃありませんか！

マティはすぐにはペディグリー先生のグループに入らなかった。自分の知的潜在能力を示す機会を与えられたのだ。しかしマティが持っていたかもしれない輝きをあの燃える炎が奪ってしまったように、病院もマティの時間を多く奪い過ぎていた。片足を引きずる歩き方、二色の顔、禿げの頭蓋をはらりと覆っただけの黒い髪ではほとんど隠せない、ぞっとするような耳のおかげで、生まれつきの笑い者だった。このことは生涯を通して増していくことになる能力、と呼んでいいかと思うが、その能力の発達に役立ったかもしれない。マティは消えてしまうことができた。動物のように気づかれなくなることができたのである。他の特質も持っていた。下手くそだが熱中して絵を描くのだ。黒髪を振り乱し、頁に身を乗り出して腕で囲みながら、まるで今にも海に飛び込まんばかりに自分の描くものに没頭した。輪郭はつねに途切れがなく、それぞれの空白を全く平等にきちんと色で埋め尽くした。それは大した偉業とも言えた。また自分に言われたことはどんなことにも一心に耳を傾けた。旧約聖書のほとんど、新約聖書のいくらかを暗記していた。手足は痩せた腕や脚に対して大き過ぎるほどだ。性的関心は、級友たちが聡明にも見抜いた通り、魅力のなさと正比例していた。マティは高潔であり、そして級友たちはこれこそ彼の最も暗い罪だと見なしていたのである。

聖シシーリア修道院学校は道を百ヤード南へ下ったところにあり、二つの学校の運動場は狭い小道で区切られていた。女子校側は、てっぺんに忍び返しのついた高い壁になっていた。ペディグリー先生は最上階の自分の部屋からその壁や忍び返しを見ることができたが、それを見て思い出す記憶にたじろいでしまうのだった。少年たちも壁を見ることができた。四階まで上るとペディグリー先生の部屋があり、その横にある踊り場の大きな窓から壁の向こう側を覗くと、少女たちの青や白のドレス、夏らしい靴下が見えた。壁にはよじ登れるところがあって、お行儀の悪い女の子やセクシーな女の子は、といっても行儀の悪いのとセクシーなのとは結局のところ同義なのだが、その子たちは忍び返しの隙間からこちらを覗くのだった。男子校側にも登れる木があり、若者たちは小道だけを挟んでお互いに顔を合わせることができた。

自分たちの心が並外れて下劣なため、マティの心の高潔さに特に敵対心を持っていた少年のうちの二人が、率直さと単純さを天才的に働かせ、すぐにマティの弱点を玩《もてあそ》び始めた。

「おれたち女の子とお喋りしてんだぜ」

しばらく間を置いて……

「あの子たちおまえのこと話してるぞ」

しばらく間を置いて……

「アンジーはおまえのこと好きなんだよ、マティ、ずっとおまえのこと聞いてくるもんな」

それからまた……「アンジーがおまえと一緒に森を散歩してもいいってさ！」

マティは片足を引きずって二人から離れていった。

次の日二人はマティにメモを渡したが、二人の頭の中で大人社会から借用したアイディアが混乱していたため、本文を活字《プリント》にした後に名前が手書きで記入されていた。マティは自分が持っているのと同じ粗雑な学習帳から引きちぎられたそのメモを念入りに調べた。マティはゴルフボールを口から絞り出した。

「なぜその子がこれを手で書かなかったの？　ぼくは信じない。君たちはぼくをからかってるんだな」

「でも見ろよ、名前があるぜ、『アンジー』って。サインをしなかったらおまえが信じてくれないって思ったんだろう」

甲高い笑い声。

もしマティが学校に通う年頃の少女たちのことを少しでも知っていたら、彼女たちがそんな紙に手紙を書いて送ったりは絶対にしないはずだと見て取っただろう。それは男女の差異を示す初期の例だ。男の子は、変わり者でもない限り、古封筒の裏を使って求人応募の手紙を書くことさえある。しかし女の子の便箋となると、紫色だの、匂いつきだの、花柄だの、とにかくぎょっとするようなものが多いのである。にもかかわらずマティは、粗雑な学習帳の端を破ったそのメモを信じた。

「アンジーは今あそこにいるぞ、マティ！　おまえに何か見せて欲しいって……」

マティは下がった眉の下から一人ずつじっと見た。損傷のない側の顔が紅潮した。何も言わなかった。

「ほんとだって、マティ！」

二人はマティに詰め寄った。マティは二人より背が高かったが、この状況下では腰が引けて猫背になっていた。マティは苦労しながらやっと言葉を口から絞り出した。

「何を見たがっているの？」

三つの頭が今やくっつかんばかりに近く寄った。ほとんど同時に、さっとマティの顔から赤みが引き、思春期のぶつぶつが白地に映えて更にくっきりと見えた。彼は囁くように答えた。

「嘘だ！」

「ほんとだって！」

マティは口を開けたまま二人の顔を順番に見た。それは奇妙な眼差しだった。深い海で泳いでいる人が陸地を求めて頭を上げ、前方をじっと見ているかのようである。その眼差しにはわずかな光、生まれつきの悲観主義と闘う希望があった。

「ほんとに？」

「ほんとだよ！」

「誓う？」

もう一度甲高い笑い声。

「誓うよ！」

再びあの狙いを定めた、哀願するような眼差し、冷やかしを払いのけようとする手の動き。

「ほら……」

マティは自分の本を二人の手に押し付けると、素早く片足を引きずって行ってしまった。二人は猿のように笑いながらお互いにじゃれ合った。そして離れると騒々しく仲間を呼びに行った。一団が石の階段を上に上に、一階、二階、三階と大きな窓のそばの踊り場まで音を立てて上ってきた。少年たちは端から端まである自分たちと同じ背の高さの大きな手すりに押し合いへし合いし、自分たちの横幅より狭い間隔で立っている小柱を握った。五十ヤード向こう、五十フィート下で、一人の少年が禁断の木の方へ素早く片足を引きずって向かっていた。二つの青い小さな点々が、その向かいの女子側にある壁の上に本当に見えていた。窓際の少年たちは夢中になっていたので、後ろでドアが開く音が聞こえなかった。

「一体これはどういうことだね？　君たちはこんなところで何をしているのかね？」

ペディグリー先生が戸口に立ち、神経質そうにドアの取っ手を握り、笑っている少年たちの列を端から端まで眺めていた。しかし誰一人としてペダーズ爺ちゃんのことを気にする者はいなかった。

「これはどういうことだと言ったのだ。わたしの生徒はいるかね？　君、きれいな巻き毛の君、シェンストーン！」

「あれはウィンディです、先生。木を登っています！」

「ウィンディ？　ウィンディとは誰かね？」

「ほら、あそこにいます、先生。見えるでしょう。ちょうど登っていますよ！」

「ああ、君は愚かで卑劣で汚らわしい。驚いたよ、シェンストーン。君のような優秀で立派な少年が……」

色めきたって、大喜びの大笑い……

「先生、先生、あいつが今あれを……」

木の下方の茂みの中では、ある種の混乱が起こっていた。セクシーな青い点々はまるで弾丸で撃ち落とされたように壁から見えなくなっていた。ペディグリー先生は手を叩き叫んだが、少年たちは誰も注意を払わなかった。彼らは連なって滝のように階段を降り、ペディグリー先生は目の前の光景より背後にある自分の部屋でのことに動揺し、顔を赤らめたままその場に取り残された。先生は少年たちが階段の吹き抜けを降りていくのを目で追った。そして横を向いて部屋の中に話しかけ、ドアを開け放った。

「いいよ。もう行っても大丈夫だ」

ペディグリー先生に信頼の笑みを向けて、少年が出てきた。彼は自分の価値を確信して階段を降りていった。

この少年が行ってしまうとペディグリー先生は、遙か向こうの少年が苦労して木から降りようとしているのを苛々して見つめた。ペディグリー先生は手を出すつもりなどなかった……そんな意図は毛頭なかったのだ。

校長は修道院長から話を聞いた。校長は少年を呼び出し、にきびのある心配げなその少年は片足を引きずりながらやって来た。校長は気の毒に思い、事態を穏便に済ませようと努めた。修道院長が出来事をヴェールの下に隠すような言葉遣いで説明したので、校長はそのヴェールを持ち上げなければと思っていた。それでもそうすることはやはり心配でもあった。ヴェールを持ち上げると、取り調べる側が予想した以上のことがわかってしまうということを知っていたからである。

「そこに座ってごらん。さあ。君に注意すべきことがあるのはわかっているね。君があの木に登ったときにしたことだよ。若者は……男の子は……木に登るものだ。そのことを言ってるんではない……しかし君の行動は、無視できない結果に繋がるかもしれない。さあ。君は何をしたんだね？」

少年の損傷のない側の顔が真っ赤になった。彼は自分の膝の先を見つめた。

「ほら、いい子だから、何も……怖がることはないんだよ。人にはどうしようもない時だってあるものだ。もし誰かが病気なら、その人を助けたり助けてくれる人を見つけたりするものだよ。ただ我々は知らなければならないのだ！」

少年は話すことも動くこともしなかった。

「それなら、見せてごらん、その方がやりやすいなら」

マティは眉の下からちらりと見上げ、また目を伏せた。息は走ってきたかのようにぜいぜいと弾んでいた。右手を持ち上げ、左耳の横に垂れ下がっている長い髪の束を掴んだ。完全に思い切った様子で髪の毛をぐいとめくると、周りが憚られるような白い頭皮が露わになった。

校長は思わず目を閉じ、それから無理に目を開け、表情を変えずに目を開いていようとしていたが、マティがそんな校長の努力を見ていなかったのはおそらく幸運だったろう。しばらくの間二人とも黙っていたが、それから校長が解ったというふうに頷くと、マティは緊張を解いて髪の毛を元に戻した。

「なるほど」校長が言った。「ああ。なるほど」

それからしばらく校長は何も言わずに、修道院長宛の手紙の文句を考えていた。

「それでは」ようやく彼は言った。「もう二度としてはいけないよ。さあ行きなさい。それから君が登ってもいいのはあの大きなブナの木だけだということを忘れないように。それも二番目の枝までだ。わかったね？」

「はい」

その後、校長はマティのことをもっと知るため、関係する様々な教師たちに聞いて回ったが、誰かが親切にし過ぎた……いやおそらく冷たくし過ぎたので、マティは程度の高すぎる学級にいるということが明らかになった。あの少年は絶対に試験には通らないだろうし、試験を受けさせるだけバカバカしい。

というわけで、ある朝ペディグリー先生が生徒に地図を描かせながら居眠りをしているとき、マティが脇の下に何冊か本を抱え、どしんどしんと教室に入ってきて先生の机の前で立ち止まったのだった。

「これはこれは。君はどこからきたのだね？」

その質問はマティにとってあまりに急か、それとも難解なものに思われた。マティは何も言わなかった。

「何の用だね？　早く言いなさい！」

「ぼくは言われました。C三です。廊下の一番端の部屋だと」

ペディグリー先生は意志の力でなんとかにやりと笑ってみせ、少年の耳からやっとのことで目を逸らした。

「ああ。枝から枝へぶら下がっていた我々の友人のおサルくんだね。笑ってはいけない、諸君。とにかく。君はしつけはできているかな？　信頼できるかな？　ものすごく頭がいいのかな？」

嫌悪感で震えながら、ペディグリー先生は教室を見回した。生徒を美しい順に座らせ、最も美しい生徒が前列を占めるようにするのが彼の習慣でもあり楽しみでもあった。新入りをどこに座らせるかについて疑問の余地はなかった。向かって右手の一番後ろに背の高い戸棚があり、半分それに隠れはするだろうが机一つ分の隙間があった。その戸棚は壁にぴったりくっつけると窓を塞いでしまうので、動かすことができなかったのだ。

「ブラウン、美男子くん、君にそこから出て欲しい。君はバーローの席に座ってよろしい。そう、彼が戻ってくるのはわかっているよ。その時はもう少し席順を考えないといけないね。とにかくブラウン、君は悪戯者だな？　君があそこの後ろの席で、わたしからは見えないと思って何をしているかちゃんとわかっているぞ。笑うのは止めたまえ諸君。笑わせてはおかないぞ。さあそれでは、名前は何かね？　ウォンドグレイヴか。クラスの秩序を守ってくれるかな、ん？　あの隅っこに行って座ってただじっと静かに座って、みんながいい子にしてないときはわたしに教えるんだ、ん？　行きなさい！」

先生は少年が席につき半分視界から消えるまで、やっとの思いで明るく笑ってみせながら待っていた。戸棚で二つに分けることができたおかげで、その少年の比較的損傷の少ない側の顔しか見えないことにペディグリー先生は気づいた。彼は安堵し、ほっと息をついた。こういうことが重要なのだ。

「よし諸君。続けなさい。我々のやっていることを見せてあげなさい、ジョーンズ」

ペディグリー先生はもう緊張を解いて、愉快なゲームのことをだらだらと考えていた。マティの予期せぬ到着により、もう一ラウンド続ける口実が手に入ったからである。

「パスコー」

「はい」

パスコーがもともとそれほどでもない魅力を失いつつあるのは否定できない。ペディグリー先生は通り過ぎながら、この少年の一体どこを気に入っていたのだろうと訝《いぶか》った。情事が非常に早い段階で終わるのは幸運だった。

「パスコー、ねえ君、今からジェイムソンと席を替わって欲しいんだがな、そしたらバーローが後ろに来たとき……君はお裁きの席からほんのちょっとだけ離れても構わないだろう？　さて、君はどうかな、ヘンダソン。え？」

ヘンダソンは今は前列の真ん中にいた。穏やかで叙情的な美しさを持った子どもである。

「君はお裁きの席に近くなっても構わないね、ヘンダソン？」

ヘンダソンはにっこりと微笑み、誇らしげで崇拝するような表情で見上げた。彼がペディグリー先生の中で隆盛を占めつつあった。言葉にならないほど感動して、ペディグリー先生は自分の机から離れてヘンダソンのそばに立ち、少年の髪に指を入れた。

「青白小悪魔《ガストリー》くん、ねえ君、最後にこの黄色い髪を洗ったのはいつだね、え？」

ヘンダソンは見上げたが、それまで通り安心して微笑んでいた。その質問は質問というより意思の疎通であり、光栄、栄華であると解っていたからだ。ペディグリー先生は手を下ろし少年の肩をぎゅっと握り、それから自分の机に戻った。驚いたことに戸棚の後ろの少年が手を挙げていた。

「何だね？　何だね？」

「先生。あそこの子が。あの子にメモを渡しました。いけないことですよね？」

しばらくペディグリー先生は驚きのあまり返事ができなかった。残りの生徒たちでさえ、自分たちの聞いたことの罪深さを理解するまではしんとなっていた。それから微かな野次が沸き起こり始めた。

「止めなさい諸君。さあ止めるんだ。おまえは、何という名前だったか。おまえは獣の吼ゆる荒野[*一]からまっすぐにやって来たに違いない。我々は警官を見つけてしまった！」

「先生は言いました……」

「わたしが言ったことなど気にするな、全く何でも真に受ける子だな！　ほんとになんという宝ものに巡り会ったもんだ！」

マティの口は開いたままになった。

実に妙な話だが、その後マティはペディグリー先生を友と思い定めたのである。先生の後をついて回ったのは、マティに知り合いが少ない徴《しるし》だったのだが、先生はマティの注意を惹くことなど全く望んでいなかったので、付きまとわれ苛々した。実際ペディグリー先生は上向きの曲線の斜面上におり、遠い昔、聖歌隊学校にいた頃ははっきりしなかったが、自分が道のどの辺にいるのかということに気がつき始めていた。今や曲線上の各々の点が自ら信号を発し、位置を正確に知らせてきていることがわかっていた。教室で美を賞賛する限り、親愛の仕草をどんなに公然と示しても、すべて安全で規則に適っている。しかし次に、禁じられてはいるが危険で興奮する、自分の部屋で生徒の宿題の手伝い

＊一　旧約聖書申命記三二章一〇節。神がイスラエルの始祖アブラハムの孫ヤコブを「獣の吼ゆる荒野」から救い出してやった様子を、モーセがイスラエルの会衆に語る。

を始める点、いや始めねばならない点がやって来る。そしてそのまた向こうの点に至ると、仕草は再び当分は罪のないものになる……

ついこの間、今学期の最後の月、ヘンダソンは生まれつきの美しさが、更に目を見張らんばかりになっていた。ペディグリー先生もあのような美しさがこれほど絶え間なく、しかも毎年手に入るなんて奇妙だと思っていた。その月はペディグリー先生にとっても、全く無邪気に彼に付きまとっていたマティにとっても奇妙なものだった。マティの世界はとても小さく、先生はとても大きかった。冗談で成り立つ関係など考えられなかった。自分はペディグリー先生の宝ものだ。ペディグリー先生がそうおっしゃったのだ。他の子と違って何年か病院暮らしをする生徒もいるのと同じように、たとえ思いっきり人気を失う結果になっても、自分の本分を果たして級友を密告する生徒もいるものだ、そんなふうにマティは事態を見ていた。

級友たちはマティの外見を大目に見てやったかもしれないし、ことによれば忘れることだってあり得たかもしれない。しかしその何でも真に受けるところや、高潔なところや、それに級友たちの間にある暗黙のルールすら通じないせいで、当然のように仲間外れにされた。しかし禿げのウィンドアップは友情を求めていた。ペディグリー先生だけに付きまとったのではなかったのである。彼はあの少年、ヘンダソンにも付きまとった。少年は嘲り、ペディグリー先生は……

「今はダメだ、ウィールライト、今はダメだ！」

極めて突然のことだが、ヘンダソンは頻繁に、公然とペディグリー先生の部屋を訪れるようになり、先生がクラスの生徒たちに向かって発する言葉は更に突飛なものとなった。曲線の頂点だった。先生は一回の授業のほとんどを、悪癖についての講義という脱線に費やした。悪癖には非常に、非常に多くの種類があり、避けることは難しい。実際、大人になるにつれ判ってくることなのだが、中には避けるのは不可能なものもある。しかしながら悪いと考えられている習慣と、本当に悪い習慣とを区別することが重要なのだ。そうだな、古代ギリシアでは女性は劣った生きものだと考えられていた、さあ笑うのは止めなさい諸君、君たちが何を考えているかわかるぞ、いやらしいねえ、そして愛は男性間で、男性と少年の間で最も崇高な表現に到達したのだ。男性はしばしば自分が美しい少年への想いを次第に募らせていることに気づくものだ。例えばその男性が素晴らしい運動選手だったとしよう、今ならさしずめクリケット選手、国際試合の選抜選手で……

美しい少年たちはこの演説の教訓は何なのか、どうしたら悪癖と結び付くのか知ろうと待っていたが、不可能だった。ペディグリー先生の声は次第に小さく薄らいでいき、先生は話の糸を失くして途方に暮れたまま、すべてのことが終わるというより死んだようになるのだった。

人は自分が他人のことをどんなにわかっていないかを発見すると、それはすごいことだと思うものだ。同じように、自分の行動や考えの大部分が闇に隠れていると確信したその瞬間、自分は昼の明るい光の中、観客の前で演技をしているのだとしばしば発見して驚き、そして悲しくなる。その発見が目を眩ませ破滅させるほどの衝撃になる時もある。穏やかな時もある。

校長がペディグリー先生に、クラスの生徒の提出用ノートを何人分か見せてもらいたいと頼んだ。二人は校長の書斎で緑色の書類戸棚を背にしてテーブルについた。ペディグリー先生はブレイクやバーロー、クロスビーやグリーンやハリデイについて滔々《とうとう》と話した。校長は頷きながらノートをめくった。

「ヘンダソンのは持ってきてないようだね」

ペディグリー先生は凍ったような沈黙に陥った。

「わかると思うが、ペディグリー、極めて浅はかだ」

「何が浅はかなんでしょう？　何が浅はかなんですか？」

「我々の中には一風変わった面倒ごとを抱える者もいる」

「面倒ごと？」

「だから君の部屋で例の個人授業をするのは止めたまえ。もし生徒を部屋に呼びたいのなら……」

「ああ、でも生徒のためです！」

「規則だ、わかるね。聞こえてくるのだよ……噂が」

「生徒の中に……」

「君が私にどのように受け取って欲しいと思っているかは知らない。だが気をつけてくれ、あまり……一人に執心し過ぎないように」

ペディグリーは耳のあたりを上気させて、素早く部屋を立ち去った。策略がいかに奥深いかはっきりと見て取ることができた。自分の生活の周期的な曲線がその頂点に向かって上昇するにつれ、あらゆる人にあらゆる疑いをかけずにはいられなかったのだ。こんなことを考えるのは愚かだと半分自覚しつつ、ペディグリーは思った……校長自身がヘンダソンを狙っているのだ！　そこで彼は校長が自分を追い払うためにどんな企てをしようと、それを出し抜ける方策を考え始めた。一番いいのは口実かカムフラージュだ。どうするか悩みに悩んだ末、ある手段を思いついたが、最初は不可能だと退け、次に実行困難だと考え、その次にさぞやおぞましかろうと思い……ついに、グラフの曲線は下降してはいなかったけれど、それはどうしても講じなければならない手段だと悟ったのだった。

　彼は身を引き締めた。クラスが落ち着くと生徒一人一人を見て回ったが、今回はぞっとするような嫌悪感をこらえて後ろの席から始めた。戸棚で半分隠れたマティのいる隅の方へわざと行った。マティは頭を傾けながら持ち上げて微笑み、ペディグリーは文字通り苦痛に悶えながら、少年の頭上の空間に笑いかけた。

「ああなんてひどい！　それはローマ帝国の地図ではないよ、君！　真っ暗な石炭貯蔵室にいる黒猫の絵だ。ほらジェイムソン、君の地図を貸してごらん。さあ見えるかな、マティ・ウィンドラップ？　ああやれやれ。ここで時間を取られるわけにはいかないんだ。今晩はみんなの宿題は見ないつもりだから、学習室に行く代わりに、君が本と地図帳とその残りをわたしの部屋に持ってきなさい。どこか知っているね？　笑うのは止めなさい諸君！　そしてもし特にうまくできたら、蜂蜜パンかケーキを一つもらえるかもしれない……ああやれやれ……」

　マティの傷のない側が上に向かって太陽のように輝いた。ペディグリーはその顔をちらりと見下ろした。拳を握り少年の肩を軽く叩いた。それからまるで新鮮な空気を探し求めているかのように、教室の前の方へと急いだ。

「ヘンダソン、色白くん、今晩は君を授業に招くことができない。でも必要ではないだろう？」

「先生？」

「こっちに来て君のノートを見せなさい」

「はい」

「ほらごらん！　いいね？」

「先生……もう階上《うえ》での個人授業はおしまいなんですか？」

心配そうにペディグリー先生は、下唇を突き出している少年の顔を覗き込んだ。

「ああ何てことだ。いいかな、青白小悪魔《ガストリー》くん。聞きなさい……」

彼は少年の髪に指を入れその頭を近くに引き寄せた。

「青白小悪魔《ガストリー》くん、ねえ。どんなに仲良しだって、いつかは離れ離れになるものだよ」

「でも先生は言いました……」

「い、今はダメだ！」

「先生は言いました！」

「君に言っておこう、青白小悪魔《ガストリー》くん。木曜日に学習室で宿題を見てあげるよ。本を持って机においで」

「僕が地図をうまく描いたっていうだけで……不公平だ！」

「青白小悪魔《ガストリー》くん！」

少年は自分の足下《あしもと》を見下ろしていた。ゆっくりと向きを変え机に戻った。腰を下ろし、本の上に頭を垂れた。両耳はとても赤く、マティの耳の周りのような紫色にさえなっていた。ペディグリー先生は自分の机に座り、その上で両手を震わせていた。ヘンダソンがひそめた眉の下から先生をちらりと見上げると、ペディグリー先生は目を逸らした。

先生は手を落ち着かせようとし、呟いた。

「あの子には埋め合わせをしよう……」

彼ら三人の中でマティだけが、世界に対し隠し立てのない顔を向けることができた。太陽が顔の片側から輝いた。ペディグリー先生の部屋に上っていく時がやって来ると、マティは土色の頭蓋と紫がかった耳が隠れるよう黒髪を整えることに特別な注意を払いさえした。ペディグリー先生は何か熱でもあるみたいにわななきながらドアを開けた。マティを椅子に座らせはしたが、自分は動くと苦痛が和らぐかのように行ったり来たりしていた。部屋に物分かりのいい大人がいるとでも思っているのか、マティか他の誰かに話しかけ始めたが、始めるか始めないかのうちにドアが開き、ヘンダソンが敷居のところに立っていた。

ペディグリー先生は叫んだ。

「行きなさい、青白小悪魔《ガストリー》！　行きなさい！　君には会わないい！　ああ全く何てこと……」

それからヘンダソンはわっと泣き出し、階段をガタガタいわせながら走り降りていき、ペディグリー先生はドアのそばに立って、少年のすすり泣きや足音が聞こえなくなってからもしばらくその場にとどまり、階下をじっと見つめていた。先生はポケットをまさぐり、大きな白いハンカチを取り出して額と口を拭い、一方マティはその背中を見ながら何も理解していなかった。

ついにペディグリー先生はドアを閉めたが、マティには目をやらなかった。その代わり半ば自分に半ば少年に呟きながら、落ち着かなげに部屋を歩き回り始めた。この世で最も恐ろしいものは渇きであり、人間はあらゆる種類の砂漠であらゆる種類の渇きを経験するのだ、とペディグリー先生は呟いた。人間は皆渇酒症《ディプソマニアック》だ。あのキリストも十字架の上で「われ渇く《ディプソー》」*一と叫んだ。人間の渇きは制御できるものではないのだから、そのせいで人間を非難したって始まらない。そのせいで人間を非難するなんて公平ではない、そこが青白小悪魔《ガストリー》の間違っているところなのだ、あの愚かで美しい子、だがあの子は幼すぎて理解できないのだ。

この段階でペディグリー先生は机のそばの椅子に身を沈め、手で顔を覆った。

「渇く《ディプサオー》」

「先生？」

ペディグリー先生は答えなかった。やがて先生はマティの本を取り、できるだけ手短に地図のどこが悪いかを話した。マティは描き直し始めた。ペディグリー先生は窓際に行って立ち、鉛板葺《ぶ》き屋根から非常階段のてっぺんへと目を転じ、それからその先の、今やロンドン郊外が何かの生物のように成長して見える地平線を眺めた。

ヘンダソンは学習室での宿題に戻りもしなかったし、そこを出る言い訳にしたトイレにも戻らなかった。ヘンダソンは建物の正面に進み、たっぷり数分間、校長のドアの外に立っていた。これは彼がどれほどの悲劇を味わっているかを如実に示していた。なぜなら彼の所属している階級社会では、他の階級を飛び越えて進んでいくなど、並大抵にできることではなかったからである。ついにヘンダソンはドアを叩いた。始めはおずおずと、それからもっと大きく。

「やあ、何の用だね？」

「先生に会いに来ました」

「誰が寄こしたのかね？」

「誰でもありません」

その言葉に校長は顔を上げた。校長は少年がついさっきまで泣いていたことに気づいた。

「どの学年にいるのかな」

「ペディグリー先生のです」

「名前は？」

「ヘンダソンです」

校長はああ！と言おうとして口を開け、また閉じた。その代わり唇をすぼめた。心の底で心配が形を成してきた。

「それで？」

「あの、あの、ペディグリー先生のことです」

心配がわっと花開いた。取り調べ、罪の査定、あらゆる心痛、理事たちへの、最後には裁判官への報告。なぜならあの男はもちろん有罪を宣告されるだろう、あるいはそこまではいかなかったとしても……

校長は心の中で先を読みながら少年を長いこと見つめた。

＊一　新約聖書ヨハネ伝福音書一九章二八節。「ディプソー」はギリシア語で、十字架にかけられたイエスが息を引き取る寸前に洩らした言葉。

「それで？」

「あの、ペディグリー先生が……先生の部屋で勉強を見てくれるんです……」

「知っているよ」

今度はヘンダソンが驚く番だった。校長を見つめたが、校長は思慮深く頷いていた。校長はもうすぐ退職で、しかも何よりうんざりしていたので、何か取り返しのつかないことを言われないうちにその少年を受け流してしまおうと決断した。もちろんペディグリーは学校を去らなければならない、しかしそれについては大して苦もなく手配できるだろう。

「先生は親切だね」と校長はよどみなく言った。「しかしおそらく君はそれが少しいやだなと思ってるんではないかな、他の勉強もあるのにまた余分な勉強だからね、まあ、解るよ、ペディグリー先生に私から話して欲しいのだろう、君が言ったとは言わないよ、ただ君には余分な勉強をするほど体力がないと言うだけだから、君はもうこれ以上心配しなくていいんだよ。ペディグリー先生ももう君に来いなどとおっしゃることはなくなるだろう。いいね？」

ヘンダソンは赤くなった。片方の爪先で敷物をつつき、それを見下ろした。

「それならこの訪問のことも誰にも言わないようにしようか？　君が会いに来てくれて嬉しいよ、ヘンダソン、とても嬉しい。わかるね、ええと、大人に言いさえすればこんな些細なことはいつでも正しくなるもんだ。よし。さあ、元気を出して宿題に戻りなさい」

ヘンダソンは黙って立っていた。顔はさっきよりずっと赤くなり、膨れていくようだった。そして細めた目から涙が、まるで頭の中には涙しか入っていないみたいに噴き出した。

「さあ君、しっかりするんだ。泣くほど大変なことじゃないだろう！」

しかし実際はそれ以上に大変なことだった。二人とも悲しみの原因がどこにあるのかわからなかったからである。少年はただ泣くことしかできず、校長は正確には想像できないものの、何があったのか、いわばこっそり考えながら見ているしかなかった。そして結局受け流したのは賢明だったのか、そもそも可能だったのかと訝った。涙がやっと止まりかけたところで、ようやく校長はまた口を開いた。

「良くなったかね？　え？　聞きなさい。少しあの椅子に座った方がいいだろう。私は行かないといけないから……二、三分で戻ってくるよ。帰りたいと思ったら帰ってもいいんだよ。いいね？」気さくな様子で頷き、微笑んでから、校長はドアを後ろ手に引いて出ていった。ヘンダソンは勧められた椅子には座らなかった。その場に立っていると、赤みがゆっくりと顔から引いていった。鼻を少しぐすぐすいわせ、手の甲で鼻を拭った。それから学習室の自分の机に戻っていった。

校長は書斎に戻ってきて少年が帰ったことに気づくと、取り返しのつかない発言が何もなかったので少し安堵した。しかしそれからペディグリーのことを思い出して非常に苛立った。すぐに彼と話そうかとも考えたが、眠ってまた元気を取り戻そうと、明日午前の授業が始まるまでこの不愉快な件については何も考えないことにした。明日を過ぎるとまずいが、明日なら十分間に合うだろう。そしてペディグリーとの以前の会見を思い出し、校長は正真正銘の怒りで真っ赤になった。バカな男だ！

しかしながら、翌朝会見のために身を引き締めた校長は、衝撃を与える代わりに受け取ったのだった。ペディグリー先生は教室にいたがヘンダソンはいなかった。そして一時間目が終わる前、新しい教師で、既に生徒の間では「リンリン」と呼ばれていたエドウィン・ベルが、ヘンダソンを発見しヒステリーの発作に襲われた。ベル先生は運ばれたが、ヘンダソンはタチアオイの茂みに隠れたまま壁のそばに取り残された。鉛板屋根かその屋根に続く非常階段から五十フィート下に転落し、完全に死んでいることは明らかだった。「死んでる」と雑役夫のメリマンが、一見すると楽しんでいるんじゃないかと思えるような様子で力説した。「冷たくかちかちになってら」。それでベル先生は発作を起こしたのだった。しかしベル先生が落ち着いた頃には、ヘンダソンの遺体は持ち上げられ、その下に運動靴が片方見つかった。それにはマティの名前があった。

その朝校長は腰を下ろしたまま、ヘンダソンが昨晩自分の前に現れた場所を見つめ、二、三の非情な事実に直面した。校長は、口語的な言い方をすると、自分が「こっぴどい羽目になる」のがわかっていた。恐ろしく込み入った扱いになるだろう。その中では少年が自分のところに来たことを言わねばならないだろうし、それから……

ペディグリーは？　もし夜の間に何が起こったか知っているなら、今朝授業を続けるなんてことは絶対ないだろうと校長は思った。冷酷な悪漢なら、誰か緻密で無感情な計算が可能な者なら、そんなこともできる……しかしペディグリーには無理だ。それなら一体誰が……？

校長は警察が来たときも、未だどうしていいかわからなかった。警部補に運動靴について訊かれても、少年たちはよくお互いに服を取り替えています、警部さんも彼らがどんなふうかおわかりでしょう、としか言えなかった。しかし警部補はわからないと言った。警部補はこれが映画かテレビの中の事件であるかのように、マティに会いたいと申し出た。この時点で校長は学校専属の弁護士を招き入れた。それで警部補はしばらくの間席を外し、二人がマティと会見した。訊いてみるとマティは運動靴は「投げ射《い》た」のですと答えたように思われ、それに対し校長は苛々した口調で、「鋳《い》た」など言わなくてよろしい、「投げた」で十分だ、蹄鉄じゃあるまいしと言った。弁護士は、秘密は守るから真実を言った方がいい、自分たちは君の味方だと説明した。

「それが起こったとき、君はそこにいたかね？　君は非常階段の上にいた？」

マティは首を振った。

「それならどこにいたんだね？」

もし彼らがこの少年にたびたび会っていたなら、なぜ太陽がその子の顔に再び輝き、損傷のない側をはっきりと気高い表情に変えたのかわかっただろう。

「ペディグリー先生です」

「先生がそこにいたのかね？」

「いいえ！」

「いいね坊や……」

「先生はぼくと一緒に、先生の部屋にいました！」

「夜中に？」

「先生はぼくに地図を描くよう言って……」

「バカなことを言うんじゃない。夜中に君に地図を持ってこいなんて言うはずがない！」

マティの顔に浮かんでいた気高さが弱まった。

「本当のことを話した方がいい」と弁護士が言った。「最後には分かってしまうんだよ。怖がることはないんだ。さあ。この靴のことはどうかな?」

まだ下を向き、気高いというより地味に、マティは呟き返した。

弁護士は返事を迫った。

「聞こえなかったな。エデン? 靴とエデンと何の関係がある?」

マティは再び呟いた。

「こんなことをしていても始まらない」と校長は言った。「いいかね、ええと、ワイルドワート。可哀相なヘンダソンはあの非常階段で何をしていたのかね?」

マティは眉の下から熱を込めて見上げ、一つの言葉が唇から飛び出した。

「邪悪!」

それで二人はマティを待たせ、ペディグリー先生を呼んだ。弱々しく、顔を灰色にして気絶しそうになりながら、先生はやって来た。校長が嫌悪感の混じった憐れみを込めて見やりながら椅子を勧めると、そこに先生は倒れ込んだ。弁護士は予想される出来事の成り行きを説明し、被告が罪を認めれば未成年者への反対尋問が不要になるし、重罪からは放免されて求刑は軽くなるものだと言った。ペディグリー先生は縮こまり震えながら座っていた。彼らは親切だったが、会見の間、先生が生気に満ちた火花を見せたのはただの一度きりだった。君には友人がいる、小さなマティ・ウィンドウッドが君にアリバイを与えようと努力したのだから、と校長が親切に説明してやったとき、ペディグリー先生の顔は蒼白になり、それから赤くなり再び蒼白になった。

「あのおぞましい、醜い奴め！　地球上で最後に残ったのが奴だったとしても、絶対に触ったりするもんか！」

罪を認めると彼が同意したため、逮捕はできるだけ内密に執り行われた。それにもかかわらず、先生は警官に付き添われて自分の部屋から階段を降りてきた。そしてそれにもかかわらず、彼の影、彼の歩みに付きまとったあの犬はそこにいて、恥辱と恐怖の中を彼が行くのを見ていたのだった。それでペディグリー先生は広い学習室でそいつに向かって悲鳴を上げた。

「おぞましい、おぞましい奴め！　すべておまえのせいだ！」

非常に不思議なことだが、学校の残りの人々はペディグリー先生に賛成しているらしかった。可哀相なペダーズ爺ちゃんは、雲一つなく晴れ渡っていた過去の良き日々にも、生徒が自分を好いてくれるのならとケーキを配ったり、笑われ役を買って出たりしていたが、今やその頃より遙かに人気があった。誰一人、校長も弁護士も判事も、ヘンダソンが中に入れてくれと頼み、拒絶されて屋根の上でよろめき足を滑らせて転落した、あの夜の本当の話を知ることはなかった。今はもうヘンダソンは死んでいて、もはやその激しい情熱を誰にも洩らすことはできなかったからである。しかし結末はマティが除け者にされ、深い悲しみに沈むことになった。学校から早く出して、簡単であまり頭を使わない仕事に就かせることが、救済にはならなくても緩和策にはなるという一例だ、ということが教師たちには明らかだった。本通りを下った端っこのオールド・ブリッジのたもとにフランクリー商店があり、校長はこの金物店の顧客だったので、マティにそこでの仕事を見つけてやった。そして囚人番号一〇九七三二ペディグリー同様、マティに関しても学校は再びこれを知らざりき。[*]

校長のことも学校は再びこれを知らざりき、だった。ヘンダソンが校長に会いに来て追い返されたという事実は、看過されるものではなかった。校長は健康上の理由でその学期の終わりに退職した。そしてあの悲劇が彼を追い出す結果になってしまったので、引退後も白い崖の上の別荘で、事件のおぼろげな外辺を何度も何度も思い返してみたが、理解が深まることはなかった。一度だけ、手がかりかもしれないものに思い当たったが、それでさえ確かではなかった。「エドムにはわが履《くつ》を投げ射《い》し」[*二]という旧約聖書からの引用を見つけたのだ。その後マティのことを思い出したとき、校長は皮膚に少しひやりとしたものを感じた。具体的な意味は「脛《はぎ》に腿《もも》に撃つ」[*三]など他の多くの野蛮な行為を表す言い回し同様、翻訳の際に隠されてしまってはいたが、その引用句はもちろん、原始的な呪いの文句だった。それで校長は、自分が幼いヘンダソンの悲劇より何か遙かに暗いものへと続く鍵を手にしたのだろうか、と座って考え込んだ。

校長は頷き、自分自身に呟いていた……

「でもそうだ、口で言うことと実際にやることは、全く別問題なのだし」

*一　旧約聖書創世記三八章二六節などに見られる欽定訳（一六一一）の文体のパロディと思われる。

*二　旧約聖書詩篇六〇篇八節、一〇八篇九節。神はエドムの地めがけて「わたしのくつを投げる」と宣言するが、その意味はその土地を獲得し隷属させるということ。ただし、校長が見つけた引用文は、聖書の文句そのままではない。

*三　旧約聖書士師記一五章八節。「脛に腿に撃つ」は「容赦なく殲滅する」の意の比喩として使われる。日本聖書協会の一九五五年改訳聖書では「さんざんに撃って大ぜい殺した」と訳されている。

第三章

フランクリー商店はかなりの特色のある金物店だった。運河が開かれ、オールド・ブリッジが架けられると、グリーンフィールドのその外れでは建物や土地などすべての価値が下落してしまった。金物店は一九世紀のごく早い時期に、裏手に曳き船道が通っている今にも崩れそうな建物に移るが、ここは屑同然二束三文の安さだったのである。いつ建てられたのか定かでない建物で、壁一つとってみても、煉瓦造りのところもあれば、タイル張りの箇所もあり、下地に漆喰塗りのところや、木片が巧妙に組み合わされた部分もある代物だった。ほんとかなと怪しまれるかもしれないが、実はこの壁の部分というのは中世時代の窓を板木で塞いだ箇所であり、昔はこうして窓を潰して窓税から逃れたのだが、今では隙間だらけの壁くらいにしか思われていない。そういえば、この建物のどの梁にもあちこち刻まれた切目や溝が目につくし、ところどころえぐられた穴もあって、とてつもなく長い時間の間に建てては建て直し、切り離し、元に戻し、取り変えたりしたことがわかる。ついにこの建物はフランクリー商店が管理することになったが、不揃いもいいとこで、見てくれは雑然と成長した珊瑚みたいであった。本通りと向かい合う正面だけは、一八五〇年にようやく手が入れられ格好のついた姿になったが、その姿も一九〇九年までのことで、エドワード七世が町に訪ねて来られることになり、再び全面改築が施された。[*1]

この頃には、それ以前からといってもいいが、屋根裏、屋根部屋、階廊、廊下、隅っこ、隙間と、空いたところはすべて倉庫として利用されるようになり、在庫品がぎっしり詰め込まれた。まさに過剰在庫であった。フランクリー商店は、各時代各世代、各製品の沈澱物、売れ残りを抱え込んでいた。来客が店の奥の隅っこあたりを漁れば、馬車用提灯とか木挽き用鋸枠といった品物に出くわすが、博物館に引き取ってもらえるわけでもなく、蒸気への鞍替えを拒んだ駅馬車や木挽きと一緒に消える定めにあった。確かにこの金物店は二〇世紀初めの頃、果敢にも当時出回っていた商品を可能な限り品揃えし、一階に展示することをやってのけた。ただこれも誰かが目に見える形で成り遂げた進化の一つというのではなく、商店という組織が自然と大きくなって、工具、園芸、クローケー、雑貨など、多方面に渡る関心に応える区画・部門に分かれ、伸びてきただけのことである。第一次世界大戦という激震の後この商店はワイヤを蜘蛛の巣状に店内に張り巡らし、お金はその金属の糸の上を動く小さな木製壺に入れられ店内を駆け巡った。それは赤子から年金受給者まで、どの年齢の人も我を忘れて見とれる光景であった。店員が自分のカウンターから、カーンと壺を発射、飛行する壺は帳場台の銭箱に到着、鐘がゴーンと鳴る。すると会計係が手を伸ばし、壺のねじを開け、お金を取り出し、請求書と照合し、釣り銭を入れ、壺をカウンターへと発射、カーン！……カーン！　この手順はかなり時間がかかるのだが、模型の汽車で遊ぶみたいに興味をそそり楽しませてくれた。市の立つ日にはこの鐘の音がひっきりなしに大きく鳴り響き、オールド・ブリッジを追い立てられて渡っていく牛たちのモーと鳴く声よりもはっきり聞こえた。しかしその他の日には鐘が黙り込む時間帯があって、月日が巡るにつれその周期は長くなっていった。そのうち、フランクリー商店を訪れる客は、店の奥の薄暗いところを歩いていると、木製壺の全く別の性質に気づくことがあるかもしれない。ワイヤと建物の造りのせいで鐘の音が押し殺されて、壺が客の頭上を猛禽のようにシューと飛んで角を曲がると全く予想もつかない方向へと消えていくことだってあるのだ。

フランクリー商店の本領は長寿ということだった。もともとあの金銭移送の複雑な仕組みは、店員一人一人に帳場を持たせない方策として考え出されたものだった。しかし予想しなかったことだが、蜘蛛の巣のワイヤが店員たちを孤立、隔離させてしまうことになった。先代のあとを継いだ息子のフランクリーが年老いて死亡したときでも、店員たちの方は、おそらく生活が質素で信心深かったおかげであろうが、健康で長生し、カウンターの傍らでじっと静かにしていたのである。さて次に新しく店主になった若いフランクリーは、先代の主人たちより信心厚く、頭上をお金が行き交うのは年老いた先輩の紳士たちを傷つけるものだと感じ、これを廃止した。この人がチャペルを建立したあの有名なアーサー・フランクリー氏で、各々カウンターに居並ぶ老紳士たちは、彼のことを短く「ミスタ・アーサー」と呼び慣わし、その老人たちの言葉遣いは、馬車を動かすのにだんだん馬が使われなくなったときでも、変わることがなかった。ミスタ・アーサーは各カウンターに木製帳場銭箱を配置し、一つ一つ孤立した持ち場に威厳を取り戻したのである。

しかし金銭の空中行き交いの慣行は二つの役割を果たしてきた。一つは、このおかげで年配の店員

＊一　エドワード七世の英国王在位は一九〇一—一〇年。ヴィクトリア女王の長男。

たちは程良い沈黙と静寂とを享受できたし、いま一つは、頭越しにお金が送られてくる方式に慣れてしまったので紙幣を受け取った後、まるで透かし模様を調べるように紙幣を翳す仕草ができあがったことだ。もっともこの後、次はどうすればよいのか店員は思い出そうとするが、沈黙と戸惑いの表情が続くだけで、商店が進化いやむしろ退化しているとき、この光景はほとんど変わることがなかった。だがこの年配の人たちを「店員」と呼ぶのは、彼らの霊に十分な礼を尽くしていない気がする。よく晴れた日には、店の暗めの電気でさえしっかりスイッチが切られ、店内の明るさは、いくつかの飾り窓の板ガラスからの光と、広いが薄汚れた天窓、といってもそのいくつかは屋内にあって空を拝んだこともないのだが、そんな天窓からの光とを当てにしていたので、隅っことか誰も目を向けない通路とか、ところどころ薄暗闇が漂っている閑静な場所があった。こんな日に店内をぶらつく客は、誰一人足を向けない隅っこあたりに、翼を広げたようなハイ・カラーが幽霊のようにぼんやりと光っているのに気づくかもしれない。やがてその薄暗闇に目が慣れてくると、ハイ・カラーの上に青白い顔が載っかっていて、そのずっと下の方にはたぶん手だろうが二本、目に見えないカウンターがあるはずの平らなところに広げられているのを見分けるだろう。その店員はボルト、釘、ねじ、紐用金具、鋲の入った包みに負けないほどじっと動かないままである。精神がどう働いているのか全く想像できないが、そこでは精神的に店員は存在していなくて、肉体だけが居残り、まっすぐ立ったまま当て無しの客を待つのであった。若いミスタ・アーサーは善意と真の温情に溢れた人だったが、直立した店員こそ真に立派な店員のあるべき姿であって、店員が腰を下ろしている姿は何か不道徳な感じがする、と思い込んでいた。

ミスタ・アーサーが信心深い人だったおかげだろうか、彼が店を切り盛りしているうちに店員たちもますます敬虔になってきたのは紛れもない事実で、それは人間精神の有様の不可解な一つの謎と言える。長寿、倹約、信心が相俟って彼らはこの世で最も使い道のない、かつ最も威厳に満ちた店員となってしまった。芳ばしくない評判は知れ渡った。若い店主は蜘蛛の巣廃止というナポレオン的決断のために消耗していた。性への嫌悪とか倒錯のためとかではなく、ただ性衝動が弱体化していただけなのだが、独身の申し子みたいな人で、自分のチャペル建立のためにお金を遺すことを申し出た。第二次大戦中フランクリー商店は借金をしなくてはやっていけなくなり、最小限度ではあるが金を借りた。ミスタ・アーサーは自分が生きている間はそれでいいのだと決めていた。敬虔な年配の店員たちは現在やっている仕事しかできないし、他に行く当てもない以上、自分が支えてやらねばならぬ。そのような非実務家的姿勢を先代の経理係の進歩的孫息子に責められると、ミスタ・アーサーは曖昧に呟いた……「穀物《こくもつ》を碾《こな》す牛《うし》に口籠《くつご》をかく可《べ》からず[*一]」

個別の銭箱配置を再導入したことでかえって店の衰退がひどくなったのか、今でもそれをはっきりさせることはできない。ただ確実に言えるのは、衰退が深刻になるにつれ、はためにもはっきりわかるほどに店が自発的に激発的精励さで自己救済に努めたことである。それに、かくも長く励みながらかくもわずかしか売り上げを伸ばせなかった年配店員紳士との、礼を尽くした関わりを振り落とすこ

＊一　旧約聖書申命記二五章四節にあるモーセの律法。パウロは新約聖書コリント人への前の書九章九節以降や同テモテへの前の書五章一八節以降で、これを「働く者がその報酬を受けるのは当然である」という意味に解釈している。

とはしなかった。そして最初の激発的努力では想像できないほどたくさんの雑貨品を屋根裏からまた屋根裏へと移し替えを行って、なんとそこの二階部分にショールームを開いたのである。ここにカトラリー、刃物類、ガラス製品が展示されることになったが、年配の店員たちは一階のカウンターの中で立ち働いているので、二階には新しい血を注入しなくてはならなかった。その時は年齢がちょうどよいとか、安く雇える人材が見つからず、そこで新鮮な息吹で二〇世紀へ駆け出そうという姿勢でフランクリー商店は女性を賃借りしたが、「雇用」と言わなかったのはこの語に男性的威厳の響きがあったからである。鰻の寝床のように細長い二階ショールームでは電気が、それも店のどこよりも強力な電球が使われ、昼間陽が照ってどんなに明るくても、正面の扉が閉められるまでスイッチが切られることがなかった。このまばゆいばかりの部屋へ上がる階段は、展示品とそれを守る女性にお似合いの根源的軽佻浮薄さを表していた。一七世紀後半の生き残りを漆喰で形を整え太鼓の皮を張り付け応急処置をしたもので、屋外ならまだしも屋内にこんな代物があること自体思いも寄らぬことだった。まもなく、カトラリーとタンブラーの他に、デカンター、ワイングラス、陶磁器、テーブルマット、ナプキン・リング、燭台、塩入れ、瑪瑙《めのう》の灰皿が並べられた。そこは店の上にあって、かつ店の中の一つの店だった。明かりの点いた階段の上がり口に例の皮が張り付き、一段一段に絨毯が敷かれ、敷物が広げられ、床は磨かれ、たっぷり金を食う明るい電灯の下ではガラス製品がギラギラと輝いていて、店などといっても、あだっぽく見えてしまうのであった。階下では相変わらず、ほうきの柄、亜鉛メッキ鉄板バケツ、木製柄付道具類が並んでいた。このショールームの部屋は、同じく二階にある壊れた汚い木製整理棚ともしっくり合わないままで、この棚には釘、ピン、鋲、鉄器、真鍮のねじ、ボルトがたっぷり収納してあった。

年寄りの店員たちはこんな二階を無視していた。店そのものが制御不可能なものに、いわば回避不能な衰退の砕浪に翻弄されている以上、自分たちだって当然そうなるだろうが、二階もどうせ駄目になると踏んでいたに違いない。それでも二階のショールーム開設の次にプラスチック製品が押し寄せると、拒むことはできなかった。音を立てないバケツ、食器洗いボウル、流し用バケツ、如露《じょうろ》、お盆といった形で、しかもすべて目をくらます色つきでプラスチックは続々侵入してきた。そのあと更にプラスチックは過激に進化して、人工の花々が咲き繁る生育区域を広げ栄えたのだ。園芸関連プラスチック製品はグループとして集結し、一階のいくつものショールームの中心部に一種の東屋《あずまや》を形成したのである。この東屋は更に手足を延ばしてプラスチックの衝立や格子垣の離れを造り、一風変わった庭いじりの道具が立ち並ぶことになった。女性的空間がまた誕生したのである。そしてまた女性がそこの守り手となったが、女性というより女の子といってよかった。他の店員と同じく自分の帳場をもらっていた。その子なりに工夫して電灯にいろんな色を施し、その幻想的装飾の小さな森の中に身を潜めた。

マティが校長先生のお世話で投げ込まれたのは、昔と今とが複雑に絡んでいるこの雑然とした商店の中、世間一般を映し出すこの縮図の中である。マティの地位は曖昧だった。ミスタ・アーサーの説明によれば、まずはその男の子を店に呼び、どのように使えるものか様子を見てみようということであった。

「まあ、配達係のところででも使ってみますかね」とミスタ・アーサーは言った。

「将来のことはどうですか?」と校長は尋ねた。「あの子の将来、ということですが」

「仕事がきちんとできるようでしたら配達事務でもやらせてみましょうかね」まさか厄介なことにはなるまいと、遙か遠くにナポレオンの姿でもかいま見たように、ミスタ・アーサーは答えた。「もし数字に強いようでしたら経理係にまで上がれるかもしれませんしね」

「正直申しまして、あの子は能力の方が少し劣っていまして。でも学校に置いておくわけにはいきませんし」

「配達からやらせましょう」

フランクリー商店の配達範囲は十マイル四方に広がっており、信用貸しの掛け売りもやっていた。グリーンフィールドの町内の小荷物配達は自転車を使って男の子がひとりでやっていたが、遠距離とか重い商品の配達には二台のバンが使われた。二台目のバンには運転手と、ポーターと呼ばれる荷物の運搬係とが乗っていた。この運転手は関節炎がとてもひどくて歩くのもままならず、いったん運転席に押し込んでもらうと、もうこれ以上は無理だと思えるほど長い時間、もちろんそれより長いことだってあるが、そこに座ったままであった。これもまたミスタ・アーサーが施した想像力欠如の親切行為の一例と言える。確かに当人にとって仕事は絶えず苦痛であり恐怖ではあったが、おかげで仕事には就けているし、一人分の仕事を二人でやっていいことが保証されているのだ。まだこんな表現は普通に使われていなかったが、フランクリー商店は「集約的労働」の店であった。そして時には「老舗」と呼ばれた。

金物店の敷地の裏手は本屋「グッドチャイルド稀覯本《きこうぼん》専門店」の小さな裏庭に沿って伸びていて、

その行き止まりには、未だに「馬車庫」と呼ばれているところだが、押し込まれたように鍛冶場があり、そこには鉄床、工具、炉が揃い、もちろん年老いた鍛冶屋もいて、時間潰しに孫たちのための小物を拵えていた。この区域がマティを引き受け飲み込んだのである。彼はわずかの小遣い銭をもらい、一五世紀製薔薇色屋根瓦の下の細長い屋根裏部屋で寝た。そしてしっかり食べたが、それは当然ミスタ・アーサーも計算していたことだった。マティは濃いグレーの厚手のスーツとグレーのオーバーコートを身に着けた。いろんな物を運ぶ仕事をした。こうして彼は店の「小僧」になったのである。店の中をあちらこちらと園芸道具を運んでは、お客から受取りのサインをもらって回る。そんな仕事の間でも時折、鍛冶場の傍らに山と積まれた荷箱の間に姿を見せると、小型金梃子みたいな道具で荷箱をこじ開けていることがあった。マティは物を開けるのが実に巧みになった。金属薄板、金属竿尺、L字形金具、鉄製桁、針金などの寸法の採り方もわかるようになってきた。営業中でも店が静かなとき、屋根裏とそこの部屋で彼が在庫品の間を不規則な歩き方で行き来しているのが時折頭の上から聞こえてくる。名前も知らない、初めて見る商品を彼が在庫の山の中へと配って回っているのだが、商品半ダースのうち一つくらいは売れるものの、あとの五つは錆び付くままになっていた。この屋根裏に来てみると、無蓋暖炉用金具一式とか、出始めた頃の無芯ろうそくの歪んだ束とかにお目にかかることもある。マティは時々ここを掃除し、ブラシで不揃いな広い板張りを掃くのだが、埃が舞い上がるだけのことで、埃は薄暗い隅っこに漂いながら目には見えてなくても、くしゃみを誘うほど肌に触れてくるのであった。

マティは翼を広げたハイ・カラーの、各帳場に居る先輩たちを敬うようになった。同い年か少し年かさの男の子は一人きりで、この子は歩くか、自分のものと決めている自転車で近辺の配達を行った。実は彼より自転車の方が年を食っていた。とにかくこの少年はがっしりした体つきで、油で撫で付けた金髪は磨き上げたブーツに負けないほどつやつやと魅力的に輝いていて、自分はこの店とは関わりがないと装う術をしっかりと身につけているせいか、彼が店に入ってくると店の者が来たというよりお客様のご来店という感じであった。ハイ・カラーの年配店員が見るからに完璧な静を達成したのに対し、このもう一人の小僧は間断なき動を表していた。もちろんマティの方は随分とナイーヴであったから、この金髪の小僧みたいに、状況を自分の都合に合わせる才覚は持ち合わせていなかった。マティは四六時中何かと仕事に使われていたが、皆がこんなに用事を言いつけるのは自分の姿を見ないで済ませたいからだとはわかっていなかった。鍛冶屋に命令され、人目につかない裏庭の隅で煙草の吸い殻を拾う仕事をして、終日そこでうろうろしていても、誰一人気にする人はいないのだと飲み込んでいなかった。転がっていたわずかの吸い殻を拾ってしまうと、終わりましたと報告したものである。

　フランクリー商店で働くようになって数ヶ月と経たないうちに、ファウンドリングズ校にいた頃の行動様式《パターン》がまた姿を見せ始めた。マティはプラスチックの造花が溢れる東屋を通った折、そこに漂う匂いを嗅いで衝撃を受けていた。そこの帳場の女性は、香りもないのにこれみよがしに贅沢に飾られた花々に我慢がならず、香水をわが身に振りかけ甘い香りを振り撒いていたのである。そんなある朝マティは、このミス・エイリンのところへ新しい花束を持って行くように言いつかった。紛《まが》いの刺《とげ》までは要らないことになっているプラスチック製の薔薇を腕一杯に抱いて、東屋にやって来た。一枚の葉っぱに鼻をくすぐられながら、たくさんの薔薇の間から前方を見つめる。目の前の棚からミス・エイリンがそこにあった一輪の薔薇を既に移していたので、棚に隙間ができていることにマティは気づいていた。おかげで抱えた花の間から前方を、東屋の中までも見ることができた。

まず気づいたのはカーテンのような、きらきら輝いているものだった。マティの方に彼女の背中が向いていたのでそのカーテンは一番上のところが尖ったアーチ型に見え、下に行くにつれてゆったりと広がって視界から消えていた。香りの習い通り、ミス・エイリンがつけた香りはあたりに漂う。マティが近づく気配を耳にし彼女は頭を回した。マティの目に見えたのはこの女性の少し曲がった鼻で、その曲がり具合は、こんな鼻の持ち主には不躾さが当然の権利として授けられているのよ、と語っているみたいで、頭がこちらを向いたとき、輝いているカーテンのような髪よりも生意気な曲がりの鼻が目についた。次にマティが見たのは彼女の額の輪郭で、普通、額の境界は眉の線で定まるはずだが、この女の場合、眉毛は数学的計算可能域をはみ出していて、その眉の下に大きな灰色の目が陣取り、黒くて長い睫《まつげ》とぴったり合っていた。その目は薔薇の花に気づいたが、逆方向の真正面にご用を承っているお客がいたので、「どうもありがとう」を出だしの音節で言う余裕しかなかった。

「どーも」

棚のあの隙間がマティの肘のそばにある。彼が薔薇の花束をそこに立てると、薔薇は頭をもたげ、その人の姿が視界から消えた。足が向きを変え、マティはその場を離れた。「どーも」は大きく広がり、音節も数を増やし、声は優しく音量も高くなり、爆発音みたいになって、際限なく長時間響きわたる。鍛冶場の近くに来ていくらか我に帰った。配達する花はもうないのですか、とマティにしては見事な問いを発したのだが相手に聞こえていなかった。自分の声がとてもか細くなっていたのがわかっていなかったのだ。

　これで心懸かりが二つになった。一番目は、この二番目のミス・エイリンとは全く違って、ペディグリー先生のことである。屋根裏で埃の山を掃いているとき、たくさんの埃をかぶって仕方がないとも思えるがそのためだけではなさそうな苦痛の色を、感情の表出が見られる顔の右側に、浮かべることがあった。先生のことが心に引っかかり思い出したのだ。マティの顔が突然に苦痛で歪むのは、埃や木端《こっぱ》のせいではなかった。学校の学習室で先生が叫んだ「すべておまえのせいだ」という言葉を思い出したからである。自分一人きりになったとき、マティは大釘を掴み、ほうきを持つ手の甲に不器用に突き刺し、少し血の気を失いながらも、血が細長く糸を引き先端が固まってくるのを見つめたことがあった。あの先生の声が音もなく再び彼に向かって叫んだためだった。だが今回、女性の顔の一部をちらりと目にし、香りを嗅ぎ、輝く髪を見たとき、先生を思い出すときに感じるのと似た激情がマティの心に押し寄せて、先生の思い出が当然の権利みたいに居座っているところ以外のすべての空き部屋に入り込んできた。心を襲ったこの二つの激情のためにその心は捩《ね》じれ、望みもしないのに高揚し、自分を守ることも慰めることもできず、ただ耐えようとした。

　その朝マティはふらりと裏庭から出て階段を上り屋根裏に来た。勝手知ったところで、鉋屑《かんな》が溢れ出た荷箱が転がっている間を進み、山と積まれたペンキのそばを通り、錆び付いた鋸セット一組と腰湯用盥《たらい》が段々に積み重ねられている部屋を抜け、同じ型のパラフィン・ランプが並べられたところから、カトラリーとガラス製品が展示されている細長の部屋に入っていった。ここの中央部には屋根の棟がガラスになっている大きな天窓があって、そこから陽光が射し込み、下の二つ目の天窓を抜けて一階のメイン・ショールームへ届くようになっていた。マティが下を覗くと色とりどりの光がきらきら輝いているのが見え、彼が動くとそれにつれて棟のガラスを抜けた光が動くのが見えた。一階に判然としない色の塊を見ることができて胸がどきどきしたが、そこが造花の帳場であった。これから自分がここを通るときは、きっと斜め下方に目を走らせ、色が混じり合ったあのはっきりしない光の塊を必ず見ようとするだろう、とすぐにわかった。更に前方に進んで、荷物が何も置かれていない二階屋根裏部屋に入り、それから階段を一、二段降りかけた。この階段は裏庭から一番遠く離れた壁に沿って下りている。手すりに手を掛けて身体を屈め、一階の天井に沿って目を這わせ、覗き込む。

たくさんのプラスチックの花を見ることはできたが、お客を相手にしている帳場はマティの方からは片側しか見えなかった。こちらからは造花が目に入るだけで、彼が慌てて立てておいた薔薇はその向かい側だった。中心部分で見えるのは薄茶色の頭のてっぺんだけで、髪が真ん中で分けられているのが白く見える。結局もっとはっきり見たいと思うなら、店の中を歩いて東屋を通り過ぎるときに視線をすーっと横に走らせるのが一番だとマティにも見えてきた。例えばあの金髪の小僧のように、雑多な知識があって利口だったら、立ち止まってお喋りでもできるのに、と一瞬だが実際思ってみた。だがそう思っただけで、それにとてもそんなことができるわけはないと思うと心臓が飛び跳ねてしまった。そこで急ぎ足を進ませたが、脚が何本もあるみたいに絡み合い、前に進むのを邪魔しているようだった。花が積まれていないカウンターから一ヤード足らずのところを通り過ぎながら、頭は動かさないで目を横に滑らせる。しかしミス・エイリンは屈んでいたので、マティの目には東屋は誰もいないように見えた。

「小僧」

マティはよろめきながらも急ぎ足になった。

「小僧、どこに行ってた？」

店の人たちはマティがどこにいたのか本当に知りたいわけではなかったが、ただわかればいくらかは興味が湧いて、彼のことがもっと好きになれたかもしれない。

「かれこれ三十分もバンは待ってたんだぞ。荷を積み込みな」

そこでマティは荷物の束をバンに投げ入れ、金属製品の束をガチャガチャと隅へ押しやり、半ダースの折り畳み椅子を載せ、最後に自分の不格好な身体を運転手の隣の座席に捩じ入れた。

「ほんとにたくさん花がありますね」

「ほんとにほんとの花みたいですよね」

関節炎で苦しんでいる運転手のパリッシュさんは呻《うめ》いた。マティは続けて言った。

「わしもあんなの見たことないな。もしおまえの膝がわしみたいに……」

「いいですね、あの花って」

パリッシュさんはマティの言うことを無視してバンを運転する仕事に集中しようとした。マティの声が実際ひとりでに喋り続ける。

「きれいですね。ええ、あの人工の花です。それにあの女の子、ええ若いレデイの……」

パリッシュさんがぶつぶつと雑音を発するのは若い頃からの癖で、フランクリー商店が三台の荷車を馬に牽かせ、うち一台を彼に任せていた頃から続いていた。自動車という革新的運搬車が利用されるようになって数年すると、パリッシュさんはそちらの運転の方に移されたが、二つのことはしっかり心に刻まれていた。馬車を操ったときから憶え込んでいる言葉遣い、それと自分は出世したのだという信念の二つだ。初めパリッシュさんが小僧の言うことに耳を傾けている気配は全くなかった。でもこの小僧が言っていることは皆聞こえていて、己の沈黙をしっかり包み丸めて一つの武器に仕立て、それでマティの頭上に一撃食らわす格好の瞬間を待ち構えていたのだ。今その一撃を与えた。

「若いの、わしに口を利くときは、いいか、『パリッシュさん』と言うんだぞ」

マティが思っていることを誰かに打ち明けようとしたのは、この時が最後だったのかもしれない。

その日遅くなっていたがもう一度、あの屋根裏を通ってあの中央部のショールームの上に来ることができた。そしてもう一度斜めに目を走らせ、肋骨状の木枠で支えられた天窓からあの判然としない色の塊をちらりと見て、もう一度天井に沿って目を這わせた。何も見えない。店が閉まったとき急いで店の前の人影のない歩道に出たが、誰一人見えなかった。翌日も同じ時刻、早めに店の前に出ると、あの人がバスの踏み段から中に乗り込もうとしていて、蜂蜜色の光を受けて淡い褐色の髪が輝き、膝の裏がはっきり剥き出しになり、二つの光沢のある長いストッキングがきらきらと輝くのを拝むことができた。次の日は土曜日で半ドン、マティは午前中ずっと忙しく、仕事から解放されたときは既に彼女の姿はなかった。

日曜日マティは機械的に朝の礼拝に出席し、ミスタ・アーサーが「共同食堂」と呼んでいるところで、味はともかく量だけはどっさり出される食事を摂り、それから健康のために必ず実行するようにと言われている散歩にぶらりと出かけた。この間ハイ・カラーの年配店員たちはまだベッドの中でうとうとしていた。グッドチャイルド稀覯本専門店を通って、スプローソン・ビルを過ぎると右に曲がり本通りを進んだ。マティは不思議な精神状態だった。耳にこびりついて離れようとしない鋭い音が空中に響いているみたいで、その音はある種の精神的緊迫から直に生まれたもの、もしあのことだとかそのことだとか思い出そうものなら、激しく苦悶へと変わっていきそうな不安から生まれたもののようだった。この不安感はあまりに強烈だったので向きを変えてフランクリー商店へ戻ろうかな、少なくとも問題の一つは店にあるので店を見たらその問題の解決の助けになるかも、と思う。しかし店の前に立ちそこを見つめていても、隣の本屋、その隣のスプローソン・ビルを見ても、何も救いは授からなかった。スプローソン・ビルの角を折れ、運河に架かっているオールド・ブリッジにやって来て、通り過ぎようとすると橋のたもとにある鉄製の公衆便所が自動的にどーっと水を流した。マティは立ち止まって運河の水を見下ろしながら、水を見ることには救いと癒《いや》しとがあるという昔からの信仰を無意識のうちに受け入れていた。曳き船道を歩こうかなと一瞬考えたが、そこは泥道だった。向きを変え、元に戻ってスプローソン・ビルの角を回ると再び本屋と金物店の前に出た。歩くのを止め本屋の窓を覗く。何冊もの本の題名は何の助けにもならない。そこには言葉が溢れているが、人間の際限ないお喋りを文字の形で繰り返しているだけだった。

今、問題の一つがいくらか焦点を結ぼうとしていた。静寂の中へと下っていくことができるかもしれない、すべての雑音と言葉の間を抜けながら沈んでいき「すべておまえのせいだ」とか、胸を突き刺す甘美さを湛えた「どーも」とか、ナイフとも剣ともいえる言葉の間を抜けて下へ下へと静寂へ沈んでいくことができるかも……。

本屋の窓の左手、幾列かに並べられたシリーズ本『釣り竿と銃を持って出かけよう』の下に小さな台があって、どう見ても書物らしいとはいえないいくつかの品物が置いてある。角本《つのぼん》の『アルファベットと主の祈り練習セット』*一もそんな一つであった。大昔の楽譜、四角の音符が記された楽譜の断片が注意深く貼られた羊皮紙もある。楽譜のすぐ左には黒塗りの小さな木の台に乗っているガラス玉がある。マティがちょっといいなという気持ちで見つめているのがこの玉で、そのガラス玉は何も言おうとしていなかったし、大判の本と違って、凍り付いた言葉が全体に詰まってなどいなかったからだ。ガラス玉の中には、遠くにありながらここで輝く太陽しか存在していなかった。何も言わずにただそこにあって、更に光り輝き、ますます純粋さを増す太陽をマティは良しとした。雲が離れていくときに姿を見せる太陽のようにぎらつき始めた。マティが動くとそれも動き、じきにマティの方は動けなくなった。その太陽は造作なく優位に立ちマティの目の中にまっすぐ入ってきたので、妙な気分になったが、必ずしも不快とも言えないものの、やはり普通でない、妙な感じだった。と同時に、正義とか真実とか静寂とかを感じている自分に気づいた。後になって彼はその意識を「水がせり上がってくる感じ」と自分のうちで思い描いたが、ずっと後になってエドウィン・ベルが、君は「沈黙の他者空間」の中に入っていこうとしていたのだ、と述べたもので、その中ではマティに対してものの方が現れるとか示される、というのである。

　ものとものとを繋ぐ縫い目の見える側が彼に示された。これまではそれだけで一つのものに思えて

＊一　角本とは昔の小児用教本で、アルファベットなどを書いた紙を板に貼り、透明の角質の薄片で被膜を施したもの。

いた布が、今や縦糸と横糸とで縒《よ》られているのが見えてきて、そこに出来事も人も存在している。ペディグリー先生がいて、顔が非難で歪んでいるのが見える。また垂れた髪と横顔も見えてきて、その二つが両端の皿に載っかっている天秤が見える。人工の花の中にあるので十分はっきりとは見たことのないあの女の人の顔が、目の前にちらつく。お馴染みなのでその顔はわかっていたが、そのわかっているということが何か変だ、ということもわかっていた。ペディグリー先生が天秤の釣合を取った。ペディグリー先生と、焼き印を押し付けた先生の非難の言葉をはっきりとわかっているということには、何も変なところはなかった。

次の瞬間、このようなことは皆マティから見えなくなって言葉では言い表せなくなった。そしてもう一つ別の空間が、彼の右側の低いところから左側の高いところにかけて、金文字で記されたでかい文字と一緒に見えてきた。その空間が本屋の窓の敷居だと見えたし、そこに「グッドチャイルド稀覯本専門店」の名前が金文字で取り付けられているのを見て取ったのだ。気がつくとマティは窓に対して斜めに身体を傾け、水平に並んだ金文字となんとか向かい合っていた。黒塗りの木製の台に載っているガラス玉は、窓にかかった彼の息の蒸気の背後で小さくなっている。そこにはもう太陽は輝いていない。まごつき戸惑いながら思い出した、今日は一日中陽が照っていないし空にはしっかり厚い雲があって時折雨粒が肌をちくちく刺したっけ。起きてしまったことを思い出そうとしたが、自分が思い出しながら変えていることに気づいた。まるで自分の方で絵や出来事に色や形を勝手に加えているようなものだ。これは線がすべて引かれているクレヨン画練習帳の白いスペースを、クレヨンで色を塗っていくのと全く違っていて、物事がこうあって欲しいと望めば、次にはそれが起きているのを目にできるというのに似ている、いやもっと強く、あることがこうあって欲しいと望まなければいけない、するとその通りに起きているのを目で見ることができるはずというのに似ていた。

しばらくしてマティは向きを変え、当てもなく本通りを歩き始めた。雨は肌を刺すように冷たく、ためらいながら周りを見回した。その視線が通りの左側の中程まで進んだところで、古い教会が目に入った。雨宿りと初めは思って早足で教会に向かうが、次の瞬間突然に自分がすべきことがわかった。教会の扉を開け、中に入ると、西側の窓の下にある奥の席にすっと腰を下ろした。注意深くズボンの腿のあたりを持ち上げると、何をしているのかはっきり考えないうちに跪《ひざまず》いていた。意思とは関係なく、ふさわしい場にふさわしい姿で膝をついていたのだ。グリーンフィールド教区教会は身廊の左右に側廊、翼《よく》廊もあり、この町の古くて代り映えしない歴史を示すものがいろいろあった。どの敷石にも墓碑銘が刻まれており、壁面はこんなにまでと思えるほど文字で埋まっていた。教会は空っぽで、それも人が空というだけのことではなかった。マティの心に何か妙な感じの反応を引き起こした、あのガラスの玉が持っていた質がここには抜けていた。マティは物事を結び付けて考えることができなかったし、喉には飲み込むことのできない大きな塊がつかえているのを感じていた。天にいます我らの父よと、「主の祈り」*一を言おうとするが、口にできない、言葉が何かを意味しているとは思えなかった。膝をついたまま困惑し、悲しさが胸に溢れ、じっとしているしかなかった。そうしている間、人

＊一　主の祈祷文とも呼ばれ、イエスによって規定された祈りの文句で、新約聖書マタイ伝福音書六章一〇節とルカ伝福音書一一章二節に見られる。

工の花も垂れた褐色の髪も、普通じゃないし辛いが自分にはどうしても必要なんだ、という思いが蜂蜜色の光と共にどーっと彼に押し寄せてきた。

「人《ひと》の女子《むすめ》よ」*一

音は出ていないが大声で空に向かって叫んだ。静寂が静寂の中で反響し合っていた。

その時一つの声が極めて明瞭に響いた。

「君は誰かね。何の用かね」

今のこの声は聖具保管所でものを片付けようとしていた副牧師の声であった。上司の牧師も知らない苦行を自分に課しているところだった。ところが聖歌隊の男の子がこの保管所に置き忘れた漫画を取り戻そうとドアを弄《いじ》ったのでその音にびっくりして誰何《すいか》したのである。しかしその声はしっかりとマティの頭の内部に響いた。マティは同じ内部で問いに答えた。ある男の顔が載っている秤皿と、いま一つ、期待と誘惑の炎が載っている秤皿と、二つの秤皿が釣合をとる天秤を前にして、混じり気のない白く熱した苦悶の時を味わっていた。未だ試練を受けていない意志が初めて自分の力を行使しようとしていた。自分が既に選んだこと、大きさの違う人参を選ぶ驢馬《ろば》としてではなく、苦悩する意識として選んだということがわかっていたし、わかっていることを疑う気など全くなかったし、あるいはこちらの方がたちが悪いが、わかっていることを良しとして誇りに思うことなど及びもつかなかった。白熱した苦悶は燃え続けた。そしてその苦悶の中で、あのプラスチックの花と髪とに集中していた将来への沸き上がる思いが燃え尽くされ、その思いは「まだ可能性あり」から「そうなったかもしれないのに」へと沈み、姿を消した。マティ自身今や意識が目覚め、自分の容姿は全く魅力に欠けていて、あの女店員に近づけば笑いの種になり屈辱を感じさせられるだろうと見て取れた。またこれも彼には見えていたのだろうが、どの女性の場合でもそれは同じではないかと考えさせられた。マティは本性のまさに核の部分で傷つき、大人の涙を流し始め、友だちの死を悼んで涙するように、未来が消失したことに涙した。もう涙が出なくなるまで泣いたが、涙と一緒に自分の中からどんなものが流れ去ったのかはわからなかった。泣き止んだとき奇妙な姿勢になっていた。膝をつき背中が腰掛けの縁に触れている、両手は目の前の教会席の上部をしっかり掴んでいて、頭は祈りと賛美歌の本が置いてある小さな棚にもたせかけている。目を開けて焦点を合わせると、涙が床の石に落ちて昔の人の墓碑銘の溝に溜まり、濡れているところを見つめている。マティは西側の窓にかかる雨の微かな囁きを耳にしながら、灰色の日の光の中に戻っていった。ペディグリー先生を癒すことは不可能だと見えた。そしてあの髪の方は……自分は立ち去らなくてはいけないとわかっていた。

＊一　旧約聖書創世記六章二節に、人の娘たちが美しいと知った神の子たちが、おのおの選んだ者を妻としたことが書かれている。

第四章

気持ちが極端から極端へとギザギザに振れる熱情型の性質にいかにもふさわしく、マティはいったん立ち去ると決めたら、人力で可能な限りとことん遠くまで行ってしまうのだった。マティの行くところ、取り巻く環境の方から進んで彼に合わせて変化してくれる例の奇妙な成り行きがまたもや起こって、オーストラリアへの渡航手続きは実にあっさり整い、あたかもそのギザギザなたちにもかかわらず身体を流線型にして流れに乗ったかのようだった。普通ならごく事務的に扱われるはずの役所の手続きでも、親身そうな対応をしてもらえた。いやむしろ、係員がマティの萎《しな》びた耳を見てたじろぎ、素早くマティを視界の外へ追いやった、というのが実情かもしれない。ほんの数ヶ月のうちにメルボルンでの職場、教会、滞在させてくれるＹＭＣＡも見つかった。三つまとまってフォー通りの繁華街、ロンドン・ホテルのすぐ近くでマティを待ち受けていた。ここの金物店はフランクリー商店ほど大きくはなかったが、二階には在庫室、店の横庭には荷箱置き場、それに鍛冶場代わりの機械工作室もあった。マティは遠くへ遠くへと急ぎ足で進んでいけば、悩みごとを振り切ることができるだろうと無邪気にも考えていたが、その期待通りであればここで何年間か、ことによると死ぬまでだって暮らすこともできただろう。しかし果たしてペディグリー先生の呪いの言葉は付きまとったのであった。しかも時の流れの仕業か、異郷のオーストラリアにいるせいか、それとも両方の動因が働いたのか、マティがそれまでぼんやりと感じていた当惑は急速に研ぎ澄まされ、紛れもない驚きの念へと変わっていき、そしてこの驚きは、頭のどこからかついに次のような表現を見つけ出した。

「ぼくは、誰だ？」

この問いかけに対して胸に浮かぶ唯一の答は、こういったものだった。おまえはどことも知れないところから生まれ、またそこへ向かって進んでいるのだ。おまえはたった一人の友を傷つけた。結婚も性交も恋愛も、諦め献《ささ》げなければならない。なぜって、なぜかって、なぜかというと！　頭を冷やして自分の置かれた立場を見ればわかるだろう、どうせどんな女だって相手にしてくれないよ。それがおまえだよ。

マティとは誰かという問いには、身体を覆う皮膚面積の不足がわかっていない人間だ、と解答することもできた。非常に心優しい人々でさえ彼の外見を見ると、なんとか嫌悪感を見せまいとたいそう苦心したものだが、ついにマティはその苦心に気がつき、それ以来人との付き合いをできるだけ避けて回った。あの決して手に入れることのできない女性という生きもの（飛行機乗り換え待ちの四十分間にシンガポールで見かけた、きらきらした服を着ておとなしく乗客ロビーに立っていたあのお人形みたいな姿の娘も含めて）を避けただけでなく、牧師さんとその親切な奥さんなどからも身を隠した。薄いインディア紙に印刷され、柔軟な革表紙がついた聖書は何の救いも与えてくれなかった。英国訛りも、旧宗主国からやって来たという事実も、世間知らずのマティは役に立つかもしれないと思っていたのだが、何の助けにもならなかった。マティが自分はオーストラリア人とは違うとか、オーストラリアを見下そうとか、特恵扱いを期待しているとか考えているだろうから、それを名目にいじめてやろうと職場の同僚は待ち構えていたのだが、当てが外れたと判ったとき、ご馳走を食いっぱぐれた気分になり、苛立ってマティに余計つらく当たるようになった。加えてマティの言うことが、徒《いたずら》にかなり混乱の種になったりした。

「てめえの名前が何だろうと知ったことか。俺が『マイティ』って言やあ、『おまえさん《マイティ》』って呼びかけたに決まってらあ。*当たり前じゃねえか」

それからオーストラリア版パリッシュさんの方へ向き直って、

「くそったれ標準英語発音を教えてくださるとよ！」

しかしマティがこの金物店を去ったのは、これとは別のごく単純な理由によるものだった。あるとき陶磁器の入った箱を届けに初めて婚礼ギフト・コーナーへ足を踏み入れると、そこの主《あるじ》が化粧をした美しい女店員で、そのためこのコーナーは言語に絶するほど危険な場所になったのである。はるばるオーストラリアまで来ても結局問題の全面解決にはならなかったことを、マティは瞬時に見て取り、すぐにでもイギリスへ逆戻りしたいところだったが、それは不可能だった。そこでマティは力の及ぶ限りのことをした、つまり別の仕事が見つかるとすぐさま転職したのである。本屋に勤め口が見つかった。店主のスウィートさんは極度の近視に加えてぼんやりした性格だったので、マティの顔が店にとってどれほどのハンディキャップになるか把握できなかったのだ。スウィート夫人の方は近視でもぼんやりでもなかったため、マティを一目見ると、なぜこのところ客足が途絶えたのか得心がいった。スウィート夫妻はイギリスの通常の本屋よりも遙かに裕福で、市外に邸宅を構えており、ほどなくマティはその本館に寄りかかって建つちっぽけな離れに据え置かれることになった。まず雑役夫になり、スウィートさんから車の運転を習わせてもらうと、邸宅と書店を往復する運転手を務めるようになった。スウィート夫人は顔を背けながら、帽子をかぶった方が髪の収まりがいいんじゃないと指摘した。マティは自分の身元は判っていなかったが、自分の正体については何やら深く認識しており、黒のつば広帽を選んだ。黒い帽子は、火傷のない悲しげな表情の側にも釣り合っていたし、表情はいくぶん明るいものの皮膚が萎縮して口元も目元も下へひん曲がった凄まじい左側にも調和していた。かぶった帽子は紫色の瘤状になった耳のすぐそばまでかかるので、マティの耳が普通でないと気づく人はほとんどいなかった。上着、ズボン、靴、靴下、タートルネックのセーター、ボタン無しのシャツと、マティは一品ずつ揃えて黒衣の男となり、無口で打ち解けず、相変わらずあの未解決の問いに付きまとわれていた。

「ぼくは誰だ？」

ある日マティは夫人を車で書店へ連れてきて、また家まで乗せて帰るために店の外で待っていたが、五〇セント以下の使い古しの本を入れた箱がすぐそばにあった。一冊の本が目を惹いた。表紙は表も裏も木製で、背は擦り切れていて題名が読めなかった。何の気無しに取り上げてみると古い聖書で、頁の紙質はほぼ同じだが、木製表紙なので柔軟な革装版よりは重みがある。マティは読み慣れている

＊一　この男はマティに“Matey”と呼びかけたが、オーストラリア訛りでは「マイティ」のように発音される。「マイティ」を「マティ」の崩れた発音だと勘違いしたマティが、発音を訂正してみせたため、一悶着起こったのである。

箇所をめくり、突然手を止め、前の頁に戻り、また先を見て、もう一度前の頁に戻った。身体を屈めて頁に顔を近づけ、声をひそめて呟き始めたが、その呟きも次第に消えていった。

マティの特徴の一つは、ものに全く注意を向けずにいられる能力だった。何か言葉の波がかぶさってきても、心には何の痕跡も残さないのである。だんだん足が遠のいていたオーストラリアの教会でも、またイギリスの教会でも、もっと昔のファウンドリングズ校の授業でも、ある言語から別の言語へと翻訳することがどれほど難しいかはおそらく聞かされていただろう。しかし白い頁に黒々と印字された顕在する事実を前にしたマティには、どんなに言葉を尽くして言い含めようとしても畢竟《ひっきょう》徒労に違いない。二〇世紀のまさに中間点にいるというのに、他の人間たちの安逸な世界とマティとの間には、何か原始的な篩《ふるい》に似たものが存在しており、その篩は人間が吸収するはずのもののうち九十九パーセントを選り分け濾《こ》し捨てて、残った一パーセントに輝く宝石の堅牢さを与えているようだった。そういうわけで今マティは手にした本から目を上げ、驚倒の面もちで書店を素通しに見つめながら突っ立っていた。

これは、違う本なんだ！

その夜マティは二冊の本をテーブルに置いて、一語ずつ比べ始めた。立ち上がって離れの外へ出たのは午前一時を過ぎた頃だった。果てしないまっすぐな道を行ったり来たりし、朝が来てスウィートさんを車で市街へ送る時刻になるまで過ごした。街から戻って車を片付けたとき、マティはこの田園で鳴いている鳥たちの声の調子が、一種の狂気の笑い声なのだと初めて気がついたように思った。あまりに気に障るので、必要もないのに芝を刈ることにしたが、それは芝刈り機の音で笑い声を覆い隠すためだった。背の低い離れを取り巻く高い木々にとまっていたバタンインコの群は、最初のエンジン音のブーン！を聞くと飛び立って、鳴き声を上げながら旋回したかと思うと、草を食《は》む馬たちの頭上を飛び、日に焼けた草原を越え、一マイル離れたところにぽつんと立っている木にとまり、羽の白さと、わさわさする動きと喧噪とで木を満たした。

その日の夕方、台所で午後の間食《ハイ・ティー》を済ませると、マティは二冊の本を取り出し、両方の題扉頁《タイトルページ》を開いた。それぞれの頁を数回ずつ読んでみた。ようやく身体を起こし、柔軟革装版の方を閉じた。それを持って外へ出ると、離れに近い方の芝生を横切り、家庭菜園を突っ切って進んだ。柵が菜園とザリガニの泳ぐ小池へ続く道とを隔てるところまで来た。マティは数マイルも広がる月明かりの草原が、かすんで見える丘のある地平線まで続いているのを見つめた。

マティは聖書を取り出すと、一枚また一枚、頁を破り取った。破るたびにそよ風の中へ放つと、頁はひらひらとはためきながら手を離れ、くるくる何度も舞いつつ遠くまで吹き飛ばされて、ついには背の高い草の中に消えていった。それからマティは離れへ戻り、木製表紙の聖書をしばらく読み、機械的に祈りの言葉を呟くとベッドに入って眠りについた。

マティにとって概ね幸せだったと言える一年が、こうして始まった。村の雑貨店に入った新人の女店員が美人だと判ったときには、内心また葛藤も味わったけれど、その女性はとても美人だったのですぐに別の仕事に移っていき、後に入った娘は特に注意を惹くこともない容貌だったため、マティは平穏でいられた。嬉々としてマティは敷地や屋敷の中を歩き回り、昼は何かを呟き、損傷のない側の顔は顔半分で表現できる最高の快活さを湛《たた》えていた。姿を他人に見られるところでは決して帽子を取らなかったので、寝るときにもかぶったままなのだろうと噂が村で言い交わされたが、それは事実ではなかった。つば広で、かぶったまま寝られるタイプの帽子ではないし、それは皆も承知のことだったのだが、しかしその噂はいかにもマティに似つかわしく、隠棲ぶりにぴったりだった。彼の寝姿を見るのは早朝の太陽だけ、晴れた夜なら月もまた寝床をいつも照らし出したが、長く黒い髪はしみのように枕の上を四方八方に広がり、頭と顔の左半分を覆う白い皮膚が寝返りのたびに見え隠れするのだった。それから早起きの鳥が嘲るような鳴き声を立てると、マティははっと身を起こし、少しの間ベッドにまた身を沈めてから床を離れる。排便、洗面の後、木製表紙の聖書を前に座って、損傷のない側でしかめ面をし、目で追う語を口の中で呟きながら読み耽った。

昼の間、埃の舞う野菜畑の中で耕耘機を動かしているときも、撒水ホースを整頓しているときも、自動車の中でエンジンを止めずに信号待ちをしているときも、小荷物を運んでいるときも、掃き掃除をしているときも、埃払いや拭き掃除をしているときも彼の唇は動き続けた。

スウィート夫人が近くにいるときなど、夫人の耳に届くこともあった。

「……その禮物《そなへもの》は銀《ぎん》の皿《さら》一箇《ひとつ》その重《おもさ》は百三十シケル銀《ぎん》の鉢《はち》一箇《ひとつ》是《これ》は七十シケルみな聖所《きよきところ》のシケルに循《したが》ふこの二者《ふたつ》には麥粉《むぎこ》に油《あぶら》を和《まじへ》たる素祭《そさい》の品《しな》を充《みた》す。五六、また金《きん》の匙《さじ》の十シケルなる者《もの》一箇《ひとつ》是《これ》には香《かう》を充《みた》す。五七、また燔祭《はんさい》に用《もち》ふる若《わか》き牡《を》牛《うし》一匹《ひとつ》牡羊《をひつじ》一匹《ひとつ》當歳《たうさい》の羔羊《こひつじ》一匹《ひとつ》。五八、罪祭《ざいさい》に用《もち》ふる牡《を》山羊《やぎ》一匹《ひとつ》……」*1

時には傷の入ったレコードよろしく同じ箇所を繰り返すうち、だんだん声が大きくなって、家の中にいる夫人の耳に届くこともあった。

「二一、また言《い》ひたまふ……言ひたまふ……言ひたまふ……」

続いて駆け出す足音が聞こえ、テーブルの上に開いたままの本を見るために離れへ帰ったのね、と夫人は思うのだった。少しすると声は戻ってきて、窓拭きのきゅっきゅっという音交じりにまた聞こえ始めた。

「言《い》ひたまふ『升《ます》のした、寝臺《ねだい》の下《した》におかんとて、燈火《ともしび》をもち來《きた》るか、燈臺《とうだい》の上《うへ》におく爲《ため》ならずや。

「二二、それ顯《あら》はるる爲《ため》ならで、隱《かく》るるものなく、明《あきら》かにせらるる爲《ため》ならで、秘《ひ》めらるるものなし。

「二三、聽《き》く耳《みみ》ある者《もの》は……」*二
全般的に見れば、確かに幸福な一年であった！　ただ何かが動いていた……頭の中が非常にはっきりして物事を明晰に説明できる状態になったときにマティ自身が一度考えついた言い方を使うと、何ものかが表面より下の方でいくつか動き回っていた。表面の上で何かが動き回っているのであれば、打つ手もある。例えば下着を汚す行為に走ってしまった時などに関しては、どう対処すればいいのかを明記した指示が存在する。しかし何かが表面よりも下の方で動き回って、はっきりと把握できない

＊一　旧約聖書民数紀略七章五五節からの引用。モーセの指示により、イスラエルの各指導者が順に神への献げ物を供える場面。
＊二　新約聖書マルコ伝福音書四章二一―二三節。イエスは、神の国の秘密を今は弟子たちだけに聞かせているが、本来これはあらゆる人にもたらされるべきなのだということを、「灯火は人目につく所に置くもの」というたとえで示している。

くせにずっとそこに存在している場合、どうしたらいいのだろう？　具体的指示は何もないのに、それでも何かすることだけは強制してくる義務感。この義務感はマティを駆り立て、わけのわからない行動へと追いやった。ある模様《パターン》に沿って石を並べてみたり、その上で何かの手振りをしてみたり。手からゆっくりと砂塵を零《こぼ》したり、穴を掘って飲用水を注ぎ込んだり。これらの行動は、何もしないでいるのに耐えられなくなったときだと気持ちを少し落ち着かせてくれるものだから、説明はつかなくても受け入れるしかなかったのだ。

　この年にマティは教会に通うのを止めたが、教会の方もほんの申し訳程度にしかマティを引き留めようとはしなかった。教会行きを止めたのも他の奇行と同様の義務、しかも行為の禁止ではなく、積極的行為を促す義務だった。普通なら年の変わり目は暦の数字以外には何の変化の跡も残さず、あたかも注油の行き届いた機械よろしくすんなりと移行していくものだが、今回の変わり目はマティにとって、義務に従ったにもかかわらず、錆び付いた蝶番《ちょうつがい》のように軋《きし》り音を上げた。スウィート夫人の妹に当たる未亡人がクリスマスから新年にかけての休暇でパースからやって来たのだが、この未亡人が娘を連れていたのである。金髪とそれに似つかわしい白い肌を見たとき、マティはまたあの道を辿り、夜更けまで歩いた後、何か助けになるものが見つかるのではと天を仰いだ。すると見よ！　天頂近くに見慣れた星座が見えた。狩人のオリオンがきらきら輝いていたが、しかし腰に帯びた短剣[*一]は上を向いて火焔を噴き出していた。マティの上げた叫び声で、夜明けかと欺かれた鳥たちが目を覚ましてざわめいた。鳥たちが静かになった後の静寂の中、マティは地球の丸さを理解し、虚空に引っかかって魔術のように動く太陽や逆さ吊りの月の危うさを見て恐ろしくなった。そしてこの荘厳と恐悸《きょうき》の真っ只中で人々がなんとも安逸に生きていることも考えに含めてみたとき、錆びた蝶番が軋りながら回り、マティに付きまとっていた問いは形を変え、以前より明瞭になった。

ぼくは誰？　ではなく、

「ぼくは、何なのだろう」

新年の深更に、メルボルン市街から数マイル離れた、遮るもののない道の上でマティはこの疑問を声に出して問い、答を待った。もちろん他の奇行と同じく、バカげた行為だった。数マイル四方目を覚ましている者など誰もいやしないのだ。大声を上げ質問を口にした地点にようやく背を向けたとき、地平線の丘は明るく陽に照らされ始めていたが、それでも答は得られなかった。

次の年も冬春夏秋と過ぎていったが、マティにとって冬はなかったも同然だったし、またそれをいうなら春だってないに等しい。冬は例の問いが心や感情の表面下でだんだん熱を帯びてきた時期であり、春はそれがついに毎晩夢に見るくらい熱烈になっていった時期に重なっていた、というだけのことだった。三夜連続で、ペディグリー先生があの恐ろしい言葉を繰り返した後に助けを求めるのを夢に見た。しかし三夜連続でマティは、口も利けぬままシーツの下でもがきながら、なんとか説明しようと口を動かし続けただけだった。自分が何なのかもわからないうちは、どうやって助けてあげられ

＊一　オリオン座の有名な三ツ星から右膝方向に位置する、赤みがかったガス状のM四二オリオン星雲であろう。オリオン座については旧約聖書ヨブ記三八章三一節に言及が見られる。偉大な天地創造力の証左として、神はオリオン座を引き合いに出しヨブを諭す。同様の言及は旧約聖書アモス書五章八節にも見られる。

るというのです?

その後目覚めたときマティは、日割り分の聖書の文句を声に出して唱えるのはやるべきことではない、と気づいた。あんな問いをつねに抱えているのに、何か喋らなければならないとか、お喋りに耳を傾けなければならないとか、それだけでも十分罪深いのだ。自分では問いにも答えられないし、問いの意味も、また人にそれをどう尋ねていいのかもわからなかったので、ある帰結めいたものがだんだんと明確な形をとり始めたが、それはちょうど問いかけ自体が軋り音を立てて新しい形をとったのと同じだった。移動しなくてはならない、とマティは悟った。これこそ人が旅をしたり、アブラハムと同じように彷徨したりする理由ではないか、[*一]そんなことを考える時さえあった。実際、数マイルも行けば砂漠がすぐ手の届くところにあったのに、動かなくてはと思い立つやいなや、意識的にかどうかはわからないが、マティは北へ向かわなくてはならない、そこならもしかすると、オリオンの短剣の火焔が少なくとももっと水平くらいにはなるかもしれない、と見て取った。移動の動機が「一つところにとどまっていられないから」しかない者にとって、向かう方角を決めるのにはほんのちょっとした衝動があればいい。しかし全く何も理解不能な宙ぶらりんのまま多くの時間を費やしてしまったので、やっとマティが「メルボルンの塵を足から払う」[*二]に相当するつもりの行動をとったときには、既にオーストラリア生活四年目に突入していた。なぜ旅立つのか、何を見つけたいのか、自分でも本当には判っていなかったので、身軽な生活に向けてのこまごました準備にやたら時間をかけたせいだ。滅多に使わないでおいた給料の一部で、彼はとても小さくてとても安い、だからとても古い自動車を購入した。木製表紙の聖書、替えのズボン一着、シャツの着替え一着、顔の右半分だけに使う髭剃り道具、寝袋、それから替えの靴下を片足分一枚だけ揃えた。これはマティが精一杯合理的に考えた挙げ句生まれた素晴らしい着想で、一日に片足だけ靴下を履き替える算段なのである。スウィートさんは給料にいくらか上乗せしてくれたし、また当時は「キャラクター」と呼ばれていた人物証明書も書いてくれて、そこにはマティが勤勉で性格も徹底的に正直で、決して嘘などつかない人間だとあった。だが他に美点が全く見当たらない場合これらの「長所」がどれほど魅力を失うか、それはマティに別れの挨拶をした後スウィート夫人が心底ほっとして、台所で二、三歩ダンスのステップを踏んだところから、窺い知ることができる。

さてマティはというと、これほど楽しい気持ちになるのは罪だ、と思いつつ車を走らせていた。まだ道は何度かスウィート夫妻を乗せて日曜ドライブに連れていった馴染みのコース上を走っていたが、まもなくこの車輪があのダイムラーの残した轍《わだち》を離れ、新しい世界へと導いていく瞬間を迎えるのだと思った。そしてその瞬間が実際に訪れたとき、それはもう単なる愉楽どころか、完全な喜悦の瞬間であった。だがもちろん喜悦であれば尚更それは罪深いことになる、それがマティの本性なのだから。

＊一　旧約聖書創世記一二章において、七十五歳当時まだアブラムという名だったアブラハムは、神の召命に従い家族と共に生まれ故郷のハランから旅立ち、諸国を放浪、百年後カナン地方を足場とするイスラエル建国の祖となる。

＊二　「塵を足から払う」とは「相手を軽蔑し席を蹴って去る」という意味の慣用句。この句の出典は新約聖書マタイ伝福音書一〇章一四節。またマルコ伝福音書六章一一節や、ルカ伝福音書九章五節にも同様の表現が見られる。

マティはその後一年以上シドニー付近の柵材会社に勤めた。いくらか金を貯めることもでき、ほとんど人目につかずにいられた。そんなに長居をするつもりはなかったが、車がひどく故障してしまって、修理代を稼ぐのに六ヶ月余計に働かなくてはならなかったのだ。再び旅に出たのだが、クイーンズランド州へ向けて旅を続ける間あの問いはずっと胸で燃え続け、おまけに日差しも燃え続けた。ブリズベーン付近でまた仕事を見つけなくてはならなくなった。職は見つかったが、今までに就いたどの仕事よりもすぐに、実際メルボルンの金物店のときよりももっと短期間で辞めることになるのであった。

見つけたのは菓子工場の勤め口で、ここは小規模でまだ機械化されておらず、マティはまず運搬係に納まった。だが夏の暑気やらマティの外見のこともあって、女子工員たちは一団となって工場長を取り囲み、マティの解雇を要求した。わたしたちの方をじろじろ見てばかりいるから、というのがその言い分だった。実は女子工員たちの方がマティをじろじろ見ながら「あっちの生産ロットのクリームが傷んじゃったのも無理ないわよね」などと囁き合っていたのである。マティは自分から誰とも目を合わさないようにすれば、自分の姿も人から見えなくなるのだと、頭隠して尻隠さずのダチョウ[*1]みたいなことをきっと考えていたのだろうが、工場長に呼び出され解雇を言い渡されている最中に、ドアが開いて社長が入ってきた。ハンラハン社長の背丈はマティの半分で、横幅はマティの四倍あった。太った顔には鋭い小さな黒い目がついており、工場の隅やドアの向こう側をつねに見張っている目つきで、社長はマティの解雇理由を聞くと、横目遣いにマティの顔を見上げ、マティの耳の方を見、視線を足まで下ろした後また顔の方を見た。

「これこそ求めていた人間じゃないかね？」

マティは例の問いに対する答がすぐそこまで来ていると感じた。しかし案に相違してハンラハン社長はそのまま先に立って外へ出ると、丘の上まで行くからついてこい、とマティに言った。マティは自分の古自動車に乗った。ハンラハン社長は真新しい車に乗り込み、エンジンをかけたかと思うと、また車から飛び出し、駆け戻って工場のドアをぱっと開け、仕事場の中をじっと見つめた。それからゆっくり後退し、注意深くドアを閉めたが、ドアが完全に閉まるまでその隙間から見張るのを止めなかった。

道はくねりながら工場から遠ざかり、森や野原を抜けて丘の中腹をジグザグに登っていった。ハンラハン社長の家は丘の中腹に引っかかるように建っており、家を取り巻く珍しい奇妙な木々には蘭や苔がわんさと繋っていた。マティは社長の新車の後ろに駐車し、新しい雇い主の後をついて屋外階段を上り、広大な居間へと入っていったが、その部屋全体がガラスで囲まれているようだった。一つの面は窓で、丘の麓を見下ろすことができ、工場がまるで建築家用の縮小模型みたいに見える。ハンラハン社長は居間に入るやいなや大テーブルの上から双眼鏡をひっ掴み、その模型の方へ照準を合わせた。社長は猛々しく息を噴き出すと、電話の受話器を掴んで怒鳴った。

「おい、モロイくん！　モロイ！　女工が二人、裏でさぼっとるぞ！」

だがこの発言がなされるまでに、マティは他の三方を囲むガラスの壁を見つめて頭がぼうっとなっ

＊一　ダチョウは敵が迫ると頭だけを砂の中に突っ込み、身体全体が隠れたつもりになるという俗信がある。

ていた。三面ともすべて鏡張りで、ドアの裏側まで鏡になっており、しかもただの鏡ではなく像を捩《ね》じ曲げる種類のものだったので、マティの姿は六重にも映り、横に引き延ばされ、上から押し潰されて見えた。ハンラハン社長もまるでソファーみたいな形だった。

「ふん」とハンラハン社長は言った。「どうやらうちの鏡が気に入ったらしいな。高慢の罪を日々たしなめるのに良い工夫だと思わんかね？　家内はどこにいるんだ？」

あたかも霊が形体を成したようにハンラハン夫人が出現したが、窓やら鏡やらのおかげで、あっちかこっちかでドアが開いたのも、光が水のように合流したとしか感じられなかった。夫人はマティよりも痩せていて社長よりも背が低く、気苦労でやつれているようだった。

「何でしょう、旦那様？」

「ほら、ついに見つけてきたぞ！」

「ああ、あの、顔に治療痕がある可哀相な人のことですね！」

「これで少しは改めるだろうさ、あのとんでもなく軽薄な態度をな。男を身近に置きたがるなんて。娘たち！　みんな入ってきなさい！」

すると壁のあちこちで光が合流し、ちょっと暗い部分や、目くるめく光のちらつきがそこかしこに現れた。

「七人姉妹みんないるな」とハンラハン社長はせわしなく数えてから大声で言った。「うちにも男の人がいればいいのに、なんて言っていたな？　うちの中は女だらけだって？　一マイル四方には若い男なんか一人もいない、なんてぼやいていたよな？　じゃあ教えてやろう！　これがうちにやって来た若者だぞ！　よーく見てみるんだ！」

娘たちは弧を描いてマティを取り巻いた。フランチェスカとテリーサは、まだ揺り籠を卒業したばかりだがかわいい双子だった。マティは双子が顔の左側を見て怯えないようにと本能的に片手を挙げたが、双子たちには見えていた。ブリジットというもう少し年かさの美人もいて、近視みたいにマティを覗き込んだ。バーナデットはもっと背も高く、もっと美人で性的魅力に溢れ、シシーリアは背は低かったが同じくらい美人で、どちらかというと艶めかしさではバーナデットに勝っており、それからガブリエル・ジェインという名の娘がいて、街を歩けば誰もが振り返るほどの美女だったし、長女のメアリ・マイケルはバーベキュー用に肌の露わな服装をしており、この娘の美しさときたら見る人の心を奪い取ってしまうようだった。

シシーリアは目が光に慣れると、両手で頬を押さえ小さく金切り声を発した。メアリ・マイケルは白鳥のような首をハンラハン社長の方へ向けて、魅惑的な言葉を口にした。

「まあ、パパったら！」

その瞬間マティは狂ったような叫び声を上げた。どうにかドアを開け、屋外の階段を転がって駆け下り、車に飛び乗ると、車は身を捩《よじ》るようにしてつづら折りの道を下った。甲高い声でマティは暗唱を始めた。

「聖《せい》ヨハネによる黙示録《もくしろく》。第一章。一、ヨハネ、その受《う》けし黙示《もくし》をアジヤに在《あ》る七つの教會《けうくわい》へ書《か》き贈《おく》る。教會《けうくわい》は七つの金《きん》の燈臺《とうだい》によりて示《しめ》さるるなり。七、キリストの到来。十四、キリストの榮光《えいくわう》ある力と威厳。これイエス・キリストの黙示《もくし》なり。即《すなは》ち、かならず速《すみや》かに起《おこ》るべき事《こと》を、その僕《しもべ》どもに顕《あらは》させんとて……」

　甲高い声のままで、マティは続けた。そして徐々に声は低くなり、最終章に入った後にはいつもの高さに戻っていた。「一九、若《も》しこの預言《よげん》の書《ふみ》の言《ことば》を省《はぶ》く者《もの》あらば、神《かみ》はこの書《ふみ》に記《しる》されたる生命《いのち》の樹《き》、また聖《せい》なる都《みやこ》より彼《かれ》の受《う》くべき分《ぶん》を省《はぶ》き給《たま》わん」*一

　最後の「アーメン」を唱えたとき、ガソリンが少なくなっているのに気づき、給油した。待っている間メアリ・マイケルの残像が心に漂い始めたので、マティはやみくもに再開した、旅の方も、暗唱の方も。

「二二、キナ、デモナ、アダダ」

「二三、ケデシ、ハゾル、イテナン」

「二四、ジフ、テレム、ベアロテ」

「二五、ハゾルハダッタ、ケリオテヘヅロンすなはちハゾル」

「二六、アマム、シマ……」*二

　而《しか》して夕《ゆふべ》にマティは大《おほい》なる邑《まち》グラッドストーンに至《いた》り、彼處《かしこ》にて墓掘りの仕事を見つけ、平安《やす》く幾月も寄留《とどまれ》り。

　しかし結局は同じことの繰り返しで、あの問いがまた舞い戻り、不安に襲われ、そしてマティはすべてを明らかにしてくれる場所を目指して進まなければと再び感じるようになった。そこでマティは考え始めた。というよりも、マティの中で何かが自己検討し始め、そしてマティに結論を示したと言った方が正しい表現かもしれない。それで意志の力を働かせないままマティは、人はみんなこんなふう

なのだろうか？という考えにぶつかった。それから次のような考えが付け加えられた。そうじゃない。他の人の顔は両側とも同じだ。

そして……ぼくと他の人が違うのは顔だけなのか？

そうじゃない。

「ぼくは何なのだろう？」

それから機械的に祈りの言葉を呟いた。マティの奇妙なところは、空を飛べないのと同様ちゃんと祈ることができない点にある。しかし今回は、知っている人みんなの幸福を本人たちに成り代わって祈願した後、ちょっとした一節を付け加え、もしも許されるものならば、自分が抱えているあの悩みを和らげてくだされば幸いですという内容の祈りを捧げたが、するとその直後にまた新しい考えが心に湧き起こった。それはある引用句であり、恐るべき内容だった。神の王国のため自らを宦官となしたる者あり。[*三] マティがこの考えを抱いたのは墓穴の中で、まさにお誂え向きの場所だった。マティは

＊一　新約聖書ヨハネの黙示録二二章一九節。黙示録は次の二節で終わりになる。「二〇、これらの事を證する者いひ給ふ『然り、われ速かに到らん』アァメン、主イエスよ、来りたまへ。二一、願はくは主イエスの恩恵なんぢら凡ての者と偕（とも）に在らんことを」

＊二　旧約聖書ヨシュア記一五章より。引用されているのはすべて、モーセの後継者ヨシュアがユダ族に分け与えたカナン南部の地名。

＊三　該当箇所は新約聖書マタイ伝福音書一九章一二節だが、言葉遣いがやや違っている。「母の胎内から独身者に生れついているものがあり、また他から独身者にされたものもあり、また天国のために、みずから進んで独身者となったものもある」。

即席の復活劇よろしく墓穴から外へ出ると、海岸づたいに車を北へ走らせ、強暴人《あらぶるもの》や悪人《あしきひと》*一の住む国の岸を数マイルも進んだ後、やっと引用句を頭から追い払うことができた。それができたのはその悪人《あしきひと》のおかげだった。マティは警官たちに車を止められ、警官は持ち物や車の中を調べた後、路上で殺人事件があったこと、再発の恐れがあることを告げたのである。しかしマティは引き返す気にはなれなかったし、他に行く場所もないので旅を続けた。ガソリンスタンドで地図は見てきたのだが、何年間もオーストラリアで過ごしているにもかかわらず、マティには「国」と「大陸」との規模の違いが分かっていなかった。ダーウィンまでの道のりはほんの二、三マイルで、途中にはガソリンスタンドも食品店も井戸も都合良く点在しているだろうと、愚かなことを考えていた。マティは知識を仕入れることには関心がなかったし、聖書には荒野や砂漠の場面はたくさん出てくるものの、オーストラリア内陸部《アウトバック》における井戸やガソリンスタンドの出現率については言及がない。そういうわけで、幹線道路を外れた道から更に外れていった挙げ句、完全に迷ってしまった。

怖いとは思わなかった。勇気があったからではない。危険を理解できなかったからだ。怖いと思う能力がなかったのだ。車は急に傾いだりドスンと揺れたり激しく震動したり横滑りしたりしながら進み、マティは水を飲みたいと思ったけれど、ないのはわかっており、燃料計に目をやると、針はみるみる下がり、ついに下限のピンに当たってピョンと跳ね、前方には何かの通った跡くらいしか未だに見えないというのに、車はそこで止まってしまった。劇的な止まり方ではなく、ドラマが起こりそうな場所で止まったのでもなかった。そこはいじけた荊《いばら》の低木が砂っぽい地面を羽毛のように覆っているところで、ところどころ尖った地平線上には、遠く北の方に三本の木が瘤のように見えるだけ、その木もまとまっておらず、随分離れ離れに立っていた。マティは長い間、車の中に座ったままだった。目の前で日が沈んでいくのを眺めていると、空には雲一つないので落日が空の下端で荊の地平線と溶け合って、しばらくの間ぬらぬらした塊になり、やがて身を引きずるようにして姿を隠した。マティは座って夜の物音を聞いていたが、もう耳が慣れてしまい、荊の間を大型の動物がドスドス通っていっても全く怖さを感じなかった。マティはまるでちゃんとした寝床にいるかのように運転席で姿勢を調整し、寝入った。夜明けまでぐっすり眠り、目が覚めたのは、明るくなったからではなく、喉が渇いたせいだった。

怖さを感じることはできなかったが、渇きは感じることができた。夜明けの寒気の中、池か軽食堂か雑貨店が見つかるとでも思っているのか、マティは車を出ると歩き回り、それから何の準備も考えもなく、けもの道を辿り始めた。前だけを向いて歩き続け、奇妙に暖かいものを背中に感じたのでやっと振り返ると、朝日が見えた。朝日の下に目をやったところ、車はもう見えず荊だけが広がっている。マティは再び歩き出した。日が昇るにつれ喉の渇きも募っていった。

漂流物語とか遭難時の心得に関する著作物を、マティはこれまで読まずに過ごしてきた。植物が体内組織に水分を貯蔵していることも、砂地を掘ってみることも、鳥の飛び方を観察して水場の見当をつけることも知らなかった。また冒険気分でわくわくすることもなかった。ただ喉の渇きを感じるだけだった。

＊一　「悪人（あしきひと）」「強暴者（あらぶるもの）」は旧約聖書詩篇一四〇篇冒頭にある句。この詩においてダビデは、「悪人」や不法な「強暴者」から自分を守ってくれるよう主に祈る。

けで、背中を日に灼かれながら歩き続け、木製表紙の聖書は腰骨の右側でゴッンゴッンと跳ねた。歩いて歩いてついに倒れるまで歩き続けても、まだ水が見つからない可能性もあることさえ、彼には判っていなかったのかもしれない。マティはこの世に姿を現した最初の時も頑迷に歩いていたし、それ以後の人生においてもずっと、何をやるにしても頑なな態度だったが、今もその同じ頑迷な足取りで歩き続けていた。

正午になる頃には、荊の茂みに奇妙なことが起こり始めた。茂みがあたかもハンラハン社長の奇妙な居間の中に置いてあるみたいに、時折あたりに浮かんで漂い始めたのである。マティはけもの道、もしくはけもの道だと思い込んでいただけかもしれないが、とにかくそちらに目をやっていたけれども、漂う茂みが視界の邪魔をしたので、しばらく立ち止まって視線を落とし、目をしばたたいた。足下には黒い大蟻が走り回っていたが、暑さのおかげでかえって元気になり勤労意欲を掻き立てられているらしく、蟻たちは巨大な重荷を抱えて、まるで何かを成し遂げようとしているみたいだ。マティはしばらくの間蟻を見つめていたが、蟻はマティの現状について何も言ってくれなかった。目を上げたとき、辿っていたけもの道がどちらへ向かっているのか見えなくなっていた。自分の足跡もカーブしながら荊が一面に群生する中へ消えていっており、頼りにできなかった。そこで間近に見える地平線をできる限り慎重に観察し、ある一方向に、地平線が色濃くなっているところ、または分厚くやや小高くなっているところが見える、と思った。木が何本か立っているのかもしれない。木があれば木陰もあるだろうと思い、とにかく西と名のつく方角のどこかにあるのならそれでいいと、そちらの方向を目指し歩いた。しかし赤道付近の正午というのは、たとえ六分儀を持っていたとしても、太陽の位置によって方角を見定めるのは至難の業であり、とどのつまりマティは太陽を見上げたときに一歩後ずさりしたかと思うと、そのまま仰向けに倒れてしまったのである。倒れたショックで息ができなくなり、旋回する光線と煌《きら》めきが天球の子午線から発せられる中に、巨大な、人型をした闇が一瞬見えたような気がした。身体を起こして見ると、もちろん何も見えず、太陽が垂直に照りつけているだけで、再び帽子をかぶるとつばの影が足の上に落ちた。また地平線の濃くなっている方角を見定め、この方向に進むのは理に適った行動かどうか考えようとしてみたが、頭に浮かぶのは聖書に書かれている青銅の海の大きさ[*一]にまつわる一連の訓令だけだった。この教えからマティは水を連想し、水の幻影がちらちらと浮かんで見え、水はハンラハン社長の部屋の鏡の記憶と混じり合い、渇いた唇は荒地に立つ二筋の岩脈みたいに感じられた。それで肩の高さまで来る茂みを掻き分けて進むと、今度は向こうに一本の高い木が見え、天使が溢れんばかりにとまっていた。天使たちはマティを見ると嘲り声を上げて飛び立ち、ぐるりと円を描くと天へ流れ込むように飛んでいったが、それは後についておいでと誘ってくれたのにマティは飛べなかったので天使が嘲っているのだ、と彼ははっきり見て取った。飛ぶことはできないけれども足はまだ動かすことができたので、また茂みを分けて進み、その木の下に辿り着いたが、葉は太陽光線に平行な角度で生えていて木陰はなく、木の周りにあるのは砂質で剥

＊一　青銅の海とは、ソロモンが建てた神殿の庭にある盥（たらい）のことである。祭壇奉仕の前に祭司がこれで手足を清めた。その大きさは直径十キュビト高さ五キュビトだったと旧約聖書列王記略上七章二三節にある。なお一キュビトは約四五・七センチメートル。

き出しの小さな地面だけだった。木に背中をもたせかけたが、上着越しに日焼けをしていたので、痛みのあまり思わず身をすくめた。すると剥き出しになった砂地の縁のところに一人の男が立っている。アボリジニだ。この男こそ、さっき倒れたときに自分と太陽との間の空中にいた人物だとマティは見知った。今回はじっくりとこの男をくまなく観察してみた。結局大して背の高い男ではなく、むしろ低い方だ。ただ痩せているので高く見えるのだ。片手でまっすぐ立てて持っている木の槍の方が、男よりもマティよりも背が高い。槍の先は黒く燻《いぶ》され尖っている。見ると顔には雲らしきものがかかっているが、太陽の下で空から実体化した男だということを考えれば、雲があるのも不思議ではなかった。加えて、男は素っ裸だった。

マティは木から一歩身を離して声をかけた。

「水を」

アボリジニは近づいてきてマティの顔を覗き込んだ。自分の顎をぐいっと上げると、アボリジニの言葉で何か言った。男は大きな身振りをし、太陽を通る大きな弧を槍で空に描いてみせた。

「水！」

マティは、アボリジニの口を覆っている雲を指さし、それから自分の口を指さしてみせた。アボリジニは荊が最も密集しているあたりを槍で示した。それから磨かれた小石を宙から取り出した。アボリジニはしゃがみ込むと砂地に小石を置いて、小石に向かって何か呟いた。

マティはぎょっとした。ポケットから聖書を慌てて引っ張り出し、小石の上に聖書を翳したが、アボリジニは呟きを止めなかった。マティはまた大声を上げた。

「だめ、だめ！」

アボリジニは無感動に聖書を眺めた。マティは聖書をポケットにしまい込んだ。

「見てて！」

マティは砂の上に一本の線を書き、それと交差するようにもう一本書いた。アボリジニはじっとそれを見つめたが何も言わなかった。

「見ててよ！」

マティは身体を投げ出した。最初の線の上に両脚を伸ばし、両腕を広げて二番目の線の上に置いた。

アボリジニはぱっと立ち上がった。顔の雲が大きく割れて、白いものが光った。

「くそったれヒコーキぼくしのやろう、イエスキリストなかま！」

アボリジニは宙に飛び上がると、マティが広げた両腕の肘の裏を踏んづけた。焼き固めた槍で両方の手のひらを順に突き刺し、それからまた高く飛び上がり、今度は両足を揃えてマティの股間に着地すると、空は真っ暗になり、アボリジニもその中へ消えていった。マティは木の葉みたいに丸まって、身体を切断された芋虫さながら身を捩《よじ》り、吐き気が痛みと共に勢いを募らせる波と化して、ついに意識を奪い去っていった。

正気に戻ったとき、あそこの腫れがひどいのはわかっていたので、マティは四つん這いになって進もうとしたが、再び吐き気の波が襲ってきた。そこでマティは自分の本性に従って、世界に対してよろめきながらも直立し股を広げたが、お腹が下へ引っ張られる感じで、下半身のあのあたりのものを何も失くしたりしないように、両手で自分自身を抱えながら歩いた。茂みを越えた向こうの、おぼろげに記憶に残っている地平線の濃いところを目指して彼は進んだ。しかし濃いところを通り抜けてみると、やや離れたところに木々が見えるだけの、ひらけたところへ出てしまった。そこには遠くあちらの方から遙か見えないくらいこちらの先の方までずっと、通電された鉄線柵が張り渡されていた。機械的に身体の向きを変えて柵沿いに歩こうとしたが、背後で車のクラクションが鳴った。恐れ入ってマティが黙って突っ立っていると、ランド・ローヴァーがマティの左肩の方へゆっくりとやって来て停車した。男が車を降り、柵のこちら側へ回った。開襟シャツ、ジーンズ、つばの横を折り曲げた豪州兵士軍用帽《ディガーズ・ハット》といういでたちだった。男はマティの顔を覗き込み、マティは今は他に何をする力もなくなってしまった動物のように、じっと待っていた。

「いやはや。ひどい目にあったな。相棒《コバー》はどこにいるんだい？　よう？　おまえさん《マイティ》ったら！」

「水を」

男はまるで馬でも扱うみたいに時折歯の間からシッシッと声を立てながら、マティを優しくランド・ローヴァーへと誘導した。

「大変だったねえ、にいちゃん。やれやれ。一体何にやられたんだい？　カンガルー相手に十ラウンド戦でもやったんかいね。これを飲みな。ほら、もっとゆっくり！」

「磔《はりつけ》にされて……」

「相手はどこに行った？」

「アボです」

「アボリジニに会ったんかいね？　磔だって？　手を見せてみな。ほんの引っ掻き傷だよ、これは」

「槍で」

「痩せた小柄の奴か？　妊娠中の小柄なでぶ女房と、小僧を二人連れてなかったかい？　そいつはハリー・バマーの野郎だな。いまいましい奴だ。あの野郎、英語が通じないふりをしてやがっただろう？　こんなふうに頭を動かす癖はなかったかい？」

「アボは一人だけでした」

「じゃあ、地虫でも集めに行ってたんだろう、家族の方は。奴め、映画に撮られてからというもの、すっかり変わっちまった。観光客と見るとすぐに同じ悪さばかりやってやがる。じゃあ、ちょいとナニの具合を見てみようか。ラッキーだったね、にいちゃん。おれは獣医なんだ。連れはどうしたんかいね？」

「いません」

「おーやおや《オー・マイ・ワード》。一人っきりであそこにいたんかいね？　あそこじゃあ方向がわからなくなって、いつまでも同じところを歩き回るってこともあるんだぜ、ぐるぐるぐるぐるってな。おっと、気をつけなよ、ゆっくりゆっくり。ちょっと身体を浮かせてくれんかいね？　おれの腕を下に回して、パンツを脱がせるからな。そうその調子《オー・マイ・ワード》って、今のは豪州《オジーランド》の言い回しだがね。おまえさんがもし子牛なら、去勢手術の手際が悪すぎるって飼い主に言ってやるところだぜ。なんとまあ。吊り布をあてがっておこうか。本来おれの仕事としちゃあ、逆の処置をするところだが。わかるだろ？」

「車は？　帽子は？」

「そのうちみんな戻ってくるさ。ハリー・バマーが先回りして持っていかなけりゃいいが。あの恩知らずめ、あれだけ教育を受けさせてもらったくせに。股は開いたままにしとくんだよ。どうやらハリーは結局おまえさんのお宝を潰しはしなかったみたいだぜ。まだ子種もできそうだって診断が出ると思うよ。不始末だよな。おれはさ、去勢した牛を眺めてると、こいつに口が利けたらおれに何と言うかな、なんて思うことがよくあるよ。ポケットに入っているのは何だね？　おやまあ、にいちゃんは牧師さんだったんかいね？　道理であのハリーの奴が……。さて、今度はじっと寝ていな。両手でしっかり自分の身体を押さえとくんだ。車が揺れるだろうが、我慢してもらうしかない。病院まではすぐだから……まあ、べらぼうに遠いってことはないよ。おや、知らなかったんかいね？　このあたりはもう町の近郊だったんだぜ。まさか本当に内陸部《アウトバック》にいるなんて思ってたわけじゃないだろう？」

獣医はエンジンをかけてランド・ローヴァーを発進させた。すぐにマティはまた気を失った。獣医は振り返ってマティが失心したのを見るとアクセルを踏み込み、車は砂地をドスンドスンと跳ねたり捩《よじ》れたりしながら進んで、間道へ入っていった。車を走らせながら獣医は独りごちた。

「警察に知らせにゃなるまい。厄介ごとがまた増えるな、ちくしょうめ。ハリーの尻尾を押さえるのは無理だろうな。仲間が一ダースもいればいくらでも言い逃れはできる。この哀れなイギリス人にゃあ、奴らの顔の見分けなどつかんだろう」

第五章

　マティは病院で意識を取り戻した。両脚は吊り上げられ、痛みはなかった。後になって痛みが襲ってきたが、マティの頑迷な精神にとっては我慢できないほどのことはなかった。犯人の正体がハリー・バマーだとしたらの話だが、ハリーは車を見つけなかったらしく、自動車はマティの元に届けられ、替えのシャツ、パンツ、靴下半足も一緒に戻ってきた。ベッド脇の小テーブルにはあの木製表紙の聖書が置かれ、マティは聖書の文句の日割り勉強を続けた。熱に浮かされたときには言葉にならないことを何やらもごもご言ったりもしたが、平熱に戻るとまた無口になった。またマティは非常におとなしかった。下の世話をしてやったとき、看護婦たちはマティがあまり平然としているのに不自然なものを感じた。看護婦たちの言うには、まるで丸太みたいに転がっているだけで、必要な処置のためどんなに恥辱的な姿勢をとらされても表情一つ変えず、また何も言わずに甘受するのだった。あるとき病棟看護婦がマティにスプレーを渡して、これで陰部を冷やしておくよう指示し、血管の何本かが非常に危ない状態なのはなぜかを細やかな気遣いで説明してやったが、マティは決してスプレーを使わなかった。やっと脚が吊り具から外され、まず座ってひなたぼっこをする許可が下り、次に車椅子での外出が許され、杖をついて歩くことが許可され、ついに杖無しで歩いてもよいと診断された。病院にいる間にマティの顔は動かなくなり、その上に醜く変形した部品が絵の具で描き込まれているように見えた。長い間身体を動かしていなかったので、所作は以前にも増してぎこちない感じになった。片足を引きずることはなくなっていたが、やや股を広げたまま歩く癖がついており、あたかも足鎖の記憶が身体に染みついたまま釈放された囚人のような足取りだった。マティはいろいろなアボリジニの写真を見せられ、十二枚目を見たところで口を開いたが、出てきたのはコーカサス語族白人がこういう状況下で決まって口にする例の言葉であった。

「ぼくにはみんな同じ人に見えます」

これはここ数年の間に彼が口にした中で最も長い文である。

マティの冒険行はマスコミに採り上げられ、寄付金が集まり、いくらかのお金が手に入った。人々はマティを説教師だと思った。しかし彼と接触してみると、こんなに無口な男がどうして説教師などしているのだろうか、確かに顔つきはぞっとするほど重々しいが、自分の意見も目的も持っていないらしいのにと不審に思えてくるのだった。だがマティの中では、まだあの問いが押し寄せており、今では更に切迫したものへと形を変えていた。以前の「ぼくは誰」は「ぼくは何」になっていたが、空からあの黒い男が飛び降りてきた「滑稽磔刑《こっけいたっけい》」もしくは「そんなこと本当にあっ磔刑《たっけ》*」のせいで再び変形し、燃え盛る問いになった。

ぼくは何のために生きているのか？

それでマティは好奇心をそそるこの南洋の都市を歩き回った。黒装束でまだら模様の木細工を思わせる顔で歩いていると、オレンジの木の下の鉄製ベンチに憩っていた老人たちは、マティを見て口をつぐみ、彼が公園の向こう端へ通り抜けていくまで押し黙ったままだった。

怪我の具合が良くなるにつれ、マティはいっそう歩き回った。二、三ある礼拝堂を試しに覗いてみたとき、何人か近づいてきてマティに帽子を取るように言おうとし、目に入ったものを確かめると、何も言わず離れていった。好きなだけ歩けるようになってからは、都市の周辺部まで出かけ、差し掛け小屋や掘っ建て小屋に住むアボリジニを観察しに足繁く通った。アボリジニの行動はたいていの場合拍子抜けするくらい簡単に理解できるもので、ちょっとした身振りに過ぎないようにも見えるのだが、時折その行為がマティ自身にもわけのわからぬままに深い関心を惹起したらしい。一、二度、一連の黙劇とも思えるものがマティの心を捉えた。何かゲームみたいに数本の棒を操ったり、印のついた小石を放り投げ、その結果に没頭して考え込んだり……そしてあの息遣い、あの息を吹きかける様子、一時《いっとき》も休まず息を吹きかけて……

次にまたアボリジニが小石を放っているのを見たとき、マティは住処としてあてがわれている禁酒旅館の一室へと駆け戻った。それからマティは旅館の庭へと向かい、小石を三つ拾い上げ、それを振り翳し……

そこで動きは止まった。

＊一　原文では“crucifarce”それに“crucifiction”と書いてある。二つともゴールディングによる造語であり、前者は“crucifixion”（磔刑）と“farce”（笑劇）の合成語、後者は“crucifixion”と“fiction”（架空の物語）から合成した言葉である。

マティは身じろぎもせず、三十分間そこに立ち尽くした。

それから小石を下に置くと部屋へ入り、聖書を取り出して読んだ。それからマティは総合庁舎へ行ったが、入れてもらえなかった。翌朝彼はまた庁舎へ行った。ぴかぴかに磨き上げられた受付机より奥まで通してもらえず、そこで丁重に応対されはしたものの、理解は得られなかった。庁舎から出るとマッチ箱を買い込み、それから来る日も来る日も庁舎の玄関前でマッチ箱を高く高く積み上げる姿が見られるようになった。一フィートを超える高さになるときもあったが、いつも崩れ落ちてしまう。生まれて初めてマティは周りに人を集めたのだが、中には子どもたちや浮浪者、庁舎に出入りする途中で足を止めた役人などもいた。警官がやって来て、マティを玄関前から立ち退《の》かせ芝生と花壇のある方へ追いやったが、たぶん公権力の場から遠くなったせいだろう、そこでは大人も子どももいっそう大声で彼のことを笑うようになった。マティは跪《ひざまず》いてマッチ箱の塔を建て、アボリジニが小石に息を吹きかけた動作に似た仕草でマッチ箱を吹き、全部倒すのであった。[*一] これを見て人々は笑い出し、それで子どもたちも笑い、時には子どもの一人がぱっと飛び出して、まだ建設中の塔を吹き倒したりして、みんな笑ったし、時には悪戯っ子がぱっと飛び出して、塔を蹴り倒したりして、みんな笑いながらも、そんなことしちゃ駄目だよとマティに好意を示す叫び声を上げたりもしたが、それはみんなマティの味方で、全部の箱をバランスよく積み上げることがこの男の願望らしいと思い、いつかは思いが叶うことを望んでいたからだ。だから元気のあり余った悪戯っ子が出てきて、マッチ箱を蹴ったり小突いたり唾をかけたり飛び上がってひっぱたいたりして倒したりすると、買い物途中の気のいい女たちや年金暮らしの老人も大人という大人はみんな口々に憤慨し、笑いながら「ああ、こらっ！

仕様がない子だ！」と叫ぶのだった。もっともそこに集まっていた子どもたちはみんな一人残らず元気あり余った悪戯っ子であり、この北部特別直轄地域《ノーザン・テリトリー》には熊のいる惧《おそ》れなどないので、マティの帽子の下がどうなっているかをもし知っていたら「そらそら上だよ、この禿首《はげあたま》！」*二くらいのことを言ったとしても不思議はなかっただろう。

　すると黒ずくめの男はまた両膝をつき正座をして、周りで笑っている人たちを黒い帽子の縁からゆっくりと見回す。まだら模様の木細工のような顔は厳かで表情が読み取れず、人々は撒水された芝生の上で、一人また一人と黙り込むのだった。

　七日後、マティのゲームに新しい要素が加わった。マティは素焼きの壺を買い、小枝を集めてきた。マッチ箱を見てみんなが笑い始めたとき、マティは今度は小枝を積んでその上に壺を載せ、マッチで火を点けようとしたが、できなかった。*三黒ずくめで小枝だの壺だのマッチ箱だのの上に屈み込んでいる姿はバカげて見え、悪戯っ子が壺を蹴り倒すと大人たちは「駄目だったら！　悪乗り坊主め！　今のはほんっとにいけないぞ！　壊れるじゃないか！」と声を上げた。

*一　旧約聖書エゼキエル書四章一・二節において、神の命を受けた預言者エゼキエルは、煉瓦を積んでエルサレムの都に見立て、これを周囲から攻めてみせる。都の運命を民に例示するためである。

*二　旧約聖書列王紀略下二章二三・二四節には、預言者エリヤの後継者エリシャがベテルの地を目指して歩み出したとき、彼を「禿首（はげあたま）」と揶揄する子どもたちが描かれる。エリシャが子どもたちを神の名において呪うと、森から二頭の熊が現れ、子どもたち四十二人を引き裂く。

*三　旧約聖書エゼキエル書二四章において、神は預言者エゼキエルに、錆びた釜を火にかけよと命じる。エルサレムの民に向かって、神の浄火についての警告を伝えさせるためであった。

それからマティがマッチ箱と小枝と壺を拾い集めていると、みんなはゆっくりと散り散りに去っていった。マティも立ち去ったが、その後ろ姿を公園の管理人がぼんやり眺めた。

次の日、庁舎そばの芝生に自動スプリンクラーが撒く水で小枝が湿らない場所に、マティは移動した。中央駐車場の近くに歩道の縁石があり、そこは垂直に照りつける太陽の下でぼさぼさの草と種を孕《はら》んだ花がはびこっているだけの、何という名で呼んだらいいのかわからないような場所だった。ここでは見物人を集めるのに少し時間がかかった。実際、マティは一時間も独りぼっちで建設作業に取り組んでおり、一人トランプのペイシャンス・ゲームだって十分に時間をかけてやれば最後には決着がつくように、もう少しですべてのマッチ箱を垂直に積み上げることができそうだったけれども、やや風がある日だったので八つか九つしか積み上げられないうちに倒れてしまう。しかしついに子どもたちが集まってきて、それから大人も集まって、いつもの注目と嘲笑と悪戯っ子と「駄目だったら、悪い子だ！」とが一通り済んだ。そこでマティは小枝を置いてその上に壺を載せ、マッチを擦って小枝に火を点ける作業を始めることができたが、笑い声は更に大きくなり、次にマティは、何かとても賢いことをやってのけた道化師よろしく、拍手喝采を浴びた。すると、喝采や笑い声越しに小枝のパチパチいう音が聞こえ、小枝が燃え草が眩耀《げんよう》を発して燃えだし、草の実がバンバンと弾け、荒地の上を巨大な焔が舐めるように広がって、金切り声や悲鳴が上がり、人々はお互いの身体についた火を叩き消し、子どもも大人も逃げ惑って道路に飛び出したところへブレーキの軋《きし》る音、車の衝突する音、怒号や罵声が響いた。

「あのね」と次官は言った。「あんなことをしちゃあダメなんだよ」

次官のふさふさした銀髪は丁寧に刈り揃えられており、まるで念入りに拵えた銀杯のようだった。次官の訛りはずっと以前に聞いたペディグリー先生のと同じだ、とマティは思った。次官は柔和な口調で話した。

「もうしないって約束してくれるね？」

マティは何も言わなかった。次官は書類をパラパラとめくった。

「ロボラ夫人、バウアリー夫人、クルーデン夫人、ボローデール嬢、レヴィンスキー氏、ワイマン氏、メンドーサ氏、ブオナロッティ氏、ってのは芸術家っぽい名前だね？……これだけの人たちに焼け焦げを負わせたのだから……それに、みんなとっても怒っているしね……だから！　絶対にもうやってはいかんよ！」

書類を放すと、次官はその上に銀色の鉛筆を置き、マティの方を見た。

「君は心得違いをしている。君みたいな類の人間は、いつだって勘違いばかりしてきたんだ。いやいや、あの、メッセージの内容が間違っているわけじゃない。われわれにはこの世の中の有様はわかっている。予想される脅威の徴候も把握しているし、大気汚染の危険を冒してまで一か八かの賭けをやるなんて行為の愚かしさもわかっている。[*一] でもね、われわれは選ばれた側の人間なんだ。そう。君ら

＊一　英国はオーストラリア政府の協力を得て、一九五六年にヴィクトリア砂漠で四回の核実験を行っている。地上での実験であったため、実験地一帯は汚染され、居住不能になった。

が思い違いをしている点は、誰にも君らのメッセージを読み取ることができない、君らの言葉を翻訳できないと思い込んでいるところにあるんだ。とんでもない、われわれにはできるんだよ。皮肉なことはだね、災難の予言を理解できるのは、つねに教養ある知識豊かな人たちの方だったんだ。その災害を最もひどく被ることになる人たちに、その予言が届いたためしはない……身分卑しき柔和なる者たち、つまり、力なき無知なる者には予言が理解できないのだよ。わかるかな？　ファラオの兵士たちも……もっと昔の例を挙げるなら、あの無知なエジプト貧農たちの初子《ういご》たちだって……[*一]」

次官は立ち上がって窓のところへ行った。そこに立つと両手を背中の後ろで組み、外を眺めた。

「政府の上に突然の大嵐がやって来るなどあり得ないんだよ。嘘じゃない。爆弾だって、政府にとって全く不意討ちなんてことはないんだ」

それでもマティは何も言わなかった。

「君はイギリスのどこから来たんだね？　もちろん南部だよね。ロンドンかい？　自分のお国に帰った方が賢いと思うな。君がやってることを止めるつもりがないのはわかっているよ。決して止めないってのが君らの本領だものね。そう。帰りなさい。結局のところ……」そう言って次官は突然振り向いた。「あそこの方がこの国よりも、君の言葉を必要としているんだよ」

「帰りたいです」

次官はほっとして椅子に深々と腰を下ろした。

「とっても嬉しいよ！　本当のところ、君は……つまりだね、あんなことがあったもので、てっきり君が気分を……ほら、原住民とのとても不幸ないきさつがあったりしたじゃないか、アボリジニの一件だよ……そういえば、連中は自分のことをアボリジナルと呼べって主張して止まないのさ、知ってた？　自分が形容詞だとでも思っているのかね？……しかし、もちろんわれわれは、君に対してどうやら借りがあるように感じていたものだから……」

次官は合わせた両手の上にのしかかるように身を乗り出した。

「……それでね。お別れをする前に……一つ教えてくれないか。君には、何というか、特別な知覚というか、超感覚というか、そういう、第二の視力みたいなものがあるのかな……つまりだね、君には……見えるのかい？」

マティは口をバネ式罠のようにパチッと閉じて、次官を見つめた。次官は目をしばたたいた。

「つまりねえ君、君はね、どうしてもこの情報を、聞く耳持たぬ民衆に向けて突き付けなければならないと思ったんだろ……」

ほんの少しの間、マティは何も言わなかった。それから最初はゆっくりと、そしてしまいにはぐいっと引っ張り上げるようにして身体をまっすぐに立て、机の反対側から次官越しに窓の外を見つめた。身体が激しく痙攣したが、声は出なかった。両の拳を胸のそばで握り締めると、言葉が、ゴルフボールが、捩《よじ》れた唇の間から噴き出した。

＊一　旧約聖書出エジプト記一四章二七・二八節においてモーセは、追いかけてきたエジプトの軍勢を一瞬にして水没させる。また同一一・一二章には、エジプト王ファラオを懲らしめるため、神がエジプト人の初生児を一夜にしてことごとく死に追いやった過越（すぎこし）の記録がある。いずれの場合も、ファラオに対してはモーセによる事前の警告があったのだが、下々の者たちは何も知らなかった。

「感じるのです！」

そして背を向け、オフィスを次々に通り抜けて大理石敷きの玄関ホールに出ると、外の階段を降り、立ち去った。マティはいくつか奇妙なものを購入し、他に地図も買ったがこちらは大して奇妙な買い物ではなかった。持ち物すべてをオンボロ車に積み込むと、マティの消息について街は再び彼を知らざりき。奇行に及んでニュースになることもなくなったので、オーストラリアも再び彼を知らざりき、という次第だった。マティのオーストラリア滞在はまもなく終わりを告げるのだが、それまでの短い間、ただ黒服で近寄り難い容貌の男としてのみ人の目に留まった。しかし人間たちからはほとんど用済みになったけれども、他の生きものたちとはまだ交渉を持つことになる。車に例の変わった買い物を積んで何マイルも進んだが、小さいことではなく何かかなり大きなことを求めている様子だった。どうやら彼はずっと下方へ行きたがっており、そのためには水を必要とするようで、それにふさわしい暑くて悪臭のする場所を求めているらしかった。これらの条件はある種の具体的な場所をはっきりと示すものであり、条件を全部充たす場所は人跡未踏の地まで行かなくても見つかりはするが、たいていは車では近づきにくいところにあるものだ。このためマティは見知らぬ奇妙な土地をくねくね通っていくコースを採り、ほぼ毎晩車の中で野宿しなければならなかった。途中には崩れかけた陋屋《ろうおく》が三軒建っているだけの村があり、屋根の波形トタン板が熱風に吹かれてキイキイとかガランとか音を立てていた。何マイルもの間、木は一本も見えなかった。かと思うと、また別の土地を通り過ぎたときにはパラディオ様式建築物が見え、周りの巨木林にはモモイロインコの鳴き声が響き、手入れされた人工池の周りにはユリがどっさり植えてあった。優美に脚を跳ね上げる馬に牽かれた小型の二輪軽馬車を乗り回す人たちを見たこともあった。そしてついに他の誰も来たがらないような場所を見つけ、正午の明るい陽光の下、それでも日光は葉の茂みのせいで水面までは届かないところで、マティは目を凝らし、丸太のような生きものが次々と滑るように視界の外へ消えていくのを見守ったが、おそらく内心動揺していただろうに、顔の表にまでは現れていなかった。それからマティはそこを離れて小高いところを見つけ、そして待った。木製表紙の聖書を読み耽り、陽が残っている間軽く身震いしたり、見慣れたものをいろいろ見つめてそこに何かの慰めを見出そうとしているようだった。もちろんその間ほとんど目は聖書に向けられており、マティはまるで初めて見るかの如く聖書を見ながら、この表紙は堅い柘植《つげ》の木でできていると気づき、だからといってどうということもないけれど、なぜだろう、中身を保護するためだとしたら奇妙な話だ、中に書かれている神の御言《みことば》には保護なんか必要ではないのに、と考えを漫然と巡らせていた。マティは何時間もそこに座り続け、やがて太陽は天空のいつもの軌道に沿って沈み、星が姿を見せ始めた。

マティが先ほど見つめていた場所は暗くなるといよいよ奇妙な感じを増し、まるで昔の写真家がベルベット覆いの奥に頭を差し込んだときに出くわす濃い闇に包まれた。だが視覚以外の感覚器官は、捉える対象には事欠かなかっただろう。人間の足を突っ込めば、半ば水で半ば泥の、小石一つも小枝一本も混じっていない柔らかく粘着性の感触が、足のぐるりへ押しのけられながらも、素早く足首まで、そしてもっと上の方まで昇ってくるのを捉えただろう。鼻は植物や動物の腐敗する徴《しるし》をすべて感じ取っただろうし、口とそして皮膚は、こういった状況では皮膚だって味覚を持つようで、生暖かく濡れそぼった空気を、身体全体が立っているのか泳いでいるのか漂っているのか疑わしくなるほど湿気たっぷりの空気を、味わっただろう。耳は蛙の鳴く轟きと夜鳥の苦悶の声で満たされ、そして虫の翅《はね》や触角や肢《あし》がウーンとかブーンとか音を立てながらこすれ合うのを感じ取り、空気もまた生命に満ち溢れていると知るのだろう。

それから十分な時間が経って目が慣れ始め、まるで命と肉体を犠牲にするくらいの覚悟で、すべての感覚を視覚と引き替えにする気持ちになれば、やがて目も視覚のために用意されている徴を見出すだろう。その徴とは、腐るというよりむしろ溶け始めている倒木の上でキノコがぼうっと発する微かな燐光だったり、もしくはところどころで沼から発生するガスが、燐光よりも柔らかな青い火焔となって、葦や草でできた浮き島が、粘度のある水からも昆虫の死骸からも養分を吸い上げている横を、漂う姿だったりするだろう。時折、突然スイッチが点いたような、もっとめざましい光も見られただろう。木の幹の間を閃光が踊りながら素早く飛んで炎の雲と化し、雲は身を捩《よじ》って形を崩して、リボンのように向こうの方へ漂っていくのだが、不可思議な仕方で自らスイッチを消し、あたりは以前よりもっと暗くなる。それから寝返りを打つときに口から漏れるため息に似た音を伴って、何か大きなものが、見えない水の中をけだるそうに動き、もう少し離れたところへゆっくり進んでいくのが見えただろう。この頃になると、こんなに長く立ち尽くしていた足は、暖かい泥がこちらへあちらへと押し分けられる中を深く沈み込んでいるだろうし、泥底は更に暗い暗闇、いっそう秘められた秘密の奥底であり、そこでは足に吸い付いたヒルが、巧まぬ巧みさをもって存在を気取らせることなく、足の無防備な皮膚を通して血を吸い始めていることだろう。

しかし今は誰もその場所にいない。昼のうちに遠くからここを観察していた者にとっては、人類誕生以来ここを人間が訪れたことなどあり得ないと思われた。飛び交う生きものたちの閃光が、あたかも追いかけられているかのように戻ってくる。閃光は長いリボンを描いて飛んだ。

しばらく経つと、なぜ閃光が一方向に飛んでいくのかが明らかになった。一つの明かりがやがて二つに分かれて、手前の森の向こう側を一定した速度で動いている。明かりは幹、垂れ下がる葉、苔、折れた枝などのシルエットを浮かび上がらせ、その一対の車幅灯が森を抜け沼を目指してくねりながら進むにつれ、ほんの少しの間そこだけ目に見えるように照らしたので、時折シルエットは炎の中の薪か石炭のように、初めは黒く次に火が点いて燃え尽きていき、またそれぞれのライトには紙切れみたいに白く舞い飛ぶ雲状のものが付きまとっていた。エンジン音が追い散らしていないのはこの飛ぶ生きものたちだけで、蛙も鳴くのを止めて水に飛び込んだ。オンボロ車は水の神秘的な闇から木を二本隔てたところで止まった。車が止まり、エンジン音が止むと、二つの車幅灯もほんの少し暗くなったが、それでもまだ十分明るくて、飛び回っているものや、このけもの道と思しき手前の腐葉土の表面を一、二ヤード分照らし出した。

運転席の男は身動きせず、しばらく座ったままだったが、エンジン音が止んでしばらく経ったためにあたりの物音がまた始まったとき、すぐに右側のドアをぐいっと開け、車を降りた。車の後ろへ回り、トランクを開け、ガチャガチャいわせながらいくつかのものを取り出した。トランクは開けっ放しにして運転席に戻ると、しばらく立ったまま、見えない水面の方へ目を向けた。それが終わると、男は突然せわしげに不可解な作業を始めた。不可解、というのは服を脱ぎ出したからで、車幅灯の反射光で男の痩せた青白い身体が浮かび上がり、紙のような羽虫やブーンとかウーンとか音を立てる夥しい数の生きものたちは、すぐに男の身体の検分に取りかかった。男は次にトランクから妙なものを持ってきて、土の上に跪き、それを分解し始めたらしい。ガラスのカチンという音がした。男はマッチを擦ると、火は車幅灯よりも明るくなって、男が何をしているのか見て取れるようになった、といっても見ている者など誰もいなかったのだが。男は目の前の地面に、ほとんど骨董品と言っていいランプを置き、ガラス球とほやを外して芯に灯を点そうとしていたのであり、紙に似た羽虫は旋回し、舞い、ぱっと燃え上がって焼き尽くされたり、半身を焼かれてのたうったりした。男は芯を下げてほやとガラス球を取り付けた。その後ランプが地面にまっすぐ安全に立っていることを確かめてから、最初に取り出したものの方へ向いた。男はそれを弄《いじ》り回し、ガチャガチャと音を立てたが、すべては不可解で、頭にある意図はその男にしかはっきりわからなかった。男が立ち上がったときには、もう素っ裸とはいえない状態になっていた。腰の周りには鎖が一本巻き付けられており、鎖から重い鋼鉄製の輪がいくつか吊されている。そして一番重い輪を一つ陰部のあたりにぶら下げており、男を見るものといったら取るに足らない野生の生物しかいない場所で、愚にもつかない配慮ではあるけれども、礼儀には適っているわけであった。今度はまた身体を屈めようとしたが、重い輪のせいで、まっすぐ跪くには大変な苦労が必要だったため、しばらく車のドアを掴んで姿勢を安定させなくてはならなかった。しかしやっとのことで膝をつき、ランプの芯をゆっくり上げた。ランプの白熱するガラス球が、車幅灯や木や葉の裏側の微光を圧倒した。腐葉土や苔や泥が、昼間もそこに存在し続ける確固とした形となり、白い紙状の羽虫は狂ったように白熱球やちらちら光る水面のあたりを飛び回った。水面は波一つ立たず非常に穏やかで、一匹の蛙の目が二つのダイヤモンドと化してその光を見つめた。男の顔は白熱球のすぐそばにあったが、左側が尋常ならずに見えたのは光のせいではなく、目が半分潰れて口元が捩《ね》じ曲がっていたからだ。

男はランプを持って、ドアに掴まりながらゆっくりと立ち上がった。輪をガチガチいわせながら身体をまっすぐに起こすと、ランプを持ち上げ、ランプの底が頭より高くなるように掲げた。身体の向きを変え、ゆっくりと慎重な足取りで水の方へ歩いた。泥はついに現実の人間の足を感知し、片足が踏み込んで沈み、もう片足も沈み込んでいくにつれて、暖かい泥は足のあちら側こちら側に押し分けられていった。言葉に表せない苦痛でも味わっているかのように、男の表情には更に捩じれが加わった。目が素早く開いては閉じ、食いしばった歯が光り、ランプが揺れた。男は沼の中の方へ進み、足が、脹《ふく》ら脛《はぎ》が、膝が泥にのめり込み、奇妙な生きものが水面下で脚に触れたり、さざ波の上に姿を出してくねりながら逃げていったが、それでも男は中へ、下へと進み続けた。水は腰を過ぎ、胸のところまで昇ってきた。蛙が光の催眠術から脱け出して、水に飛び込んだ。沼の中央を越えたあたりでは、水は顎の高さに来ていたが、突然深くなった。男はもがき、水しぶきが立った。おそらく一ヤードくらいの間その男の身体は、何ものが見守っているかは分からないが、見えなくなってしまい、見えるのはただ腕と手とランプの白熱球とその周りを乱舞する生きものたちだけだった。それから、黒い髪が水面に広がった。その下で男は足で軟泥を強く蹴りつけていたが、やがて頭を水の上に出し、ひっ掴むように息をついた。その後しっかりした足取りで向こう岸に上がっていった。身体からも髪からも輪からも水が滴り落ちたが、ランプは濡れていなかった。男はすっくと立った。大気は暑く水面には蒸気も立つほどだが、男はがくがくと身体の芯から激しく痙攣するように顫《わなな》き、ランプが泥水に落ちたりしないようまっすぐ持っているために両手で支えなければならなかった。顫きが何かの合図でもあったかのように、三十ヤード離れた対岸で巨大トカゲが向きを変え闇の中へゆっくり消えていった。

顫きはだんだん収まっていった。ただの身震い程度にまで収まったとき、男は沼を回って車へ戻った。どこから見ても厳かで、秩序立った所作だった。注意深くランプを持ち上げると、東西南北の四方に向けてランプを振り翳し、それを四回繰り返した。それから男は芯を下げて、火を吹き消した。世界は元に戻った。男はランプと輪と鎖をトランクに積み込んだ。服を着た。変わった生え方の髪を整えると、しっかり帽子をかぶった。男の動きが止まると、発光虫が漂い戻って、それぞれ水面に微かに映る自分の光を相手に踊った。男は運転席に乗り込んだ。スターターボタンを押したが、三回繰り返さないとエンジンがかからなかった。スターター音とエンジンのかかる音は、おそらくこの原野の中で最も異質な都会的騒音だっただろう。車はゆっくりと去っていった。

マティは一番安い片道航空運賃だったら大体払えるくらいの持ち合わせはあったのだけれども、空路ではなく海路で出発した。空路はマティにとってあまりに不遜で高慢だと思えたからかもしれない。もしくは、きらきらした服を着たお人形みたいなあの娘とシンガポール空港で会ったときのことが脳裡にあったから、ではなくて、シンガポール空港での件全般に関して感じられる若干の不安感、実体を持つ肉体とは何の関わりもない抽象的「邪悪」がちろちろと放つ光に対する不安感が、マティに海路を選ばせたのかもしれない。というのは、マティは今では女性の前でも男性の間にいるのと同じくらい、平静でいられるようになっていたからで、どの女性を見ても他と比べて特に心を惹かれるでもなく、たとえかの大淫婦が憎むべき淫行の汚れを満たした酒杯を手に現れたとしても[*一]、心の平穏や美徳を失う気遣いもなく立ち向かったことだろう。

車は安く売り払ったが、残ったわずかの持ち物は全部持ってきた。マティは最初、船員として雇ってもらうつもりだったが、マティくらいの年齢で、といっても何歳なのかはっきりしないのだが、得意分野は雑役、菓子の箱詰め、墓掘り、悪路での自動車運転、それに特筆すべきは聖書研究、という男など船員としては用無しだった。いろいろな人から人物証明をもらっていたのだが、効果はなかった。そのどれを見ても「廉潔」とか「信頼のおける人物」とか「正直」とか「誠実」とか「勤勉」（これはスウィートさんが書いてくれた）とか「慎重な性格」とか書かれていたが、こういった性質を彼らが本当はとても厭わしく思っていたことには触れられていなかった。

そこでマティは小さな旅行鞄を提《さ》げて船着き場へ行った。鞄の中身は、顔の右半分用の髭剃り道具、パンツの着替え一枚、シャツの着替え一枚、黒の靴下半足、フランネルの下着一枚、石鹸一個だった。マティはしばらく船の横腹を見上げていた。ようやく目を落とすと、今度は自分の足を見つめ、考えに耽っている様子だった。ついにマティは左足を持ち上げ、三回振った。左足を下ろした。右足を持ち上げ、三回振った。下ろした。振り向いて港の建物と低い丘陵線を眺めたが、大陸がマティを見送

＊一　新約聖書ヨハネの黙示録一七章四節に登場する大淫婦バビロンへの言及。この大淫婦は、もともと都市バビロンを比喩化したものといわれる。

るために集めてくれたのはこれだけだった。この丘陵線の向こう側で何千マイルも旅をしたことや、できるだけ人目につかないように気を配っていたのに何百人もの人と知り合った、というか少なくとも顔を合わせたことをマティは顧みているふうに見えた。見えたといっても、マティの様子を目に留めている者が港にいたとしたらの話だが。マティは埠頭を見渡した。繋船柱の風下に小さな砂塵の山があった。足早にそこへ行くと、彼は屈み込み、一握の塵をすくい取って靴の上に振りかけた。

梯子を登り、マティはオーストラリアで過ごした年月を後にした。他に十一人と相部屋で眠る予定の一室へ案内されたが、まだ他の人たちは来ていなかった。たった一つの旅行鞄をしまい込んだ後、また甲板に上がって、身動きせず黙ったまま、これが見納めだと思いながら大陸を見つめて立ち尽くした。潰れていない方の目から水が一粒転がり出て、素早く頬を伝って甲板に落ちた。口は微かに動いていたが、彼は何も言わなかった。

第六章

マティのオーストラリア滞在中ペディグリー先生は、刑務所を出所し様々な慈善団体の世話になった。服役中に老母が亡くなったので、遺言によって少しお金が入った。そのおかげで思いのままとはいかないが、多少自由に動ける身となった。それで、無駄だと思いながらも手を差し伸べてくれる人たちから離れ、彼はロンドンの中心街へ向かった。そしてすぐさま刑務所に舞い戻った。次の出所の時には刑期より何年も多く年をとっていた。というのは、自己憐憫の涙にむせびながら心の中で呟いた通り、刑務所仲間たちに性癖を嗅ぎつけられたからだ。もともと贅肉はこれっぽちもなかったのに、今では無しでは済まされない肉までも少し削げ落ちていた。皺が増え、腰は曲がり、衰えた髪一面に白髪が確実に広がっていた。手始めにロンドンの始発駅のベンチに腰を下ろしはしたものの、午前一時には座っていた椅子を警官にひっくり返されるという憂き目に遭って、ロンドンの魅力も消滅したらしく、それを境に今度はわざわざグリーンフィールドに出向いた。そこはかつてヘンダソンのいた町だ。ヘンダソンは死によって、望ましい完璧な人物としてペディグリー先生の心の中に生きていたのだ。グリーンフィールドに、以前その存在も知らなかったし知る必要もなかった一軒のホステルがあることが判った。ホステルは無慈悲なくらい清潔そのもので、大きな部屋がいくつもの四角い小部屋に区切られ、どの部屋にも狭いベッドと椅子つきのテーブルが備えてあった。ここを根城に彼は出かけていった。例の学校に行って門から中を覗き、ヘンダソンが転落した場所とその上の非常口、更に鉛板屋根の軒を眺めた。それ以上近寄ってならない法的理由は何もなかった。だがペディグリー先生は既にカベバシリという、カベに寄り添う生活をすることでせめて一方だけでも降りかかる災難を防ごうとする、みすぼらしい格好をした連中の仲間に入っていた、もしくはその途上にあった。今では、警官が追い払わねばならないと骨の髄から感じる類の人間になっていた。その結果、自分でも追い払われてもしかたがないと感じていたので、警官を見ると決まって自分から逃げ出すか、横目で見ながらあたふたと街角を曲がるのである。

とはいえまだ多少とも収入があったおかげで、強迫観念に、といっても他の多くの国では憂き目に遭う原因とはならないほどの観念に、悩むことはあっても堕落は免れていた。無一物同然でありながら、特別つらいとも思わず暮らしていた。身にまとうものはまだある。持っていたヴィクトリア朝時代のいくつかの文鎮は、惜しいことに値打ちの出る前に売り払っていて、手持ちのわずかな根付け*[1]も文鎮より高値で売れはしたものの、残すは一つのみで、後はすべて手放していた。残った根付けを幸運のお守りと呼んでポケットに入れて持ち運び、いつも指で玩《もてあそ》んだが、それはボタンほどの大きさで、実際ボタンそのものであったが、二人の少年が興奮して組み合った姿を彫刻したもので、見る者の興奮を誘う滑らかな象牙細工だった。根付けは時々指に焼き付いた。いつものように火傷を負った後、例によって今や常習となった刑務所行きの原因を作った。しかし今度ばかりは手術になるかもしれないと告げられて、身も世もないほど悲鳴を上げてわめき始めたので、さすがに内務省の精神科医も匙を投げた。出所するとまたグリーンフィールドに舞い戻ったが、今や彼の頭脳は単純ないくつかの様式《パターン》、すなわち行動と信念における儀式にはまっているかのようだった。町に戻った最初の日、ペディグリー先生は本通りに出て歩きながら、周りに有色人種が増えたなと思った。壁づたいに歩いて、とうとうスプローソン・ビルの正面入り口までやって来たが、隣に書店とフランクリー商店があり、反対隣にオールド・ブリッジが背を丸めて架かっていた。その橋のたもとのこちら側には古風な公衆トイレが建っていた。トイレは鋳物造りで絵のように美しく、臭うけれども鼻を突くほどでもなく、実際に汚いというよりは、汚物そのものではなく、汚物のように見える黒いクレオソートのせいで汚く見えたのだった。ここにもまた一八六〇年代の驚くべき技術力によって、ちょうど星の運行と潮の満干のように、昼も夜も水溜めに水は幾度も満ちては迸《ほとばし》っていた。その場所はペディグリー先生が秘かな勝利をおさめた場所ではあったが、そのためについ先頃刑務所送りとなったのでもあった。だが町に戻ってきたのは、単に理性的希望や願望のせいではなかった。その場所に以前いたからという理由で戻ってきたのである。

先生の症状はますます進行していた。ここ数年彼は、若々しい性的香気《オーラ》をたっぷり楽しむことから身を離し、たとえ相当浅ましい結果を招くことになっても、タブー破りに伴うあらゆる刺激を味わう方へと変わっていた。公園には、もちろん、公衆トイレがいくつかあり、中央の車の密集地のそばでは更に多くあり、市場にもいくつかある。そのあたりはトイレがいくつも点在し、ペディグリー先生

＊一　日本の細工物で、印籠や煙草入れの紐を帯に挟むときの滑り止めとした。

ほどの専門的知識を持たない人が想像する以上に、遙かに多くトイレはあるのだ。学校は永遠に閉ざされていたので、トイレが何らかの次の足掛かりとなった。スプローソン・ビルの端まで来てちょうど壁の防護が尽きるとき、一人の男がビルから出て通りを歩いていくのが見えた。ペディグリー先生はその男をじっと見つめ、次にトイレを振り返り、そして再び、遠ざかっていくその男を見た。ペディグリー先生は意を決し、腰を曲げゆらめきながら本通りを大股で歩いていった。歩きながら姿勢をまっすぐにした。いったんその男を追い越して振り返った。

「ベルじゃないかい？　エドウィン・ベルじゃ？　昔一緒だった？　ベルだろ？」

ベルはたじろいで止まった。ベルは甲高いいななくような声を出した。

「どちら様ですか？　どなたですか？」

二人の間に流れた丸十年という歳月によってペディグリーは変わっていたが、ベルはさほど変わっていなかった。ベルにもそれなりの悩みはあったが、体重が増えるという切羽詰まった悩みはなかった。幅広ズボンを別とすれば、ベルはまさに三〇年代後半の大学生そのままのいでたちをしており、あぐらをかいた鼻の風情は、普段から威厳を行使し、言い返されることなく意見を通しているささやかな証拠を示していた。

「ペディグリーだよ。まさか忘れてはいないよね。セバスチャン・ペディグリーだよ。憶えてないかい？」

ベルはびくっとして直立した。両の拳をオーバーコートのポケットに突っ込み、それから、慌ててその拳を陰部の前で一つに合わせた。そして嘆きともいえる声を上げた。

「こ、こんにちは……」

拳を更に深く突っ込んで鼻を上に向け口をポカンと開けたまま、ベルは爪先歩きを始めたが、この単純極まりない戦術によって身から戸惑いを振払うことができると思っているようだった。だがそうする一方で、そ知らぬ顔の素通りはリベラルな紳士のすることではないと思い直し、再び踵を降ろしたものの、おかげでよろめいてしまった。

「ペディグリー先生、あなたでしたか！」

「わたしはご覧の通り、ずっと沙汰無し状態、というか音無しのままだった。引退して考えたんだ……そう、いっそ自分から行ってみた方がいいだろうって……」

いろいろな色の肌をした群衆が行き交う中、二人は面と向かい合っていた。ベルは心配そうにこちらを見上げる老いさらばえたその男の顔を、皺の刻まれたバカのような面相を、しげしげと覗き込んだ。

「わたしはあの懐かしい学校に行ってみようと思うんだが」と皺の刻まれたその顔がバカげた様子で哀しげに言った。「わたしがまだ勤めていた頃から残っている知人は、君だけじゃないかと思ってね。あれはヘンダソンが生きていた頃のことだった……」

「実は、ペディグリー……あなたは……見ての通り、僕は今では家庭持ちなんです……」

気でも違ったのかベルはペディグリーに、あなたもご結婚を？と訊きそうになったが、思いとどまった。ペディグリーは全く気づいていなかった。

「わたしはただ、あの懐かしい学校に行ってみようと思ったんだ……」

とはいえ二人の間には、もしセバスチャン・ペディグリーがその学校に足を踏み入れたならば故意の家宅侵入罪で逮捕されるだろう、という明白な、しかも特別な了解が漂っていた。そしてまた、もしエドウィン・ベルがペディグリーの腕をとって連れていけば差し当たり法律も目をつぶってくれるだろうが、でも二人のどちらにとってもそれだけのことをする価値はなく、ただペディグリーがそう思いたがっているのだ、という明白かつ特別な了解もあった。それにペディグリーを校内に入れるのは、おそらくキリストか仏陀か、そして間違いなくマホメットのような聖人ならばできることだけど、この場合マホメットのことは度外視しよう、そんなことすれば話がややこしくなるだけだ、でもああ、チ、ク、シ、ョ、ウこの男をどうやって始末したものかな?

「そういうわけで、もし君がそちらに行くのならば……」

エドウィンはぎくっとしてまた爪先立った。ポケットに入れた両の拳を痙攣したように打ちつける。

「あっ、しまった!　うっかりしてた!　何てことだ……すぐ戻らなくては。あのねペディグリー……」

ベルは既に向きを変えており、鮮やかな服をまとった婦人と肩が接触していた。

「……ごめんなさい、ほんとにごめんなさい、全く不器用なもんでして!　あのねペディグリー、連絡はとりますから」

そう言ってくるりと向きを変え、爪先歩きで行こうとしたものの、振り返らずともペディグリーがついてきていることはわかっていた。それでエドウィン・ベルは身振りでしどろもどろの言い訳をし、服と拳で陰部を隠しながらサリーを着た市場商人の間を縫うように逃げまわり、ペディグリーはぴったり後についてきたが、その間も二人は同時に喋り続け、沈黙すれば何か致命的なことを相手から聞かされる惧《おそ》れでもあるかのようだった。だが二人がスプローソン・ビルのところまで来て、ペディグリーがそのまま二階に上がり弁護士事務所の前を通ってベルのアパートに上がり込む危険がはっきりしたとき、そのお喋りはついにあからさまな調子を帯びて、両手を上げ手のひらを立てながら怯えて声高に発せられる拒否の言葉へと変わった。

「駄目、駄目、絶対駄目だよ！」

ベルは二人を繋いでいる身体的な紐を断ち切るかのように、ぱっと身を離し飛ぶように階段を上っていったが、玄関に残されたペディグリーはそれでも学校に戻る可能性を話したり、ヘンダソン少年が今も学校にいるつもりみたいに彼のことを話していた。ペディグリーが喋るのを止めたとき、自分が立っているところは個人の建物で、あのガラスの扉は庭へと続き、階段は二手に別れ、そこにあるドアの少なくとも一つは弁護士事務所のものだ、ということを意識した。それでペディグリー先生は再びカベバシリに戻って、二段の階段を降りスプローソン・ビル前の歩道に出た。それから通りを横切って、店先という比較的安全な場所まで辿り着き後ろを振り向いた。上の窓にエドウィンの顔とその妻の顔があり、ほどなくカーテンがさっと引かれるのを一瞥した。

こうしてペディグリーは町に戻って来るやいなや、彼についてすべてではないにしても多少は知っている警官や公園の管理人、そしてペディグリーのような族《やから》を阻止することを仕事とするグレーのレインコートを着た例の若者にとっても、またグリーンフィールドの昔から唯一の知り合いであるエドウィン・ベルにとっても、本当に頭の痛い厄介者となった。ペディグリー先生がベルに対して繋がりを感じるようになった経緯は、理性的なものではなかった。おそらくペディグリーが正常な者との繋がりを必要としたのは、自分の儀式めいた行動のせいで徐々に憔悴し始めていたからだろう。こうしてベルのもとを去り、というよりむしろベルの方が彼のもとを去った後、ペディグリーはオールド・ブリッジのたもとの魅惑的なトイレに惹かれて入っていこうとしたが、警察の車が鼻っつらを橋の頂上から出していたので、年の割には素早く階段を降りて、まるで雨でも避けるかのように橋の下の曳き船道に身を隠した。芝居がかった仕草で手のひらを差し出し、水滴が付いていないか調べた後、曳き船道を歩いていった。曳き船道は歩きたくなかったが、そちらに進んでいったのは警察の車があるため後ろの道が苦痛になったからだ。そして円周を描くように、といっても実際は長方形なのだが、ぐるりと左へ曲《ウィダーシンズ》がった。曳き船道をどんどん進み、スプローソン・ビルの裏にある古い厩《うまや》の傍らを通って、フランクリー商店の裏手の入りくんだ屋根のそばまで歩いて、更に水の危険から救貧院を守っている長い壁に沿って歩いていき、次に左手の木戸（右手はコムストックの森）をくぐり、小道に出て横丁に入り、今度は再び救貧院、フランクリー商店、グッドチャイルド稀覯本《きこうぼん》専門店、そしてスプローソン・ビルの順に逆のコースを辿った後、再び引き返し、警察を煙に巻いてやったという秘かな勝利感を胸に秘めて、最後にまた黒い便所のあるオールド・ブリッジのたもとに戻ってきた。

奇妙でもあり悲しくもあり正常ともいえたことは、ベルとの出会いが失敗に終わったことではなく、この退却の後ベルの方で二度と出会うことがないよう入念な注意を怠らなかったため、その後全く出会いがないという事実だった。シム・グッドチャイルドの姿が本の向こうにあるのが店の窓越しにぼんやりと見えた。ペディグリーが二度目にスプローソン・ビルの前を通ったとき、女の興奮した声が聞こえていたが、それはミュリエル・スタンホープが、結局ニュージーランドのアルフレッドのところに出奔する直接のきっかけとなった口論をふっかけようとしていたところだった。何物をも通さないことでは煉瓦や鋼鉄にも勝るような高い壁が、今や金剛石の壁となって、あらゆる物と物との間に横たわっていた。口を開き言葉を発しても、壁から返ってくるのは谺《こだま》だけであった。それは根深く苦おしい事実とはいえ、不思議なことに人々は、その事実と向かい合って生活していながら、それに耐えているという意識を持たず、一斉に叫び声を上げることがない。唯一本屋のグッドチャイルドが時折ぶつぶつ不平を言うだけだった。グッドチャイルド以外のミュリエル・スタンホープ、ロバート・メリオン・スタンホープ、セバスチャン・ペディグリーなどの考えでは、それは自分だけを襲ってくる世間の仕打ちであり、世間というやつは他の者には違った態度をとるくせに、自分たちには前例のない不当な扱いをするのだと考えていた。しかしパキスタン人、スマートなスーツ姿の男たち、目もあやな色彩の布の端で顔半分隠した女たち、そして黒人たちにとって世間はまさに違ったものだった。

それでペディグリー先生はその便所を出て、利用できる壁すべてに可能な限り寄り添いながら本通りを戻っていった。スプローソン・ビルの上の窓にちらりと目をやったが、もちろんベル夫妻の姿はもはやそこには見えない。公園へ行ってみた。中に入ったとき、通りがかりの告知板に守るべき禁止事項の記載があったものの、これなら全く心配する必要はないと思える程度のことしか書かれていなかった。つまるところ今はグラフの底辺に近いのだ。だから椅子を見つけて鉄の透かし板に腰掛け、あたりの様子を窺いながらポケットの中の根付けを指で玩《もてあそ》ぶことだってできる。時々独りごちたように、これはウィンドウショッピングなのだとペディグリー先生は考えていた。子どもたちはグループを作ってボール遊びをしたり、風船で遊んだりしており、またあまり上手とはいえないが、軽い風の中で凧を上げようとする子もいた。大人たちはいくつかの椅子に点々と腰を下ろし、その中には三人の年金受給者、愛を語らう行き場のないカップル、そしてペディグリーが予期した通り、グレーのレインコートを着た例の若者がいた。向こうの片隅にトイレがいくつかあった。ペディグリー先生はもし自分が立ち上がってそちらに行けば、その若者は後をつけて監視するだろうということがわかっていた。

オールド・ブリッジに行けばベルに会える可能性もあるので、ペディグリー先生は毎日几帳面にグリーンフィールドの自分の巡回区域を回った。ちょうどこの頃、町に伝染性の怪奇現象が発生した。町の人々はその現象が峠を越し終息に向かった頃になって初めて、それを一種の伝染病だと考えるようになったのだ。やがて町の人たち、少なくともその何人かが、病気の起こった最初の日のことまで考えてみると、その日は先頃隠遁生活から戻ったペディグリー先生がベルに会った直後にあたるので、病気の責任がどこにあるかわかった気がした。その日一人の若い白人女性が、小走りでプディングレイン通りから本通りへ駆け込んでいるのが目撃された。この手の女性は、両手を両側に振り上げ足をあちこちばたつかせないと走れないもので、それだけでも十分笑えるというのに、この女性は厚底の靴を履いていたため、その姿は余計に滑稽だった。口を開け、まるで自分に話しかけているといってよい消え入るような声で「助けて、助けて、誰か助けて」と言っていた。しかしやがて、店のそばで赤ん坊の入った乳母車を見つけて落ち着いたようだった。というのはその赤ん坊を調べて、ちょっとだけ乳母車を揺すった後、何も言わずあたりを気遣いながら、というよりおそらくおどしながら彼女は車を押していったからだ。同じその日、フィリップス巡査部長の方こそおどおどしてしまうような事件が起きた。グッドチャイルド稀覯本専門店の前で赤ん坊の乗っている乳母車を見つけたからである。シム・グッドチャイルドも妻のルースもどうして乳母車がそこにあるのか全く見当がつかないという。それでフィリップス巡査部長は乳母車を押して本通りを歩き、自分の車のところまで戻って状況を無線連絡しなければならなかった。母親が誰であるかはすぐに判明し、その母親は赤ん坊の入った乳母車を古い穀物取引所脇のオールド・スーパーマーケットの外に放置していたのだった。それから何日か経って再び同じ事件が起こった。それからひと月ほどの間、まるで誰かが注意を惹きつけてこれを徴《しるし》のメッセージとするかのように、乳母車が何度か移動される事件が起こった。ペディグリー先生が尾行され、現場こそ押さえられなかったが、それを機に移動事件はぴたりと止み、やがてそのひと月は、乳母車はむやみに放置してはいけないという単なる教訓の月となった。そしてある時、スーパーマーケットの外に桟橋の係留船さながらに停めてあった乳母車の列の間を、ペディグリー先生（ジョージ優良商店で買ったジェントルマンズ・レリッシュ*一の小ビンを抱え、朝食用のシリアルを求めてオールド・スーパーマーケットに入ろうとしていた）が縫うようにこそこそ歩いていくのを目撃した、と言って婦人たちがペディグリーに詰め寄ったときの、あの非常に険悪な成り行きも人々の記憶から忘れ去られた。タージ・マハル喫茶店でコーヒーを飲みながら例の事件を話題にしてアレンビー夫人がアップルビー夫人に述べたことだが、ペディグリー先生にとっての幸いはここが英国であ

＊一　パンやビスケットに塗って食べるアンチョビーのフード・ペースト商品名。

ることだった。もちろん夫人はペディグリー先生とは呼ばず、あのいまいましい老いぼれと呼んだ。

ペディグリー先生と乳母車移動事件とを結び付ける証拠は何一つなかった。だがシム・グッドチャイルドがエドウィン・ベルの意見に相槌を打ったように、ペディグリーのような族《やから》は、他のことで気を紛らすことができない結果として変態行為に邁進するのだが、いざ事に及ぶときには、それなりの悪知恵を働かすものだ。それは真実であった。金のかかる教育を受けたため時として湧き起こるいくつかの刹那的好奇心は別として、この点においてはペディグリー先生はマティと同類であり、一つの目的に身を捧げる人間だった。だがマティと違って彼は、その目的が何であるか、また目的とはどうならざるを得ないかをしっかり弁えていたし、目的が接近するのを見定めるか、さもなくば命を蝕む絶え間ない情熱の命ずるまま、自らそれに近づかずにはいられないことを知っていたが、その情熱ゆえに歳月の流れ以上に老けこんだ。彼に同情を寄せる人がグリーンフィールドの町に一人でもいたという記録はどこにも残っていない。マーケットで彼の目に爪を立てるのを制された婦人たちは、ペディグリーはおそらく乳母車に指一本触れていない、などとほのめかす人がいれば、それが誰であろうときっと轟々たる非難を浴びせたことだろう。彼が這這《ほうほう》の体《てい》で逃げ去ったことと、その後グリーンフィールドで乳母車の被害が出なくなったこととは、偶然の一致ではあり得ないというのである。

そういうわけでペディグリー先生はしばらく本通りを離れ、近づいてもせいぜい街角のファンウドリングズ校までで、そこならエドウィン・ベルに会えるという期待を持っていたのだが、ベルは注意して姿を現さなかった。老いさらばえたペディグリーは柵の外で、傷の入ったレコードみたいに一箇所にとどまったまま、非の打ちどころのない幼いヘンダソンの姿を偲んだり、顔に治療痕を残すあの少年を呪ったりしたが、その少年はその時既にギリシアの貨物船を下りてコーンウォールのファルマスに上陸し、安息日《あんそくにち》の道程《みちのり》以上の移動をしてはならないという聖書の教えに従って[*一]、上陸の地で金物業に就いていた。例の婦人たちがペディグリー先生の目をくり抜こうとした同じ日に、コーンウォールに滞在していたマティは、極めて異常な理由から次のような日記を付け始めた。

＊一　「安息日の道程」は、新約聖書使徒行伝一章一二節にある言葉。オリブの山からエルサレムまでが、安息日にも歩くことが許される距離である。およそ一キロメートル。

第七章

六五年五月一七日

ある事件が起こったので書き留めようと思ってこの本とボールペンを買った私は気が違っていないことを証明する證《あかし》としてこの本をとっておきたいからだ。あのものたちはグラッドストーンで見た聖靈とは違っていたグラッドストーンのは聖靈だっただったに違いない。あのものたちが現れたのは昨夜のことだ。日割り分を読んで暗唱しベッドの端に腰掛けて靴を脱いでいる時だった。時間は一一時四〇分事が起こったのは確か一一時四〇分だ。温もりが引き抜かれるように全部私から抜けていった。毛がみんな、といっても立ったのは頭の長い髪ではなく軀《からだ》の短い毛が一本一本ふくらんだ鳥肌の上に逆立ったのだ。それは人の謂《い》う怖くなっていくことで今ではその畏《おそろ》しさがわかる。息もできず声も出ずもう死ぬかと思った。その時だあのものたちが現れたのは、私の處《ところ》に。その時の様子を言うことはできない。思い出すと実際と違ってしまうからだ。その時の様子を説明できない。でも私は気など違っていない。

六五年五月一八日

あのものたちは今夜は来なかった。いや、今となっては昨晩と言うべきだ。一二時まで待って時計の打つ音を聞いたときあのものたちは来ないことがわかった。それは一体何を意味するのだろうか私は私に尋ねる。一人は青い衣を着てもう一人は赤い衣を着て帽子をかぶっていた。あのものたちがやって来てとどまり一一時四〇分からどのくらいかわからないが私をじっと見ているだけだった。畏《おそろ》しかった。あの時の聖靈は色は全くなかったが今度のはさっき言ったように赤と青だった。私があのものたちを見ているときどう見ているか言えないただ見るだけだでも思い出すといつも違ってしまう。それは誓《いまし》めなのか私は私に尋ねる、私は何かやり残したのか。あれこれ思い返してみるそしてもちろん自分の犯したあのおぞましい大罪以外思い当たるものは何もない、その罪をやり方がわかれば償うつもりだでも聖書の導きでここに来たそしてここに先生はいないしではどうしたらいいのだろう。すべてが隠されたままだ。二年ほど前ノーザンテリトリーのダーウィンで徴《しるし》をいくつも出したそして何も起こっていない。それは私の信仰の驗《ため》しである。

六六年五月二一日

あのものたちがやって来たことを記すため一年ぶりにペンを執る。寒くなって温もりが軀《からだ》からすーっと退いていくやあのものたちがやって来ることがわかった。じっと待っていたけれどあのものたちは話しかけないでじっと私を見つめていた。あのものたちがいつ立ち去ったのか判らない。ちょうど一年前と同じく一一時に一一時過ぎにやって来てそして時計が打つ前に去って行った。おそらく毎年やって来るのだろう。おそらくそれは自分は何か重大なものの中心に居るそしていつも居た感じと関係があることなのだろうと思う。三〇代まで生きてくれればたいていの人は怖くなることがどんなものかわかっているしたいていの人は亡靈を怖がるし靈を見ることもないのだから。

六六年五月二一日

テーブルでヨハネ黙示録を読んでいたとき解った。ちょうど靈たちが現れるときみたいになったけれどあのものたちは現れなかった。私は寒くなって、ぶるぶる震え軀《からだ》の短い毛が一本一本逆立った。暦によって運命の日が近いことを見たのだ。最初どうしていいかわからなかった。これこそ靈たちが私の前に現れた理由に違いない。再びやって来て私がどうしたらいいか教へてくれるに違いない。彼らに仕えるのは揺祭となる。挙祭を行わなければならないけれど持っているものがほとんどないので挙祭のために残っているものを見極めるのは難しい。[*一]

六六年五月二二日

店で私は何が挙祭となるか考えていたがそれはとても畏《おそろ》しいものなので書かないでおく。

六六年五月二三日

私は自分の食べる物や飲物をなるべくもっと多くたてまつり祭壇に供えることを誓約する。言わなければならない言《ことば》は別として口にする他の言《ことば》すべてを挙祭としてたてまつる誓約をする。残された時間はほとんどない。いつでもできるときはお祈りする。

六六年五月三〇日

ほとんど食べないため最初は大いなる痛苦《いたみ》と衰えを感じたでもやがて私が食べなかったすべてのものが祭壇に供えられるのを思い描くという見方を見つけたのでこれが救いとなった。冷《ひや》やかなる水もいいけれどメルボルンにいたときの紅茶熱くてミルクと砂糖の入った紅茶を楽しく生き生きと思い浮かべる。時々紅茶の香りを嗅ぐことさえできそれがどんなに温かいか感じることもできる。それから書《ふみ》にあるように私は事《つか》へられているのかもしれないと思った。*二 ソーンベリーさんは医者に診てもらうよう勧めるでもあの人は解っていない。言ふことを挙祭にしたので私が彼に説明するのは正しくない。

*一　揺祭・挙祭は、旧約聖書に規定されている神への奉納物のうち二種類。典礼の説明は出エジプト記二九章やレビ記七章などに見られる。

*二　新約聖書マタイ伝福音書二〇章二八節やマルコ伝福音書一〇章四五節に見られる言葉遣い。イエスは自分のことを人から「事（つか）へらるる」ためではなく、万人に仕えてその罪を肩代わりするために来たのだと言う。

六六年五月三一日

私はずっとバプティストそしてメソジストそしてクェイカーそしてプリマス同胞派の人たちの間で暮らしてきたけれど何処《どこ》にも恐れがなく光もない。全く理解もないそんな時は日割り分を心の中で暗唱する。こうした異なった派の人たちの間に入っていくとき時々その人たちは私に質問する。その時私は口に両手を翳しそしてその人たちの微笑み方で少しは理解しているのを見る。ところで今日は暦のことを思い浮かべていて一日中寒かった。こんな異常な状況の時は靈たちが戻ってくるかもしれないと思ったでも今は一二時過ぎていてそして私はだんだん寒くなって時計が打っても何も起こらなくて酒杯《さかづき》は満つれどいまだ潰されずして溢れず*一なのだと私は私に言った。それが始まるときおそらく最初に地球の裏側で始まるだろうと私は私に言ってそして瞬間《またたくま》*二にと謂《い》われていたしそれでそれはメルボルン、シドニー、グラッドストーン、ダーウィン、シンガポール、ハワイ、サンフランシスコ、ニューヨークで始まるだろうそれにグリーンフィールドでもそしてコーンウォールでもみんな同時に始まるだろう。

六六年六月一日

毎日が通り過ぎていくのを見るのはおぞましい、もはや酒杯《さかづき》は満たされ潰されるのを待つばかりなのに。何も食べず飲むのは冷《ひやや》かなる水だけ。今日自分の部屋に階段を上っていくとき衰弱のためよろめいたでも時がもう迫っているからそんなことは少しも重大ではない。すると私の處《ところ》に閃光がやって来た、大いなる啓《ひら》き出《いだ》しが私がちょうど今し方この言辭《ことば》を書いているときに、御手が私の上に按《お》かれて[*三]運命の日に私はどうしたらいいのか解った。私の務めはコーンウォールに最後のチャンスを授けることだ！

六六年六月四日

しておかなければならない準備は一つもない。明日は眠れるうちに連れ去られぬよう一晩中目を覺《さ》ましを[*四]るつもりだ。六六年六月一日に声が私にどうしたらいいか告げたように見えるけれど確信が持て

*一　旧約聖書ヨエル書三章一三節や新約聖書ヨハネの黙示録一四章二〇節、特に黙示録において地上の人間は葡萄にたとえられ、最後の審判の日に天使が彼らを刈り取り、「神の激しい怒りの大きな酒ぶね」に入れ、その酒ぶねを都の外で踏むと、「血が酒ぶねから流れ出て、一千六百丁にわたってひろがった」とある。神の怒りを葡萄酒のイメージで描くのは、旧約聖書詩篇七五篇九節やイザヤ書六三章三節にも見られ、マティはこれらを合成して表現を作っているらしい。

*二　「瞬間（またたくま）に」は、新約聖書コリント人への前の書一五章五二節において、最後の審判が急激に訪れる様をパウロが表現したもの。

*三　旧約聖書エゼキエル書において、神の召命が預言者エゼキエルを訪れるときには「主の御手が、わたしに臨んだ」のような表現が使われる（一章三節、三章二二節、八章一節、三七章一節など）。ただしマティが使っている句はエゼキエル書の通りではない。

*四　新約聖書マルコ伝福音書一三章三六―三七節をもじったもの。世の終末の到来に関して人々の注意を喚起するイエスの言葉。マタイ伝福音書二四章三六節以下にも同様の記載がある。

ない。あの巨大な犬に陳列棚がひっくり返されたときみたい何もかも混じり合っている。

六六年六月六日

前の日何もかも準備を終わって一晩中見張っていた。自分を切るのは思っていた以上にとてもつらかったでもそれを献《ささ》げものとした。朝一番の光が射し鳥が歌ってそれで私は鳥が歌うのもこれが最後だと恐ろしい予感を持った。血を採ってそして紙の上にそれぞれ私の親指と同じ長さの文字で六六六という畏《おそろ》しい数字を*一認《したた》めた。私は教《をしへ》の通りその紙を私の帽子の巻帯に差し込んで数字が前から見えるようにした。日割り分を暗唱したそれは後ではその機会もなくて審判《さばき》を受けてしまうと思ったからでそう思うと大いに恐ろしかった。それから歩いて外に出た。通りはひどくがらんとしていたので最初審判《さばき》が既に行われてしまっていてそして世の中で自分だけが取り残されたと思ったでも町の人たちが食物を市場に運んでいてそうではないと見た。私が通りを通って畏《おそろ》しい数字を頭の上に血で書いて運んでいくのを人が見たとき衝撃を受けた人もいたあの数字かと思い出した人さえいたと思う。私は帽子をかぶって町のすべての教会とそしてすべてのチャペルを通り抜けた鍵がかかっている處《ところ》は除けて。教会とチャペルではそれぞれ三度門を叩きそれから敷居の塵を足から払い落としてそして歩いていった。この間ずっととても疲れそんなにも戦《おのの》いていてほとんど歩くことができなかった。でも暗くなったとき自分の部屋に戻った階段は両手をついて膝をついて上ったそして真夜中まで待ってこれを書き始めただから日付で虚偽《いつはり》を行《おこな》はないためには数字を六六年六月七日とすべきだ。多くの人たちはこの日生きていて審判《さばき》にかけられていないという地に属する肉の佚樂《たのしみ》を知るだろう。審判《さばき》が行われていれば居るはずの天国に居ない恐ろしい悲《かなしみ》を感じる者は私のほか誰一人いない。

六六年六月一一日

六日に行われるはずの審判《さばき》を探してみたでもそれを見つけられない。セアラジェンキンズさんが亡くなった、安らかに眠り給へ、そしてあの小さな病院であのお医者さんの奥様に息子が生まれた。フィッシュヒルの麓で小さな事故があった。ある少年（Ｐウィリアムソン）が自分の自転車から転落して左足の骨折を被った。御意《みこころ》の行《おこな》はれん事を。*二

六六年六月一五日

これらすべての人にまだ時間があってその中で悔い改めることができるのは私には大いなる慰めだ。でもその慰めの中に私は大いなる患難《なやみ》を感じているそして患難《なやみ》を感じないときは大いに空虚《むなしき》を感じてそして私の問いが再び戻ってくる。私は何のために生きているのか、私は私に尋ねる。もし徴《しるし》を出す

*一　六六六は、世界の終末に乗じて人心を惑わせる獣の名を表す数字とされる（新約聖書ヨハネの黙示録一三章）。
*二　「主の祈り（主の祈祷文）」の一部。

ためとするならどうして審判《さばき》が後に続かないのだろう。私は続けよう他にすることが何もないのだからでも空虚《むなしき》を感じる。

六六年六月一八日

あのものたちは戻ってきた。私が寒さと毛が逆立つのを感じたときすぐあのものたちは来るとわかった。私は今度はもっと用意をしていた私は店で働いている間にどうしたらいいかを考えていたから。壁を通してソーンビーさんに聞かれないように囁き声であなたたちは主の僕《しもべ》なのかと尋ねた。あのものたちは何も言わないかそれとも大声か、または囁き声かで返事するだろうと思っていた、でもそうでなく奥義《おくぎ》だった。私が囁き終わったときあのものたちが大いなる書《ふみ》を開いて二人で掲げ持つのを見たがそこにはまばゆい黄金で主の名が印してあった。だから間違いはないでももちろん恐ろしいやはり。躯《からだ》の毛は靈たちがそこにいる間はどうしても横にならない。

六六年六月一九日

あの靈たちは普通のやり方では話そうとしない。靈たちは言辭《ことば》の書いてある美しい白い紙を掲げたかそれともテレビで観た新聞の印刷より速く書《ふみ》の全部の頁を掲げた。私は靈たちにどうして私のところに来たのか尋ねた。靈たちは示した、我らはおまえのところに来ているのではない。我らがおまえを召寄《めしよ》せているのだ。

六六年七月二日

靈たちは今夜再びやって来た、高価な帽子をかぶった赤い靈とそんなに高価ではない帽子をかぶった青い靈だ。それらは職務《つとめ》の帽子だ私は自分が何を言おうとしているか言うことができない。赤い衣そして青い衣もそう。私は自分がどんなふうに靈たちを見ているかわからないただ見ているだけ。私は靈たちがやって来るとき今でも怯える。

六六年七月一一日

今日の晩は靈たちになぜ世の中でよりによって私を選んで召寄《めしよ》せるのか尋ねた。靈たちは示した、おまえは物事の中心近くに居るのだ。このことは私がいつも思っていたことだでもそれに驕傲《たかぶり》を感じたとき靈たちが二人ともひどく曇るのを見た。それで私は心の中でできる限り遠くに身を投げたそしてできる限り低くなってそのままじっとしていた。でも靈たちは行ってしまった、というより私を遠ざけたと言うべきだ。今や私の恐れは単なる寒さではない、寒さとは違っている。それはもっと深くそしてそれはいたる處《ところ》にある。靈たちがやって来たとき私は寒くなったけれども靈たちが最初にやって来たとき感じた寒さとは違っていたし毛が少し立つだけだ。

六六年七月一三日

その恐怖はいたる處《ところ》にあるそしてその恐怖には悲しいことと患難《なやみ》とが交じり合っている、でも自分だけが悲しいだけでなく何もかもがそうだ。この感じは靈たちが私から隠されているときでさえそこにある。

六六年七月一五日

書き留めておくことがあまりに多すぎるでも證《あかし》としてそれを書き留めなければならない。大いなる事が迫っている。靈たちはこれで四度やって来た、いつも私が日割り分を暗唱した後だ。一度目に靈たちが私を召寄《めしよ》せたときなぜ私を召寄《めしよ》せたのか尋ねた。靈たちは示した、我らは手元にあるものを使って仕事をするのだ。この返答に大いなる満足を覚えたそして私は何のために生きているのか尋ねた、それは以前からの疑問だったからだ。靈たちは示した、それは約束されたときに現れるであろう。次に靈たちがそこに居たとき私は何であるかと尋ねた、それはもっと以前からの私の大いなる疑問だったからだすると靈たちは示した、それもまた現れるであろう。三度目に私を召寄《めしよ》せたときは本当に恐ろしかった。私は靈たちが私に何をさせようとしているのか尋ねた。すると赤い霊が示した、おまえの本を放棄せよ。私はこの本のことかと思ったそしてベッドの端から飛び上がった、というのは靈たちが私を召寄《めしよ》せるときそこが私の座っているように思える場所だからだ。それで本に手を伸ばして破こうとした。でもそうしようとしたとき赤い霊がはっきり示した、我らの出会いの證《あかし》はそのままにしておくように。我らが言っているのはおまえがおまえの聖書を放棄することだ。これを聞いて私は叫んだするとあのものたちは私をぐいと遠くへ押しやったそしてあのものたちは隠されたのだと私は思う。一晩中眠れず怯えていた、そして次の日店でソーンベリーさんが一体どうしたのだと尋ねた。夕べ眠れなかったと私は言ったが本当の事だ。物事の中心近くの場所は私にはそぐわないので靈たちは私を永遠に遠ざけたのではないかと訝《いぶか》ったそしてもしあのものたちが戻ってきたなら、じゃなくて忘れてはいけない難しいけど、私を召寄《めしよ》せてくれるならいくつか質問をしてあのものたちを験《ため》すつもりだ。サタンならば帽子をかぶった赤の靈または青の霊になるのと同じかそれ以上にいとも簡単に光の御使《みつかひ》となって現れるかもしれない。＊一 あのものたちはその晩やって来た、四度目で続けざまだった。私はすぐに尋ねた、あなたたちは共に真実主の僕《しもべ》なのですか？　あのものたちはすぐさま大いなる書《ふみ》を両方から掲げ持ったそれにはまばゆい黄金で主の名があった。私は本当にまじまじと見守ったというのはその名はサタンを打ちのめし硫酸さながらその身を焼滅させるだろうと知っていたからだ。でもその美しい紙は前のままだった黄金の文字も。それで誤ってはいけないと決心していたので、恐ろしかったし寒かったけれど私は言った、主とは何のことか？　するとあのものたちは示した、我らは大

＊一　新約聖書コリント人への後の書一一章一四・一五節に、「驚くには及ばない。サタンも光の天使に擬装するのだから。だから、たといサタンの手下どもが、義の奉仕者のように擬装したとしても、不思議ではない」という警告がある。

地そして太陽そして星そしてそこに住む生きとし生けるものすべての王である主を崇《あが》める。それを聞いて私は自分自身の中でわが身を投げ出し平伏したそして囁いた、主は何を私にお望みか。思し召しのままに喜んで。すると靈たちは示した、従順であることそしておまえの所有する聖書の放棄である。一〇時一五分前だった。私は慈善バザーで買った大きなコートを着たそして聖書を持ったそしてまっしぐらに岬目指して夜の中へと歩いていった。雲が出ていてひどく暗かったそして風と海の音がずっとしていたがその音は私が海に近づくに従って次第に大きくなった。そのまま海辺に立ったそして暗闇の中では何も見えず目に入るものは下の白い波ばかりでそこでは岩の周りで海が動いていた。私は投げるのが恐ろしくてそして落下するのが恐ろしくてしばらくそこに突っ立っていたでも落下する方がもっと楽だったと思う。命令が取り消しになるのを願いながらしばらく待っていたでも何のお告げもなくて風と海の音ばかり。それで聖書を思いっきり遠く海に放った。それから本当に力なく引き返した喉も渇いていたそして階段を上ろうとしたら膝ががくがくした。でもどうにかついに帰り着いたそしてすぐさま靈たちの前に出た。私は囁いた、やりました。その時靈たちは大いなる書《ふみ》を両方から掲げ持ったそして私はその書《ふみ》に慰言《なぐさめごと》が満ち溢れているのを見た。

六六年七月一七日

靈たちは私を召寄《めしよ》せたそして示した、あの本に記された文字はどれもとこしへより永遠《とこしへ》まで続く[*一]ものばかりであるがおまえが暗唱してきた文字のほとんどはおまえの置かれた境遇上必要なものゆえ最初からおまえのために用意されたものである。私はそのような中で何をしなければいけないかあるいは何をしてはいけないかを知るのは恐ろしいと言った。それは通りの上に高くぴんと張った綱の上に居るのに似ています。すると靈たちは示した、従順であれさすれば落下はさせぬ。

六六年七月二五日

私が前に出ると今夜はすぐ靈たちは示した、おまえは旅に出るべし。喜んで、でも何処《どこ》へ行けばいいのでしょうか？ 私は言った。すると靈たちは示した、それはほどなく啓示されるであろう。だが我らはおまえの迅速な受け入れを嬉しく思うゆえ報《むくひ》としていかなる質問も許しはするされどそれはおまえがかつて尋ねたこともなくまた答えられたことのないものに限る。それで私はしばらく考えたそしてあなたがたはなぜ毎晩は来なかったのですかいえ召寄《めしよ》せなかったのですかと尋ねた。靈たちは示した、知るがよい我らはおまえの靈なる顔を見るもその顔は罪の傷跡深きことただならぬゆえ大いなる勇氣を奮わずしてその顔を直視する能《あた》はず。されどまたこの機に及びおまえは手に入る中では一番の人材でもある。私はすぐなぜ私の靈なる顔に傷跡が残っているのか尋ねたそして前々から自分が思っていたことを靈たちが示したとき私は苦い涙を流した。なぜならたとえどんなに無知な人であってもよほど迷っているのでない限り自分の罪はいつだってわかっているものだからでも自分の罪がわからない

＊一　「とこしへから永遠まで」は旧約聖書詩篇に見られる詩句（四一篇一三節、同九〇篇二節、同一〇三篇一七節など）。

ほど迷う人などいるのだろうか。そうなのだ私の罪とは親愛なる友に対し私が犯した罪業のことだでも先生を友と呼ぶべきではない先生は私よりずっと気高いからだ、ペディグリー先生は。本当に、あの人たちが先生を連行していったとき先生が私に言った言葉が今も私の耳に聞こえずに過ぎる日は一日もない。霊たちが身にまといそして霊たちの周りにあるその光を私の靈なる顔が曇らせているのはもっともなことだ。

六六年八月二七日

靈たちは永い間私を召寄《めしよ》せなかった。靈たちが召寄《めしよ》せるとき私は寒くなるそして恐ろしくなるでも召寄《めしよせ》がないとたとえ周りに人がいても私は寂しい。靈たちが言っている今度の旅に出るときも靈たちに私は従いたいという大いなる欲求を持っている。コーンウォールを離れたいという私の欲求は靈に導かれたものなのだろうか、私は私に尋ねる。靈たちが現れないときそして私の聖書が木製の表紙のついたまま波間に漂うかまたは沈んでいく様を思い浮かべるとき時々私の毛は今でも少し立ち上がるそして私は寒くなるでもそれは同じ寒さではない。でもその時自分は物事の中心に居るのだからどんなに永かろうが待つことに満足しなければならないことを思い浮かべる。

六六年九月二二日

ペンを執りあのものたちが三週間以上の間私を召寄《めしよ》せていないことを書く。待たなければならないことはわかっているでも私が何か間違ったことをしてしまったので召寄《めしよせ》がないのかと時々心配になる。ひどく落ち込んだとき優しい妻と可愛い子どもたちがいればと心の底から時々思う。そして時々わが家と呼んでよい處《ところ》、つまりグリーンフィールド、ファウンドリングズのある町グリーンフィールドに戻りたいと大いに願う。

六六年九月二五日

靈たちは再びやって来た。旅に出よとの勧めで終わりなのかそれとも更なる教《をしへ》を待つのが正しいのかわかりませんと言った。靈たちは示した、待つのが正しい。もっと多く食べそして飲み力を貯え旅に備えるべし。カーノーのストアに行ってそこで目にする中古の自転車を一台選び乗り物とすべし。自転車の乗り方を学習すべし。

六六年一〇月三日

靈たちは示した、我らはおまえの体力と自転車の向上を喜んでいる。遠からずおまえを旅に出すことになろう。我らはおまえを嬉しく思うゆえ何でも好きなことを尋ねるがよい。それで大胆にも私はこ数ヶ月の間ずっと心に懸かっていたことを尋ねた。進む道に行き詰まったとき私は言ふことを挙祭として献《ささ》げた。そしてあなたがたは私にもっと多く食べることそして飲むことを許したもうたと私は言った。おそらくもっと喋ることも許していただけませんか。若い頃私は大いにお喋りだったし然りや否だけでは決して満足せず不浄の言辭《ことば》を数多く口にしたほどなのです。このようなことを靈たちに話したとき靈たちの光が曇らされそして凡《およ》そ半時《はんとき》のあひだ天静《てんしづか》なりき。[*一] それで私は私自身を祭壇に献《ささ》げた。ついに靈たちは示した、しばしばおまえを親しく思っていたのでおまえたち地上の活物《いきもの》が生まれながらに 邪《よこしま》 だということを時折忘れてしまう。それから赤い衣を着た（監督のような役だと私の思う）靈が示した、おまえの舌が戒めを受けしは来るべき約束の日に口より剣の突き出る如く[*二] おまえに言《ことば》を発せしめんがためなり。私は二人に心から感謝したでも大半は赤い服を着た霊に対してだこちらの方がもう一方より位が高いから。それから靈たちは示した、おまえはおぞましい顔を持ち地上の邪悪に染まりはすれど靈なる國では我らが友なることを我らは知るゆえ話したいとのおまえの望みを欲求いくばくか叶えてやろう。もの言わぬ痛苦《いたみ》耐え難きときは（その痛苦《いたみ》とは靈なる痛苦《いたみ》にしてその痛苦《いたみ》は地上の痛苦《いたみ》に勝ること三倍なるを我ら知るゆえ）暗き處《ところ》にて死者たちに説教を宣傳《のべつた》へてもよろしい。されど生ける者に聞かせてはならぬ。私はこれを聞いてたいそう慰められそして二人に再び感謝した。

六六年一〇月七日

もう大人であるとき自転車に乗る練習をするよりも車の運転をする方が易しいでも今日は膝と肘の具

合も良くなったようだそして打ち身も消えた。力も随分ついて以前のように階段で力が抜けることもないし庭から箱を運んでくるときもそれはない。

六六年一〇月一一日

靈たちはやって来たそして示した、ソーンベリーさんに昇給を求めるべしそして彼《か》の人拒まばおまえの足よりコーンウォールの塵を払ひてグリーンフィールドに赴き彼處《かしこ》にて職業紹介所に急ぐべし。されどおまえはいかなる仕事がそこにあるかを思ひ煩ふな[*三]与えられたものを受けよ。

六六年一〇月一二日

ソーンベリーさんは昇給を拒否した。昇給に見合うくらいよく働いてくれているがでも商いのありよ

*一　旧約聖書ヨハネの黙示録八章一節。世界の終末をもたらす七つの災いのうち、第七のものが訪れる前の静寂を表した言葉。

*二　旧約聖書ヨハネの黙示録一章一六節や一九章一五節において、救世主イエスを思わせる白衣の霊は、口から両刃の剣を突き出していると描かれる。

*三　「思い煩ふな」とはイエスが民衆に説教する際に用いた言葉で、衣食住の雑事にかまけず信仰に専念せよ、というもの。新約聖書マタイ伝福音書六章、ルカ伝福音書一二章に見られる。

うからして昇給に応じる余裕がないそうだ。彼は私に関する推薦状をくれたがそれには私が彼のために二年働いたこと勤勉で性格も徹底的に正直で決して嘘をつかないと書いてあった。ソーンベリーさんが信心深い人でないのは残念だと私は感じる。ソーンベリーさんはこの後どうなるのだろう私は私に尋ねる。

六六年一〇月一九日

エクセターは泊まるのにいい町ではない。田舎では朝食付民宿《ビー・アンド・ビー》を選ぶ方がいいでも一人暮らしの女将さんは私を中に入れてくれないだろう私の顔のせいだ。自転車は長旅にも持ちこたえてくれている。もし靈たちが自転車を買うようにと言ってなければ私は列車で行っただろうそして費用ももっと安くついただろう。私はお金持ちのようにお金を費やしている。ずっといい天気が続いている。

六六年一〇月二二日

この田園地帯はソールズベリとベイジイングストークの間にあって本当に広々しているそして長くてまっすぐな道がたくさんある。一日中雨嵐が四方に見えたでも私の近くにはやって来なかった。これこそ私の旅が聖《きよ》き旅である徴《しるし》そしてアブラハムの靈が私の旅を護っている徴《しるし》だと私は見なしている。

六六年一〇月二八日

グリーンフィールドはすっかり変わっていた。私はファウンドリングズを訪ねる思いを持っていたでも友人のペディグリー先生は侮られて人にすてられているので[*一]そこにはいないだろう。誰一人として先生がどうなったかわからないだろう。後になったら私にはわかるかもしれない。新しい建物もどっさりあるそして群衆もすごい。色の黒い男たち濃い茶色をした男たちそして女たちが前よりたくさんいる、女たちはありとあらゆる種類の衣装を着けているでも男たちはそうではない。安息日《セヴンス・デイ・》再臨派《アドヴァンティスト》の教会のすぐ隣に異教の寺院があるとは！　この教会そしてまたモスクを見たとき私は霊魂《たましい》を掻きむしられた。預言をなそうと大いに願いああエルサレム預言者たちを殺せし者よ[*二]と言おうとしたそして片足を歩道について自転車のサドルに座ったまま両手をさっと口にもっていって言辭《ことば》を中にとどめなければならなかった。でもあの教会はまだそこにある。私は中に入っていったそして思えば何年前だったろうかと私は私に尋ねるそして昔あれが起こった同じ椅子にしばらく留まった。グッドチャイルド稀覯本《きこうぼん》専門店も覗いてみたけれどもあのガラス玉は今は失くなっていたそしてその部分は子ども向けの本が積まれていて、そのうち二冊は聖書から採った物語だった。職業紹介所はその日

＊一　「侮られて人にすてられて」は旧約聖書イザヤ書五三章三節にある句。この章では主の僕が民衆に理解されない苦難の様が描かれている。

＊二　「ああエルサレム……」はイエスが不信心なエルサレム人を嘆く言葉を意識している（新約聖書マタイ伝福音書二三章三七節やルカ伝福音書一三章三四節）。

は閉まっていたそれで宿を見つけたそしてあたりを少し自転車で回った。それから日割り分を暗唱するためここに戻ってきた。

六六年一〇月二九日

職業紹介所では係の人が私の推薦状をすべて受け取ったそして読んだそしてそれらを好意的に思ってくれた。係の人は学校に私の働き口が見つかると思うと言った。私はすぐに不思議な感じがした、ファウンドリングズをそしてペディグリー先生をそしてあの悲しい話の一部始終を思い出したからだ、でもまるっきり違っていた。それはウォンディコットハウススクールといって、かなり外の田園地帯にある学校のことで、先方に電話する間待ってなさいと彼は言った。彼はその学校に電話したそして先方の男に私の証明書を読み上げたそして二人が互いに笑い合って私は驚いた。というのは私の証明書には地に属する者たちにさえ笑われることは何一つ書かれていないからだ。でもその時係の人が向こうの出納係が私にすぐ面接に来て欲しいそして紹介状を持って来て欲しいと言っていると言った。私は自転車にまたがって本通りを走ったそしてオールドブリッジを渡ると下の運河には以前よりもっとたくさん船があった。そして自転車をこいでチップウィックを駆け抜けそれから並木の下の細長い窪んだ形をした乗馬道を昇っていった。（私は駆け昇ったのではない、それは虚浮《うそ》になる、自転車を押して昇ったのだ。）それから丘陵地の向こう側を下ってウォンディコット村に入ってこの村に学校があって、そして今そこにいる。その学校はグリーンフィールドの町から六マイル離れた處《ところ》にあってその間に丘陵地があるのだ。殊勲十字章受章者ODSトムソン元英国海軍大佐が私に面接をした。彼は報酬はどれくらい希望するかと聞いた。身と靈魂《たましい》を分かたずにいられるほどの額で十分ですと私は言った。彼はしばらく沈黙したそれからインフレーションについて説明した後もしお金が余ったら自分に預けることもできるし必要になるまでお金のことを忘れていればいいと説明した。君は誰の言うことでも聞いて仕事をするのだよと言われた。彼がそう言ったときそれこそ靈たちの求めるものであることとそして悪しきことの他は従順に何でもするのが自分の務めだと解って悦しかった。

六六年一〇月三〇日

私は庭師頭と部屋が同室だでもこの人はぶっきらぼうでそして陰気でそして化粧室を私に使わせたがらない五十ヤードほど先の馬具室のそばにもう一つあるというのだ。私は化粧室をそんなに使わない地に属する生活をほとんど棄てているから。

六六年一一月七日

六六年一〇月一一日の夜以来靈たちは私を召寄《めしよ》せなかった。靈たちは万事を私に委ねてしまった。靈たちの示した通り私の責務は自分が物事の中心近くに居ることとそしてすべてのことがいつか啓示されるということを忘れないことだ。今日の夕方は自転車のサドルで擦り切れた粗末なズボン（軍隊余剰品で買った替えズボン）に布を縫い付ける作業をして過ごした。

六六年一一月一二日

ここの学校はファウンドリングズに少しも似てない。こんな学校があるとは知らなかった。少年たちは裕福でそして高貴でそして子どもたちの数以上に子どもたちを世話する人の方が多い。一マイル歩いてもまだ学校の敷地の中だ家畜のいる放牧場が敷地の中にいくつかあるけれど。門から学校まで続く車回しは普通の道だと思うかもしれないここの道はそれくらい長くて並木が覆いかぶさっている。私はもちろん子どもたちと何の関係もないあるのは最も低き人たちとだ。庭師頭のピアスさんは私をやっつけたがっている。きつい仕事だけでなく卑しいものまで私に与えることに喜びを感じていると私は思うでもこれこそ私が何のために生きているのかを学ぶ唯一のやり方かもしれない。毎週半日の休みがある。都合によっては夕方を非番にしてよいとブレイスウェイトさんが言ってくれるけれども私は働く方がいい。

六六年一一月二〇日

庭師たちの草抜きと剪定の仕事を手伝う。ピアスさんは相変わらずぶっきらぼうでそして陰気で汚い仕事を私に押し付けるそれがこの人の本性なんだ。ガレージでスクワイアズさんの手伝いをした。私らは二人とも自分の空気入れを持っている。

六六年一一月二三日

少年たちとは何の関係もないでも先生がたは時々私に話しかけてくるそして校長先生の奥様のアップルビー夫人も。夫人は私の顔を気にしているようには見えないでも内心はしているそしてたぶん私がその場にいないときは私の顔について何か話しているのだろう。

六六年一一月二四日

私は茂みに入ったラグビーボールを少年たちに取ってきてやったそして少年たちは私のことを気にしなかったでもじっと見つめたそして私のことを奇妙だと思ったでも気にしていなかったと私は信じる。

六六年一一月二六日

靈たちから言われたのではないけれど私はとうとう勇氣を奮って自転車でファウンドリングズまで行った。私は学校の中を覗いたそしてあの場所を見たそこは昔一面にタチアオイが生えていてSヘンダソンが落下した處《ところ》だった。何もかも昔のままだ。私がじっと見ていた間誰かがペディグリー先生の使っていた窓を開けた（鉛板屋根に向かって開いている一番上の窓のことだそして私はそこからSヘンダソンが去っていくのを見たのだそれは私が彼の後についていって待っていた後のことだった）窓を開けたのは女の人だったその人の腕を見た感じでいうと。たぶんその人は部屋を掃除していたのだろう。もちろん気の毒なペディグリー先生を見ることはできなかった。私が見たのは落下後のヘンダソンの身体を発見したあの若い先生だった。それはベル先生だったそして彼は今ではもうだいぶ年をとっている。私は歩道のそばで自転車にまたがっていたその時昔と同じ服装をして、大きなスカーフをつけたベル先生が校長室のすぐそばの玄関から出てきたそれから校門を出てそして本通りを歩いていった。私はついその気になって後についていったすると先生はオールドブリッジのそばのスプローソンビルへ入っていった。私にとって大いなる患難《なやみ》は私が自転車にまたがってそこにいるというのに先生は私を私と認めないまま素通りしたことだ素通りは虚浮《うそ》ではなく真実だ。グリーンフィールドを私がわが家と思うようになっていたのに自分の居場所は全く残っていないようだ、わが家と思ったのは私の友が一人まだその町にいると考えるからではなくて私の心が友とこの町を結び付けているように思えるからだ。

六六年一二月三一日

この晩ウォンディコット教会で時計が一二時を打つのを待っていた間（そして〇時になれば新年を迎えるため残っていた先生がたの中には新年を祝う鐘を打ち鳴らす人もいるだろう信心からというより

面白がっているだけ）私はこの本を初めから読み通した。霊たちが私を来訪した證《あかし》として私はこの本を書いたそれは私がグラッドストーンのRSジョーンズと同じ目に遭って気が違っていると思われて連行されそして精神病院に閉じ込められる場合に備えてだったでもその他のことも同じくらいたくさん記録してしまったのを私は見る。私は話す代わりに言辭《ことば》を書き留めてしまったということそしてそうすることが少しは慰めになっているということも自分の中で見つけている。霊なる生活は試練《こころみ》の時だそして慰《なぐさめごと》言もないそして私は物事の中心に居りすべては明らかにされるだろうと霊たちに言ってもらえなかったら今私はRSジョーンズと同じことをしてしまい自分に害をなさんとするに違いない。私が今問うている疑問、私は何なのか何をなすべきかはまだ答が与えられていないそれで私は重石《おもし》を抱えている人のように勝《た》へなければならない。鐘の音が響いているそして私は哭《な》くことができればいいのだがでもそれはできるようには思えない。

六七年二月五日

素晴らしい事が起こった。このところ天気はとても寒かったので運動場は凍っているそれで生徒たちは遊んでいない。少年たちは遊ぶ代わりにあたりの散歩に出かけている。私は馬具室の横の一隅からごみを掃き出していた（ピアスさんは空気が冷たくてつるはしで地面を掘り返すのも無理なときでさえ私に仕事を見つけてくれるからだ）その時三人の少年がそばにやって来たそして立ち止まった。生徒たちは私の近くに来ることは滅多にないでもこの子たちは立ち止まってじっと見ていた。それから色の白い一番大柄の少年が私にどうして黒い帽子をかぶっているのか尋ねたのだ！　私は急いで考えねばならなかった私は必要とする以上には話さないでいるけれどこの子どもたちは幼児《をさなご》の我に来るを許して止《とど》むな云々*一と主がおっしゃった子どもたちだったからだ。子どもたちが私に求めた通りにすることは従順の一部であると私は判断したそして子どもたちは返事を求めていた。そこで私は髪をきちんとするためだと言った。これを聞いて子どもたちは笑ったそしてその中の一人が私に帽子を脱ぐようにと言った。私は帽子を脱いだすると彼らは大声で笑ったので私は微笑まずにいられなかったそして彼らは治療痕の残る私の顔を気にしていなくてでも誰かが私に悪戯をしたのだと思っているらしかった。私は彼らにとって道化だった。それで私はのっぺらぼうになった側から髪を持ち上げて傷んだ耳を見せたすると子どもたちは非常な興味を持ったそして少しも怖がったり怯えたりしなかった。彼らが行ってしまった後私はどんな時よりも幸福に感じた。私は再び帽子をかぶって隅の掃除を続けたでももし友ペディグリー先生と仲直りできさえすれば私は子どもに囲まれて暮らしたいそして他の何処《どこ》よりもこの学校で暮らしたいと思った。私は何のために生きているのかという問いは子どもたちと関係する何かなのだろうか私は私に尋ねる。

六七年四月一三日

私は運動場整備の人たちがラグビー用のポールを取り外すのを手伝った。この人たちは一生懸命仕事をしなければいけないのに一生懸命仕事をしなかった。その中の一人が他の人にピアスさんはここの庭で採れた物を学校のために使うべきなのに横流しして金儲けをしていると話していた。彼らはまた私に生徒の誰かの親の誰かについて話しかけてきたでも私がほとんど返事しないと判ってすぐ話を止めた。彼らはここにいる人のうち二人は探偵だと言ったそれで私はここの庭師たちのうち誰か一人はそうだろうと思うがピアスさんでないのは確かだ。でもそんなことは私の仕事ではないと私は自分に思い出させる。私はピアスさんと庭で採れた物のことを殊勲十字章受章者トムソン元英国海軍大佐に告げるべきかどうかたいそう困っている。

六七年四月二〇日

ひどい風邪にかかり熱のため何もかもがゆらゆら動くそして震える。でも私が日割り分を暗唱していたとき靈たちが再びやって来た靈たちは前と全く同じで赤い靈と青い靈だった。靈たちは示した、ピアス氏は札付きだけれどおまえが彼《か》の者に従順なるを我らは嬉しく思う。彼《か》の者はいずれとっちめられるであろう。しかしおまえには慰めを与えようと思うゆえ思うところあらば何なりと訊くがよいその問い公義《ただし》ければ我ら答えてつかわす。私は永い間折にふれては私を苦しめたことを尋ねた、それは

＊一　新約聖書マタイ伝福音書一九章一四節、マルコ伝福音書一〇章一四節、ルカ伝福音書一八章一六節に見られる句。イエスの説教を聞くため人々が子どもを連れてきたとき、使徒たちはこれを叱ったが、イエスは「神の国はこのような者の国である」と言って子どもを祝福する。

私が血で書いたあの畏《おそろ》しい数字をつけてコーンウォールの通りを歩いたときなぜほとんど効果が見えなかったのかということだ。靈たちは示した、審判《さばき》はおまえの思っているほど単純なものではない。あの数字はあの町のみならずキャンボーンとローンセストンにおいても大いにためになった。もっと尋ねるがよい。それで私は考えたそして尋ねた私の靈なる顔はあなたがたから見てもう愈《い》えているかそれともまだ醜悪なままでしょうか。もっと尋ねるがよい。靈たちは示した、その顔おぞましきこと変わらずされど我らはおまえのため快く耐えている。それで自分でも何をしたのかわからないままに私は言った、私は誰なのか？　私は何なのか？　私は何のために生きているのか？　それは子どもたちと関係しているのでしょうか？　すると靈たちは示した、それは子どもである。おまえがあの畏《おそろ》しい数字をつけて通りを歩いたときピアスさんがナナカマドの下に植えたパンジーさながらの紫を帯びた黒い靈は仆《たほ》され打ち負かされたそしてその子は息と身体共に健やかにＩＱ一二〇を授かってこの世に誕生したのだ。もっと尋ねるがよい。これを聞いて私は叫んだ私は何なのですか？　私は人間なのですか？　そして私はピアスさんがひどい鼾《いびき》をかいて寝返るのを聞いたすると靈たちは私を遠ざけたでもそのやり方は穏やかだった。たぶん今夜は眠る必要がなさそうに見える。

六七年四月二二日

午前三時ごろに違いない全く突然に川のような汗また汗をかいたそしてその挙げ句ひどく眠りの必要を感じた。それで眠った翌日はピアスさんの課した仕事をするのはとてもつらかった。でも自分は何のために生きているのかということとここの子どもたちとは関係があると思うと幸せだピアスさんは私を子どもたちから遠ざけておこうとしているけれど。一二〇とはナザレのイエスのＩＱだ。

六七年五月二日

今日は半日非番だったのでグリーンフィールドに行った。よく私に話しかけてくる校長先生の奥様のアップルビー夫人から買い物を頼まれたそして奥様が、その品物はフランクリー商店で手に入るでしょう、と言ったときなんと奇妙な気がしたことか！　それで中に入っていった。それからグッドチャイルド稀覯本専門店をじっと見つめたそしてあのガラス玉がもう置いてなかったので少し残念な気がしたたぶん売られたのだろうそれでなければ私が買ったのに。でも私が窓を覗き込んでいたとき二人の幼い女の子がスプローソンビルから出てきたそこはずっと前私が暖炉用品を届けに行ったビルだ二人は窓越しに子ども向けの本を見つめた。二人は御使《みつかひ》のように美しかったそれで私は用心深く顔の傷ついた側を向けないようにした。二人はスプローソンビルに戻っていったそして店の戸が開いたので奥の方で女の人がスタンホープさんちの可愛い姉妹はお互いこそがすべてだと言っているのが聞こえた。私は自転車にまたがったそして走り去ったでもあの子たちが私の生きる理由であって欲しいと思わず

＊一　キャンボーンはイングランド南部コーンウォール州の町。ローンセストンはオーストラリア南東海上のタスマニア州にある港町。

にはいられなかった。以前ミス・ルーシンダとハンラハン社長の娘たちを見つめたやり方で私はその女の子たちを見つめたと言っているのではないあの人たちとのことはもう初めからなかったかの如く私の心から消えてしまっていると私は思う。本当に奇妙だけど六七年四月二〇日の出来事はみんな曇っていて書《ふみ》に記した言辭《ことば》が子どもという言辭《ことば》だったのかそれとも子どもたちだったのか思い出せない。たぶん私に関係があるのはここの子どもたちではなくあの幼い女の子たちだろう、スタンホープと呼ばれていたっけどちらか一方だけかもしれないでも二人共に関係があればいいのだが。自分は何のために生きているのかを見つけるために待っている間私はあの子たちを見守るつもりだ。この次靈たちが私を召寄《めしよ》せるときあの幼い女の子たちについて尋ねるつもりだ。私は二人を祈ってあげる人のリストに入れる。

六七年五月九日

靈たちはこのところ私を召寄《めしよ》せていない。今日は半日非番なので、私はあの幼い女の子を見ることができるかどうかを見るために再びグリーンフィールドに行ったでもあの子たちは現れなかった。あの子たちを頻繁には見ない方がいいのかもしれないでもそういうことは神の思し召し次第となるだろう。私は二人の家をじっと見つめた。それは大きな家だでも弁護士の事務所が一角に住み込んでいるそしてアパートがある。

六七年五月一三日

靈たちは再びやって来た。すぐさま私はあの女の子たちについて尋ねたすると靈たちは示した、それはあるべきようにあるであろう。その時私は突然恐怖を持った何にも増してこの幼い女の子に好意を寄せたことで自分は罪を犯す危険にあったのではなかったかと。靈たちは私がこの恐れを口に出して囁くのを待たずすぐさま示した、その通りだ。遣わされぬ限りグリーンフィールドに行ってはならぬ。靈たちは少々私に手厳しくしているように見えたと私は思った。靈たちは素早くぐいと私を押して遠ざけた。それで私は再びつらいことを行う立場にまた置かれたのだ。私は自分の運命に満足しそしてここの幼い子どもたちに時々話しかけることに満足しなければならないそしてあの幼い女の子を守護する善なる靈（御使《みつかひ》）がいることを信じなければならないその御使《みつかひ》はもちろんいる。そしてあの子たちはお互いこそがすべてなのだから二人は私を必要としていない。

第二部――ソーフィ

第八章

グッドチャイルド夫人が夫に言ったことはまさにその通りであった。スタンホープ家の双子の姉妹ソーフィとトーニは、お互いこそがすべてという間柄で、実はふたりともそれがいやでたまらなかった。もしも何から何までそっくりだったなら、まだましだったかもしれないが、ふたりの違い方といったらまさに昼と夜（夜も昼もあなただけ、夜も昼も）[*1]なのだ。マティが姉妹を見かけたのは、ふたりが一週間もしないうちに十歳の誕生日を迎えようとしている時だったが、その頃既にソーフィはトーニが自分とどれほど違っているかをはっきりと知っていた。例えばトーニの腕と脚はソーフィのよりも細く、喉から股にかけての曲線もソーフィのよりも骨ばっていてピンク色をしている。足首と膝と肘の部分はといえば、節のように膨らんでいるが、顔は腕や脚と同様、ソーフィのより細長い。目は大きくて茶色、髪の毛はへんてこ。長くて細いのだ。あれより細いものといったら……あれよりも細いなんてことになったら髪なんてないも同然。それればかりか、消えて失くなろうとしているみたいに、色がすっかり脱けてしまっている。一方ソーフィの身体は、トーニのよりも滑らかで丸みがあって頑丈で、てっぺんに黒い巻き毛の頭がついており、ソーフィ自身はその中に住んでいる。そしてトーニのよりもちょっとばかり小さくて、ふさふさの黒くて長い睫《まつげ》のついた目から外を見ているのだ。ソーフィの肌はピンクがかった白だけど、トーニのは髪と同じで色がない。透けて中身が見えそうなくらい。その中身、つまりトーニの中にいちおう住んでいる生きもののトーニらしさがどういうものかについては、改めて考えてみなくてもソーフィはかなりよく承知していた。「いちおう」と言うのも変だけど、これ以上うまい言い表し方がない。だってトーニは身体のてっぺんの頭の中にちゃんと住みついているのではなく、痩せっぽちの身体と繋がりを保ちつつ、つかず離れずといったふうに住んでいるから。トーニは膝をついて上目遣いで黙っていることがよくあって、それはその場にいるどんな大人に対しても不思議な効果を発揮する。みんな涙もろくなってしまうのだ。ソーフィが頭に来るのは、こんな時のトーニはほんとはまるっきり何もしていないということ。考えてもいないし、感じてもいないし、だいいちそこにいるのでもない。ただ煙のようにふらーっと身体の中から出ていってしまっただけ。垂れ下がった亜麻色の髪の下から見上げる、あの大きな茶色の目ときたら！ みんな魔法にかかったみたいになってしまう。そんな時ソーフィは、できることならば自分の身体の中に消えてしまいたいと思い、それが無理ならトーニがどこにもいなかった貴重な時を一つ一つ思い出すことにしていた。そのうちの一つは、部屋に子どもが一杯いて音楽が鳴っていた時だ。ステップが上手に踏めて、ずっといつまでもそうやっていたい気分だった。一、二、三、跳んで、一、二、三、跳んで。三つの数のまとまりがいつも跳ぶためのもう一方の脚を連れてきてくれる、その穏やかな喜び。しか

＊一　コール・ポーターのペンによるポピュラーソング「夜も昼も」の出だし。ミュージカル映画『コンチネンタル』（一九三四）の中でフレッド・アステアが歌っている。

もその時は、何かの理由でトーニはそこにいなかったし。この単純で素敵なことをできない子がいたのも嬉しいことだった。

それからまた長四角の時もあった。もちろん後になってからは「長方形」という言葉で思い出すようになったのだけど、その時とびきり嬉しかったのはパパを独り占めできたこと、そればかりかパパはなんと散歩しようかと言い出したので、嬉しさのあまりどぎまぎしてしまったものだから、パパがどうしてそんなことを言い出したのか後になってしかわからなかった。トーニがいなくてこの子がさみしがったりしたら、面倒なことになるかもしれない、という思惑からだったんだ！　だけどどんな理由だったにしても、とにかくパパは実際に手を繋いでくれたし、わたしは手を上に伸ばして、今から思うといまいましいけど、単純に信じきった目であのハンサムな顔を見つめ、それからパパと一緒に玄関前の二段の階段を降りて、小さな芝生の植え込みの間を通って歩道に出た。あの時パパはわたしにプロポーズしていたんだわ。それ以外に当てはまる言葉なんてない。パパはわたしを連れて右に曲がり、隣にある本屋を見せてくれた。それからまた立ち止まって、フランクリー金物店の大きなショーウィンドウを一緒に眺めながら、芝刈り機や道具のことを教えてくれ、花はプラスチックの造花なのだと言って、それから続けて、何か書いてある盾を屋根にくっつけた小さな家が何軒か建ち並んでいるところまで連れていってくれた。夫に死なれた女の人たちのための救貧院なのだそうだ。更に連れられてまた右に曲がり、横丁、というか小道に出て木戸を通ると、そこは運河沿いの曳き船道だった。パパは艀《はしけ》のことや、昔は馬がいたことなんかについて説明してくれた。そしてまた右に曲がり、壁についている緑色の扉のところで立ち止まった。その時突然はっきりと解った。新しい一歩を踏み出すみたいな、新しいことを一つ憶えるみたいな感じで、心の中ですべての場所が一つになったのだ。この緑色の扉は自宅の庭の小径を突っ切ったところについている扉と同じもので、そしてその扉の曳き船道に面した側の古くて水ぶくれみたいになった緑色のペンキの前に今突っ立っているパパは、王子様然として優雅な様子ではあるけれど、もうこの散歩に飽きてしまっていることが、はっきりと見て取れた。だから立ち止まらずにわざとそのまま水際すれすれまで走ってみたら、ちょうどオールド・ブリッジに上っていく階段の手前まで来たときに、思った通りパパはわたしをつかまえてくれたけど、怒った様子で、そのまま階段のてっぺんまで引きずり上げるようにしてわたしを連れていった。てっぺんにある公衆便所のそばで止まってもらおうとしたけど、止まってくれなかった。パパがまた右に曲がったので、そのまままっすぐ連れていき、本通りを一緒に歩いてもらおうとしたけどパパはそれもしてくれず、結局右に曲がらされたところ、そこは自宅の建物の正面だった。一周して戻ってきたというわけで、パパが退屈しきって腹を立てていて、子どもを預かってくれる人がその辺にいればいいのにと思っていることが一目見てわかった。

あの短い言葉のやり取りだって、廊下で済まされたのだった。

「パパ、ママは帰ってくるの？」

「もちろん」

「それから、トーニは？」

「いいか、心配することはないんだ。もちろん二人とも帰ってくるさ！」

わたしは口をポカンと開けたまま、パパがコラム書き部屋の中に消えるのを見送った。幼かったわたしには、トーニを殺すのに等しいことは、たとえ思っても口には出せなかった。でもわたしはあの子に帰ってきて欲しくないの！

それでもマティがふたりを見かけた日には、ソーフィとトーニは本当にお互いがすべてだと一応言えるくらいには仲良しだった。隣の本屋に行って、買いたいような新しい本があるかどうか見ておいた方がいいとトーニが提案したから。来週が誕生日なんだから、頭の鈍い今のおばさんにプレゼントのヒントをあげておいた方がいいわよというわけだった。でもふたりが本屋から帰るとおばあちゃんが廊下にいて、おばさんはいなくなっていた。おばあちゃんはふたりのために荷造りをし、小さな自家用車に乗せて、海のそばに持ち家のバンガローがあるローズヴィアまではるばる連れていった。これはとてもわくわくすることだったので、本もおばさんたちもパパもみんなソーフィの頭の中からきれいさっぱり消えてしまい、ふたりの十歳の誕生日もいつのまにか過ぎてしまっていた。それにその頃のソーフィには、小川ってなんておもしろいんだろうという発見もあった。運河よりずっとおもしろいし、お喋りしたりキロッキロッと言いながら流れていくんだもの。ソーフィは陽に照らされながら小川に沿って、丈の高い草やキンポウゲ《バターカップ》の間を歩いた。黄色の花粉のついたバターのような色つやの花びらは、ちょうど頭の高さで見るととてもリアルで、それが距離感を生み、そのため空間そのものも、とてもリアルに感じられた。緑が一杯で、お日様の光はいちどきに四方八方から差してきているみたいだ。それから一面緑の草むらを掻き分けると、こっち側と向こう側の間に水面があるのが見える。向こう岸の土手、そのかなたの土地、そして手前を流れる水、まるでナイル川、ミシシッピ川、チョロチョロ、パチャパチャ、ピシャピシャ、サラサラ、プチプチ、キラリ！　それから、もったいぶった様子で歩きながらジャングルを抜けて、反対側の岸辺までやって来る水鳥たち。ああ、あの真っ黒けの、額に鍵穴の形をした白い模様がある鳥、そしてその後ろについて、チッチッ、キーキー、チーチーやってる、ふわふわ綿毛の子どもたち、草の中をよじ登ったり、はいつくばったり、すっころんだり！　やがて草むらを出た母鳥とひな鳥たちは、十羽一列になって水の中に入ってきた。小川の流れに乗って泳いでいる鳥の親子を見ていると、身体のすべてが目の中に入り込んでしまって、ただ見る、見る、見る、それだけの存在になってしまったみたい！　まるで目から手が伸びて、目で掴んでいるような感じ。頭のてっぺんの部分が前に引き寄せられるような感じ。吸い込むような、飲み込むような、そんな感じ。

次の日ソーフィは、丈の高いバターのような花と草むらの間を透かすように眺めながら、牧草地を抜けて小川へ行った。まるで夜通し待っていたみたいに、そこにまた同じ鳥の親子がいた。母鳥は一列に並んだひな鳥たちを後ろに従えて、向こうに泳いでいこうとしている。母鳥が時折「クワッ！」と鳴くのは、別段怖がっているからでも何でもない。ほんの少し警戒しているだけだ。

この時だった、物事には、ただ従うしかない「当然の成り行き」というものが時にはあるのだとソーフィが初めて気づいたのは。物を投げるのは少しはできるけれど、あまり得意じゃない。それなのに、ここでその「当然の成り行き」の話になるのだが、今大きな石ころがすぐ手元の草と乾きかけている泥の中、「当然」が作用してでもいない限り、石ころなんかあるはずもないところにちゃんとあった。探す必要さえないみたいに。利き腕をちょっと動かしただけで、手のひらはその滑らかな楕円形にぴったりはまる。滑らかな楕円形の石が、泥の下でもなく草の下ですらなく、探しもしないのに利き腕に見つかるように泥と草の上に転がっているなんて、そんなことが偶然にあり得るのかしら？　だけど現に今、一掴みほどのクリーム色のシモツケソウを透かして見ているこの時にも、母鳥とひな鳥はせわしげに水を掻きながら小川を泳いでいて、そしてわたしの手の中には石がすっぽり納まっている。

小さな女の子にとって物を投げるのは難しいことで、男の子ならいざ知らず、普通はただおもしろいからというだけで何時間も投げる練習をしたりすることはない。だからあの時に限って次に何が起きるかがどうして予見できたのか、それはソーフィ自身にも理解できないことだったし、単純さに向かう術《すべ》がわかるようになるまでは、後で思い返してもやはり理解できないことだった。とにかく、他の事実と全く同じように、投げた石が描くであろう曲線が現前の事実として見え、しかもちょうどその間に、最後尾のひな鳥がやって来るであろう地点が見えたのだ。「来るであろう」？　それとも「来た」？　というのはこれもまた微妙な問題で、後になって思い当たったことなのだが、問題のその時、未来が予知できた途端に、その未来が避けられないものになったと思えたのだ。本当に避けられないことだったかどうかはともかく、小さな女の子がよくやる投げ方で、左腕を伸ばし、肘から上の腕を後ろに曲げて左耳の横をかすめるようにして投げたその時、うまく腕を前に出すことができただけでなく、絶好のタイミング、角度、スピードで、しかも指の関節や爪や手のひらの厚みに妨害されないように石を放つことができたのはなぜだったのか、どうしても理解できなかったし、更にまた理解できなかったのは、ソーフィ自身には本気で当てるつもりなどなかったのに、一秒を二分して更にまた二分した時間に、まるであらかじめ提示され運命づけられていたたった二つの可能性のうちの一つが選ばれて、ひな鳥もソーフィも手元の石も、まるであらゆるすべてのものが何もかもこの一点に収斂していくように、ひな鳥が列の最後尾ながら一種の無言の「ワタシノ言ウ通リニセヨ」に従って、宿命づけられたその一点に向かってせわしげに泳いでくる瞬間にちょうど合わせて、描くべき弧の通りに弧を描いて石を投げることができたのはなぜだったのか、ということだった。もっとも理解できるかどうか自体、後になってからはどうでも良くなった。果たして事が実現してからは、一点の曇りもない満足感、控え目な水しぶき、母鳥が水面を跳ね散らかし、まるで歩道がひび割れるような声で鳴きながら半ば飛ぶようにして逃げてゆき、ひな鳥たちは魔法のように消え、残ったのは一番後ろにいたひな鳥だけ、今となっては広がりつつある波紋の中心を成すふわふわの毛の寄せ集めに過ぎず、片足が横から上に突き出てほんの少し震えているだけで、他の部分はじっとしており、ただ水が揺れる動きのみ。更に長い快楽、やがて綿毛の寄せ集めが押し流されていき、水に流されながら静かに裏返るのを見つめている時の達成感。

トーニを探しに行こうとしてソーフィは、丈の高いキンポウゲに腿《もも》をこすられながら、シモツケソウの中にすっくと立った。

ソーフィは二度とカイツブリに石を投げることはなく、しかもその理由を完全に理解していた。微妙だけれど、はっきりとした認識だった。与えられた石が運命づけられた手に握られ、運命づけられた弧を描くことができるのは一度限りのことで、しかもその時、ひな鳥が自分から動いて手を貸し、避けられないこととしてその運命をわたしに委ねる時にしかできないことなんだ。ソーフィはこういったことすべてを、そしてそれ以上のことを理解していると感じた。けれども「それ以上のこと」を伝え、分かち合い、説明するとなると、言葉など何の役にも立たないこともわかっている。なぜなら

「それ以上のこと」は説明せずとも現にそこにあるからだ。例えばパパがいつかのように長四角、いや長方形の周りを一緒に歩いて、緑色をした扉の向こう側にある曳き船道を、あの時より先まで行ってくれることは絶対に二度とないだろうとわかってしまっていること、それから今更言うまでもないけど、パパは二度とわたしにプロポーズしてはくれないだろうし、一緒にいてもくれないだろうとわかってしまっていることと同じだ。なぜならパパはもうどこにもいないのと同じで、何かがパパを殺してしまったか、パパが自分で自分を殺してしまい、残っているのは見知らぬ他人のてっぺんに載っかっている鷹みたいな横顔だけで、そいつは時には穏やかに時には苛々して、おばさんと一緒に過ごしたりコラム書きの部屋に一人で閉じこもってるんだ。

たぶんそういうわけで、おばあちゃんの家や小川や牧草地にいるとあんなにもほっとできたんだな、というのも牧草地は「それ以上のこと」について学んだ場所ではあったけれど、そこではただ楽しく過ごすこともできたからだ。それで、休日が長引き、水辺の牧草地で蝶々や蜻蛉《とんぼ》や枝にとまっている小鳥を見たりひなぎくの首輪を作ったりして、まるでキンポウゲを塗り込めたような愉快な時を過ごしながら、ソーフィはそれとは別次元のあの時のことについて騒々しく考えを巡らせた。あの弧、あの石、あの綿毛のことはちょっとした幸運だったんだ、そう、運、それだけのこと、それですべての説明がつく！　でなければ逆に、すべてを覆い隠してしまうとも言える。フィル坊やと一緒にひなぎくの首輪を作ったり、トーニと一緒にテント小屋のインディアンになりきって遊ぶときごく稀に感じる一体感も、あれも運なんだ。あの頃は、ダンスの時間、お歌の時間、新しい場所に行って、どこにもいなくなっちゃいけないはずの（いなくなっちゃったけど）新しい人たちに会ったりすること、例えばあの背の高い赤毛の女の人、赤い動物のアップリケがついた青いデニムのズボンを履いてもいいよと言ってくれた、ちょっとだけ年下のあの男の子、あの大きなつば広帽子、パーティの時間……ああ、あれは全部運によるものなんだわ。そうじゃなかったとしても、それでもいいじゃない。それからまた、あの夏もそう。ふたりでおばあちゃんの家に行った最後の時、そしてカイツブリの行動を調べた最後の時だ。ソーフィはトーニが道ばたの草むらの中で小さな昆虫を探しているのを置き去りにして、牧草地のシモツケソウやギシギシなど、丈の高い草むらの中に分け入った。そして母鳥がひな鳥と一緒にいるのを見ると、小川に沿って走りながら後を追いかけた。母鳥は耳障りな、短く鋭い鳴き声でひな鳥たちに危険を知らせ、泳ぐスピードを上げ、ひな鳥たちもそれに倣った。ソーフィが鳥たちに並んで走ると、とうとう母鳥はけたたましい音と泡を残して飛び立ってしまい、ひな鳥たちはどこかへ消えた。その消え方はあっという間で、それこそ空中に溶けてしまったみたい。綿毛が一列になって、首を突き出し、脚を水中でばたばたさせて少しでも速く泳ごうと必死になっていたかと思うと、次の瞬間にはヒュッ！という音がして、もう綿毛はどこにも見えなくなっている。驚きと当惑とで走るのを止め、しばらく川面を見つめながら突っ立っていると、いつのまにか母鳥が途中まで戻ってきていて、ハンマーを振り翳すように鳴き声を振り翳しながら、小川をせわしげに泳いでいるのに気がつく。そこで初めてソーフィは、あんぐりと開けたままの口に気がつき、閉じるのだった。三十分ほど経って母鳥とひな鳥たちが戻ってくると、ソーフィはまた追いかけた。そしてわかったことは、ひな鳥たちは空中に消えるのではなく、水中に消えるということだ。恐怖が高じてヒステリーに変わる瞬間に、潜るのだ。ひな鳥たちはどれも、これ以上小さなものはいないだろうというくらい小さかったけれど、どんなに小さくても追いかけられるとしまいには潜り、こちらがどんなに速く走って追いかけても、どんなに大きな図体をしていても、まんまと逃げてしまう。ソーフィはひな鳥たちに対する賛嘆の気持ちと苛立ちを感じながら、この驚くべきニュースを伝えに、野原の先にいるトーニのところへ行った。

「バカ」とトーニは答えた。「だからカイツブリをモグリッチョって言うんじゃない」

くやしくなってソーフィは舌を突き出し、親指を耳に突っ込んで、両手の指を頭の横でひらひらさせた。時々思うけど、こんな時のトーニのやり方はずるい。虚ろな顔をした痩せっぽちの身体から何マイルも離れて寄り付きもしないくせに、実はちゃんとそこにいるというところを無造作に見せたりするなんて。いつのまにか空中から降りてきて、頭の中に納まっているんだわ。それからぐいっとひとひねりするみたいに、他の誰も考えついたことのないやり方で物事を一つにまとめてしまい、そうすると、あることの決着がその場でついちゃったり、どうかすると、もっといまいましいことなんだけど、答えなんて元から明々白々だったみたいに思わされたりするのだ。だがその頃のソーフィは幼かった頃とは違い、トーニのトーニらしさを簡単に片付けてしまったりしなかった。頭の右斜め上一ヤードほどのところにいるトーニの本質は、何もしていなかったり睡眠や昏睡状態や全くの無の状態に滑り込んでしまっているとは限らない。きっと目に見えない森の監視員になり、目に見えない木々の梢の間をひらひら飛び回っているんだわ。空中のトーニはこれといって何も考えてはいないのだろうけど、その代わりに世界の形をあるべき本性に作り直しているのかもしれない。例えばある本の頁からいろんな形を取り出してきて、立体的な形に変えているのかもしれない。ある種の超然とした好奇心で、円からできるボール、四角からできる箱、三角からできる立体の何とかという物、そういったものの性質を調べているのかもしれない。ことさら真剣に考えてみるまでもなく、ソーフィはトーニについてこういったことを既に発見済みだった。結局のところ、わたしたちはやっぱり双子なんだ、ある意味で。

トーニがカイツブリの行動とその名前の関係を指摘してしまうと、ソーフィは何だか騙されたように感じ、腹が立った。魔法は消えてしまった。しゃがみ込んでいるトーニを見下ろして立ったまま、ソーフィは戻ってまたカイツブリを追いかけるべきかどうか迷った。こつは下流に向かって走って追いかけるのではなく、上流に向かって追いかけていくことだ。そうすれば水の動きがこちらに味方して、鳥の動きを邪魔してくれる。その後は一緒に走りながら水中での鳥たちの動きを注意深く見守り、どのあたりで水面に上がってくるかを見届ければいい。いずれはどこかで水面に上がってこなければならないはずだし！　でも本当をいうと、気持ちは既にカイツブリから離れていた。秘密はもはや秘密でも何でもなく、バカな鳥たち以外の者には何の役にも立たないのだから。

ソーフィは耳の中に入った髪を引っ張り出した。

「おばあちゃんのところへ戻ろう」

トーニと一緒に牧草が一面に生い繁った野原を掻き分け掻き分け、生け垣に向かって歩きながら、ソーフィはなぜ物事は説明がつくとつまらなくなってしまうのかをおばあちゃんに訊いたら答がわかるかしら、と考えてみた。でも二つの出来事が起こったために、ソーフィはそのことをすっかり忘れてしまった。まず一つは、農場の子のフィルに出くわしたこと。ちょうど『かっこう時計』*に出てくるフィル坊やのような巻き毛の子だ。そして三人は一緒にフィル坊やのお父さんの畑に行き、そこでフィル坊やはふたりに自分の「もの」を調べさせてくれた。代わりにふたりは自分たちの「もの」を見せ、ソーフィは三人で結婚しようと提案した。だけどフィル坊やは農場に帰ってママと一緒にテレビを見なくちゃいけないと言った。フィルが帰った後で、ふたりは四つ辻で赤いポストを見つけ、手紙の代わりに石を入れて遊んだ。おばあちゃんに訊くのを忘れてしまったもう一つの理由は、バンガローに帰るとおばあちゃんが、明日グリーンフィールドに帰るんだよ、わたしは入院しなくちゃいけないからと言ったことだった。

トーニは一体どこにそんな知識をしまい込んでいたのだろうと思われるような質問をした。

「じゃあ、おばあちゃんは赤ちゃんを産むの？」

おばあちゃんはちょっとひきつったような顔で微笑んだ。

「いいや、違うよ。おまえたちには解らないことさ。おばあちゃんはね、たぶん足から先に病院を出ることになるだろうよ[*二]」

トーニはソーフィに向き直り、いつもの偉そうな態度で言った。

「おばあちゃんはもうすぐ死ぬって言ってるのよ」

その後でおばあちゃんは少しばかりふたりのために荷造りをしてくれたけど、荷物を詰めるというよりは荷物を投げつけているみたいだった。おばあちゃんは怒っているらしいけど、そんなのお門違いだわとソーフィは思った。やがてベッドに入り、トーニが例によって全然息をしていないみたいに眠っている間、ソーフィは横になってずっと考え続け、その間に夜がすっかり更けて、あたりが真っ暗闇になった。病院とおばあちゃんと死、こんなことを考えていると、身震いするほど暗闇が恐ろしくなってきた。考えまいと思っても、死ぬということを最初から最後まで細かく、知っている限りの知識を使って考えてしまう。ああ本当に、身の毛がよだつ、だけど何だかワクワクしちゃう！　ベッドの中で跳ねるように寝返りを打ち、大きな声で言ってみた。

「わたしは死なないわ！」

その言葉はまるで誰か他の人が言ったみたいに響きわたり、ソーフィは怖くなって、またふとんの中に潜り込んだ。するとふとんの中、バンガローそのものが、おばあちゃんが死んじゃうという、この新しい事の一部だと思われてならなかった。部屋の割にベッドが大き過ぎるおばあちゃんの寝室、まるで大きな家を縮めたみたいに巨大な家具を詰め込んだいくつかの小さな部屋、たくさん曲線が刻み込まれた巨大な黒っぽいサイドボード、青髭のお話みたいに開けちゃいけないと言われた箪笥[*三]、まるで一つ一つの部屋に腰を落ち着けてしまっているような今のこの暗闇、そして何より、足から先に病院を出てくるなんて世にも奇怪なことをしでかそうとしている不思議な、いや恐ろしい存在になったおばあちゃん自身。そこまで考えたとき、ソーフィはある発見をした。物事の不思議さと、足から先に出てくるおばあちゃんのことを考えているうちに、ソーフィはあらゆる方向から自分の心の内へ

＊一　『かっこう時計』はスコットランドの児童文学作家メアリ・モールズワースの作（一八七七年出版）。
＊二　欧米では、遺体を安置してある部屋や建物から運び出す際、足から先に運び出す習慣がある。
＊三　「青髭」はシャルル・ペローの童話に出てくる騎士ラウールの別名で、六人の妻を殺しその死体を城の密室に隠した。

内へと追いやられていったのだ。世界についてソーフィはある一つの理解ができたと思った。世界は頭の中から外のあらゆる方向に向かって伸びているけど、ある一つの方向だけは別で、そこだけは安全。なぜならそれはわたしだけの、頭の後ろを抜けて伸びていく方向だからで、入るとそこはちょうど今日のこの夜のように暗いのだけれども、それはわたし自身の暗闇なんだ。そしてわたしは、まるでトンネルの口に座って、そこから夕暮れであれ真っ暗闇であれ真っ昼間であれ、外の世界を見ているみたいに、この暗い方向の一番端っこで立っていたり、横になっていたりしている。トンネルが自分の頭の後ろにあると理解したとき、ソーフィは奇妙な戦慄が身体を突き抜けるのを感じ、昼の光が照るところへ逃げ出して、他の人たちのようになりたいと思った。だけど昼の光はどこにもなかった。それでソーフィはその時その場で昼の光を発明し、その陽だまりの中に、頭の後ろにトンネルのない人々、陽気で、朗らかで、無知な人々を一杯に詰め込んだ。そのうちに眠りに落ちたらしい。というのは起きなさいとおばあちゃんが呼んでいたからだ。台所で朝食を摂りながら、おばあちゃんはとても朗らかな様子で、わたしの言ったことをあまり気にし過ぎちゃ駄目だよ、きっとすべてうまくいくだろうし、近頃のお医者様は奇跡のようなこともできるそうだからと言った。その言葉とその後に続いたおばあちゃんの長いお喋りは、ソーフィの耳を素通りしていった。おばあちゃんを夢中になって見ていたからだ。おばあちゃんはもうすぐ死ぬんだ、それがいかに大それたことかを考えると、目を離すことができなかった。それにしても解らないのは、おばあちゃん本人が何も解っていないということだ。まるで死ぬのは自分じゃなくてわたしたちの方と言わんばかりにわたしたちを元気づけようとしているけど、おばあちゃんのそんな態度はバカみたいだ。今この瞬間もおばあちゃんはその身体をくっきりと縁取っている輪郭によってこの世界のすべてから切り離され、足から先に病院を出ていくことに向かってもう動き始めているのだから、心得違いもいいとこだわ。だけどもっと興味のあることをおばあちゃんから訊き出したかったので、ソーフィはじれったく思いながら、自分たちを励ますための長ったらしいお話が終わるのを待った。そして、どんなにおまえたちがわたしのことを愛してくれていても、おまえたちはまだ若いんだし、いずれは誰か他の人たちを見つけるだろう、そういうことが言いたかったんだよとおばあちゃんが滔々《とうとう》と述べ立て、言葉を継ごうとして息を吸い込んだ時、ソーフィはやっと訊きたいことを口にすることができた。

「おばあちゃん、おばあちゃんはどこに埋められるの？」

おばあちゃんはお皿を取り落とし、突然素っ頓狂な声で笑い出したかと思うと、声音が変わり、台所から飛び出していって、寝室のドアをピシャッと閉めた。台所に残された双子はどうしたらいいのかわからなかったので、差し当たり朝食を食べ続けたが、おばあちゃんを怒らせたらしい手前、静かにしていた。しばらくして寝室から出てきたおばあちゃんは、親切で晴れやかだった。そして、可哀相なおばあちゃんのことを悲しまないでおくれ、楽しかった昔のこと、三人一緒でどんなに楽しかったかを忘れないでおくれと言った。三人でいて別に楽しかったことなんか何もなかったし、靴を汚し過ぎたらガミガミ怒るくせにとソーフィは思ったが、言ってはいけないことがわかりかけていたので黙っていた。それでソーフィは、今もあの不思議な輪郭で縁取られているおばあちゃんを、マグカップ越しに厳粛な面もちで見つめ、その間もおばあちゃんは楽しげに話を続けていた。お父さんのところに帰ったらとても幸せになれるよ、新しい女の人が来て面倒見てくれるだろうからね。おばあちゃんはその人のことをオー・ペア[*一]と呼んだ。

　トーニが二つ目の質問をした。

「その人、いい人？」

「ああ、そうだよ」とおばあちゃんは、言っていることの反対を意味するような声音で答えた。

「とってもいい人だよ。お父さんがそういう人を見つけてくれてるはずだからね」

　ソーフィはおばあちゃんの周りの輪郭が気になって新しいおばさんのことを考える気にはなれなかった。トーニが質問を続けたので、ソーフィは自分だけの考えと観察に耽ることができた。おばあちゃんにはもうすぐ死ぬことを示すものは（例の輪郭を別にすれば）特になかったので、ソーフィは考えの筋道を少しずらし、おばあちゃんが死んだ後の結果がどうなるのかを考えることにした。すると残念なことに、バターのような花の咲く牧草地とカイツブリとフィル坊やと郵便ポストから離されてしまうだろう、と見て取れたのでがっかりし、少しばかり腹が立った。もうちょっとでおばあちゃんにこのことを切り出そうとするところだったが、考え直してやめた。するとその時トーニが何か言ったに違いない！　おばあちゃんはまた出ていってしまい、寝室のドアがピシャッと閉まった。双子は黙って座っていた。そしてそれから同時に目が合って、ふたりともクックックッと笑い出した。稀にだがこんなふうにふたりが本当にお互いにとってすべてであり、そのことが楽しい瞬間もある。

　おばあちゃんはしばらくして出てきた。今度はあまり晴れやかな様子ではなく、一言も口を利かずにふたりの荷物をまとめて車で駅まで乗せていった。自宅へ向かって移動していると、これからどうなるんだろうと思えてきて、ソーフィはおばあちゃんとおばあちゃんの未来には一切触れないような質問を注意深く選んで訊いた。

「わたしたちはその人のことを気に入るかしら」

この質問はおばあちゃんにも理解できた。

「もちろん、気に入ると思うよ」

それからしばらく経って、更にまた信号を二つ過ぎたところで、おばあちゃんは言っていることと反対のことを意味している例の声音でまた言った。

「それに、その人はきっとおまえたちにとってもよくしてくれると思うよ」

グリーンフィールドに着くと、その「オー・ペア」というのは三人目のおばさんだとわかった。その人は前の二人と同じく踊り場の向こうの部屋から出てきたところらしい。まるで暖かい気候になると蝶々が出てくるように、あの寝室がおばさんたちを作り出しているみたいだったが、この三人目は間違いなく前の二人よりももっと蝶々っぽい感じがした。黄色い髪の毛で、美容師みたいな匂いをさせて、毎日長い時間かけて顔に何か塗りたくった。話し方はというと、これまでに家の中でも、南の方のドーセット州でも、白や黄や茶色や黒の顔の人たちがいる街の通りでも、どこでも聞いたことがない代物だった。シドニーから来たのだそうだ。最初ソーフィはシドニーというのは人の名前かと思ったので、少しばかり混乱した。それにしても、ウィニーおばさんというそのオー・ペアは、いったん化粧に満足がいくと朗らかではしっこかった。口笛を吹くわ、歌を歌うわ、煙草を吸うわで、音を立

＊一　英語修得のため英国の家庭に住み込んで家事を手伝う外国人女性のこと。

てて騒々しい割には、パパはちっとも腹を立てなかった。ウィニー自身が音を立てていないときには、彼女のトランジスタ・ラジオが代わりに音を立てる。ウィニーの行くとこどこだって、いっつもトランジスタついてくるので[*一]、トランジスタを聞けばウィニーがどこにいるかわかる。シドニーが地球の反対側の大きな都市だとわかったとき、ソーフィはウィニーに訊いてみる気になった。

「ニュージーランドも地球の反対側にあるんじゃない？」

「そうね。そう言われりゃあ、そうだわね」

「ずっと前にいたおばさんがね。わたしたちの最初のおばさんだったんだけど。そのおばさんがママは神様のところに行ったのよって言ったの。そしたらその後でパパが、ママは男の人と一緒にニュージーランドに行ったんだって言ったの」

ウィニーはキャハハーッと笑った。

「そうだわね、まあ、どっちにしても同じことじゃないんかいね？」

ウィニーはいろんなことを変えた。庭の小径の一番外れにある厩《うまや》は今や正式に双子の家となった。自分たちだけの家を持てるなんて自慢できることよ、あんたたちは運がいいわねえとウィニーに吹き込まれ、まだ幼かったふたりはしばらくの間その言葉を信じた。そしてそのことにふたりが慣れてしまうと、もちろん言うまでもなく、それ以上何も変える必要はなくなった。パパはことのほか喜んで、もう僕のタイプライターの音に煩わされることはなくなるねと言った。ソーフィは時にはタイプライターの安定感のある音にあやされるようにして眠りについたこともあったので、パパの正体（外にいるパパ、通り抜けた先のあちらの方にいるパパ、遠く離れているパパ）を示す証拠がまた一つ揃っただけだと思った。でも何も言わなかった。

ウィニーはふたりを海に連れていった。楽しい思い出になるはずだったが、てんでうまくいかなかった。砂浜に着くとものすごい人混みで、しかもそのほとんどの人がデッキチェアーを出しており、その隙間で子どもたちが遊んでいるという有様だった。お日様は照っておらず、時にはにわか雨さえ降った。だけど一番まずいことになったのは海そのもので、大人たちにとってさえまずいことになってしまった。双子が波打ち際の一インチか二インチの深さのところを調べていると、いきなり叫び声がして人々が浜辺に向かって走り出した。見ると海のてっぺんに泡が一列についており、それは近づいてきたかと思うと水でできた緑色の窪みとなり、そのままふたりの頭上に落ちてきて、キャーキャー、ゴホゴホがしばらくあってから、ウィニーはふたりを両腕に抱えてジャブジャブ歩き、襲いかかる水にさらわれそうになったときには前屈みになって必死にこらえた。そんなわけで三人はすぐに家に帰った。ウィニーはカンカン、三人とも寒さでがたがた震え、トランジスタも動かなくなってしまい、トランジスタがないウィニーはまるで別人みたいだった。家に戻ってきて身体を乾かしてからウィニーが一番最初にしたのは、トランジスタを修理に持っていくことだった。それにしてもあの時の波ときたら……なぜなのかは誰にも説明できないし、大人ですらテレビで話したりはしても説明することはできないのだが、とにかくこの波は眠っているときにまたやって来るといういやな癖があった。トーニは特に何の影響もなかったようだったけれど、ソーフィは苦しめられた。何度も自分の叫び声で目

＊一　童謡「メリーさんの羊」（一九世紀米国の詩人セアラ・ヘイル作）の歌詞をもじったもの。

を覚ましたりした。もっともトーニといえばおかしなことがあった。一度だけだが、テレビの前にふたりでしゃがみ込んで、人間が思いつく限りの様々な冒険、例えばハング・グライディングなどについてのおもしろい番組を見ていて、その中で太平洋でサーフィンをしている映像が出た時のことだ。一瞬、画面一杯に打ち寄せてくる波が映し出され、テレビカメラがその真っ只中をズームアップしたかと思うと、ふたりは巨大な緑色の窪みの中にいた。ソーフィは胃に激痛を覚え、何もかもが怖くなって、見ないで済むように目をしっかりつぶったが、それでもその波の音、あるいはどこかの波の、はたまた別の波のゴゴーッという音が繰り返し耳に入ってくる。さて今度は水中から空中へと気分を変えてみましょうとテレビが言い、パラシュートの画面になるとわかってソーフィがまた目を開けると、あの双子らしくない双子のトーニ、漂白したような髪の、何事にも無関心なあのトーニは、完全に気絶してしまっていた。

それからというもの、長い間、何週間もの間、トーニはたいてい空中の例の秘密の森だかどこだか知らないが、そこへ行ってしまっていた。ある時、波の心配がなくなった時分にソーフィがぞっとする気分を楽しみたくてあの波の話をすると、長い沈黙の末にトーニはこう答えた。

「何の波?」

ウィニーのトランジスタが修理店から戻ってきて、また彼女の後をついて回った。以前のように台所からオーケストラのか細い演奏が聞こえてきたり、庭の小径の方で男の人の声がウィニーの膝の高さでしゃべっているのが聞こえてくるようになった。本通りを歩いて新しく建ったモスクを通り過ぎて学校に連れていかれ、ひしめきあう子どもたちの一団に紹介されたときも、男のか細い声が一緒についてきてまた帰っていき、残されたふたりは仲良しこよしみたいに、手を繋がされて立っていた。放課後ウィニーがふたりを迎えに来たのを見て笑った子どもたちがいたが、そのうちの何人かはほとんど大人といっていいくらい大きな男の子たちで、少なくとも黒人の何人かはそうだった。

パパとは全く違うタイプである割には、ウィニーは他のおばさんたちに比べるとずっと長続きした方だった。トランジスタやらの一切合財を抱えてパパの寝室に移り住み、ソーフィはそれがとてもいやだったが、なぜいやなのかはよくわからなかった。ウィニーは厩から曳き船道に出る緑色の扉を双子が使えるよう取り計らった。あの子たちも水に慣れなくちゃいけないわよとパパに言ったのだ。

そういうわけで、ふたりはその年の夏と秋のしばらくの間曳き船道の探検に乗り出し、誰それによって建てられたという碑銘のついた、といっても、てっぺんにあるあのうんこ臭い便所までその人が建てたのではないと思うけど、オールド・ブリッジからずっと、そう一マイルか二マイルくらい、キイチゴとミソハギ、かたまって生えている葦に挟まれて狭くなっている小道をずっと歩いて、郊外に出てすぐのもう一つの橋まで歩いていった。その橋のたもとには大きな溜め池があって、そこには腐りかかった艀《はしけ》があった。大変古いもので、緑色の扉の向こう岸に並べて舫《もや》ってあるモーターボートや手漕ぎボートや改造された（腐りかかっているが）あれやらこれやらのボートよりもまだ古い。ある時などは更に遠くまで足を伸ばそうと、曳き船道の向こう岸の小道を運河づたいに上り、両側から木が頭上に垂れ下がっている深く窪んだ道をずんずん歩いていき、そしてついには丘陵地の頂きにあたるところに出たが、そこからは後方に運河とグリーンフィールドが、前方には木の生い繁った谷が見えた。その時は家に帰り着くのが遅くなってしまったが、誰もそのことに気づかなかった。もっとも誰も気づかないのは毎度のことで、誰か気づいてくれればいいのにと思うこともあったが、一方では勘が働いて、ウィニーが自分たちを庭の小径の向こうの厩に押しやってしまった挙げ句に、まあ快適だわね、あんたたちは本当に運がいいわよと言ったりしたけれど、それは単に厄介払いをしてパパからなるたけ自分たちを遠ざけるためだったのだとわかっていた。厩の中では何でも好きなことをしていいと言われたので、スタンホープ家伝来のすべての歴史の残り滓《かす》が詰まっているかと思えるいくつかの古《いにしえ》のトランクの中から、ヘアカール用の焼き鏝《こて》、スカートの張り骨、ドレス、シュミーズ、洋服生地、信じ難いことに鬘《かつら》、しかも香水の匂いと白い髪粉の跡までほんのり残っている鬘、それに靴などを取って一列に並べ、部屋中を引っ張り回した後、そのほとんどを身に着けてみた。ただし許可無しに他の子どもたちを厩に上げることだけは許してもらえなかった。波の一件がいささか落ち着き心のどこかに沈み込んで、そこから時折悪夢がやって来るだけになった頃、みんながまたもやトーニと自分とをくっつけ、何が何でもお互いがすべてという間柄にしてしまおうとしているとソーフィには思えてきた。ある日あまりにはっきりとそう思えたので、それはみんなの心得違いだと証明するために、トーニの髪の毛を引っ張ってみた。一方トーニの方でもこの頃までには自己流の戦い方を発明しており、それは茶色の目を虚空に漂わせながら、痩せっぽちの両腕と両脚をやけっぱちに振り回すというもので、傍《はた》から見るとまるでトーニ自身は伸び盛りの痩せっぽちの身体から抜け出し、取り残された身体だけがソーフィをやみくもに傷つけ痛めつけようとしているみたいだった。ソーフィはトーニと喧嘩することに物足りなさを感じ始めた。もちろん学校には相当荒っぽい男の子たちがいて、しかもほとんど大人といっていいくらい大きいから、その方面の面倒ごとには関わらないようにして、運動場の真ん中はその子たちに明け渡すのが最も賢明だ。それでふたりは厩の中でいわば平行線を保って遊んだり、黄、黒、茶の肌の違いを意識しながら本通りをおすましして歩いたり、運河と森の間の曳き船道をかなり無鉄砲に探検したりした。ふたりはあの古い艀の中への入り方を見つけた。艀の中はとても長くなっていて、いくつか箪笥がついており、船の一番前の箪笥の中には便器があった。あまりに古いので、もううんこ臭くはない。少なくとも、艀の他の部分と臭いに差がなかった。

そんな具合に学校やら厩での生活やら、ベル先生ご夫妻をとても大人ぶったやり方でお茶に招くことなどに紛れ、その年はいつのまにか過ぎていった。それからふたりはぶ厚いズボンとセーターからジーンズや軽いスカートへ移り、やがて十一歳のお誕生日が近づいてきた。お誕生日プレゼントとして自分たちが気に入る本を、前もって探しに行っておいた方がいいとトーニが言った。ソーフィはその言葉を完全に理解した。パパはお金をくれるだろうけど、それは何の本を買ってやるかについて考えるよりも簡単だから。ウィニーが選ぶ本はてんで話にならないだろう。だから気づかれずに、代わりに本を選んであげなくちゃいけない、だってお誕生日プレゼントは普通本人には内緒で選んだのだというお体裁をつけるもので、自分の考えで選んだのだとウィニーに思わせなくちゃいけないから。

そんなわけでふたりは庭の一番外れにある厩を出て、フジウツギの下の小径を通り、階段を上がってガラス扉を抜けて廊下に出、台所でトランジスタを鳴らしているウィニーのそばを通り過ぎ、コラム書き部屋で電動タイプライターを鳴らしているパパのそばを通り過ぎ、二段の階段を降りて家の正面から本通りに出た。右へ曲がってグッドチャイルド稀覯本《きこうぼん》専門店へ行き、店のショーウィンドウの前に置いてある二つの箱の間に立った。六ペンス本の箱と一シリング本の箱で、どちらの箱にも誰も買おうなどと思わない本が一杯詰まっている。

グッドチャイルドのおじさんは店にいなかったけどおばさんが奥にいて、どこかへ続く扉のそばの机で何か書きものをしていた。双子はおばさんなど気に留めず店の扉をよいしょっと開け、チン！というベルの音にほんの少しぎょっとしたけれど、その後もおばさんには目もくれなかった。子ども向けの本を見渡したが、そのほとんどは既にもあるものばかり、してみると本というのはどこからか集まってくるもので、おもしろいことはおもしろいけど、特に珍しくもないものなんだわ。ソーフィは店にある本が易し過ぎるとすぐに見て取り、出ようとしたが、トーニが棚の上の古本を独特の無言の熱心さであれこれひっくり返して読んでいるのを見て、待つことにした。『アリ・ババ』の本をめくりながら、その気になればいつでも持ち出せるぶ厚い四巻本がパパのコラム書き部屋にあるのに、一体誰がこの本を欲しがるかしらと思っていた。そこへ誰かが店に入ってきたが、それは公園にやって来ては小さな男の子たちに何かと親切な例のおじいさんだった。大人の本にのめり込んでしまっていたトーニは無視したけど、ソーフィは礼儀正しく挨拶をした。この人が好きというわけではないけど、どんな人なのか好奇心もあったし、だいいち家にいたおばさんたちも掃除婦さんも親戚の人たちも、誰もが口を揃えてしつこく言ったのは、誰にでも礼儀正しくしなさいということばかりだったからだ。確かにこの人は、道で知らない人に口を利いちゃいけないよ、という禁止項目に当てはまる人だわ。でもグッドチャイルドさんの店の中は道ではないんだし。おじいさんは子ども向けの本をあれこれ探し回り、それからおばさんが座っている店の奥の方に行った。同時にグッドチャイルドのおじさんがチン！と鳴らしながら本通りから入ってくるとすぐに、冗談交じりの口調で双子に話しかけた。だが会話が軌道に乗らないうちにおじいさんに気づき、話を止めた。その沈黙の中でおじいさんが一冊の本をおばさんに差し出しながら、「甥っ子にあげるのでね」と言っているのが聞こえた。その時、大人の本に鼻を突っ込んでいたくせに、頭の後ろからおじいさんを見ていたトーニが気を利かせて、レインコートの右ポケットに入れた本のことを忘れてますよと教えた。その後のことはめまぐるしく入り乱れている。おじいさんの声が女みたいに甲高くなり、おばさんが立ち上がって警察だとかなんとか怒った声をはりあげ、グッドチャイルドさんはおじいさんのところにつかつかと歩いていって、本を今すぐ返せ、ふざけた真似をしたらただじゃ済まんぞと言った。おじいさんは身体をくねらせ、膝を内側に曲げて、両腕をばたばたさせるようでもありそうでもない、踊り出すみたいな感じで身体を動かしながら、女みたいに甲高い声で文句を言って、棚の横を通り過ぎ、本が積まったたくさんの箱の下を通り過ぎて入り口に向かったので、ソーフィはおじいさんのためにチン！と扉を開けてやり、出ていった後で閉めた。時々あることだけど、このことにもちょっと「前から決まっていた」ような感じがあったからだ。グッドチャイルドさんの顔からは途端に赤らみが消え、双子の方に向き直ったのだが、その時おばさんがいち早く、ふたりが理解してはいけないことになっている声音と言葉で、おじさんに話しかけた。

「どうしてあの男を例の場所からまた出したりしたのかしらね、全く。あの男は性懲りもなく何度でもやるわよ。そして、またどこかの子が可哀相な目に遭って……」

おじさんが遮った。

「まあ、少なくともこれで僕たちは、誰が子どもの本を盗ってたのかわかったんだ」

そう言うとおじさんはまたバカに戻って、双子にお辞儀をした。

「それはそうと、スタンホープのお嬢さんがたはご機嫌いかが？　お元気のようですねえ」

ふたりは見事にぴったり声を合わせて答えた。

「はい、ありがとうございます、グッドチャイルドさん」

「それから、お父さんはいかが？　お元気ですかな？」

「はい、ありがとうございます、グッドチャイルドさん」

ソーフィはとっくに気づいていたが、元気かどうかはこの場合問題じゃない。こんなやりとりは決まり文句みたいなもので、いつもネクタイをつけてるのと同じだ。

「ねえ、奥さん」とグッドチャイルドさんは、いつも以上にバカみたいな調子で言った。「スタンホープのお嬢さんがたに何か飲み物を差し上げてはどうだろう？」

おばさんの方はバカみたいなことを口にせず事務的で落ち着きがあって、気楽でいられるので、グッドチャイルド夫人の後について、ふたりは店の奥にある扉を通ってみすぼらしい居間に行くと、そこでおばさんはスイッチが切ってあるテレビの前のソファーにふたりを並んで座らせ、泡の立つ飲み物を取りに向こうへ行った。グッドチャイルドさんはふたりの前に立ち、にこにこして爪先で立ったり降りたりしながら、またお会いできて嬉しいですよ、もっともほとんど毎日顔を合わせてはいますけどねえと言った。わたしにも娘がいるんですよ、まあ今では大人になってしまって、結婚して子どもが二人いるんですがね、今はカナダという遠いところにいるんですよ。それにしても子どもがいると家の中が何て明るくなるんでしょうねという具合におじさんは続け、「いや、もう子どもじゃありませんよね、それでは、あなたがたみたいな素敵なご令嬢と言い直しておきましょうね」などというバカげた言葉を付け加えずにはおかず、更にまた「それでもね、家を出て、そして遠くに行ってしまうことになったら、それはもう……」などと話し続けたのだが、この捩《ね》じくれた文の真ん中かそこらにさしかかったときだった。わたしは力を持っているという赤裸々な認識がソーフィの中に生じたのだ。もしその気になればわたしは、グッドチャイルドさん、この大きくておじいさんで肥っちょで店一杯に本を持っていて、バカみたいなことを言うこの男の人をどうにでもできる、気分次第でどんなにでもできる、ただそんなことはわざわざやってみる価値はないというだけ。それで所在なくふたりは古い絨毯に爪先がやっと届くソファーに座り、泡の立つ飲み物を飲みながらいろいろなものを見つめた。壁にポスターがあり、バートランド・ラッセル[*一]が何月何日の日に集会所においてグリーンフィールド哲学協会のために人間の自由と責任について講演会を行う、と大きな字で書いてある。古いポスターで、字も既にぼやけかかっていて、何となく変なのは、普通は絵を掛けておくところに、貼ってあるか吊り下がっているから。だけど薄暗い光の中で、大きな「バートランド・ラッセル」の下に小さな活字で「議長　S・グッドチャイルド」とあるのを見たとき、ソーフィは何となくわけが解ったように思った。グッドチャイルドさんは話し続けている。

　ソーフィは興味の湧いたことについて訊いてみた。

＊一　二〇世紀前半の英国を代表する哲学者・論理学者で、精力的に多くの講演旅行をこなした平和運動の国際的主導者。一九五〇年ノーベル文学賞受賞。

「グッドチャイルドさん、教えていただきたいんですけど、どうしてあのおじいさんは本をとろうとしたんですか？」

長い時間、誰も口を利かなかった。おばさんがインスタントコーヒーをぐーっと一飲みして、それからやっと口を開いた。

「ええとね、あれは、ほら、万引きというのよ」

「でも、あの人はあんなに年をとっているのに」とソーフィはコップの縁越しに見上げて言った。

「どうして子どもの本なんか」

おじさんとおばさんはインスタントコーヒー越しに長い間見つめ合った。

「それはねえ」とグッドチャイルドさんがようやく答えた。「あの人はその本を子どもたちにプレゼントしたかったんですよ。あの人は……あの人は病気なんですよ」

「病気だと言う人たちもいるでしょうね」とおばさんが、わたしはその人たちの中には入っていないと言わんばかりの調子で言った。「そしてお医者様にかからなくちゃいけないってね。でもまた他の人たちが言うには……」そしてここでおばさんはその「他の人たち」の中に入っているのだと受け取れないでもない調子で言った。「あの人は本当にいやな悪いお爺さんであんな人は牢……」

「ルース！」

「ああ、そうね」

せっかく人が本当におもしろいことを知ろうとしている時に限って、大人たちがいつでも用意していてガーッと降ろすシャッターが、ここでもやっぱり降りてきたとソーフィは思い、そのシャッターが目に見えるような気がした。おばさんはまんまと話をはぐらかした。

「W・H・スミスが集会所を買収して取り壊してしまうわ、スーパーが安いペーパーバックを投げ売りするわで、そうでなくてもこの店を切り盛りしていくのは大変なのに、そこへ持ってきてあのいやなペディグリーがうちの商売を潰すのに加勢するんだから」

「とにかく僕たちは誰が万引きをしていたかやっとわかったんだ。フィリップス巡査部長に話をしておくよ」

それからソーフィは、グッドチャイルドさんが顔の裏側で話題を変えるのを見た。いっそう肥っちょになって頬が赤らみ、横に傾けた顔がほころんだ。片手にカップ、もう片手にコーヒー皿を持ったまま、おじさんの身体が広がった。

「だけど、スタンホープのお嬢さんがたがせっかく遊びにいらっしゃってるんだから……」

トーニがその言葉の切れ目を捕らえて、例のか細いがはっきりとした声音で、すべての音節を上質の線画の描線みたいな正確さで発音しながら言った。

「グッドチャイルドのおばさん、ちょう・えつろん・てつ・がくって何ですか？」

おばさんのカップがお皿の中でカタカタと鳴った。

「まあまあ！　あなたたちのお父さんはそんな言葉を教えたりするの？」

「いいえ。パパは何も教えてくれません」

＊一　書籍・新聞・雑誌・文具・雑貨などを販売する英国の大手チェーン店。

ソーフィはトーニがまた身体から飛んでいってしまうのを見たので、代わりにわけをおばさんに説明した。

「おばさん、この店の本についていた名前です」

「超越論哲学というのはね」とグッドチャイルドさんが冗談にすることでもないのに、冗談めかした声で言った。「一方では駄法螺《だぼら》ばっかりの本だっていわれることもあるし、また一方では究極の智慧だともいわれているんですよ。昔の人が言ってたように、お代を払って好きな方をお選びください、ということとですね。若くて美しいご婦人はご自身が既に純粋無垢、美、善のすべてを表しているんですから、超越論哲学なんか理解しなくてもいいことになっていますけどね」

「あなた！」

グッドチャイルドさんたちからは何も学べないのは明らかだ。それからもうしばらくの間ソーフィとトーニは「とってもお利口さんな子どもたち」をやった後、これが双子でいることの数少ない利点の一つだが、申し合わせたように同時に、もう帰らなきゃいけませんと言ってソファーから降り、上品に「ありがとうございました」を言ってから、店の入り口に向かったが、その間もグッドチャイルドさんが「魅惑的な子どもたち」とかなんとかまだ言っていて、それをおばさんが遮るのが聞こえた。

「今日の午後フィリップスと話をした方がいいわよ。ペディグリーがけだものになる周期がまた巡ってきたようだわ。あんな男、永久に出さなければいいのに」

「あいつはスタンホープの子どもたちには手を出さんだろう」

「誰の子どもだろうと、関係ないじゃありませんか」

その夜ベッドの中でソーフィは長い間想いを巡らし、トーニさながら頭上の木々の梢に漂っていってしまったみたいだった。「スタンホープの子どもたち」ですって？　わたしたちは誰の子どもでもないとソーフィは思い、自分たちに引っかかりのある人たちについて一わたり思い出してみた。ローズヴィアやら何やらと一緒にいなくなってしまったおばあちゃん、パパ、掃除婦さんたち、おばさんたち、一人か二人の先生、何人かの子どもたち。明らかにこれらの人たちはお互い同士で仲間を組んでいるのであって、他の人とは関わりを持っていない。でもわたしはどうかというと、トーニと仲間でいるのがいやなんだから、他の誰とだって仲間を組んだらきっといやになっちゃうだろう。それにまた、わたしの頭の後ろにはわたし専用で全く別個の一つの方向があって、その黒い場所から外にあるものを見ると、これらの人たちみんな、それどころかトーニですらも「外」にいるように見えるのに、そのトンネルの口に座っていて「ソーフィ」と呼ばれる生きものが、自分以外の誰かと仲間を組むなんていうことがあり得るかしら？　そんなのってバカみたいだ。だいいちもしも仲間を組むということが、ちょうどパパとおばさんたち、ベル先生と奥さん、グッドチャイルドさんと奥さん、そしてその他のみんなが暮らしているみたいに、外にいるたくさんの人たちと双子になることをいうのなら……でもパパには身を隠すコラム書き部屋があるし、そしてパパがその部屋に消えたときは……顎を膝に埋めながら、ソーフィには突然わかった。パパはもっと遠くに逃げることができる。トーニと同じでチェスの中に消えることができるんだ。

そこまで考えたとき、ソーフィが目を開けると、屋根窓から入る微かな光のせいで部屋の様子が目に映ったので、また目をつぶり自分の中から出たくないと願った。わたしは大人のやり方でものを考えてはいないけど、大人はあまりにも大勢いるし、それに身体だってわたしより遙かに大きい……

　それはそうなんだけど。

　ソーフィは身体を完全に静止させ、息を止めた。おじいさんと本の一件がある。何かが見える。今までにも何度も言われたけど、今度こそわたしにははっきりと見える。人はグッドチャイルドさん夫婦やベル先生夫婦やヒュージソン先生のように、みんなと仲間になる生き方を選ぶこともできる。その時はいい子にしていて、あの人たちが正しいと言うことをやっておけばいい。だけどまた、掛け値無しの本物、本物だと自分にわかるもの、トンネルの口に座っていて独自の望みと掟を持っている本当の自分を、選ぶこともできるんだわ。

　自分がトーニと双子で、お互いこそがすべてという間柄にあり、トーニのまさにトーニらしさを知っていることの唯一の利点は、翌朝になって次にとるべき行動をトーニと相談するのに、何のためらいも感じずに済んだということだろう。ソーフィがお菓子を万引きしようと持ちかけると、トーニは話に乗ったばかりか、アイディアを提供してきたのだ。トーニはパキスタン人の店を使おうと言った。あそこのパキスタン人はわたしの髪から目を離すことができないから、わたしがあいつの注意を惹いている間に、あんたが盗みをすればいい。ソーフィはこの考えをもっともだと思った。トーニが顔の前に髪を垂らし、わざと赤ちゃんぽい仕草で髪を掻き分け、その髪の隙間から上目遣いで見つめたら、それはちょっとした魔法をかけるようなものなんだもの。それでふたりはクリシュナ兄弟の店に行ったが、事はあっけないほど簡単だった。クリシュナの弟の方が戸口に立って、「さあ、黒人野郎は行った、行った。俺たちゃ、あんたらのようなお客は要らねえんだ」と巻き舌の英語で黒人を追い払っていた。ふたりがその横をすり抜けて店に入ると、計り売りになっている黒砂糖の袋の間から兄のクリシュナが近づいてきて、この店ごとおふたりのものですよと言った。それから珍しいお菓子をふたりに無理やり押し付け、そのうえお線香とかいう珍しい棒を添えて、お金は要らないと言い張った。かっこ悪いことといったらなくて、ふたりはこの計画を諦めた。たぶんグッドチャイルドさんの本を万引きしようとしても結果は同じだろうし、どっちにしても本なんかバカ臭い。この時もう一つはっきりしたことがある。盗まなくてもおもちゃはもう要らないというくらい持っているし、お小遣いにしたって同じ。パパのところに来る掃除婦さんも親戚の人たちも、その点は面倒見てくれている。それに最悪なことには、学校に行けば全く同じことをもっと大がかりにやっている子どもたちが既にいるのだ。その子たちは本当の盗みを働き、時々は押し入ったりもしてその略奪品を金のある子どもたちに売ったりしている。盗みは考え方によっていけないとも正しいとも言えるけど、どちらにしても退屈だ。退屈というのが盗みをしない本当の理由、それも唯一まともな理由だ。そんなことを考えていた時のこと、一度か二度だがすべてを刺し貫くように鋭い洞察力が働いて、ソーフィにはまるで正しいとかいけないとか退屈だとかいうことが足したり引いたりできる数字みたいに感じられた。更にその刺し貫く洞察力で、もう一つの数字、足したり引いたりできるXという数字があることを見抜いたが、その数字が何なのかはわからない。この刺し貫く感覚と四つ目の数字を考え合わせているうちに、ソーフィはすっかり取り乱してしまったので、もしもトンネルの口という居場所もなく、また自分のことをソーフィではなく「それ」なのだと知らなかったならば、取り乱した気持ちは寒々とした恐怖へと変質し、そのまま心の中に定着してしまったことだろう。「それ」は生命を持ち、全くの無感情で外を見つめ、「ソーフィ」という生きものを振り回したり、操ってみせたりするのだが、その操る手際にかかればソーフィはさながら精巧な仕組みのからくり人形、天真爛漫で、ああ本当に無邪気で初々しくて素直、そんな女の子を演じつつ、他人にうまく取り入る術と手管と巧まれた人当たりの良さを身につけた子どものからくり人形といったところだ。周りを見渡すと、居並ぶ他の子どもたちは白あり黄あり茶あり黒あり様々だけど、どの色の子にせよ普通の計算すら頭の中ではできず、苦労して紙に書かなければできない始末で、ましてやこの手の計算は検算さえできないというのに、ソーフィだけがこんな具合に「それ」に振り回されている。かと思うと時には突然ひょい！という感じで簡単に外に出ていき、他の子どもたちに交じわることだってできるのだ。

物事の真相についてのこの発見は、ソーフィにとって重要なことになったかもしれないが、実のところは十一歳の誕生日を境として、ソーフィと、おそらくはトーニも、本当にひどい一ヶ月を過ごすこととなってしまった、もっともトーニはそこまで苦しんだふうでもなかった。誕生日当日のことだ。ふたりはティモシーの店から買ってきたケーキを前にしていた。周りにぐるりと十本のろうそく、真ん中に一本のろうそくが挿してあった。パパは珍しくお茶を一緒に飲むためにわざわざコラム書き部屋からやって来て、やたらに冗談を飛ばしたりしたけどその様子は、いつもソーフィに王子とか海賊とかを連想させるあの鷹のような顔に似合わず、パパらしくなかった。パパはおざなりに「お誕生日おめでとう」を言い、ふたりがまだケーキのろうそくの火を吹き消さないうちから話を切り出した。僕とウィニーは結婚することにしたんだ、だからこれでおまえたちにもちゃんとしたママができるんだよ。ソーフィはパパが話し終えた直後の焼け付く瞬間にたくさんのことを知った。同じウィニーでも、洋服をおばさん用の部屋に置いて時々パパの部屋に行くのと、まっすぐパパの部屋に行って洋服を脱ぎ、ベッドに入って、みんなからスタンホープ夫人と呼ばれ、そしてひょっとしたらお話でよくあるみたいにパパの赤ちゃんを産むかもしれないというのとでは全く別だわ。パパはわたしたちを、他の誰のものでもなくパパの娘であるわたしたちを邪魔にしているくせに、ウィニーの赤ちゃんなら欲しいのね。死ぬかと思うほどの苦悶の瞬間だった……白粉《おしろい》を塗って、黄色い髪で、奇妙な喋り方をして、美容院みたいな匂いのウィニー。そんなことありっこない、そんなことあってはいけないのよ。だけどそれがわかったところで何の慰めにもならず、ろうそくを吹き消すために口をすぼめることもできなくて、逆に口は大きく開き、とうとうソーフィは泣き出した。けれど泣くことさえ、この場合は非常にまずかった。というのは最初はただ悲しくて泣き始めたのだけれども、それをウィニーの前でやってしまっただけでなく、更に悪い事にはパパの前でやってしまったせいで、パパが自分にとっていかに大事な人であるかをばらしてしまった、そんなこんなで悲しみが怒りと混じり合ってしまったからだ。それに泣き止んでしまった後でも、パパが再婚するという事実は依然として残り、ずっしりと耐え難いほどにのしかかってくるのだから。ウィニーの声が聞こえた。

「任せるわよ、相棒《コバー》」

「相棒《コバー》」とはパパのことだ。パパが近づいてきて肩越しに何か言い、手を触れたので、ソーフィは身を捩《よじ》って離れ、ややあって長い沈黙が訪れた。それからパパが恐ろしい声で怒鳴った。

「チクショウ！　子どもって奴は！」

パパが木の階段をドスドスと降りて下の馬車庫を抜け、それから庭の小径を急いで歩いていってしまう音が聞こえた。母屋の廊下に入るガラス扉をバターンと閉めたその音はものすごく、ガラスが割れなかったのが不思議なくらいだった。ウィニーは後を追って行ってしまった。

泣き止んだものの、事態は一向に好転したわけでもなく、ソーフィは自分のソファーベッドに座り、向かいのベッドのトーニを見た。トーニにはこれといった変化もなく、両頬がピンクがかっている以外は涙も見せていなかった。そして無造作な声で言い放った。

「泣き虫」

ソーフィはあまりにもみじめな気持ちだったので、言い返すことさえできなかった。ただただこのまま逃げ出してパパを捨て、パパのこともパパの裏切りのことも忘れてしまいたかった。そこで手で顔を拭い、曳き船道を歩こうと言った……ウィニーがするなと言ったことだからだ。ふたりはすぐにそうした。もっともそんなことをしたところでそれは何の力も持たず、あの忌まわしい知らせに対する返答になるはずもない。ただ運河の壊れた閘門《こうもん》の脇にある例の古い艀のところに辿り着いた頃には、ウィニーとパパのことも少し小さく遠くなったように思えた。ふたりは艀の上を少しぶらぶらし、そこに長い間放置されてあった一かえりのあひるの卵を見つけた。卵を見たとき、すべてのことが頭の中ではっきりした。ウィニーとパパを苦しめてやろう。苦しめて苦しめて、とうとうあの人たちの気がふれて、精神病院に入っているグッドチャイルドさんの息子のように、どこかに連れ去られていってしまうまで苦しめ続けてやるんだ。

その後のいくつかの出来事は起こるべくして起こった。まるで全世界が手を貸しているかのように、ある種の「当然の成り行き」へと納まった。家に戻って、残したところで意味がないとバースディケーキのクリームの部分をいくらか食べた後、ふたりは開けるなと言われていた古い革のトランクを開けて錆びた鍵の束を見つけたのだが、それはすべて「当然の成り行き」のせいだ。鍵は普段閉じ込めてあったものをすべて開けてしまった。その夜ベッドに起き上がり、脹らみかけた胸に膝を押し付けて座っているソーフィには、あの古い卵のうちの一つはウィニーのためにあるのだと、はっきり目に見えた。暗闇から生じてくるこの欲望、「異様」、そうとしか言いようがないのだが、「異様」でしかも強大な力を持つ者になりたいというこの強烈な欲望は、ソーフィを圧倒しそうなほどだった。自分で自分のことが怖くなってベッドの中でうずくまったが、それでも暗いトンネルは依然としてそこにあった。そしてそのことに何かしら安心感めいたものを感じているうちに、自分のやるべきことがはっきりと見えてきた。

翌日ソーフィはやってみるとそれがとても簡単だと判った。大人たちの注意は抜け穴だらけだから、ただそれを見つけ出して中を歩いていけばいいのだ。とっても威勢よく歩いていったところで誰にも見えも聞こえもしない。だからソーフィは威勢よくパパのベッドの脇にある小さなテーブルの引き出しの鍵を開け、その中に例の卵を割り入れ、そして威勢よく歩いて出ていった。その鍵を他の鍵と一緒にして、明らかに何年もの間使われていなかったらしい重い鍵輪に戻し、これで精一杯「異様」に近づいたと思ったけど、それでもあまり満足できなかった。その日は授業中もそのことで頭が一杯だったので、ヒュージソン先生でさえ気がついて、どうしたの？と尋ねたほどだった。何でもありません、もちろん。

その夜、厩の屋根窓の下に置いてあるベッドに入り、ソーフィは「異様」について想いを巡らせた。

異様になるとはどういうことかを物事の組み合わせで明らかにしようとしたが、できなかった。これは足し算や引き算ではない。何もかもが、例のわたしだけの秘密のトンネル、なるべくしてなったいろんなこと、それからああ何よりも、二階の寝室にいるウィニーとパパを痛めつけてやりたいという、深くて狂暴な、痛いほどの欲求、欲望、そういった何もかもが、プカプカ浮いているのだ。ソーフィは想いを巡らせ、願いをかけ、筋道立てて考えようとし、それからまた想いを巡らせた。そのうちに感情が極まってきて、今回ばかりは本当に異様になりたいという気持ちが耐え難いほどになったため、一体どうなっていればよかったのかが、一種の焼け付く想像図となって見えてきた。想像図の中のソーフィは庭の小径をスーッと滑るように動き、ガラス扉を通り抜け、階段を上り、なおも滑るように寝室の扉を通り抜け、パパとパパに背中を向けたウィニーとが丸くなって寝ている大きなベッドのところまで来た。その脇の電気スタンドの横に、今は本が三冊載っている小さなテーブルがあって、ソーフィの手は例の卵を持ったまま、木の表面を通り抜け、鍵のかかった引き出しの中にあった一つ目の卵の横に、持ってきた卵を割り落とす。その卵は吐き気を催す、うんこのような臭い、オェッ、ゲーッ、そして二つの汚物をそこに残してやる。それから向きを変え、下を向いて、眠っているウィニーに向けて頭の中の暗い部分を注ぎ、悪夢を送り込む。するとベッドの中のウィニーは身体をビクンと動かし、ギャーッと叫んだ。その叫び声でソーフィは目を覚ました、といっても実際に眠っていたわけではなかったので、目覚めたというのは当たらないだろう。自分のベッドに寝ていて、叫び声を上げていたのはソーフィ自身だったのだが、自分で生み出したものではあるけれど、その異様さが死ぬほど怖くなったので、叫び声に続けて大きな声で「トーニ！　トーニ！」と呼んだ。しかしトーニは眠っていて、その中身は例によってどこへやら行ってしまっていたので、ソーフィは身体を丸めて怖さのためにぶるぶる震えながら、長い時間横になっていなければならなかった。このまま異様であり続けるなんて冗談抜きで無理だ、結局のところ大人たちが勝つんだわ、だってあまり異様になり過ぎると病気になってしまうもの。だけどその時ジムおじさんとかいう人が、あのくそったれシドニーからやって来た。

最初は誰もがジムおじさんと楽しくやった。パパでさえ、あいつは天性のコメディアンだねと言った。だけど台無しになった誕生日パーティから一週間も経たないうちにソーフィは、ジムおじさんとウィニーが二人きりでいる時間が目立って長くなってきたことに気がついた。そしてそのことをあれこれと考えるにつけ、わたしが異様になることであの人を生み出したのだろうかと思えてきて、ちょっと怖くなった。でも結局のところ、ジムおじさんはわたしたちの情況を「薄めた」のだ、とソーフィは思い直した。「薄めた」という言葉は、ただ意味が正しいだけの言葉よりずっとうまい表現で、ソーフィはこの言葉を見つけたことを得意に思った。あの人はみんなの気持ちを薄め、そしてみんなを……そう、薄めたんだわ。

誕生日パーティからおおよそ二週間後の六月七日、自分のことを十一歳だと思うことに慣れた頃のこと、ソーフィが古い薔薇の木の茂みの陰にしゃがみ込んで、蟻たちが何でもないことにせっせと動き回っているのを見ていると、そこにトーニが庭の小径を飛ぶようにやって来て、木の階段を駆け上がり子ども部屋に入ってしまった。ただならぬ様子にびっくりしたソーフィは、何事かと見に行った。トーニは説明に時間を無駄遣いしたりしなかった。

「来て」

手首を掴まれたが、ソーフィは逆らった。

「何なの……？」

「あんたが必要なの！」

ソーフィはあんまりびっくりしたので、トーニに手を引かれるままついていった。トーニは急いで庭の小径を通り、廊下へと出た。コラム書き部屋の扉の前に立ち、髪をまっすぐに整えると、ソーフィの手首をしっかり握ったまま扉を開けた。パパがそこにいて、チェスのセットを見ていた。外では太陽が照っていたが、自在灯の電気が点けてあり、チェスのセットを真上から照らし出していた。

「ふたりで何の用だ？」

ソーフィはトーニの顔が真っ赤になるのを見たが、それはソーフィが憶えている限りで初めてのことだった。トーニは小さく喘ぐように息を吸い込むと、か細く色のない独特の声で言った。

「ジムおじさんがおばさん用の寝室でウィニーと性交渉をしています」

パパはとてもゆっくりと立ち上がった。

「僕は……おまえは……」

ちょっとの間、羊毛にくるまったような沈黙があった。ちくちくするような、火照《ほて》るような、居心地の悪い静寂。パパは急いで扉に向かい、それから廊下を突っ切っていった。反対側の階段を上る音が聞こえた。

「ウィニー？　どこにいるんだ？」

双子は走った。今は顔色が真っ白になったトーニは庭に続くガラス扉まで走り、それをソーフィが先導した。ソーフィは厩まで走り続けたが、なぜそうするのか、なぜこんなに興奮して、怖くて、恐ろしくて、勝ち誇った気分になるのかわからなかった。厩に入って初めて、トーニが一緒についてこなかったことに気づいた。十分ほど経ってから、トーニがゆっくりと、そしていつもよりいっそう白い顔で上がってきた。

「どうなった？　パパ、怒ってる？　あの人たち、ほんとにやってたの？　講義で習ったみたいに？　トーニ！　どうして『あんたが必要なの』って言ったの？　あの人たちが何て言ったか聞こえた？　あいつは何て？　パパは？　パパ、何て言った？」

トーニは両手の甲におでこをのせて、うつぶせに寝そべっていた。

「何にも。パパはドアを閉めて、また降りてきただけ」

それからおよそ三日の間があった後、午後になって学校から帰ってきたとき、双子は恐ろしい剣幕で喧嘩している大人たちの真下を通る羽目になった。その喧嘩はふたりの遙か頭上でのことで、ソーフィはそこから離れて庭の小径を歩いていったが、その間も異様さが効いているんだったらいいのにと半ば願いながら、でもやっぱり本当に効いたのはトーニがやったことで、あの子がパパに秘密をばらしたからかなあと冴えない気分で考えた。だがどちらにしても、すべての決着がついたのはその日だった。ウィニーとジムおじさんがその夜のうちに出ていってしまったのだ。トーニはソーフィのように離れたところで異様になることには関心がないらしく、大人たちのなるたけ近くにいて、解説は一切抜きで聞いたままをソーフィに逐一報告してくれた。ウィニーがジムおじさんと出ていっちゃったのは、オーストラリア人同士だからで、もうイギリス野郎にはうんざり、大体はなっから間違いだったんだ、年もいっちゃってるしさ、こぶつきってのも考えものだし、でもまあ悪く思わないでよねということらしい。ソーフィは自分が異様になることでウィニーを厄介払いしたんじゃなかったんだとわかって、残念のような嬉しいような気持ちだった。ただジムおじさんまでいなくなってしまったのは本当に惜しい。トーニはある情報を洩らしたが、それは彼女が一連の計画をいかに注意深く練り、そして実行したかを示すものだった。

「あの女はパスポートを持ってたのよ。外国人だったってわけ。本名はウィニーじゃなく、ウィンサムだったのよ」

これは双子には滑稽極まりないことで、その後かなり長い間ふたりはお互い同士に満足していた。ウィニーの後には新しいおばさんはもう来なかった。そしてパパは定期的にロンドンのクラブで過ごし、チェスの番組放送をやった。掃除婦さんが次から次へと雇われ、事務弁護士とベル夫妻が借りている以外の部屋を掃除していった。また、パパの従姉妹か何かにあたる人が時折やって来て、ふたりの洋服を点検し、生理とか神様とかについて話して聞かせた。けれども全く個性のない人で、仲良くしようという気は言うまでもなく、いじめようという気さえ起こらなかった。

実際ウィニーを厄介払いしてからというもの、時間は止まってしまったのだ。斜面を登り詰めて果てが見えない高台に出た時のような感じだった。時間が止まったのは、ふたりの十二歳の誕生日をパパに思い出させてくれるウィニーも他のおばさんもいなかったので、パパに気づかれることなく誕生日が過ぎてしまったせいかもしれない。十二歳の年が過ぎていくうちに、双子は自分たちが稀に見る知性を備えていることに気づかされ始めた。けれどソーフィにとっては、他の子どもたちが何であも鈍重に見えるのかこれで合点がいったという以外には、格別驚くべきことでもなかった。「稀に見る知性」なんて、欲しいものとかやりたいこととは何の繋がりもない、心の中に転がっている無用のがらくただわ。トーニは以前と変わらない様子だったが、ソーフィみたいにトーニのことをわかっている者の目はごまかせない。姉の知性は、全科目ではないけれどいくつかの授業の時に、ふたりが他の子どもたちと別のクラスに入れられたことで分かった。もっと微妙なところでは、時たまだけどトーニがある問題を永久に解決してしまうようなことを無造作に言ってのけた時などがいい例だ。言葉の前に長い思考があったと判る。しかしそれ以外にはトーニの知性を示す証拠はなかった。

　初潮があったとき、ソーフィは傷つき激怒した。トーニは無関心らしかった。まるで身体の方にその始末をさせておいて自分自身はどこかへ行ってしまい、感じるという仕事をすべてやめてしまったみたいだった。ソーフィは自分にも同様の長い、静止した時間が周期的に来ることを知っていたが、それらの時間は「思考」ではなく、「想念」なのだとわかっていた。初潮のことで傷ついてから、ウィニーの一件以来初めて、異様であることと、それがどういうことなのかということをひっくるめたすべてについて、ソーフィは再び想いを巡らせ始めた。それだけでなく、ふと気がつくといくつか奇妙なことをしていたりもした。一度などはクリスマス間近の頃、誰もいないおばさん用の部屋に入ったソーフィは、なぜわたしはここへ来たんだろうと、はたと考えてしまった。そこで寝具を取り払われたシングルベッドの枕元に立ち止まり、なぜなのかについて更に想いを巡らした。ベッドの上には鉄錆のしみがついた皺だらけの古びた電気毛布が置いてあって、それは外科手術用の器具のように醜く見えた。想いを巡らせた結果、自分の中にある漠然とした願いがあって、わたしは「おばさん」というのがどういう人なのか、おばさんたちが共通して持っているものは何だったのかを見つけ出したかったのだと思い定めた。そして更に、一種の下劣な興奮と嫌悪感による身震いと共にわかった。そうだ、結局わたしは、一体あの人たちにはどんなものが備わっていて、自分たちをベッドに招き寄せるようパパを仕向けることができたのかを見つけ出したかったんだ、ソーフィがそう考えていると、パパがコラム書き部屋から出てきて、一度に少なくとも二段ずつ階段を駆け上がり、バスルームの扉をピシャッと閉めた。それから水を流す音やら何やらが聞こえてきた。パパのベッドの横のあひるの卵のことがふと思い出され、なぜそのことについて今まで誰も何も言わなかったのだろうと思った。だけどパパがバスルームにいる以上、どうなったかを見るためにパパの寝室に行くチャンスはない。ソーフィはシングルベッドの脇に立ったままで、パパが下に降りるのを待つことにした。

おばさんの中でもちょっと物の分かる人だったら誰だって、この部屋を出られた時は嬉しかっただろう。ベッドの脇に古い敷物があり、他に椅子が一つ、鏡台、そして大きな洋服箪笥がある。それだけだった。ソーフィは爪先立ちで窓まで歩いていき、庭の小径の向こうにある厩の屋根窓を見下ろした。鏡台の一番上の引き出しを開けると、ウィニーの小さなトランジスタが隅に置いてあった。もうウィニーはいないのだと心地よい安心感を覚えながら、それを取り出して調べてみた。ラジオのスイッチを入れたとき、ちょっとした勝利感があった。電池がまだ切れていなかったので、ミニチュアのポップグループがミニチュアの音楽を演奏し始めた。背後で扉が開いた。

パパが扉のところに立っていた。それを見たソーフィは、なぜトーニがあんなに色が白いのか納得がいった。ふたりの間に長い沈黙があった後、先に口を開いたのはソーフィだった。

「これ、もらってもいい？」

パパはソーフィの両手の中の小さな革のケースを見下ろした。頷き、ごくんとつばを飲み込むと、やって来た時と同じくらい素早く階段を降りていってしまった。勝った、勝った、勝ったんだわ！まるでウィニーをつかまえて檻に閉じ込め、外に出さないでいるみたい。ソーフィは念入りにケースの匂いを嗅ぎ、ウィニーの匂いが残っていないと断じた。既に持ち帰ってソファーベッドに寝そべると、箱の中に閉じ込められたちっぽけなウィニーのことを考えた。もちろんウィニーが閉じ込められてるなんて考えるのはバカみたいだ……でも、そう思う一方で、その考えにぴったり来るもう一つの考えが湧いてきた。生理なんて、バカげてる！　バカげてる！　バカげてる！　生理なんて、あひるの卵、悪臭、糞をくれてやる。

それからというものソーフィは、ウィニーの入ったトランジスタにかぶれてしまった。すべてのトランジスタの中には持ち主が入ることになっているのかもしれないと思えたので、このトランジスタが空き家でないのは幸運だと言えた。ソーフィはしょっちゅうトランジスタを聞いた。時にはスピーカーの覆いに耳を当てて聞き、また時には収納ポケットからイヤホンを引っ張ってきて独りきりで聞いた。そうやって独りで聞いていたある時のこと、ソーフィはにこにこしているちっちゃな女の子（みんなのちっちゃなお友だち[*1]ってわけ）にではなく、その子の中の秘密のトンネルの口に座っている「ソーフィ」という名前の「それ」に、直《じか》に話しかけてくる二つの話を聞いた。一つは宇宙が動きを緩め、やがては静止してしまうという話だが、そんなことはソーフィにはとっくの昔からわかっていたことであり、今さら言われるまでもないと思ったのに、ラジオがあまりくどくど説明するので、つまるところ阿呆な人がなぜ阿呆なのか、なぜこんなに阿呆が多いのかこれまで以上にはっきり解っただけだった。もう一つの話は、統計学的確率よりも大きな確率でカードの色を当てることができる人たちについてだった。男の人が「愚にもつかないたわごと」だと言いつつそのことについて話すのを、ソーフィは夢中になって聞いた。魔法なんかあるわけないんですから、もしこれらのいわゆるESPカードとやらを、統計学的確率よりも高い確率で言い当てることができる人たちがいるのなら、それなら、と激しい調子で、ああ本当に激しい調子で言ったところをみると、きっと両目が飛び出さんばかりだったに違いないが、その人はこう言ったのだ。統計を見直さなくてはなりませんね。これには、トンネルの口の「ソーフィ」どころか、ただの生きものの「ソーフィ」でさえもクスクス笑ってしまった。だってわたしはいつでも好きな時に数字の中を泳ぎ回ることができるんだもの。ソーフィはあひるの卵のことや、子どもの「ソーフィ」が大人たちの注意の抜け穴の中を歩いていったことを思い出した。魔法についてのこの人たちの実験がほとんど結果らしい結果をもたらさないのは、抜け落ちているものがあるからで、それはうんこ臭いもの、ルールを破ること、他人を利用すること、井戸のように深い願望、刺し貫くような感覚、あの……あの、何て言ったらいいのだろう？　そう、トンネルの向こうの端っこ、その端っこにはまた別のトンネルが連結しているに違いない。

その日の夕暮れ、こういったことが一つに合わさったとき、ソーフィはベッドからひらりと飛び降りたが、異様になりたいという願いは口の中に残った味のようで、異様への飢えと渇きとを募らせた[*二]。その時ソーフィには、今までに誰もしたことのないことをして、見てはならないものを見ない限り、わたしは永久に迷ってしまい、ただの女の子になってしまうと思えた。何かが自分を背後から押している、ぐいぐいと、餓《かつ》えるように。ソーフィは錆び付いた屋根窓を開けようとして、どうにか隙間ができるくらいにこじ開けた。それから、まるで蝶番《ちょうつがい》のついた丸天井の扉をギギーッと開くように、更に広く開けた。けれど黄昏の中で見えたのはキラキラ光る運河だけだ。だがまたその時、曳き船道の上に足音が聞こえたので、ソーフィは頭を乱暴に扱い、横向けにしてぐいぐい押し込むようにしながら隙間から顔を出した。するとほら、誰も見たことがない、そう、生きている人間でこの角度から見た人は誰もいない光景が見えるわ。曳き船道と運河だけじゃなくて、曳き船道に沿ってずっとオールド・ブリッジまで、そう、オールド・ブリッジも普段よりよく見えるし、そうだ、あの汚くて古くてうんこ臭いお便所も。プーンと臭う。そしてそこに、グッドチャイルドさんの店から本を盗もうとした例のおじいさんが入っていくわね、よし、わたしはそこにあいつを閉じ込めておくわ、出てこられないように！　ソーフィは、ウィニーをトランジスタの中に閉じ込めたみたいに、その汚い場所におじいさんを閉じ込めてやろうと念力をかけた。そこから出させるものかと、すべての意志を傾け、顔を歪めて、歯をぎりぎりと食いしばりながら、すべてのものをその汚い場所へと集中させて、おじいさんをそこに閉じ込めておいた。黒い帽子をかぶった男が自転車に乗って、すました様子でオール

＊一　英国の詩人・作家ラドヤード・キプリング著『キム』（一九〇一）第一章で、主人公キムの通り名は「みんなのちっちゃなお友だち」だと紹介される。

＊二　イエス・キリストの有名な山上の垂訓の一つ「義に飢え渇く者は幸いである、彼らは飽き足りるようになるであろう」（新約聖書マタイ伝福音書五章六節）の一部をもじった句。

ド・ブリッジを渡り、郊外へと向かっていき、反対側から来たバスが同じく橋を渡ってこちら側にやって来るけど、それでもわたしはあいつを閉じ込めておくんだ！　だがソーフィは持ちこたえることができなかった。黒い帽子の男が自転車に乗って郊外へ向かって通っていったし、バスも来てグリーンフィールド本通りへと曲がっていったから。ソーフィの中の意志が手を放し、おじいさんが汚い場所にとどまっているのは自分の仕業かどうかわからなくなった。でもどっちにしてもあいつはそこにずっといたし、そこにあいつを閉じ込めておいたのがわたしだという確信が持てないにしても、そうでなかったという確信もないんだから。そう思いながら、ソーフィは屋根窓に背を向けた。その時突然、月明かりの部屋の真ん中で、ソーフィは意志を手放してパジャマ姿の子どもに戻ってしまったので、まるで手品師の山高帽子のように恐怖がすっぽり覆いかぶさり、身体中を凍り付かせ、ソーフィはうろたえて大声で叫んだ。

「トーニ！　トーニ！」

だがトーニはぐっすりと眠っていて、揺り動かしても目覚めなかった。

十五歳の年のある時間、いやある瞬間だったか、ソーフィは昼の光の中に出てきたと感じた。その時ソーフィは授業を受けていて、教室の中にいる同い年の女の子はトーニだけだった。他の人たちはみんな盛り上がった胸と大きなお尻をした上級生たちで、代数という糊に貼り付いてしまって身動きができないでいるみたいにウンウンと唸っていた。ソーフィは後ろにもたれて座っていた。問題を解いてしまっていたからだ。トーニも後ろにもたれて座っていた。解いてしまっただけでなく、蒸発して、顔を上に向けたまま身体から抜け出ていたからだ。事はその時に起こった。ある次元が存在し、自分たちふたりはその次元の中を動き回っているということがわかったのだ。それもただ頭で理解したというだけでなく、目で理解したのだ。そして、そのことが見えると他のこともまた見えてきた。トーニが大人ぶりっ子であることを言っているんじゃない。もっとも大人ぶりっ子というなら、トーニは間違いなくそうだし、これからもずっとそうなんだろうけど、そんなことではなくて、そう、トーニは美しいのだ、美少女なんだ。美しいといっても、煙のような灰色の髪がなびき、痩せているというよりガリガリの身体で、透き通って見えそうなほど白い顔のこの子は、ただ美しいというのではない。卒倒してしまいそうなほどなのだ。そのことをはっきりと見て取ったソーフィの身体を痛みが貫いた。そして、痛みに続いて一種の怒りがやって来た。よりにもよって、何であの大人ぶりっ子のトーニが……

ソーフィはちょっと失礼しますと言ってお手洗いに行き、焦りに駆られながら汚い鏡に映った自分自身をじっくりと見た。そう。トーニのような美しさではないけど、いい線いっている。もちろん色黒だし、透き通って見えるほどの透明さはないけど、顔だちだって整っていてかわいいし、ああ本当に健康的で、活動的で、魅力的で、人好きがして、時には強固な意志も持てるし、ああそうだ、写真に撮るならこの角度が一番いいわね。実際のところ本当に申し分ないはずなんだけど、いまいましいことになんとも形容の仕様がないあの大人ぶりっ子がいつもいつも隣にいるから、そうもいかないのよ。そんなことを考えながら、その日突如として明るさと透明さを増した昼の光の中で、汚い鏡に映った自分の顔をじっと見つめているうちに、ソーフィはあらゆることを見抜いたのだった。その日の夕方、フランス語の動詞とアメリカの歴史を勉強した後で、ソーフィはソファーベッドに寝そべり、トーニは自分のに寝そべった。ソーフィが新しいトランジスタのボリュームをぐいっとひねって大きくしたので、一瞬部屋中にラジオの音が響きわたったが、これは無言の双子の姉に対する挑戦のつもり、悪く言えば侮辱、少なくとも無礼な突っかかった態度だった。

「気をつけてよ、ソーフィ！」

「あんたには、どっちだって同じことでしょ？」

トーニは半分膝をついて姿勢を変えた。この世にあり得ないほどの絶妙な曲線が変化し、煙色の髪がかぶさった額からほっそりと伸びた首へと流れ、喉の曲線をなぞって肩へと続き、胸らしくなってきた脹らみを辿って一番端にある足の指まで流れていき、その指がサンダルを脱ぎ捨てる、その動きのすべてをソーフィは新しい昼の光の目で捉えた。

「実のところ、同じじゃないのよ」

「そう、そんなら、ずっと気にしてなさいよ、かわいいかわいいトーニちゃん！」

「わたしはもうトーニじゃないわ。アントーニアよ」

ソーフィは吹き出した。

「じゃあ、わたしはソフィアよ」

「いいわよ、そう呼んで欲しいなら」

そしてこの奇妙な生きものは身体をそこに残したまま、いわば空き家状態にして再び漂っていってしまった。ソーフィはラジオの大音響で屋根を吹っ飛ばしてやろうかと思ったが、そんなことをしたところで、ある時ふたりが突然に打ち捨ててそのまま置き去りにしてきた昔の子ども時代に逆戻りするだけだと思えた。それで代わりに仰向けに寝そべって、天井の大きな雨漏りのしみをじっと見つめた。その時認識の仕方にまた一揺れが来て、この新しい昼の光のせいで頭の後ろの暗い方向がいっそうあり得ない、それでいていっそう明白なものとなった。なぜって現にそこにあるんだもの！

「わたしは頭の後ろにも目がついてるのよ！」

大声でそう言ったことに気がつき、ソーフィはガバッと起き上がった。それから、片割れの子の顔が振り向いて自分をじっと見つめていることに気がついた。

「へえ？」

ふたりともその後しばらく何も喋らず、やがてトーニはそっぽを向いた。この子にわかったなんてあり得ないことだ。でもやっぱりわかったのだ。

わたしの頭の後ろには目がついている。例の角度は相変わらずそこにあって、以前より広くなっている。だから、ソーフィと呼ばれているけど実は名前などない「それ」は、その目から外を見ることができるんだわ。「それ」は昼の光の中に出ていくと決めればそうもできるけど、また逆に、無限の深さと距離から切り取ってきたわたし専用の秘密のこの一区画、普段は身を潜めているけど実はすべての力の源となるこの隔絶感の状態、その中に留まろうと決めれば、そうもできる……

突然の興奮でソーフィは思わず両目を閉じた。この新しい感情と、それまで持っていた古い感情との間に、自分なりに的確だと思う関係づけを行ったが、その古い感情の中には、腐った卵にまつわる感情、異様になりたい、向こう側に行きたいという強烈な欲望、暗闇に関わる様々なあり得べからざることをやってみたいという欲望、そして、それを現実のものとすることで、昼の光の世界の穏やかな正常の諸々を破壊し尽くしたいという欲望があった。顔の正面についている目を閉じると、まるで頭の後ろの目がぱちっと開いて、暗闇が円錐形の黒い光となって無限に伸びていくのをじっと見据えているみたい。

こうした深い瞑想からふっと目覚めたソーフィは、昼の光に目を開けた。その目に映ったのは、もう一つのソファーベッドの上に丸くなっているわたしの片割れ……光なんてせいぜい蕾《つぼみ》をほころばせ花を開かせたところで目をちくちく刺すくらいが関の山だけど、この子ども大人みたいな子は、そんな光なんかを表しているのではなく、暗闇とかすべての動きが緩んでいく様子とかを表す者ではないかしら？

世の中が要求してくるいろんな建て前に従って行動することをソーフィが止めたのは、その瞬間からだった。手の中に計測用の杖*がある ことを発見したのだ。「当然するべきこと」と「しなくちゃいけないこと」と「したいこと」と「する必要があること」とを見る。もしもそれらの事柄が時に応じて、頭の後ろにもう一対取り外し自在の目をつけたきれいな顔の女の子にふさわしくないのであれば、わたしは魔法の杖で触れる、するとそれらは跡形もなく消えてしまうわ。さあ、お立ち合い！

ふたりが十五歳と少しになったとき、学校の先生たちはトーニに大学に進学すべきだと言ったが、トーニはあまり気乗りがせず、モデルになる方がいいと言った。ソーフィは何をしたいかわからなかったが、大学に進学するのも、毎日他人の洋服をとっかえひっかえ身体にかぶせるのも、どちらも意味がないと思った。そんな調子で、外の世界で生きなければいけない時がいずれはやって来るということとがまだピンと来ない状態でいた矢先に、トーニがロンドンに行ってしまって長い間帰って来ず、学校の先生たちとパパは激怒した。いなくなって数日経った時点で、女の子は取扱い注意のこわれものであるという常識に従って、トーニは正真正銘の行方不明者だということになり、テレビでよくやっているみたいに国際刑事警察機構《インターポール》のリストにも載ってしまったからだ。トーニの消息について次に入った情報は、トーニがよりによってアフガニスタンに現れ、大変厄介な事態になったということだった。彼女が車に乗せてもらった人たちが麻薬の密売人だったのだ。あの子は何年かの間牢屋に入ることになるだろうと、しばらくの間誰もが思っていた。ソーフィはトーニの大胆さに仰天し、少しばかり妬ましく思った。そして自分は自分で教育を進めていこうと決心した。まず手始めにソーフィがやったのは、トーニが既に処女を捨ててしまっているに違いないと確信したので、位置や角度を工夫して置いた鏡に映して、自分自身の処女のしるしを調べることだった。何の感慨もなかった。何人かの男の子たちで試してみたけど、その子たちは役に立たなかったし、男の生理の仕組みは滑稽なだけだった。それでも自分の美しさが、男たちに対して驚くほど大きな力を持っているのだと教えてもらうことにはなった。ソーフィはグリーンフィールドの交通事情を調べ、最適の場所を見つけた。オールド・ブリッジの百ヤード向こうの郵便ポストのところだ。そこで待って、トラックとオートバイの男を断り、三番目の男を選んだ。

＊一　新約聖書ヨハネの黙示録一一章一節において、預言者ヨハネは天使から「杖のような測りざお」を与えられ、神の神殿と礼拝者を測れと命令される。これを意識した言葉か。

その男は乗用車ではなく小さなバンを運転していて、色が浅黒く、かっこよくて、ウェールズに行くところだと言った。ソーフィが郵便ポストのところで拾われてやったのは、この男が嘘を言っているふうでもなかったし、もしこの男に二度と会いたくなければ会わずに済ませられると思ったからだ。男は脇道を通ってグリーンフィールドから十マイル離れたところまで運転し、森の外れで車を停めて荒く息をしながらソーフィを抱え込んだ。それに対してソーフィは森へ行こうと提案し、そして森の中で相手の性的能力に全く疑問の余地がないことを発見した。思っていた以上に痛かった。男は自分だけ済んでしまうと、抜き去って、紙で拭き、ジッパーを上げ、勝利感と警戒心の入り交じった様子でソーフィを見下ろした。

「おい、誰にも言わないんだぞ。いいな?」

これはちょっとした驚きだった。

「言うわけないでしょ?」

男は警戒心をゆるめ、勝利感を脹らませた様子で眺めた。

「おまえ、処女だったんだな。でもな。今はもう違う。俺がおまえの処女を奪ったからだ。わかるか?」

ソーフィは用意してきたティッシュを取り出し、太腿を伝い下りてくる一筋の血を拭った。男は誰にともなく上機嫌で言った。

「初物喰いだな!」

ソーフィはパンティを引き上げた。滅多にないことだったが、ジーンズではなくワンピースを着ており、これも先を見越しての用意の一つだった。ソーフィは明らかに人生の喜びに浸っているらしいこの男を見て、不思議に思った。

「これだけ?」

「どういう意味だ?」

「セックスよ。ファックすること」

「こりゃたまげた。どんなことだと思ってたんだ?」

何も答えなかった。必要がなかったから。それに続いてソーフィは、男というものの驚くべき本性についての教訓を得ることになった。目の前のこの見本が使い物になるならば、の話ではあるが。ソーフィが成人の儀式に使ったこの「道具」はなんと、今おまえのやったことがいかに危険なことかわかっているのかと説教を始めたのだ。どこの誰に拾われてたかわかったもんじゃない、もしかしたら絞め殺されて、今この瞬間にもそこらに転がっていたかもしれないんだぞ、こんなことは絶対に絶対に二度とやるんじゃないぞ。もしおまえが俺の娘なら革紐で繋いどくところだ、まだたったの十七歳だってのに、男に自分から引っかかっていくなんて、全く下手したら……

辛抱もこのあたりまでだった。

「わたしはまだ十六歳にもなってないわ」

「何てこった！　でも、さっき十七だって……」

「一〇月までは違うのよ」

「何てこった……」

どじを踏んだわ。それが一目でわかった。また一つ新しい教訓。何があっても、一番単純な真実であるかのように一番単純な嘘をつき通すべし。男は腹を立て怯えていた。とはいうものの、死んだってこのことを他人に言うんじゃないぞ、もし言ったら喉をかき切ってやるからななどと脅しをかけてくるのを見ていると、こいつはなんてくだらない、バカな男なんだろうとわかってきたし、絶対に喋るなよとか、俺のことは忘れろとか、一言でも言ったら、もし誰かに拾われたなんてちょっとでも洩らそうもんなら……うんざりして、ソーフィは言ってやった。

「拾われたのはあんたの方よ、バカね」

男が向かってきたので、伸びてきた手が身体に届く前に急いで言った。

「あんたがそばに停まったときに、わたしがポストに入れたあの葉書。あんたのバンのナンバーが書いてあるのよ。パパ宛てなの。もし、わたしが葉書を回収しなかったら……」

「チクショウ」

男は落ち葉の中におぼつかない一歩を踏み出した。

「おまえの言うことなんか、信じないぞ！」

ソーフィはバンのナンバーをそらんじてみせた。更に最初に会った場所までわたしを連れて帰りなさいと言ったところ、男が毒づいたので、またしても葉書のことをちらつかせてやった。結局はもちろん、男はソーフィを車で連れて帰ることとなった。そりゃそうよ、だってわたしの意志の方がこの男の意志よりも強いんだもの。その考えがあまりにも気に入ったので、ソーフィはついさっきの決心を破り、そのまんまの言葉で口に出してしまった。果たして男はまたもやカンカンになったが、ソーフィはむしろそのことで悦に入った。するとこの一件に関して最も驚いたことに、男はやたらに感傷的になって、おまえは本当にかわいい子どもなんだからこんなことをして自分を粗末にしちゃいけないと言い出した。もしおまえが来週同じ時間に同じ場所で待っているなら、ちゃんとした付き合いをすることにしよう。それも悪くないぜ。ちょっとなら俺も金を持ってるしな……

こんな話をソーフィは黙って聞き、時折頷いた、というのも、そうしておけば男は勝手にこれからの計画を立て続けるから。だけど名前も住所も教えたりするもんですか。

「それで、おまえは俺の名前を知りたくないのか、ちび?」

「実のところ、知りたくないわ」

「『実のとこ、知りたくないわ』か。全く、あきれたぜ。おまえはきっといつか誰かにぶっ殺されるぜ。絶対だ」

「いいから、わたしを郵便ポストのところで降ろしてよ」

来週の同じ時間、同じ場所にここに来るからな、と背後から叫んでいる男を追っ払うためににっこりとしてみせると、ソーフィはバンがついてこられないように、考えつく限りの横丁や路地を通り、長い時間歩いて家に帰り着いた。「あれ」ってなんて無意味なんだろうという驚きに取りつかれたままだった。初めての時の、仕方ないとはいえ二度と味わいたくないあの痛みを差し引けば、全く取るに足らない行為だわ。何の意味もありはしない。舌で頰の内側を探る時の感触とほとんど変わらないじゃない……まあ、それに比べれば気分が高まることは確かだけど、でも大した違いじゃないわ。

誰が言ったか知らないけど、女の子はあの後で泣くんだって。

「わたしは泣いたりしなかったわ」

そう言った途端、身体がひとりでに長い身震いを起こしたので、少し待ったが、それ以上何も起こらなかった。もちろん性教育の講義では、一雌一雄の関係の形成が望ましいとか、オーガズムを経験できるようになるには女の子の場合は時間がかかることもあるとか、そういう話が続くのが常で、それにしても、ソーフィに言わせればその行為自体は全く取るに足らないものでしかなく、何らかの意味を持つとすれば、理屈の上ではともかく実際に起こるなどとはとても信じ難い、ある結果を伴うことがあり得るという、その点においてだけだった。やっとのことで家の近くの曳き船道に出て、更に歩きながら、漠然とではあるが確信めいたものとしてソーフィにわかったことは、本当のところ、みんなが大げさに取り沙汰している例のこと、テレビの中でくんずほぐれつしたり、巨大スクリーンの中でウーウーやったり、詩やら音楽やら絵画やら何やらを作ったりして、誰もが言うには「輝き映えるもの」*で、一番単純なこと、そう、確かに一番単純なものに限りなく近いのではあって、だからこそ余計始末に負えないとも言えるけど、世の中全部が静止に向かって動きを緩めていってることを考えれば、何となく正しいようにも思えるけど、やっぱりバカげたことだわ。

パパの掃除婦さんに聞かれて、そう、今日は学校を早退けしたのと曖昧に調子を合わせ、電動タイプライターの音がしないかと耳を澄ませたときに初めて、今日はパパが学校向けの放送をする日だったと思い出し、バスルームに行って映画でよくやるように身体を洗い、血液と精液がどろどろに混じり合ったものを見て微かに嫌悪を感じながら、歯を食いしばり、噛み締めた下唇が傷つくのも構わずに手を奥に突っ込んで、まさかこのわたし、わたしの身体に限ってと思いながらも、もしあるとすれば例の時限爆弾がじっと留まっているはずの場所、お腹の正面部分に詰まっている洋梨形のものを触った。時限爆弾がひょっとして爆発するかもしれないと思うと、ソーフィはいっそう念入りに、痛みがあろうがなかろうがお構いなしに身体に探りを入れ、そこを洗った。探っているうちにまた別の形に辿り着いた。それは子宮の反対側の背中側にあるもので、滑らかな壁を挟んでその反対側にあって、容易に形を感じることができて、ぐるぐる巻きの腸の中をゆっくりと下ってきている、それが丸みを帯びた自分自身のうんこだとわかると、ソーフィは激しく身震いし、一つ一つの音を意識しながら、憎んでやる！　憎んでやる！　憎んでやる！と声に出さずに言葉を発した。後でもう少し正常になって考えると、「憎んでやる」という動詞の直接の対象となるものはなかった。感情は純粋そのものだった。

　しかし洗い流してきれいになり、生理もあって身体が元に戻ると、能動態の憎しみは液体のように物事の底へ沈澱してしまい、ソーフィはまた一人の女の子に戻った、というか、とにかくそう感じた。異様という言葉に複数の使い方があるため、その女の子は異様になることの可能性を絞り込めず混乱しながら、宇宙空間に響く音に耳を傾けている自分を意識し、また一方せっかくの知能を宝の持ち腐れにしてはいけないという先生たちの励ましに抵抗する自分を意識していた。かと思うと、次の瞬間にはクスクス笑いばかりしている女の子になって、洋服のことや男の子たちのことや誰それが誰それ

＊一　「輝き映えるもの」は原文で“a many-splendoured thing”となっており、米国映画『慕情』（一九五五）*Love Is a Many-Splendored Thing* を意識した言葉。同名の主題歌はアカデミー賞を受賞。

と付き合ってるとか、そうそう彼って素敵じゃないとか、流行《はや》り言葉を掴んだり流行り歌を掴んだり流行り歌手を掴んだり掴んで掴んで、掴むことがこの上なく単純になるまで掴みまくって。

　でもそんなことをしたところでトーニは依然として保護されないままだし、自分のおっとりした顔を見ると何の意味もないように思え、無意味であること自体はこの上ないくらい単純な、結構なことではあるけれど、ソーフィはやはり不安だった。死んだおばあちゃんや忘れてしまったママさえも含めて一わたり思い出してみても、自分が知っているすべての人々はみんな平面から切り取ってきた抜き型に見え、そのことに不安を覚えた。こんなふうに一人っきりで自分だけを相手に生きていくくらいなら、あまり好きじゃない誰かと無理やりに、お互いこそがすべてという間柄にさせられる方がまし。根本的なところで無知だったためやみくもな期待を抱いてしまい、裕福で洗練された者はどこか違うだろうと思ったのと、もう十六歳になったことだし！という気持ちもあったせいで、ソーフィは高級車を拾ってみたが、乗っていた男は見かけよりずっと年寄りだとわかっただけだった。今回森で行われた運動は痛くはなかったけれど、やたらに長いだけでわけの解らないものだった。今までに見たことがないくらいたくさんのお金と引き換えにいろいろな行為を要求され、ちょっと吐き気を催させることもあったけれど、自分自身の身体の内部に比べればましだと思い、それに応じた。家に帰り着いたときになって（「ええ、そうよ、エムリンさん、学校が早く退《ひ》けたのよ」）初めてソーフィは、これでわたしも売春婦になったんだわ！と思った。バスルームから出てソファーベッドに寝そべりながら、売春婦であるとはどういうことかについて考えたが、声に出して言ってもそれは一向に自分を変えもしなければ、かすりさえしないようであり、言わなかったも同然だった。青い五ポンド札の札束だけが現実。売春婦になっても何の意味もない。お菓子を盗むのと同じで、やろうと思えばできるというだけの退屈なこと。「ソーフィ」という生きものに憎んでやる!と言わせることさえできやしない。

その後ソーフィはセックスを、発見し調べ上げた挙げ句に捨ててしまった取るに足らないものの一つとして、脇へ押しやった。とても私的でどぎつい、少なくとも自分ではどぎついと思う行為を想像しながら、せいぜいベッドの中でものぐさに自慰をする程度になった。

アントーニアが飛行機で強制帰国させられ、コラム書き部屋の中でパパと何度かおそろしく陰険な言い合いをした。厩の中では少しだけ、ほんの一言か二言だけ話を交わしたけれど、トーニは自分の人生についてこと細かに話して聞かせようとはしなかった。どういうわけで、また、どうやってトーニとパパが話をつけたのかは知らないが、まもなくしてトーニは、ロンドンでもここならどんな危険も及びっこないという公営の下宿屋に住むことになった。女優を名乗り、実際にそうなろうとしたものの、不思議なことに、あれほどの知性と透明な肌を持ち合わせておりながらこれが大根役者なのだ。大学に行くくらいしか道はないと思われたのだが、トーニは行かないと言い張り、帝国主義について、それから解放と正義についての大言壮語が始まった。男たちはよそよそしい美しさに魅かれて後をぞろぞろついて回ったが、トーニはソーフィよりもまた一段と男には用がないといった風情だった。トーニが再び姿を消したときには誰もあまり驚きもせず、キューバから挑戦的な葉書が送られてきたのはそれからしばらく経ってからだった。

ソーフィは楽な仕事を見つけた。旅行代理店の仕事で、数週間経ったところで、ロンドンに引っ越すけど厩のわたしの分はそのままにしておいてねとパパに言った。

彼女を見た父の顔には嫌悪感が露わだった。

「何でもいいから、誰かと結婚しちまってくれ」

「パパを見てたら結婚しようという気は起こらないけどね」

「ご同様だろう」

後でこの言葉を思い返して意味を理解したとき、ソーフィはよっぽど戻っていって顔に唾を吐きかけてやろうかと思った。だが一方で、別れ際の言葉はソーフィにとって、自分がいかに深く父を憎んでいるか、そしてそれ以上に……いかにお互い憎み合っているかを、改めて認識させるのに役立ったとは言えた。

第九章

　ランウェイ旅行社で働くのは退屈だったけど楽だった。パパにはああ言ったけれども少しの間は毎日自宅通勤し、その後は支店長夫人に居心地のいい部屋を見つけてもらったものの、いかんせん家賃が高かった。小さなアマチュア劇団を主宰している夫人に説得されて、ソーフィは劇に出たりもしたが、トーニ同様に全くの大根役者だった。男の子と出歩くことはあっても、セックスなんていう退屈なものからは身をかわした。結構気に入っていたのは、テレビの前に寝そべってコマーシャルから放送大学までただぼうっと眺めることで、何を見聞きしても右から左へすべて自分を素通りさせた。時々は映画にも出かけ、大体は男の子と一緒で、一度などは隣のデスクの痩せた金髪のメイベルと一緒だったが、大して楽しくはなかった。どうして何もかもがどうでもいいような気がするのかしら、それに人生なんてその気になればこの手からポトポトとこぼしてしまえるのになんて、どうして感じてしまうのかしらと考えることもあったが、おおかたは不思議に思いさえしなかった。トンネルの口の「それ」が外側のかわいらしい女の子を振り回すと、その子は微笑みを浮かべ、男の子といちゃつき、時には真面目な口調になって、「ええ、わたしにはあんたの真意がちゃんと見えるわ！　わたしたち、ふたりで世界をめちゃめちゃに破壊しているのよね！」と言ったりもした。しかしトンネルの「それ」

の声にならない返事は、そんなこととどうだっていいじゃないだったのである。
父親かもしれないし掃除のおばさんかもしれないけど、とにかく誰かがトーニからの絵葉書を転送してきた。写真の周りに今回印刷されていたのはアラブ文字だった。トーニが書いて寄こしたのは「(「わたしは」と書いた後それを棒線で消して)わたしたちにはあんたが必要なの！」だけ。他には何も書かれていなかった。アパートにある暖炉の棚の上に立て掛けたまま、ソーフィは絵葉書のことなどすっかり忘れてしまった。十七歳になった今、お互いこそがすべてなんていうお体裁の言葉に、もはや煩わされることはない。

上品で考え深そうな人物がソーフィのデスクを訪れては、船旅や航空便について問い合わせるようになったが、旅行する意思はなさそうだった。三度の訪問でやっとデートをと切り出し、やれやれうんざりという調子でソーフィが応じてやったのは、かわいらしい十七歳の女の子ならデートに誘われるくらい当たり前とはなっから予想していたからだ。男の名はローランド・ガレットといい、一度目のデートは映画、二度目のデートではディスコに行ったもののローランドが踊れないので二人は踊らず、そして三度目のデートで、僕の母の家の一室に住んでみたら？ということになった。そうした方が安くつくだろうというわけだ。確かにその通り。部屋はただ同然だった。どうしてそんなに安くしてくれるのという問いに対して、母はそういう人なんだ、がローランドの答。男は女の子を守らないといけないからね、それだけだよ。でも守ってくれているのはあなたじゃなくてお母さんってことになるんじゃないのとソーフィは思ったが何も言わなかった。やつれた未亡人のガレット夫人は髪を茶色に染め、骨の上にほとんど肉をつけていなかった。痩せ細った腕を組み、火の消えた紙巻煙草を口の片端にぶら下げて、ソーフィの部屋の開け放したドアの柱に寄りかかるようにして立っていた。

「そんなにセクシーだと、面倒なことも多いでしょ」

ソーフィは下着を畳んで引き出しの中に入れているところだった。

「面倒なことって？」

それから長い沈黙があったが、ソーフィはその沈黙を自分の方から破りたいとは思わなかった。代わりにガレット夫人が切り出した。

「わかっているでしょうけど、ローランドはとても堅実なの。本当にとても堅実なのよ」

ガレット夫人の目元は黒焦げになったかのような大きな窪みだった。窪み深くに埋め込まれた目は、その黒さとは対照的に異常に輝き、また潤んでいるようでもあった。夫人は指を一本立てると片方の窪みにやんわりと触れた。そして言葉を選びながら言った。

「公務員なのよ、あの子は。将来の見込みだって十分よ」

ここでソーフィはただ同然で部屋を借りられた理由が解った。ガレット夫人は二人を結婚させようと必死なわけで、だから同居し始めてかなり早い時期からローランドとシングルベッドで一緒に寝るようになったが、ピルを飲んでいるからと気安い気持ちだったし、ローランドはちょっとした公務か銀行業務か、はたまた義務でも果たすかのようにきちんと事を行っていた。それでも彼は楽しそうにしていたが、ソーフィにしてみれば例によって、そうすることに何ら意味を見出せずにいた。ガレット夫人は、もう婚約したも同然なのよとうるさくソーフィに言うようになった。信じられない。ローランドは自分で恋人を見つけられないから、代わりにママが見つけてやらなければならない、それがソーフィに見えたのである。「将来の見込み」付きでローランドにくっつけられるのかと思うと、ぞっとしてクスクス笑ってしまった。そう仕向けられて、愉快な暖かさも当然のことながら少しは感じられたけれども、ローランドに対しても「将来の見込み」に対しても、微かな愉快さを伴う軽蔑心があって、その気持ちを納まりの悪い言葉に込めて独りで口にしてみたりした。ローランドには車があったから、ふたりであちらこちら遊び回ったりパブに行ったり、ほらハング・グライディングって新しい遊びをやってみない、とソーフィが提案することもあった。ローランドは答えて、そんな危険なことを君にさせたりしないよ。わたしはしないわ、やるのはあなたよ、当然でしょ。危険なことはさせないと言ったものの、ローランドはソーフィに車の運転を教え、一応は仮免許まで取得させた。それから、君のお父さんに会いたいなと言い出した。おもしろがってソーフィはスプローソン・ビルへ連れていったが、ああそうか、今日はパパがロンドンへ出かける日だった。肝心のパパが不在なので、ふたりは厩《うまや》まで行ってみた。ローランドは配置について、建築家か考古学者のように機械反応的な関心を示した。

「もともとは御者や馬番や馬丁のためだったんだな。そうだろう？　運河が後で造られたから、馬車を外に出せなくなった。だから君の家は落ちぶれてしまったんだね」

「落ちぶれたって、うちが？」

「もともとは、あそこにも別の厩があったのだろうね」

「あれはものをしまうための倉庫よ。子どもの頃あそこに大きな金物店があったの。確かフランクリー商店だったわ」

「あの扉の向こうには何があるのだろう」

「曳き船道と運河よ。それからオールド・ブリッジと、町で一番汚い便所」

ローランドは厳しい顔をしてソーフィの顔を見た。

「そんな言葉を使うなんて、良くないな」

「ごめんなさい。でも、わたしはここで暮らしてる、じゃなくて暮らしてたものだから。姉と一緒にね。来てごらんなさいよ」ソーフィは先に立って狭い階段を上っていった。

「君のお父さんはここをきれいにすれば、コテージとして人に貸せるのに」

「ここはわたしたちの部屋なのよ。わたしとトーニの」

「トニー？」

「アントーニアよ。わたしの姉」

ローランドは周りをじろじろ見た。

「じゃあ、ここは君たちのものなんだ」

「そう、わたしたちのものなの……じゃなくて、昔はわたしたちのものだったのよ」

「『昔は』って？」

「トーニはずっと家に帰ってないの。どこにいるのかもわからないわ」

「うわっ、そこいらじゅうに写真を貼ってたんだね」

「姉は宗教にのめり込んでいたのよ。キリストとか、そういうの。本当に変な子だったわ。びっくりよ」

「君はどうなの」

「わたしたちは似てないの」

「でも、双子だろ」

「どうして知ってるの？」

「君がそう言ったんだよ」

「そうだったかしら？」

ローランドはテーブルの上に積んであるものを一つ一つ手に取った。

「何だよ、これ。女の子にありがちな宝ものってやつかい？」

「男の人には宝ものってないの？」

「こういうのとは違うな」

「それはただの人形じゃなくて、指人形なの。ここに指を入れるのよ。これでよく遊んだわ。時々思ったのは……」

「何を思ったの？」

「何でもないわ。こっちはね、わたしが粘土を焼いて作ったの。いつもグラグラしているんだけど、わたしが底をちゃんと平らにしなかったからだわ。それでも釜で焼いてくれたのよ。わたしががっかりしないようにってシンプソン先生が言ってたわ。それからわたしは何も作らなくなった。退屈なんだもの。これも何かをしまうには役立つわね」

ローランドは柄《え》が真珠細工で折り畳みの刃は軟らかい銀でできた、小さなナイフを手に取った。ソーフィはそれを取り上げて刃を開いてみせたが、全体でも四インチほどの長さしかなかった。

「このナイフでわたしの名誉を守るのよ。ちょうどいい大きさね」

「どこか、知らないの？」

「何のこと？」

「トーニ。君のお姉さんのことさ」

「政治よ。あの子はキリストにのめり込んだように、政治にものめり込んだの」

「あの箪笥の中には何があるの？」

「骸骨よ。家族だけの秘密なの」*一
秘密だと言われたのに、ローランドはまるで許可されたかのように箪笥の扉を開いた。そんなピント外れの気安い振る舞いを腹立たしく思いながら、どうしてこの人がここにいるんだろう、どうしてわたしはこの人のことを我慢しているんだろう、という疑問が心のどこかから沸いてくるのをソーフィは感じていた。しかもローランドは既にソーフィがかつて着ていた服を、バレエの衣装までも馴れ馴れしく触っていて、すべての服には微かな香水の匂いがいまだに漂っていた。フリルをひと掴みすると急にソーフィの方を向いた。

「ソーフィ……」

「ちょっと、今は駄目よ」

＊一　英語で「一家の骸骨」「箪笥に隠した骸骨」とは、「外聞を憚る家庭の秘密」の意の慣用句。

駄目だと言われたのにソーフィの身体に腕を回すと、ローランドは恍惚となったような声を出し始めた。内心ため息をつきながらもソーフィが相手の首に腕を回したのは、この手の行動について言えば、我を通すよりも応じる方が面倒でないのを知っていたからだ。諦めの心境で、今日の作業手順はどんな感じなのだろうと考えたが、案の定ローランドのいつもの段取りで、儀式とでも呼べるものだった。相手をソファーベッドに押し倒すと同時に、セックスの邪魔になる必要最低限の双方の着衣を剥ぎ取り、その間最高に色欲をそそると信じているらしい恍惚とした声を中断させることはしない。ソーフィが従順だったのは、ローランドは比較的若くて力強かったしまあかっこよかったし、肩幅も広くてお腹も出ていなかったからだ。そうして応じはしたものの、それでもどこからともなく、まるで「それ」が待ち伏せしているトンネルの口から聞こえる呟き声のように、しかも昼の光の中で聞こえる呟き声のように疑問が沸き起こってきた。今回の疑問は人生に関するもので、あなたはあなたの人生を生きなきゃ、あなたの人生は一度きりなのよとか何だかんだと言って、みんなえらく大事なものだと思っているみたいだけど、でも人生の軸がアントーニアのキリストだの政治だの仔馬だの、この喘ぎながら腰を振ったりだの、そんなピント外れの行為だとしたら、人生なんて取るに足らないものだわ。そう考えながらソーフィは肉や軟骨や骨に押さえつけられて横たわっていた。押さえつけているのは人間というよりはむしろ、左の肩先で揺れているもじゃもじゃ頭に過ぎなかった。もじゃもじゃ頭は時々動きを止め、戸惑った人間の顔に一瞬変わるのだが、すぐにもじゃもじゃ頭に戻った。

「君がして欲しいようにしてる、そうだよね？」

「それ以上よ……」

　するとローランドは、どちらかといえば前よりももっと断固とした力強さで再び動き始めた。一方のソーフィは、でも何が「それ以上」っていうのかしらと、男の身体の重みを感じながら横たわって考えた。身体の重みは、ええと、心地いいわ。動きは自然だし、それに……心地いいわ。ちょうどこんなふうに、大きな車の中で、あの年寄りじみた男のせがむままになって、お金を受け取ったときだって、秘めごとの領域に入っていくというのではなくて、何かこう、破廉恥の領域に入っていく感じで、ある意味では心地よかったもの。じゃあ、なぜこの動きを延々としかもリズミカルに続けているのかしら。この動きって何かと取り沙汰されたり、結局この動きを軸にして何やかやの、何て言うか、社交ダンス？が繰り広げられているんだわ。この、ほら、滑稽な感じさえする、ええと、密着感って何なのかしら、お互いの身体の一部一部がこんなにもぴったりと合っているのだから、なるべくしてそうなってるに違いないのだけど……それから、このローランド、この癪にさわるローランド、何か急に我慢ならなく思えてきたこのローランドったら、どんどんどんどん動きを速めているのだけど、スポーツでもしているつもりなのか、二人で踊った後に一人だけで踊っているみたいじゃないの。それでも気分の高まりはあった、確かに。そこでソーフィは頭に言葉を浮かべて今の気持ちを表現してみたが、肩先で揺れている頭の持ち主がローランドでなかったら、セックスはもっと楽しかっただろうし、気持ちはもっと高まっていただろう。

　頭に浮かんだ言葉がかなり気に入ったので、声に出して言ってみた。

「ささやかな、輪っか型の悦び」

「何だって？」

ローランドは喘ぎながら果て、そして怒った。

「君ははぐらかそうとしているのか。それも、ちょうど僕がこんなに、いいかい、君のために頑張っているのに！」

「わたしはただ……」

「言い訳なんかするなよ」

根深い怒りがソーフィの内側から噴き出てきた。持ち慣れたあの小さなナイフを右手がまだ握っているのに気づいた。そしてそのナイフをローランドの肩に荒々しく突き刺した。皮膚が一瞬抵抗し、穴が開きナイフの刃が滑り込んでいく、それから皮膚が分離した物質となって、肉から離れて崩れ落ちていく、肉の瞬間みたいなものがはっきりと感じられた。ローランドは甲高く吼えてぐいと身を起こすと、片手を肩に当てたまま、罵ったり唸ったりしながら部屋中で屈んだり、身体を二つ折りにしたりを繰り返した。ソーフィは身体を伸ばしてソファーベッドにじっと横たわり、皮膚が破けナイフの刃が滑らかに入り込んでいく感触を身体の内側で味わっていた。小さな刃を目の前に持っていくと、そこにはうっすらと赤い点がついている。

わたしの血じゃない。この男のだわ。

奇妙な現象が起こりつつあった。ナイフの刃の感触がソーフィの体内で膨張し身体一杯に広がり、それから部屋中に広がっていった。その感触は身震いへと変わり、ソーフィは身体が弓なりになるのを抑えられなかった。しっかりと噛み締めた歯の間から声が漏れる。存在を意識することもなかった神経と筋肉とが主導権を握り、身体を何度も収縮させながら潰滅的な絶頂感という穴へとソーフィを追い詰め、彼女はその穴に身を投じた。

時間のない時空の中で、ソーフィは存在していなかった。「それ」もいなかった。あり得ないことだが、解き放たれたという感覚だけが肉体から分離して存在していた。

「まだ血が止まらないよ！」

ソーフィはふーっと息をつきながら、眠りから覚めきれないような感じで現実世界に戻ってきた。目を開いた。ローランドはまだ肩に手を当てたまま跪《ひざまず》いている。それから囁くような声が聞こえた。

「気絶しそうだよ」

ソーフィはクスクス笑い、気づくと欠伸《あくび》をしていた。

「わたしも……」

ローランドは肩から手を離し、手のひらを食い入るように見た。

「ああ、ああっ」

その時になってやっとソーフィの目に傷ついた肩が見えた。傷口はかなり浅く青ずんでいて、血のほとんどは手のひらで押されたせいで出てきたものだった。傷口の小ささとは対照的に、ローランドの体格は堂々としていて筋肉は隆々としていて、男っぽい角張った顔はあんなにもバカげて見える。軽蔑のあまり、いじらしいような感じさえした。

「ちょっと横になったらどう？　ああ、トーニのベッドじゃなくて、わたしのに」

ソーフィがベッドから降りると、ローランドは再び肩に手を当てて横になった。ソーフィは服を着て古い肘掛け椅子にちょっと腰掛けたが、その椅子は、張り替えなくてはと言いながら口先だけで、張り替えられてはいなかった。片方の肘掛けから今でも詰め物が出たままになっている。ローランドはこくりこくりとし、それから眠ったまま気を失ってしまったかのように、消え入りそうな鼾《いびき》をかき始めた。ソーフィはつい今しがたの現象について再び考えてみたが、体内の大変動ともいえるその現象は非常に大きな変化をもたらし、非常に多くのものを照らし出し、大変心穏やかにもした。オーガズム。性教育の講義でそう呼んでいたもので、誰もが話題にしたり本に書いたり歌のテーマにもしている。ただ、ナイフが役立つとは誰も言ってない……わたしって変態《キンキー》なのかしら？

ある一つの宇宙が然るべき場所に突如として納まった。ずっとずっと前、机に座っているときに発見したあの法則の……必然的帰結なのだろうか？　それとも外延したもの？……とにかく一部ではあったのだ。単純であることの一部なのだ。世間に溢れる映画や本などなど、それから、何週間も国中を残らず釘付けにする忌まわしい事件に関する世間の連中のごたいそうな新聞記事を目にして……そう、当然のように誰もがローランドみたいに恥知らずにも程があると憤怒し、そしてたぶん、ローランドみたいに怯えたりする、しかし誰も読んだり見たりを止められない、刃が滑り込んでいく感触にナイフにロープに銃に痛みに、同調するのを止められない……読んだり、聞いたり、見たりを止められない……

手元に小石かナイフ。単純に行動すること。というか、単純さを異様であるという絶対的存在へと押し広げるんだ、異様であることに意味はないのかもしれないけど……だって魔法を使おうとする努力が糞にまみれて膿になってしまったら、異様であることに意味を持たせないと仕様がない……あらゆるバカげたお体裁の反対側にいること。それこそ、真に存在することだ。

ローランドが一声大きな鼾をかいて、起き上がった。

「肩が！」

「何ともないってば」

「あれをもらわなきゃ、早く！」

「何をもらうの？」

「抗破傷風剤」

「抗……何ですって？」

「破傷風剤、傷からバイ菌が入っちゃうんだよ。ああ、神様。注射をして、それから……」

「何もそこまでしなくても……！」

しかしローランドはそこまですることに決めた。この男は傷のことしか頭になく興奮していたから、ソーフィは発車寸前にやっとのことで助手席に滑り込んだ。

「子どもの頃、転んで具合が悪くなったことってある？」

と尋ねられても、ローランドは運転するのに必死だった。ソーフィがついて来ようと来まいとお構いなしに、傷ついた大きな身体を病院に運び込んだ。診療室で再び皮膚に穴を開けられ……といっても今回は医者の手による穿刺診療を受けたわけで、さすがに穴の開け方も専門的だったが……彼は待合室に戻ってくるなり失心して床に倒れてしまった。意識を取り戻すとソーフィを連れて無言のまま母親の家に戻り、黙って自分の部屋に引っ込んでしまった。

ソーフィは反乱を起こした。ダーティー・ディスコというディスコに独りで繰り出したわけだが、このディスコは冗談で「ダーティー」と名付けられたのだろうけど、冗談では済まされないくらいに汚かった。ソーフィが身に着けていたジーンズと「わたしを買って」と刷り込まれたスウェットシャツでさえ小ぎれいに見えるほどだ。音楽が途切れることなく鳴り響いていて、数秒もしないうちに一人の若い男が人混みを掻き分けながらやって来ると、ソーフィを引っ張ってフロアに立たせた。これこそわたしが求めるすべてだわ、と思えるほど男は踊りがうまく独創的で、ことさら意識しないくせに、ああ本当に力強くて、そして、わたしも踊り上手なんだとソーフィに思わせるほどに、ふたりの踊りを盛り上げていった。一歩引いたところにはすぐに人だかりができ、ふたりはただふたりだけで、ある突飛な踊りからその次の踊りへと、どんどんどんどん際限なく動きを激しくしていった。周囲の誰もが賞賛し始め、音楽が聞こえないほどの拍手と喝采が沸き起こったが、ビートの音、床のビートの音だけははっきりと聞こえた。ビートが止んだとき、ふたりは息を切らして互いに見つめ合いながら立っていた。男がまたね、と呟いて連れの男が座っているテーブルへ戻ると、黒人がソーフィの手を掴んで踊りの中へと引きずり込んだ。黒人が手を離すとソーフィはさっきの若い男を捜し、ふたりはまるで旧友であるかのように顔を合わせると、男は「頭が空っぽの二つの魂」[*一]と叫んだ（ああ、やっと声が聞けたわ！）。太陽が昇ったみたい。暗黙の了解でもあるかのように、今回は絶妙の踊りはさて置いて、本来なら囁き合うであろう問いかけを、ふたりは互いに叫んでいた。ソーフィはテーブルに座っている連れの男をちらりと見たが、この若い方の男に目を転じ、ああそう、ジェリーって名前なのね、この人はわたし同様ホモセクシャルじゃないわ、そう、やってすべてはいっぺんに起きていたのだ。

ジェリーは叫んだ。

「親父さんは元気？」

「親父さんって？」

とソーフィが訊き返した途端にビートが止み、ジェリーはビートが止んだことに気づく前に

「あの夜、君が一緒にいた年寄りだよ。背広姿のおっさん！」

と返事をしてしまい、沈黙の中で叫んだことを知ると両手で耳をぱっと覆い、すぐにその手を引っ込めた。

「やれやれ、君みたいな娘がどうしてこんなところに、なんてね。ほら……手は耳から離れたよ、例の『聞か猿』[*二]のポーズもおしまい。俺と君とは手と手袋みたいに、どんぴしゃりだよ」

「え？」

「相性ばっちりってやつ[*三]」

「ほんとね」

「約束する？」

＊一　「頭が空っぽの二つの魂」とは、一九二〇—四〇年代に活躍した米国ブロードウェイ劇作家フィリップ・バリーが、愛の定義として作品の中で使った言葉。また、二〇—三〇年代米国喜劇映画の名コンビであるローレルとハーディが、自分たちを指していったことでも知られる。

＊二　「見猿、聞か猿、言わ猿」は “three wise monkeys” として英国でも知られている。

＊三　原文 “consummate” には、「申し分ない」と「（結婚成立のため）お床入りをする」の二義がある。

「必要かしら」

「そりゃあそうだよ。鳥は手の中に入れといた方が確実だろう。駄目かい？　今夜は駄目かい、ジョセフィーヌ？」[*一]

「そうじゃなくて、ただ……」

ちょっとした準備が必要なのよ。ローランドをきれいさっぱり洗い流さなきゃ。全部洗い流さなきゃ。

「ただ、って何？」

「今夜は駄目。でも約束するわ。本当よ。神に誓ってね。この通りよ」

というわけでふたりで腰を下ろすとジェリーは住所を告げ、そしてまた一踊りして再び腰を下ろし、ようやくジェリーが眠いと言い出したので取りあえず別れることになり、別れてしまってからソーフィは次に会う日を特に決めていないのに気づいた。黒人が一人、家までつけてきたのを知っていたが、入り口に鍵がかかっているだけではなく閂《かんぬき》まで下りていたので呼び鈴を鳴らした。すぐにガレット夫人が鍵を開け閂を上げてソーフィを中に入れると、通りの向こう側の歩道をうろついている黒人をちらりと見た。それから夫人はソーフィの部屋までついてきて入り口のところに立ったが、今回は柱に寄りかからず直立していた。

「さしずめ人生勉強ってとこかしら」

ソーフィは何も答えなかったが、真っ黒な窪みの中で濡れたように光っている目を、機嫌良さそうな顔をして見つめた。ガレット夫人は薄い唇を舐めた。

「ローランドのことは、ローランドのことよ。男の子は所詮男の子なのよ。いい年になってもね。

でも……あの子はいい夫になるわ。わたしだって最近は事情が違うことを知ってはいるけど……」

「疲れてるの、おやすみなさい」

「取り返しのつかないことになるわよ。本当にそうなるわ。身を固めなさいよ。あの男のことは黙っていてあげるから」

「あの男って？」

「あの黒人《ニグ》よ」

ソーフィは吹き出した。

「あの黒人？　でも、まあ、結局……ローランドに話すのがなぜいけないの？」

「なぜいけないの、ですって？　そんな台詞今まで聞いたことないわ……」

「それから、ええと……わたしはね、自分がしていることの顛末をちゃんと見てみたいの」

「見てみたい、ですって？」

「冗談よ。ねえ。わたしは疲れているの。本当よ」

「あなた、ローランドと喧嘩でもしたの？」

「あの人は病院に行ったのよ」

「まさか。どうしてよ。日曜に？　あの子は一体……」

＊一　ナポレオン・ボナパルトが、性欲旺盛な妻ジョセフィーヌからしつこくベッドに誘われたときに言ったとされる言葉をもじったもの。

ソーフィはバックの中をごそごそ探した。小さなナイフが見つかると取り出した。笑い出したが、思い直して止めた。

「ローランドは怪我をしたの。わたしのフルーツナイフで。これよ。だから、彼はいわゆる、あれよ、抗破傷風剤をもらいに行ったの」

「怪我ですって?」

「ナイフが不潔かもしれないって思ったのね」

「あの子はそういう子だわ……でも、そんなナイフであの子は何をしていたの?」

果物の皮を剥いていたのよ、当然でしょという言葉が、ソーフィの頭に浮かび唇から飛び出しそうになった。しかし濡れたように光るあの目を見ているうちに、あの目に対して事実とは違うことを言うなんて、心の内側を覗かせないようにするなんて、どんなにたやすいことかが即座に解った。あの目は内側を見ることができない。内側にいる真実のソーフィが見透かされて、脅かされることはないのだ。ガレット・ママの顔にある目は反射鏡に過ぎない。あの目に見えるのは光の当たるものだけだ。ソーフィが自分の目という反射鏡に光を当て、その光をはね返すように立っていれば、真実のソーフィとガレット・ママは反射鏡の内と外とで漂っていることになるから、互いに姿を見られることはないし、顔を合わす必要もなければ相手に何かを与える必要もない。何か言う必要だってない。なんて単純なこと。

しかしガレット・ママの目を更に見つめているうちに、ソーフィにはもっと多くのものが見えてきた。今述べたことと矛盾するようだが、その瞬間までの世知のおかげかもしれないし、ガレット・ママの態度や息遣いや顔の造作のちょっとした変化の中から読み取ったのかもしれないが、ソーフィにはあの二つの反射鏡から読み取れるよりも多くのものが見えたのだ。出ていきなさいという言葉がガレット・ママの唇に近づき、しかし別の考えに阻止されて宙ぶらりんになったまま発せられず、それから、ローランドは何て言うだろう、この女は本当に出ていってしまうだろうから、それでもし、あの子がこの女に執着したら……という言葉が唇に近づいた、その一部始終がソーフィには見えたのである。

ソーフィは、単純であれと自分自身に言い聞かせながら待った。何もしてはいけない。待つのよ。ガレット・ママはドアをバタンと音を立てるのではなく、音を立てないよう細心の注意を払って閉めたのだが、それがかえって怒りを如実に物語っていた。ほんの少し経って、階段を足早に上っていく音を聞きながら、ソーフィはふうっと息を洩らした。窓から外を見ると、通りの向こう側の歩道に黒人がまだ立っていて不可解そうな顔で家を見ていたが、ソーフィが眺めていると、ちらりと横を見て走って角を曲がっていった。パトカーが通りを巡回していたのである。ソーフィはしばらくそのまま窓辺に立っていたが、それからゆっくり服を脱ぐと、満たされた感じ、弓みたいにそりかえった大きなものが崩れ落ちるように空虚感や切迫感から解き放たれた感じを思い出しながら、それはローランドのおかげではなく誰か匿名の男性のおかげだと考える方が楽だと思った。もし誰かの名前が必要ならば、ジェリーの名前にしてジェリーの顔をつけよう。明日があるんだから。

第十章

バンコクまで飛行機でいくらかかるか、アバディーンからマーゲイトまでどうやって行くのか、ロンドンからチューリッヒまでどこかでいったん飛行機を降りるとすればどういう行き方があるか、オーストリアまでいかにして車を運ぶか、などと客に説明しなければならないほどバカげたことはないとソーフィは一日中思い続け、そして時間が少しずつ過ぎるにつれて、ただバカげているだけではなく、どんどん退屈に思えてきた。仕事が終わると急いで帰宅し、時計を見つめてディスコが開くのを待ってから出かけた。時々小走りまでして、着くのが早すぎることよりも遅すぎるのを心配しているような足取りだった。それなのにジェリーはディスコにいなかった。待っても、待っても、更に待っても来なかった。結局少しだけ踊って、彫刻のように無表情な笑みで男たちの誘いから身をかわした。何もかもが耐えられなくて嫌で嫌で仕様がないように見えるけど、かといって異様になって魔法の力で待っている男を呼び寄せることもできない……ああ、昔の考えってひょんな時に戻ってくるものね！……こうなったら、やるべきことは一つだわ。

翌朝ソーフィは仕事に行かずに、ジェリーに聞いた住所に直行した。むっとする部屋の中で寝坊してぶらぶらしていたジェリーは、ドアのところにソーフィの声を聞いた。そして目を半分閉じたまま、ぎこちなく部屋に招き入れた。ソーフィは身の周りの物をたくさん入れたショッピングバックを持って、身体を斜めにして入っていった。すごい格好でごめんなさい、と舌先まで出かかったのだが、部屋を見回し臭いを嗅ぐと詫び文句も引っ込んだ。

「うわぁ！」

らしくもなくジェリーは恥ずかしそうだった。

「散らかっててすまないな。髭も剃ってないし」

「剃らなくていいわよ」

「髭のない俺と髭のある俺とどっちがいいの？」

二日酔いだった。機械反応的な性欲から伸びてきたジェリーの手を、ソーフィはショッピングバックを一つ振って遮った。

「今は駄目よ、ジェリー。わたしはしばらくここに泊まるつもりなんだから」

「おっと、こいつは驚きだぜ。俺は便所に行かなくちゃ。それから髭剃りだ。全く、よぉ。入れてくれないかな、コーヒーをさ」

ソーフィは流し台のある不潔な一隅でかいがいしく準備を始めた。片目をつぶって見れば住めないこともないわ、それに鼻をつまめばねと、やかんを載せる場所を空けながら考えた。まあ男は女より嗅覚が鈍いそうだし。

ジェリーはびっくりするほど見事に身繕いをした。髭剃りに加えて着替えまで済ませると起き出したままのベッドに腰掛け、そしてソーフィは椅子に座って、コーヒーを飲みながらお互いを見た。ジェリーはこれくらいならいいかなと思える程度には背が高く、やや痩せ型でがっしりもしていないけど、こうやって昼の光の中で見てみると、頭の形も顔だちも……そうだなあ、かわいいっていう感じじゃないけど、ハンサムっていうのも違うし、まあいいわ、言葉を捜すのは面倒だから止めておこう。リズム、かなあ……すると、ソーフィの反射鏡の内側にすうっと入り込んで頭の中にリズムという言葉を見たかのように、ジェリーは何か抑揚のないメロディーの断片を口笛で吹きながら、コーヒーを入れたマグカップの側面を指で叩いてリズムを取ったが……ジェリーにとってリズムこそすべてで、だからわたしは……

「ジェリー、わたし、失業したのよ」

「首になったの？」

「こっちから辞めてやったのよ。退屈なんだもん」

断片的なメロディーは止み、代わって驚きを表す口笛が鳴ったが、今回はちゃんと抑揚もあった。上の階でちょっとした口論が聞こえ、ドスンドスンと音がすると比較的静かになった。

「最高の住環境だろ。ちょいと待った」

コーヒーを置き、カセット・プレーヤーを引っ張り出してスイッチを入れた。麻布を棒で叩くような音が聞こえてきた。ジェリーはリラックスした様子で頭を揺らしながらリズムを取り、ちょっと目を閉じると厚い唇をすぼめた。この唇は、わたしだって使ったことがないあの「あ」から始まる二文字の言葉を言ったりしないだろうから、一緒に住んでもあひるみたいな一雌一雄の関係にはならないだろうな。

「で、どんな女と一緒だったの？」

「女じゃないよ。野郎だよ」

ジェリーは黒い大きな目をぱっと開き、ソーフィに微笑みかけた。あの微笑、あの目、それから、前髪を下ろしたあの黒い髪を拒絶できる女の子なんているのかしら。

「それで？」

「乱痴気騒ぎをしたってわけ」

「それだけ？」

「品格ある軍人の言うことに嘘はないさ」

「え、軍人って？」

「そう。俺の辞令見るかい？　いったんそれをもらっちまうと、断っても任命を受けたことになるんだよ。少尉さ。アルスター*一で撃たれるとこを想像してみなって。全く！」

「撃たれたこと、あるの？　ねえ？」

「ま、そのままいたら、撃たれてたかもなあ」

「軍服姿のあなたを見たかったわ」

ジェリーはソーフィをベッドに引っ張り込んで抱きしめた。ソーフィも彼を抱きしめ返し、キスをした。ジェリーの動作はますます馴れ馴れしくなった。

*一　北アイルランドの俗称。もともとは北アイルランドとアイルランド共和国の一部に当たる旧地方名。

「今は駄目だってば、ジェリー。早過ぎるもの。そんなことすると後で何にもできなくなるわ」

「後ですることなんかないだろう。ディスコがオープンするまではさ」

と言いながらジェリーは手を離した。

「ねえ、君も職業安定所に登録して失業保険をもらうことになるね。俺はさ、時には君から小遣いでももらえるかなって期待していたんだけどね」

ソーフィはジェリーを見つめながら、初めて出会ったときからふたりが共有してきたものを思い起こし、上気してきた。お互いのあるがままの姿、とまではいわないにしても少なくとも、相手のあるがままの姿だと各々が思ったものを、ふたりは完全に受け入れているのだ。

「同居してること、大っぴらにしない方がいいわね」

「てことは、本気で同居するつもりなんだね」

「ふたりでいれば収入が倍になるんだもの。損得勘定よ」

「それに、君ならいつだってちょっとしたアルバイトもできるだろうし」

「え？」

「窓辺に赤いランプを置くんだよ[*1]」

「それじゃあ、仕事しているのと同じじゃない。そんなことなら、とうの昔に……まあ、いいわ。あなたはどうするの？」

「俺の方は客探しに苦労するだろうな。金持ちのおばあちゃん、知らないかな？」

「ううん」

「昔はたくさんいたんだけどなあ。ちょうど昨日の晩、話していたところさ。近頃は貧乏なおばあちゃんばかりだよ。ちんぴらにはあんまりな話だよなあ。いやあ、全く。失業手当で食っていくか、さもなくばパフパフだな」

「パフって?」

「傭兵になるのさ。女王陛下の軍隊で品格ある軍人だったたって証拠を見せれば、少なくとも大尉にはなれるわな。そうすりゃ、たんと金が入る」

「良さそうな話ね……」

「おいおい、本気でそう思っているのかい?　怪我したり捕まったりすれば、そんな気も失せるよ。昔は怪我したり捕まったりしなかったけどなあ。あの頃の黒人は相手を弁えていたからね。今じゃ俺たち白人だって、あの哀れな野郎どもみたいに撃たれかねない。ま、俺にはまた展望が開けてるんだ……おっと、今は言えない。君にだって言わないよ、な、ぽっちゃぽちゃのかわいいソーフィちゃん」

ソーフィはジェリーの腕を取って揺すった。

「秘密は無しにして!」

「もう俺を捨てようっていうの?　俺が君の失業保険を当てにしているように、君だって俺のが欲しいだろう?」

ソーフィはクスクス笑いながらジェリーの胸に顔を埋めた。言葉が飛び出してきた。

＊一　売春宿の看板として窓辺に赤いランプを置く習慣があった。

「ああ、もうお体裁なんか要らないんだわ！」

その後の二日間ほど、ソーフィは職業安定所に出かけたり、アパートを二人で住めるようにしたり忙しい時間を独りで過ごしながら、ジェリーのことを考えた。映画のあの歌にもある「あ」から始まる言葉をわたしたちは言わないし、そもそも口にすること自体がいけないんだわ、でも、まだ若いのに、人生なんてくだらないことだらけ、なんて自分に言い聞かせてきたわたしにしてみれば、今のこの状況って何か気になっちゃって、これが例の「あ」なんとかかっていうやつかしら？なんてつい思ってしまう。不思議なことなのかもしれないけど、この相棒は、たった今見つけたわたしの双子の片割れは、破廉恥なことをしても、人に腹を立てさせたりはしない。ふたりが同時に変なことを想像して、お互いに倒れ掛かるように抱きしめ合って、笑い合って、しかも何も言う必要がないとき、それから、ええと、あの大きな目の周りに笑みが浮かんだり、額に髪が一房かかったりするのを見て、お菓子をお腹に入れたような甘い気分になるとき、ついこう思っちゃうのよ、ああ、あなたって何て素敵なの！

ちょうどソーフィは職業安定所の窓口のところに立っていて、向こう側にいる役人に向かって「あなたって何て素敵なの！」と声を上げてしまったので、役人はびっくり仰天したような微笑みから、戸惑った赤面へと急激に顔色を変化させた。書き終えた書類を提出しながら頭に浮かんだのは、そもそもジェリーは働かないわ、だって働けないもの、働くなんて発想があの人の中にはないもの。子どもにどうやって働けっていうの？　ジェリーは今わたしを身も心も独り占めにしているのだけど、でもそれって、本人は意識してないけど、積み木とか汽車の模型とか、子どもがおもちゃを期待しているのと同じなんだ……

四日目の夜、ジェリーは戦友のビルのことをソーフィに話した。

「運が悪いよ。奴はたまたま狙い撃ちされたんだなあ。部隊長が捕まって、奴は銃を乱射して六人も倒しちまったもんだから」

「ビルは本当に人を撃ったっていうの？」

「射殺したから除隊処分になったのさ。しかしさあ、考えてもみなって。一体何のために兵士がいるっていうんだよ？」

「言っている意味がよくわからないんだけど」

「奴が言うには最高にうまく撃てたらしい。こっぱ微塵だとさ。理に適っているよなあ。何百万って人間が殺《や》られちまうのはな、いいか、殺すのが人間の本性だからさ。神も仏もあるもんか。チクショウ」

「ああ、あなたもそういうふうに……そうよ、そうなのよ！」

「世の中、バカげてるぜ」

「それで、その戦友のビルっていう人は……」

「あのな、奴はちょっとばっかし頭が弱いんだ。しかしよお、平《ひら》の兵卒に考え事なんざ、させてられねえだろう。ビルは申し分ない下士官兵だって、言ってやりたかったね。チェルシーのレッド・コート*になったっていいくらいさ。それなのに、つまみ出されちまった」

「でも、どうしてつまみ出されちゃったの？」

「わからないのかい？　殺すのを楽しんだからさ。殺すのが好きなんだ。まさに本性のまんまの男だよ。で、ビルは殺《や》っちまったときに、殺《や》っちゃいけなかったって言ってるわけじゃあねえ、とかなんとか言われたんだとさ。奴が言うには、あのご立派な方々はお目々に涙の数粒くらい浮かべるべきだったのではなかろうか、なんて思っていなさるらしいのさ、くそったれ。おっと、お上品な言い方でごめんよ」

「ビルってジムおじさんみたい。オーストラリア人なの？」

「骨の髄までイギリス人さ」

「会ってみたいな」

「会えるさ。奴は俺みたいにいい男じゃないけどね、でもねソーフィ、君の飼い主が誰なのかをしっかり憶えといてくれよ」

「猛犬注意！」

と言って、ソーフィはジェリーに噛みついた。

ふたりはパブでビルに会った。ビルはちょうど三人分の金を持っていたが、その出所ははっきりしなかった。ジェリーよりもずっと年長なのにジェリーを前に仰々しいくらいに遜《へりくだ》り、一度か二度だが「上官殿」という言葉まで使ったときばかりはソーフィも笑ってしまった。外見はジェリーにかなり似ていたが、額が狭くて顎が長かった。

「あなたのことは、ジェリーから聞いているわ」

ビルは黙って座っていた。ジェリーが言葉を挟んだ。

「おまえが気に病むようなことは言ってないよ。済んだことだけさ」

「何を言われても気にしたりしないわよね、ビル」

「ジェリー、この人は本当に大丈夫なんですかい?」

「ねぇ、ビル、どんな感じだったの?」

「何がどんな感じって言うんですかい、ソーフィ?」

「人を殺したときのこと」

長い沈黙。ジェリーはぶるっと身震いをして、ぐいっと一杯飲み干した。ビルはソーフィをじっと見つめた。

「弾薬《アモ》を渡されるんですよ」

「一般人なら『弾丸』って呼ぶかな。実弾のことだよ」

「つまりね、そう仕向けられたような感じがしたかってことなの。すべてがお膳立てされていて、だから、あなたが殺《や》ったときも、まるで投げるために石がもう準備されていたような気がしたかどうか……そんな気がしなかった?」

「作戦の説明は受けていましたさ」

今度はソーフィがちょっと黙り込む番だった。わたしは何が知りたいのだろう。わたしが知りたいか

＊一　円満退役した軍人は年金と赤い制服(レッド・コート)をもらって、ロンドンのチェルシー地区で悠々自適の生活を送ることが多かった。

のは、あの時のような石とか、トランジスタのシューという音とか、どんどんどんどん解けていって、際限なく緩んでいくこと！

「世間で言われていることなんか、うんざりなの。お体裁で生きるなんて、人生じゃないわ。わたしは知りたい……人生ってものの本当のところが知りたいのよ」

「知ることなんか何もないよ。そのままだよ。寝て食べるだけさ」

「その通りですな、上官殿。現実に目を向けなきゃあ」

「それで、どうなの？」

「ソーフィはなあ、ぶっぱなすってどんな感じか、おまえに言って欲しいのさ」

またしばらく沈黙。じっと見つめていたソーフィはビルの顔に微かな笑みが浮かぶのを見た。ビルの視線が下向きに変わった。ソーフィの身体の線に沿って下へ、そしてまた上を向くとその目をちらりと見た。それからビルは目を逸らせた。一瞬のひらめきでソーフィはビルの心の動きがわかった。頭の中で言った。こいつ、わたしに気があるんだ！　ああ、わたしにすごく気があるんだわ！

ビルはジェリーを見ていた。

「女の考えることなんて、みんな同じですな」

と言ってビルは再びソーフィを見たが、口元の微かな笑みからこちらの心中を察していることが読み取れた。

「引き金を絞るんですよ。すると、ピッてな具合で相手は倒れる」

「みんな一緒に倒れます。それだけさ。薔薇で花輪を作りましょ*一」

「撃たれたら痛いのかしら？　長く苦しむのかしら？　それから、ええと……ええと……」

はっきりわかったぞ、というふうに口元の笑みが広がった。

「ちゃんと撃てば、痛がったり長く苦しんだりはしませんさ。のたうちまわっているのが一人いたんで、もう一発お見舞いしてやりましたけどね。で、一巻の終わり」

「ソーフィ、高度に技術的な話だよ。かわいらしい頭を煩わす必要なんかないさ。俺たち勇敢な野郎どもに任しときゃあいいんだ。何故とも問わず、が君のお役目さ[*二]」

ビルは頷きながら互いに理解し合っているかのように、ソーフィの顔をにやにやしながら覗き込んだ。ああこの人、わたしにかなり気があるのね、でも駄目よ、それこそ指一本でも触れたらただじゃおかないわ、この動物並みの低能野郎！

ソーフィは視線を逸らせた。

二人の男は呑むためだけに会っているのではないということが、すぐにはっきりした。思わせぶりな話をして黙り込むと、ビルは再びソーフィを見た。ジェリーが彼女の肩をぽんと叩いた。

「かわいこちゃん、ちょいとお化粧直しにでも行きたくないかな？」

＊一　英国のナーサリー・ライム“Ring-a-ring o'Roses”をもじったもの。日本の「かごめかごめ」に似た遊び歌で、“Ring a ring o'roses, / A pocket full of posies, / A-tishoo! A-tishoo! / We all fall down.”と「みんな一緒に倒れます」で終わる。
＊二　クリミア戦争に題材を取った英国詩人アルフレッド・テニスンの「軽騎兵突撃」（一八五四）第二連にある句で、「何故とも問わず、ただ死の谷へ突撃するのみ」とうたわれる。

「お手洗いに行きたいのなら、お一人でどうぞ」

「あら」と、ビルが良家の子女風の上品な言い方を精一杯真似て言った。「お一人でどおぞ、か！　こりゃ、お見それしましたよ、何と言うかその。ええと、ソーフィ」

それでもソーフィが席を外してやったのは、大した手間ではなかったし秘密なんて後で突き止められると嗅ぎ取っていたからだ。

翌日、ジェリーは約束があるんだと言ってはしゃぎ、ほんの少し身震いまでしていた。板の隙間に入り込んでしまいそうな、親指の下に隠せるほどの小さい丸薬らしき黒いものをジェリーが飲《や》ってるのに、ソーフィが気づいたのはこの時だった。その夜かなり遅くなってから、ジェリーは帰宅した。顔色が悪く疲れ切っていたので、ソーフィは、女でしょ、あなたをへとへとにさせるようなすごい女と一緒だったんでしょ、とからかってやった。しかし、本物なのか偽物なのかはわからないが、ジェリーが引き出しに銃を滑り込ませたときに、すべての察しはついた。それからセックスをして、ジェリーの頭を裸の胸にのせたままソーフィは達した。翌朝、手の内はばれているのにジェリーはいつものジェリーに戻っていて、札束を取り出しながら、ドッグ・レースで当てたんだと言うところからすると、ソーフィに銃を見られたことを忘れてしまっているらしい。そうこうしているうちに、すべてが明るみに出た。ジェリーとビルは時折強盗を働いては、一日か二日すこぶる愉快な時を過ごすのだ。

ジェリーとソーフィはふたりで、ビルと彼の女に会った。デイジーという名のおどけて変てこなパンク娘で、六インチ・ヒールの靴を履き、安っぽいパンツ・スーツを着て、びっくりするほど白い顔に、びっくりするほど黒々とアイメイクを施し、干草を積んだような髪は片側をしっかり撫で付けられ、もう片方はまっすぐ突っ立てていた。こんな女、一度会えばもうたくさんとソーフィは思ったが、この娘がジェリーの黒い丸薬と何か関係していると後になって判った。

ジェリーはデイジーもビルも連れずに、とあるパーティへソーフィを連れていったが、何だかひどく妙な集まりだった。場所は数部屋ある普通のアパート。音楽もお喋りも飲み物も十分。ふたりで来たのはビルの顔がこの場にそぐわないからさ、とジェリーは言った。そして、接触する手筈の奴に合わせてお嬢様らしくしゃんとしておくんだよ、とソーフィに言い含めてもいたのに、事態は思わぬ妙な方向へと進んでいった。ただの騒音がパーティらしいざわめきへと変化した頃、数人の客がインクの大きなしみのついた紙切れで、バカげたゲームを始めた。しみが何に見えるかをいくつ言えるかというゲームで、答の中にはかなりきわどくかつ機知に富んだものもあった。ところが、順番が回ってきて紙の真ん中にある黒い形を見ているうちに、ソーフィは何が何だか分からなくなったのである。その後の記憶は途絶え、気づくとソファーに横たわって天井を見つめていて、パーティのざわめきは消え去り、周りをぐるりと取り囲んだ人々に見下ろされていた。肘をついて身体を起こすと、パーティを主催した女性がアパートの開け放されたドアのところに立って、外側にいる人と話しているのが見えた。

「何でもないのよ、ローイス、本当に何でもないの」

「でもあの恐ろしい叫び声は、一体何だったのよ？」

君は熱気で気を失ってしまったのさ、というジェリーの説明を聞きながらソーフィはその場から離れ、一日か二日経ってからやっと一部始終を探り出し、喉が痛かった理由を突き止めた。もっともパーティの夜のジェリーは、おとなしくしといた方がいいなとしか言わなかった。というわけで、翌日の夕方ふたりはパブに座って静かに呑みながら、隅の高いところに備え付けられたテレビを観ていた。ソーフィとしては自分自身の内なる闇の存在についてあれこれ考え込んでいたので、少し静か過ぎるから場所を移そうと提案した。しかしジェリーは、ちょいと待ったと言う。彼は熱心にテレビを観て笑っていた。

「おいおいっ」

「どうしたの?」

「ファイドーだ。昔馴染みのファイドーだよ」

体操競技大会の様子が映し出されている。筋骨隆々の若者が吊り輪の演技をしていた。ソーフィには競技場にいる選手などみんな同じに見えた。たぶん誰もが全神経を集中した厳しい顔をしているからだろう。

「ファイドーだよ。奴は昔、俺と軍隊で……」

「昔?」

「今は教師さ。体育の先生だよ。どっかの気取った学校だったな。そうだ、ウォンディコットだ」

「ウォンディコット校なら知ってるわ。昔から知ってる。うちの近くなの、グリーンフィールドの向こうよ」

「おい、うまいぞ、ファイドー。やるじゃないか。おいおいっ、汗をだらだら流してやがる、サンデー・ロースト[*1]みたいだぜ」

「どうしてあの人たちはあんなことに一生懸命なのかしら」

「女に自慢する。優勝する。出世。健康、富、名声……はい、ショーは終わりだよ」

ソーフィはジェリーとビルを説き伏せて自分を仲間に入れさせた。デイジーは参加しなかったし、三人は三つの店に押し入り、奪ったのは一〇〇ポンドちょい。捕まる危険ばかりが高くて割に合わないと思ったソーフィは、パキスタン人の店をやってみない、と男二人に掛け合った。確かにしばらくの間は、仕事らしい仕事をしたという満足感が得られた。パキスタン人はジェリーに偽物の銃を突き付けられただけで縮み上がるのだ。ソーフィは効率よく仕事を片付けようと、がたがた騒ぐと組織が店に爆弾を仕掛けるぞとビルに言わせた。パキスタン人が飴かお香でも扱うように札束を袋に入れるのを見るのは、おもしろかった。これ以上素早く金を捨てることなんかできないという速さだったからだ。

ソーフィは方程式の左辺には危険を、右辺には金儲けを入れて計算をした。そしてベッドでジェリーに話しかけた。

「いいやり方じゃないわ、そう思わない？」

ジェリーはソーフィの耳元で欠伸をした。

「何のこと？」

＊一　ローストビーフと野菜に肉汁のソースをたっぷりかけた料理。英国で日曜の昼食としてよく食べる。

「手提げ金庫を狙うこと」

「あれ、改心でもしたの？」

「捕まる可能性が高すぎるのよ」

「百に一つだね」

「だったら、金庫を百、奪ったときには……」

長い沈黙。

「つまりね、たんと金を持ってるのは誰なのかを考えなくちゃって言ってるの。小銭じゃないのよ。まとまった金があれば一生遊んで暮らせるし、自由だし、どこにでも行きたいところに行けて、したいことが何だって……」

「銀行は駄目だよ。奴らはいろいろと研究してる。ハイテクを駆使してね」

「アラブ人よ」

ジェリーは肩を震わせて笑っているらしい。

「アラブに侵攻しようっていうのかい？　陸海空軍、総動員しないと太刀打ちできないなあ。おやすみ、お嬢ちゃん」

ソーフィはジェリーの耳元に唇を近づけて、ふと沸いたアイディアの破廉恥さ加減をクスクス笑った。

「アラブ人の子どもはどこの学校に通っていると思う？」

さっきよりも長い沈黙。ついにジェリーが言葉を発した。

「とんでもねえ。てのはビルのいつもの台詞だけどさ。びっくりさせないでくれよ！」

「ウォンディコット。あなたの友だちがいるところよ。あそこには一杯お坊ちゃんがいるわ。王子様とか……他にもいろいろ」

「おい、君……君ってほんとに……」

「あなたの友だち、ええと、何て名前だったかしら……ファイドー？　ねえジェリー、子どもを一人とっ捕まえて隠して要求するの……一〇〇万かしら、一〇億かしら、アラブ人はお金を払うわ、払うはずだわ、ええ、払わざるを得なくなるから、じゃなかったら、わたしたちは……ジェリー、キスして、そうそう、触って、ファックして、王子をね、捕まえて、高値で取引きよ、ああ、いい、もっとよ、どこかにね、隠して、縛り上げて、さるぐつわを、してね、それから、おお、それから、ああ、いいわ、いいわ、いいわ、続けて、もっと、もっと、ああ、おお、おお、おお……」

　それからふたりはしばらく並んで横になり、ソーフィはジェリーの胸に腕をのせていたが、闇の中で朦朧としているジェリーはまるで別人のようだった。安らかな寝息が聞こえてくると、ソーフィはジェリーの身体を強く、強く揺さぶった。

「冗談を言ったりとか、お体裁で悪ぶってるんじゃないの。思いつきでもないの。本気よ。暇潰しに店なんか襲ってちゃ駄目よ！　牛乳泥棒でもやってる方がましだわ！」

「でも、アラブ人なんてでか過ぎるよ、無理だよ」

「わたしたちには無理じゃないわよ。ジェリー。わたしたちなら大丈夫よ。店を襲い続けていたらいつか捕まる、だってチンケな仕事だもの。でも、こっちなら……大きな仕事を一つした方がいいのよ、誰も思いつかないくらい大きなことを……」

「でか過ぎるって。それに俺は眠いんだよ」

「わたしは話したいの。わたしには店を襲い続ける気はないの。おもしろくないもの。わたしのためなら、やってくれるでしょ、わたしたち、生涯、金持ちになれるのよ」

「馬鹿な」

「ねえ、ジェリー。どんな学校か、見に行くくらいのことはできるわよね。戦友のファイドーに会いに行くのよ。できればファイドーを仲間に入れちゃう。ねえ、どんなところか偵察に……」

「偵察になんか行かないよ」

「ちょっとドライブして、どんなことができるか見るだけ」

「偵察なんかしない」

この夜三度目の長い沈黙だが、それまでとは違って今回ソーフィは自分からそれを破りはしなかった。しばらくしてジェリーが再び安らかな寝息を立て始めると、ソーフィは声には出さずに独りごちた。

いいいえ、やるのよ、わたしのあなた。見てなさいね！

いいい、、、、、、、、いい、、

第十一章

木立に覆われた小道が丘陵地の小高い頂きへと始まっているところで、ふたりは車を停めた。歩いて登っていくと、丘の頂きに沿って伸びる古い道は吹きっさらしで人気《ひとけ》がないのが判る。雲の影と明るい日向《ひなた》が互いに互いを追いかけながら、まるで映画の一シーンのように、なだらかな草原と青い地平線を横切っていく。雲以外何も動かない。羊たちでさえ好んでじっとしているようだ。一マイルほど先で丘陵地は緩やかに上向きになる。その一番高いところを越えてふたりが辿る小道は、丘陵地帯の遠く離れた中心へと伸びている。ソーフィはほどなくして立ち止まった。

「ちょっと待って」

振り向いたジェリーは笑っていた。上気した顔は輝き、額に髪をなびかせている。弾む息を整えながら、この人はこんなにきれいな顔をしていたかしらと、ソーフィは目が眩むような気持ちで考えた。

「ソーフィ、君ってもともと歩くのが得意って感じじゃないな」

「あなたの脚の方が少し長いだけよ」

「歩くのが楽しいっていう奴だっているんだよ」

「わたしはそうは思わないの。どうして楽しいなんて思えるのかしら」

「自然の生んだ美を眺めるのさ。だけど君こそ自然の生んだ美、だから……」

抱き寄せようとする腕から逃れるように、ソーフィは身を捩《よじ》った。

「仕事をしてるのよ！　集中できないの？」

ふたりは田舎に遊びに来ている恋人同士のように並んで歩いた。ジェリーが頂上にあるコンクリートの台を指さした。

「あれが三角測量の基点だよ」

「知ってるわよ」

ジェリーはびっくりしてソーフィを見た。が、ともかく地図を広げた。

「台の上で地図を広げ、周りを見る」

「どうして？」

「おもしろいからさ。誰もがやってることだよ」

「どうして？」

「正直に言うとね、俺はすごく楽しいんだ、わかるだろ。『前へ進め！』なんて言ってた昔に戻れるからね」

「周りに何が見えるっていうの？」

「我々は六つの州を確認するんだ」

「そんなことできるの？」

「ずっとそうしてきたのさ。州を確認するのが大英帝国の伝統なんだ。ま、君は気にしなくていいよ、押し付けたりはしないから。空気について、何か気づかない？」

「気づくって？」

「空気については、山ほど本が書かれてるくらいなんだよ！」と言うと、コンクリートの台のそばで、地図と長い髪を風にはためかせながら歌い始めた。「好きな生き方をさせておくれよ、他のことには構わずに……[*一]」

内面の奥深いところからの激しい怒りにソーフィは揺さぶられた。

「お願いだからジェリー、止めて！　わかんないの、誰が……」と言っていったん口をつぐんだが、急いで続けた。「苛々してるのよ。そうは見えないかしら？　どんな感じかわかってないのね、あ……ごめんなさい」

「わかったよ。でもねソーフィ。あんまりうまくいかないんじゃないかなあ」

「いいって言ったのよ。賛成したじゃない」

「偵察のことだけさ」

ふたりは基点台を挟んで見つめ合った。何かが、たぶんここの空気が、別の場所や別の人たちのことをジェリーに思い出させている。この人は断固、撤退しようとしていて、まるで何て言うか……逃亡でもしてしまうみたい。

＊一　『宝島』などで知られる英国作家・詩人ロバート・L・スティーヴンソンの詩集『旅の歌』（一八八八―九四）所収の「さすらいびと」の冒頭句。シューベルトの曲に合わせて歌うという指示がつけてある。

バンに乗ってたあの男。わたしの意志の方がこの男の意志よりも強いんだもの。

「ねえジェリー。わたしたち確かに何も深入りなんかしていないわ。でもね、始めてもう三日になるのよ。わかってるでしょ、あの人はいつものように私道を通ってて、わたしたちはそこで偶然あの人に出会うの。とにかく接触しましょう、今はそれだけ。話はその後よ」

風になびく髪の下から、ジェリーは上目遣いにじっとこちらを見つめている。

「一度に一つずつやることにしましょう」

ソーフィは台をぐるりと回ってジェリーに近づき、腕をきつく握り締めた。

「さあ、それじゃ地図の達人さん。わたしたちはこの地図のどこで出会うことになるのかしら？」

「私道はここから下へ伸びてる……ほら、点線が見えるだろう？　下ったところが谷の反対側から昨日見たところだよ。奴はこの点線に沿ってここまで子どもたちを連れてくる、それから左に曲がってぐるりと回って戻っていくんだ。健康的なカントリー・ランニングってわけさ」

「大体そういうところね。ほら」

谷底の木立へ切れ目なく続いているかに見える金網フェンスのすぐ脇まで、私道が伸びている。ソーフィはごちゃごちゃと集まった灰色の屋根を指さした。

「あれがそうね」

「あそこ、木立の向こう側が昨日俺たちがいたところだよ」

「あ、あそこ！」

「おっと、ほんとだ。時間ぴったりだぜ。ほら、あそこに奴がいる。ここからでもはっきりわかるな。あいつ、一マイル以内のところまで来てやがる。あの格好、見ろよ、脚ばっかり振り上げてるぜ。さあ行ってみよう」

鉛板葺《ぶ》きの屋根がちらりと覗く窪地から、少年の一団がこちらへ向かっている。赤い体操服の小さな少年たちはまるでぴょこぴょこ動く一列の赤い点で、上下に弾む大きめの点がその後に続いている。少年の列が丘を駆け上がると、後ろに続く赤い点は深紅のトラックスーツを着た筋肉質の若い男になり、大げさに膝を上げて走りながら前にいる少年たちに時折何か叫んでいる。ジェリーとソーフィが歩みを止めると、少年たちはふたりの方を見てにやにや笑いながら通り過ぎていった。だが若い男は立ち止まり、ふたりをじっと見た。

「ジェリーじゃないか！」

「よおファイドー、テレビで観たよ！」

ファイドーと呼ばれた若い男は大声を上げて、少年たちを止まらせた。ジェリーと互いの背中を叩き合い、あばら骨に軽いパンチを交わし合い、冗談を言い合った。そしてソーフィに紹介された。マスターマン中尉いや元中尉だと紹介されたのだが、ファイドーとかワンワン、ワンちゃん、でも大抵はファイドーと呼ばれれば返事をするよとすぐに付け加えた。[*一]

「教え子でさえ」と得意げに言った。「ぼくのことをファイドーって呼ぶんですよ」

ファイドーは身長こそ平均程度に過ぎなかったが、素晴らしく筋肉が発達している。顔に比べて頭

＊一　ファイドー（Fido）は、英米で飼い犬によくつける名前。

が小さく、外気に晒されて日焼けを重ねていた。ソーフィがジェリーから聞いて知っていたのは、胸の筋肉はウェイト・リフティングで大きく広がり、脚はトランポリンで鍛え上げられ、バランスは手の届くところならどこでも岩山の切り羽に登るというぞっとするような荒技で磨かれたことだ。髪は黒くカールされていて、額が狭く、素振りからして察しが良さそうには見えなかった。

「ファイドーはこれでもイギリス代表なんだぜ」とジェリーは言ったが、その口調にソーフィははっきりと悪意を感じ取った。「スナッチなんて、信じられないくらいさ」

「えっ、スナッチって？」

「ウェイト・リフティングのことだよ。どのくらい重いのか、知ってる？」

「あれってすごく大きかったわよね」とソーフィはファイドーの方へ身体をくねらせるようにして言った。「あんなに重いものを持ち上げるなんて、本当にすごいわ！」

ファイドーは、そうなんですよ、結構すごいんですよと頷いた。ソーフィは香水の匂いをファイドーに向けて香らせ、誘いの糸は彼の方へ伸びるままにしておいた。見つめ合うふたりの瞳孔が広がった。ファイドーの目はかなり小さいのだが、瞳孔が広がったおかげで、見栄えが良くなった。彼は少年たちに、その場で少しジャンプしているようにと指示した。ジェリーが今までの経緯を説明して、地図におまえの勤める学校を見つけてね、テレビで観たときからちょいと覗いてみようかと思ってたのさ……そしたらおまえの方からこっちへやってくるじゃないか！

ファイドーは「みんな身体を冷やさないように」と叫んだ。「すぐに出発するから」

「あなたはあの子たちにとっていい刺激なのね、マスターマンさん」

「ファイドーって呼んでくださいよ。口笛を吹いてくだされればどこへだって参上しますから」

ファイドーはダンスのようなステップを踏み、空気を拳で打つ真似をして、叫ぶような笑い声を上げたが、笑っているというよりも吠えているみたいだった。お好きなときに口笛で呼んでくださいね、喜んで参上しますからと繰り返した。

「で、仕事の方はどんな調子なんだよ、ファイドー」とジェリーが割って入った。

「先生稼業のことかい？　そうだなあ、仕事をしながらどうにかコンディション調整してるって感じかな。今やってるような運動をたくさんするんだ。といっても、本式の調整法と全く同じってわけじゃないけどさ。お坊ちゃんがたにきつい運動をさせるわけにはいかないからね。だから、大抵は身体にウェイトをつけて走るんだよ。それに……」ファイドーは用心深くぐるりと周囲を見回し、じっと目を配ったが、丘陵地には羊と少年たち以外誰もいない。「事情はわかると思うけど、お坊ちゃんがたをしっかり監視していないといけないんだ」

ソーフィが鳥がさえずるような声で言った。

「ファイドー、こんな辺鄙《へんぴ》な田舎にはまり込んじゃって……」

ファイドーは身体を傾け、片手を伸ばしてソーフィの腕を掴もうとしたが、思い直して止めた。

「その通りなんですよ。あそこに小さな子が見えるでしょう？　いけない……見ていることを気づかれないようにしてください。ぼくがやってるみたいにさりげなく。目の隅っこからちらりと見て」

ソーフィは見た。小さな男の子は小さな男の子であって、それ以上の何者でもない、肌が真っ黒な子が三人、褐色の肌の子が二人いるって以外は。ほとんどの子は普通の白人だった。

「黒人《ニグ》を小突いている子のことかしら？」

「言葉に気をつけて！　王族なんですよ！」

「まあファイドー、ゾクゾクするようなお仕事ね！」

「彼のご両親は本当にいい方たちなんです、ソーフィ。もちろんおふたり揃ってちょくちょく来校なさるってわけじゃないですけどね。でもね、お妃様が話しかけてくださったことがあるんですよ。『マスターマン先生、しっかり鍛えてやってくださいな』ってね。素晴らしくきちんと名前を憶えてくださる方なんです。殿下の方もそうですね。殿下はウェイト・リフティングにかなり関心を寄せてくださっているんです。『スナッチでの君の限界はどれくらいなのだろうね』なんて、尋ねてくださる。全く、こんな親御さんがいらっしゃる限り……」

ジェリーはファイドーの肩をぽんと叩いて、ソーフィだけに向けられた関心を逸らそうとした。

「ということは、体育の授業をやる以外にも仕事があるってわけか」

「はっきりとは答えられないんだ。お坊ちゃんがたには秘密なんだよ。だけど秘密っていうのは負担だよ……ああ、あの小さな皇太子もたくましくなってきたよ……それから、ええと、あの小さな褐色の肌の子をご覧よ……石油王の息子さ。王子って呼ぶことになっているんだ、もちろん本当の王族じゃないよ。鹿撃ちか何かの折に幸運にも油田を見つけた大地主ってとこかな。親父さんはこの国を買おうと思えば買えるくらいさ」

「もう買っちまってるんじゃないか」と、ジェリーはいつになく感情を剥き出しにして言った。

「他の誰もこんな国買おうとしないさ」

「あの子のお父様がすごくお金持ちってことね、ファイドー」

「数兆にのぼりますよ。さてと。大臀筋を冷やさないようにしなきゃ。ソーフィ、おっとジェリーも……四時頃だったらちょっと暇になるんだよ。村でお茶でもどうだ？　スコーンとか、ホームメイドのお菓子とか？」

ジェリーに答える間を与えずにソーフィが答えた。

「それじゃあ、コッパー・ケトルで。三十分くらいして会いましょう。では」

「もちろんご一緒するわ、ファイドー」

「ええ、そのお店でね」

ファイドーは大きく広がった瞳孔でソーフィを見ると、飛び跳ねながら小道を去っていった。少年たちを追い、雌牛をいじめる犬のような声を上げた。少年たちはモウと応じて笑い崩れた。明らかにファイドーは人気者なのだ。ソーフィは目でその姿を追った。

「本当にウェイト・リフティングで時間潰しする人なんているのかしら」

「おいおい、テレビで観たじゃないか」

「観たけど」

「近頃の出来事は頭に入らないみたいだね」

双子のように気持ちが通い合っているのに、ファイドーと視線を絡ませたくらいでジェリーが苛立つのを見ると、彼女は嬉しいようなおかしいような気持ちだった。

「ジェリー、馬鹿なこと言わないで。これ以上ないくらいうまくいったんだから」

「あいつがとんでもないとんま野郎だってことをすっかり忘れてたよ。チクショウめ」

「あの人はわたしたちの計画の入り口になるのよ」

「わたしの計画、て言いたいんだろ？」

「賛成したでしょう」

「俺はただ、俺たちが何を相手にしてしまったかわかり始めただけなのさ。あいつの言うことを聞いただろう？　奴らはここに細工をしてるよ、完璧な細工をね。たぶん俺たちはもうビデオに撮られてるよ」

「絶対にそんなことはないわ」と言いながら、ソーフィはジェリーに近づいた。「姿を見えなくすることについて、知らないの？」

「俺は兵隊上がりなんだよ。俺が本気で隠れたとき、見つけられるかやってみな」

「ただ隠れることについて言っているじゃないの。この三日でわかったのよ。わたしたちの姿は人には見えない。いいえ、手品とかじゃなくて……でももしかしたらそうなのかもしれないけど……でもね、とにかく、その、手品じゃなくて、でもなぜ見えないかっていうと、見えないから見えないのよ。あいつがここにいて、あなたはあいつと知り合いだとか。それからわたしがあいつをうまく……あしらえるかとか……時にはそういう偶然もあるわよ、でも時には……ものの取り合せにね……意図があるってこと。それがわかったの」

「俺にはわからないよ」

「旅行社にいたときにね、表とかいろいろ、日付とか数について調べたの。わたしはそういうの、よく解ってるのよ。わたしはすごくよく理解していて、ちょうどね、パパがチェスとかそういうのを理解しているみたいな感じなの。ただ何ていうか、知ってることを言葉にするのに慣れていないのよ。だからうまく説明できないかもしれないけど。でも聞いて。数のことよ。入社したとき女の子の同僚がいたの。そう。とろい金髪の子。はっとするほどの美人ではあったけどね。支店長はそういう子をどうやって引っ張ってくるか解ってるのよ。有能だからっていうんじゃないのよ、でもそんなのどうだっていいの。あなただってあの子を見たら目が飛び出したでしょうね。でもあの子は、あの子はとろいのよ。わかる？　請求額の一〇パーセントがいくらになるか計算するのに、いちいち表を使ってたのよ」

「そんなふうでなきゃいけないのさ。その辺の男どもをいい気にさせておくにはね」

「今から言うことが重要なのよ。日付を書き込まないといけなかったのだけど、七七年七月七日を七／七／七七と書くってやつよ。それでね。アリスは書き込むと、大きな青い目をひんむいて日付をじっと見て、馬鹿笑いして……支店長は鳥のさえずりみたいなんて言うんだけど……支店長は大人ぶってて何にでも手を出さずにはいられない奴でね、で、アリスは『これこそ偶然の一致っていうものですね』なんて言うの」

ジェリーは向きを変え、金網フェンスに沿って歩き始めた。

「その通り、偶然の一致さ」

「でも……」

ソーフィは駆け寄って腕を掴み、振り向かせた。

「見えないの？　ねえ、ねえ、ねえったら……違うのよ！　偶然っていうのは、ごちゃごちゃしたものとか山積みになったものとか暗闇から飛び出してきて、どうやって出てくるのかは判らないけど……だけどこの四つの七って数字は……こっちにやって来る姿だって見えるし、さよならって手を振ることだってできるの！　筋道があったの……そりゃあ偶然なんだけど……偶然以上でもあって……」

「正直言ってね、ソーフィ、さっきから君が何の話をしているのかさっぱりわからないんだよ」

「あらゆるものがだんだん緩んできてるの。緩んで解けているのよ。今のわたしたちはただの……そう、もつれなの。みんなただのもつれなの、それがするすると少しずつ解けていってだんだん単純な何かへ向かっている……わたしたちはその流れに加勢することができる。流れの一部になるのよ」

「宗教にでもはまったのかい。じゃなけりゃ、とうとう頭に来たんだな？」

「何もしないでいい子でいるのも、一つのもつれでしかない。悩むことなんかないじゃない？　もつれが緩むのに同調して、だっていずれは緩んでしまうんだし、緩んでいく途中で取れるものは取ってしまわなきゃ。必要なのは暗闇、重石《おもし》は落ちるに任せ、ブレーキを外して……」

一つの真実がソーフィの心の中に浮かんだ。単純さへと向かう道は破廉恥を経由していく。でもジェリーには解らないわ。

「ちょうどセックスの後に、はぁって崩れてしまうみたいな感じよ」

「セックス、セックス、セックスに勝るものはなし！　セックスよ永遠なれ！」

「ええ、それは確かにそうね！　でもちょっと違うの……わたしが言いたいのはね、長い長い痙攣があって、絡まっていた身体が解けて、どくんどくんと脈打って、それから空間と時間のもつれが解けて、どんどんどんどん無へと向かっていく……」

　ここまで言い終えたときソーフィは「あの場所」にいて、そこにはトランジスタもないのにシューとかガーとかウォーンとか、光のない空間が発する原初期の不協和音の中に、自分自身かまたは別の誰かの声が聞こえてきた。

「どんどんどんどん、次から次へと波が来て、弓なりになったり広がったりしながら、どんどんどんどん緩んでいく……」

　学校の鉛板屋根が目の焦点に戻ってきたが、心配そうに覗き込むジェリーの顔に目をやると、屋根は焦点から外れていった。

「ソーフィ！　ソーフィ！　聞こえるかい？」

　そうか、だからわたしが住んでる大きな身体は前後に揺れているのね、そして女の子の身体としての認識も戻ってきて、男の手に肩を揺すぶられているのに気づいた。

「ソーフィ！」

　彼女は答えようとやっとのことで唇を動かした。

「ちょっと待ってよ、お願い。わたしは話しかけているの、誰かに……誰かの……わたしはその誰かになって……」

　ジェリーの手は動かなかったが、しっかりとソーフィを支えていた。

「気を楽にして。少しは良くなった？」

「どこも何も悪くはないのよ」口をついて出てきた今の言葉がおかしくて、ソーフィはクスクス笑い始めた。「全然何も悪くないの！」

「何か飲んだ方がいいな。さっきの君はまるで……いや、まるで、俺にはどう表現していいかわからないよ」

「あなたはすごくお利口さんよ！」

ジェリーはソーフィの顔を覗き込んで、しげしげと見た。

「君の言ってること、俺はさっぱり頷けないよ。言えるのはただ、とてつもなく異様だったってことだよ」

その言葉と共に突然、明るい昼の光、太陽、そよ風、丘陵地、ある日付と場所がよみがえってきた。

「今、何て言ったの？」

「ちょっとの間だけど、すごく心配したんだよ」

「『異様』って言ったんじゃない？」

あらゆるものがいちどきに溢れ出した。そしてソーフィの身体を一杯にした。

「ガードマンがそこら中にいるとかビデオのことか、言ってたわよね。でもね、わたしたちは特別な時空にいるのよ。そいつらは確かにやって来るでしょうね。あいつらにわたしたちが見えないって言っているんじゃないのよ。あいつらはわたしたちを見ないのよ。あのね、小さい頃のことなんだけど、もつれは解けて、ひとりでに振り分けられて、滑って落ちていったの。単純でなくちゃいけないの。それこそが本物なんだから」

「だんだんわかってきたよ、君がとてつもない変人だってね。この仕事を続けるべきかどうか自信がないよ。いろいろあるし……」

「続けましょ。ジェリーにもそのうち見えてくるわ」

「俺がやらないと言えばやらない。ボスは俺だからね」

「ええ、もちろんよ」

「きっちりやるよ、そう……可能な限りはね。不可能なところに行き着いたら止める。解ったね？」

ソーフィが特別あでやかな微笑みで応じたので、ジェリーは大切な人を守ってやるようなキスをした。ソーフィの手を取って金網フェンス沿いを黙って歩いた。散歩している恋人たち。

コッパー・ケトルに客はなく、紛い物の一八世紀風の家具と紛い物の馬具用装飾金具が並んでいた。ふたりは座って白痴みたいな娘に無神経にじろじろ見られながら、ファイドーを待った。待ち人が息を切らせてやって来た。最初ジェリーはおもしろがって嫉妬の火花を散らすふりをしていたが、だんだんと演技では済まされなくなってきたのをソーフィは見ていた。ファイドーはすぐに吠え始めた。写真を何枚か持っていた。一枚は壇上でメダルを受け取っているところ。優勝したのではなく三位だとわかり、あなたほどの人が信じられないわとソーフィが驚いてみせると、自分のすることにかなりの関心を示してくれたと気を良くして、胸のポケットから写真の束を出して見せた。筋肉や腱を輝やかせてウェイトを持ち上げているファイドー。トランポリンをして空中で逆さまになって深く恐ろしい淵の上で歯を剥いているファイドー。ロック・クライミングで宙吊りになっているファイドー。ソーフィは、こんなことをしてどんないいことがあるのかちょっと疑問だわと挑発的な言い方をしてしまったが、ファイドーは彼女の言わんとするところが全く理解できなかった。危険だっておっしゃりたいんですか？　女の子ならそう感じて無理ないですね……

ソーフィは調子を合わせるきっかけを掴んだ。

「ええ、きっとすごく危険に違いないわ！」

ファイドーは考え込んだ。

「実はロック・クライミングで足を滑らせたことがあるんです」

二人に無視されていたところから、ジェリーが意地悪く口を挟む。

「おまえが頭から落ちたときのこと？」

ファイドーは怪我の正確な名前を並べて応じてきた。ソーフィはクスクス笑いに気づかれないようにしなくちゃと思いながら、割って入った。

「あら、でも考えたら不公平だわ！　どうしてわたしたち女にはできないのかしら……」

ジェリーは大きな声で笑った。

「どうして女にはやれないか、だって！　へへん！」

しかしファイドーは既にいくつかのスポーツ分野を挙げて、こういうのなら女性も参加できると言った。

「それからクローケーもね」とジェリーが口を挟んだ。「クローケーをお忘れなく」

もちろんだよと言いながら、ファイドーは大きく広げた瞳孔から勝ち誇ったような眼差しをソーフィに向けた。お茶を飲み終えると、ソーフィとジェリーは車を停めているところまでバスで行くことにして、ファイドーはバス停まで歩いてふたりを送った。またぜひ訪ねてくれよと熱心に言ったが、その言葉をジェリーに対してだけ言っていたのが、唯一ファイドーの本音と食い違う点だった。

ソーフィがさよならのキスをするとファイドーは再び犬のように吠えてきたので、ここぞとばかり彼に向けて色香を漂わせた。車の中でようやくふたりきりになると、ジェリーは半ば怒りながら、半ば賛嘆の面もちでソーフィを見つめた。

「君は奴のジッパーにもう半分手を置いたようなもんだね。チクショウ！」

「あの人役に立つかもね。仲間に入れてもいいかもしれない」

「とぼけたこと言わないでくれよ、お願いだから。魔性の女かもしれないけど、奇蹟なんか起こせないんだよ」

「どうして起こせないの？」

「自分を歴史上の女傑みたいに思ってるのか？」

「歴史なんて全然知らないわ」

ジェリーは乱暴にエンジンをふかした。

「知る必要なんかないさ。売春婦の本能さえしっかり持ってればな」

そう言ってジェリーは黙り込み、ソーフィは彼のものの見方について考えた。それは男特有の見方だと見て取った。ここにいるジェリーって男は……男を食い物にして二人分の生活費を稼いでよと極めて冷静に提案するだろうし、本気でそれを考えたことだってあるくせに……それなのに、間抜けのファイドーに近づくと頭に血を上らせる。そんな想いを巡らせているうちに、万事は見ないと気が済まない男の気持ちに根ざしているんだと気づいた。買春客だったら顔は見えない。でもファイドーの場合は顔見知りだ。

二日後ファイドーから来訪を促す手紙が届いた。ジェリーははなっから無視してやるぞ、俺たち頭がどうかしてたんだと考えていた。ソーフィの「よく考えてからね」を「何をするつもりもないわ」と解釈しているのが見え見えだった。優しく肩を叩いて、丸薬みたいなのを飲《や》ると、ビルと仕事の準備をしに出かけた。ソーフィは公衆電話からファイドーに電話をかけた。ジェリーとふたりでお伺いしない方がいいと思うわと告げた。どうしてですかとファイドーにしつこく尋ねられたので、三人ではくつろげないでしょう、と渋々認めてみせて、ジェリーは気難しいというわけではないのだけどいろいろと気を回す人だから、と付け加えた。こんなふうにあなたたちの古い友情を台無しにしてしまうなんて耐えられないわ。いいえ！　わたしにしてみれば招待してくださるほど嬉しいことはないんですよ。でも実は……

その先は口を濁し、「実は」の続きは言いよどんでみせた。しばらくするとファイドーが素晴らしい考えが浮かびましたよと何マイルもの電線を通して吠えた。南ロンドンで行われる競技会にご招待して、ぼくがウェイト・リフティングをするのをお見せして、その後で現状について話し合いましょう。

競技会でファイドーは自分の出場部門で優勝したが、ソーフィにしてみれば競技会そのものが吹き出したくなるくらい滑稽で、その滑稽さが会場に充満するひどい臭いの埋め合わせだと言ってもいいくらいだった。競技終了後ファイドーはまだ息も荒いまま、ソーフィ、あなたはとてつもなく魅力的ですねと言いに来た。さあもう一押しと待っていると彼は、参観日に学校にご招待しますと言う。もっと直接的な誘いを予想していたソーフィは、ウェイト・リフティングと同じくらい笑えると思った。

「わたしは保護者じゃないんですけど」

ファイドーによると、その日はお坊ちゃんたちを彼がいかに敏捷に鍛え上げているかを親たちが見学に来る日ということだった。言われるがままに聞いていたが、もしかすると実際にベッドへ誘う段になったら、彼はモラルに則ったことを言い出すんじゃないかという気がした。結婚ですって……話にならないわよ、重量挙げの選手となんて！　ジェリーを視界から追い出してしまえば、去る者は日々に疎しになるとファイドーは明らかに考えていた。一種利己的な無邪気さでファイドーが自分の境遇を並べ立てるのにソーフィはただ耳を傾けた……祖母の財産、重きを置いているという王族たちとの結び付き、いつかあの方々にあなたを紹介しますよ、あの方々のうちのお一人になるかもしれませんけどね、あなたが一緒に来てくれればの話だけど。

「もっとも」とファイドーは言った。「ぼくは確約しているわけではないんですよ。あの方々から命じられれば紹介してもいいっていうだけです」

参観日、ソーフィは木綿のドレスに麦わら帽子といった、逆に目立ってしまうほど目立たない地味な服装で出かけた。王族が誰も出席していなかったのでファイドーの心は陰鬱な影で覆われていたが、マウントスティーヴン卿とフォーディングブリッジ侯爵とひとことふたこと言葉を交わすと、ようやく明るさが戻ってきた。ファイドーの部屋を覗いてみてソーフィは、何列も写真が並んでいるのを除けばまるで体育館の別館みたいだと思った。こんな人を仲間に入れるなんてピント外れだと、今頃になって身にしみて感じられた。ファイドーが計画を悪いと思うだろうからというわけではない。ロック・クライミングとは違う意味で危険だとは思うだろうけど。この人の性には合ってないわ。かといって恋人とか妻とかになっても明るい未来はない。親しく睦み合ってセックスへと誘われるのも、競技会と競技会の間の必要最小限の場合だけに限られてしまうだろうから。彼にとってセックスは女の身体を自分の思い通りにちょっと使わせてもらうことで、適度にやれば健康にもいいという程度のものだった。女にもう一つ使い道があるとすれば、観客になって完璧な肉体を賞賛してもらうこと。男たちの中でもとりわけ男らしい肉体……小さなお尻、固い丸みは後ろできりりと引き締まってる！　なんて広い肩幅、つややかな肌の輝き！……この人は女性なり美少年なりが抱くあらん限りのナルシシズムを持ち合わせている。ソーフィが彼女の美貌を誇らしく思う以上に、この人は自分の美しい肉体に惚れ込んでいる。そっと腰に手を回され、窓の外の運動場で学校の鼓笛隊がうるさい音を立て、夏服の保護者たちが様々な展示物を見て回っている間でさえも、ファイドーのナルシシズムがありありと感じられた。それでも、単身者用の狭いベッドでソーフィはファイドーに身を任せたのが、そんな床運動も抵抗するよりほんのちょっとだけ退屈ではないという程度に過ぎなかった。その程度だったのに、終わった後にもう婚約したようなものだねと言われてソーフィはまたもやびっくりしてしまった。ロンドンへ戻る途中ソーフィは、あの子たちを取り巻く特別なクラブにいったん入ってしまえば、あの貴重な子どもたちをこれほど自由に観察できるなんて、いよいよ信じられない思いだった。しかしソーフィが心の中で自分自身に言ったのは……単純なことよ……わたしはもう中の人間になったのだもの！

デイジーの昔の男が出獄してきたんで急いでアパートを引き払わないといけなかったとビルが言い

に来たので、フラットと呼ぶのもおこがましいようなジェリーの雑然とした汚い部屋で、三人は緊急参謀会議を開いた。この間の仕事は完全な失敗……危険が大きかった割に実入りはほんの少し。だからささやかな害のないファンタジーにしばし浸ってみるだけならと、男二人はソーフィの話を聞いてみる気になった。しかしいざ校内の建物の配置を説明し誘拐ルートについて提案する段になると、子どもなのは坊っちゃんじゃなくて君の方だと言わんばかりに、ジェリーはソーフィの肩をぽんと叩いて言った。

「ソーフィ、言っただろう、奴らは信じられないような仕掛けを持っているんだ。例えばだよ。君が小道を歩いていくとする。すると特殊装置を積み込んだヘリが君の通り過ぎた三十分後だって、歩いたところのほんのちょっとした暖かみに気づいて君をつけてくるんだ。森に隠れてもね、身体のほっかほっかとうまそうな暖かさで君を見つけてしまうんだよ。何せスクリーンには君が真っ赤な炎みたいに映るからね」

「ジェリーの言う通りですぜ。もっと用心した方がいい」

「銀行をやるって計画はどうかな。生きるか死ぬかの大博打《ばくち》になるけど、完全《アブソリュマン》に無鉄砲だってわけでもないさ」

「でもこの計画は今までのとは全く違うのよ、見えない？　それに特殊な機械なんて一体誰が気にするっていうの？　あの人を巻き込んだんだから、あのね、ファイドーが学校の配置図を見せてくれたのよ。必要なものは何だって手に入れられる。何だって全部よ。それって……力なの。校長の奥さんにも紹介してくれたし。あの女、パパのことをおそろしく褒めてたわ、モヒカン族かなんかの最後の一人みたいに……[*一]一族の最後って意味なんだけど、ああ、ビル、わからなくてもいいのよ。つまり、わたしは……チェスのことを言ってるの！」

「奴らが洗いざらい話すなんてことはない。いつも何か隠してる。あいつだってほんとはわかってないんでさ」

「まさにその通り、それ以上ぴったりの言い方はこの俺にもできないよ。援護射撃をしておくとするか。いいかい、安全なところにいるつもりでいるとその途端、パーン！ってわけだ。みんな一緒に倒れます。それに……俺たちの領分じゃないよ」

「ねえ、ジェリー。この計画は今までのとは違うの。だからうまく行くはずよ。わたしたち……わたしとトワネット……姉のトーニのことだけど、何回もテストを受けたことがあるの。あなたたちは人間の知能を買いかぶってるわ、本当はそんなに高くないのよ。たいていは知能指数が一〇〇かそれ以下なの。わたしたち大して苦労もしないでテストをやりこなせたわ。あのね、わたしは中の人間になったから、わたしたちには強みがあるってわけ。この計画にはもっと人が要るし情報だって必要だけど……わたしがどうにかするわ。武器とか、たぶん爆薬とか、安全な隠れ家とか子どもを隠す場所とかも要るわ。ここ？　そうね、使えるかも……それに厩《うまや》と古い艀《はしけ》だって使えるわ。箪笥や古い便器だって……」

「安全な逃走経路だって要るぜ……チクショウ！」

「くそったれ、おっと、これは失礼お嬢さん」

ソーフィはトランジスタに手を伸ばした。もはやウィニーの古ぼけた機械などではない。手の中にすーっと納まる。スイッチを入れると、どこか別の世界からの声が部屋を満たす。はい、い、黒い車です。そちらに向かっています。どうぞ。

ジェリーは笑った。

「そいつで聞けるチャンネルを、奴らが知らないとでも思ってるのかい？　お間抜けさん」

わたしは間が抜けてなんかないわよ、とソーフィは思った。間抜けじゃないって、なぜこんなに自信があるのかしら。腕に抱えたトランジスタの中で、抑揚のない声と声とが間を置きながら話をしている。どうぞ、そうおっしゃるのでしたら。いいえ、こちらは黒い車だと言ったんです。たぶん警察ではないわ。たぶん……だったら何なんだろう？　ラジオの中で、そして世界を包み込むほど広大な空間の中にある「あの場所」では謎と混乱、それも果てしない混乱が耳に入ってくる。つまみを動かして次々に声を消していくと、音楽、講話、クイズ、けたたましい笑い、いくつもの国の言葉が大きくなったかと思うと消えていく。そして再びつまみを回してあらゆる局の隙間に入ると、たちまち声が部屋中に溢れ出す、下水や食べ物の臭いがいつもこもっていて、起き抜けのベッドを中心に雑然とした秩序を保っているような部屋……全世界があたかもこの部屋に付属しているかのように、窓からの光が埃っぽくぼんやりと見える部屋……その中へ暗闇からの声が訪れる、星と星の間の隙間、星雲と星雲の間の隙間で大きなもつれが緩んで解けていくときの単調な声が訪れ、そしてソーフィは物事全体がなぜ単純で、緩んでいく最終段階の小さな欠片《かけら》になるのかという理由を知った。

＊一　『モヒカン族の最後』（一八二六）。米国人作家フェニモア・クーパーの小説。

解けて緩んでいく。暗闇。

シューという音に紛れてしまうすれすれのところで、微かな声が戻ってきた。ナンバーはわかりません。こちらは黒い車だと言ったんです。

幸福感と喜びの波がソーフィに覆いかぶさり、身体の中を駆け抜けていった。

「単純にやれるわ」

「一体誰がそんなこと言ってんだ？」

「考えてみて」

意志の勝利だ。まるで手が上に按《お》かれたように、二人の男はうまくいくなんてこれっぽっちも思ってない作戦について話し出した。もっとも問題点は切り離し、解決する気もなく脇に退《ど》け始めた。ソーフィは自分が知っている通りに学校について思い出し、そこに属する人たちのことを思い浮かべた。男二人が冗談半分でやり取りしているでたらめな提案にだんだん関心を失っていった。そして話の内容ではなく声の調子に耳を傾けたが、どうやらジェリーたちは特権階級のお偉方が集まる場所には鋼鉄の壁が巡らされ、自分たちはただ徒《いたずら》にその壁を引っ掻いているようなものと感じているらしい。

やがて男たちは話を止め、ビルが部屋から出ていった。ジェリーは隠しておいたウィスキーを引き出しから出し、ふたりは服を脱ぎながらちびりちびりと呑んだ。セックスをしたが、ソーフィはうわの空だった。

「気持ちが入ってないね」

「気がついてた、ジェリー、こんなことからお互いがもっと解り合えるようになるんだって？」

「いや、気づかなかったね」

「わたしたち、前よりもっと近くなったのよ」

ジェリーは激しく痙攣し、喘ぎ、息を切らせ、唸り声を上げ始め、ソーフィは一切が終わるのを待った。それから気さくな感じでジェリーの背中を軽く叩き、彼の髪をくしゃくしゃにした。

ジェリーは呻き声を洩らしながら、ソーフィの肩にもたれかかった。

「ベッドのふたり以上に近くなれやしないよ」

「『解り合える』って言ったのよ」

「俺たち、解り合ってるの？」

「そうね、わたしはあなたのことを理解しているわ」

猫なで声でジェリーが言った。

「それじゃあ、ぼくのことについて教えてくださいよ、ドクター」

「わたしが教える？」

「最近、嫌な夢を繰り返し見るんです、ドクター、ジグムントさん[*一]とお呼びしましょうか？　実は我慢ならない女の夢なんですけどね」

「ほんとかしら。あなたは夢なんか見ない人でしょ。お金のことなら昼間だって夢見ているでしょうけど。お金がどっさり入る白昼夢をね、色男さん」

＊一　精神分析の創始者ジグムント・フロイトのことで、彼は一九〇〇年に『夢判断』を発表した。

「あれれ、嫌味言われてしまったよ。こんな時には君に一発お見舞いしてゴシップ好きの隣近所を喜ばせてやるのが一番かな。ま、いいか、でも俺が指揮官だってことは憶えといてくれよ」

「あなたが？　あんなに渋々だったのに」

「さあさあ、いい子はおねんねの時間だよ」

「いやよっ」

「もっとして、だって、欲張り女だなあ」

「そうじゃなくって、学校のこと。例の問題よ……」

「もうどん詰まり」

この人はなんて簡単に諦めてしまうのかしら、もっとプッシュしなきゃと考えながら、しばらくソーフィは黙っていた。

「もう一度行ってくるわ」

ジェリーは仰向けに寝そべって、身体を伸ばして欠伸《あくび》をした。

「ソーフィちゃん、もしかして君は奴に特別な気持ちを抱いているんじゃないだろうね」

「ファイドーのこと？　まさか、あんな退屈な人！　三人で話はしたから、あとどれくらいの情報が必要か見に行くの。それだけよ」

「いいかい、君の飼い主が誰なのか忘れてくれるなよ」

「キャン、キャン。って、何やらせるのよ。それに……もしファイドーがわたしをベッドに連れ込んだとしてもね、ものすごく退屈だったからよ。婚前交渉だそうよ」

ジェリーは悪戯好きのやんちゃ坊主のように横目でソーフィに笑いかけた。

「どうしても必要だってときは仕方がないかなあ。でも頼むから、お願い、楽しまないでくれよね」

ソーフィは少し苛々した。

「わたしのフィアンセはそんなんじゃないの。トレーニング中なんだもの。そんなことどうでもいいけど、ジェリー、せめて嫉妬のふりくらいしてくれてもいいじゃない！」

「俺たちはそれぞれに犠牲を払わなくちゃいけないんだ。奴に言いな、もし俺たちに男の子を売ってくれるんだったら俺も抱かれてやるよ。お望みならね、肉体だけはとびきりのあの男にさ。どうだい、スナッチは少しましになってきたかい？」

「どんなにわたしが我慢しているのか、わかってはもらえないのね。あそこの校長の奥さんは結婚したら即子どもを作りなさいなんて言うのよ。家庭が一番よって。わたしはますますお金が必要になるわ」

「金はないよ。わかってるじゃない」

「役柄にふさわしい格好をしなくちゃいけないのよ。パンツスタイルはあんまりフィリスの好みじゃないの」

「フィリスって？」

「フィリス・アップルビー。校長の奥さんよ。すごいデブ」

「馬鹿馬鹿しい。じゃあ、おやすみ」

「ファイドー？　ああ、あなたの声が聞けてとても嬉しいわ。良かった！　お坊ちゃんたちと一緒に外に出てるんじゃないかって心配だったの。ええ、わかってるわ、土曜日のことでしょ、でもとっても、とってもいいニュースなの。会社でスケジュール調整をしてね。それで三日も余計に休暇をもらえることになったの……そう、しかも有給でよ！　すぐにでもあなたのところへ飛んでいくわ！」

「本当にいいニュースだね、ソーフィ、良かった良かった！　ワン、ワン！」

「キャン、キャン！」

「楽しいだろうな！　でも、もちろんぼくには仕事があるしトレーニングもしなきゃ」

「心得てるわ。あなたってすごいなって思ってたの。今、何してるの？　ごめんなさい、よく聞こえない、この電話のせいよ、何をやっているって？　何を鍛えてるの？　三角筋？　まあすごいわ、でもそれって一体どこにあるの？　わたしにお手伝いできることってある？」

受話器の中で小さな声が三角筋について話し始めた。ソーフィは受話器を耳から離すと嫌悪で身震いし、受話器をじっと見つめた。小さな声が話し続けている。気味の悪い二色の顔をした男が歩いていくのを眺めながら、所在なく話の終わりを待っていた。受話器から小さな声が呼びかけている。

「ソーフィ！　ソーフィ！　聞いてるの？」

「あら、ごめんなさい。もっと小銭がないか探していたの。わたしに会えたら、あなた嬉しい？」

「もちろんだよ！　アップルビーの奥さんも君が元気かって訊いてたよ。それからね、学校に君の部屋を確保しようかと思っているんだ」

「素敵。そしたら、わたしたちできるわね……」

「トレーニング！　トレーニング中なんだよ、ソーフィ」

「ほんとに部屋が取れるの？　寮母さんにちゃんと了解を取ってね。あの人ったら、あなたに気があるみたい」

「おい、おい、ソーフィ、からかってるのかい！」

「そうよ、やきもち焼いてるの。だから早くそちらに行って、あなたを見張るのよ」

「そんな必要はないよ。ぼくはジェリーとは違うから」

「ほんとね。違うわ」

「もう彼には会っていないんだろう？」

「もちろん会ってないわ。だって、どんな女の子でもあなたみたいな人を手に入れたら……」

「そしてぼくは君みたいな女の子を手に入れたんだから……ワン！　ワン！」

「キャン、キャン！」

（このチクショウめ）

「いつものバス？」

「ええ、いつものバスよ」

「ソーフィ、ぼくはもう行かなくちゃ」

「それじゃ、今日の午後までさようなら、ね。ソーフィ特製の大きなキスを電話で送るわ」

「そしてぼくからも君へお返しのキス」

「ファ、イ、ド、ーったら！」

ソーフィは受話器を置いてしばらくそれを見つめたまま立ち尽くし、電話の向こうにいるはずの小さなファイドーの姿、一種の彫刻だと思ってしまえば肉体的にはとにかく素晴らしい肢体を頭に浮かべた。そして外側の女の子の声で言った。

「もう、いやっ！」

それからバスに乗り込んだ。バスはオールド・ブリッジを越え、チップウィックを経由し、丘陵地をぐるりと回って隣の谷を通り過ぎてウォンディコット村へ入り、そこに仕事をどうにかやりくりしたファイドーが迎えに来ていた。うまくできたかどうかはよくわからないけれど、破廉恥願望はできるだけ心の中から閉め出した。とにかく演技をするしかない、しかしだからといって完全に自分の役になりきることもできなかった。というのは五日間は不愉快なスケジュールをこなすことで過ぎてしまいそうだったが、心の中には絶えずどこかしら陽気なメロディーが流れていて（我が心に歌えば、かな）、学校について調べなければならない項目がたくさんあって、頭の中で一つ一つ確認しては印を付け、しかも項目のいくつかは、卵を孵《かえ》している鳥の巣を覗きに行くときみたいに用心して近づく必要があったからだ。もしファイドーがあと一オンス分でも利口だったら、あるいは己の解剖学上の見事さにあれほど夢中でなかったら、誰が何を担当してるのか執拗に尋ねるソーフィの言動を不審に感じ、疑いを抱いていたかもしれない。そんな中で、肝心の小さな少年たちの存在はソーフィを心から喜ばせ、いかにも好ましく、食べられそうと思えるほどだった。少年たちは「お嬢さん」とか「ソーフィ」ではなく、一番大きな子から小さな子までうやうやしく「ミス・スタンホープ」と呼びかける。

ソーフィのために扉を開き、何か落としたらすぐに拾ってくれる。質問をすると「そんなこと知るもんか」というそっけない返事などではなく「ちょっと調べてきます、ミス・スタンホープ」と答え、走って調べに行く。一風変わった光景だった。ファイドーが仕事をしている間、ソーフィはさわやかで食べたくなるくらいあどけない少年たちを心から楽しんで眺めていた。このとてつもなく貴重な品物の一つを見ているうちに、思わず心の中で囁いていた。可愛いわたしのいい子ちゃん！　あなたを食べてあげるわ！

ファイドーについて言えば、トレーニング中というのは安心材料だった。しかしセックスも一度はした。枯れかけた楡《にれ》の木立の下に腰掛け、少年たちがクリケットをするのを見ているとファイドーがやって来た日のこと。

「ソーフィ、消灯後にぼくの部屋に来てよ。扉を少し開けておくから」

「でも、トレーニング中でしょ！」

「時々だったら身体にもいいんだ。それにさ」

「それに、なあに？」

「ほら。ぼくたち婚約してるし」

「ファイドーったら！」

＊一　「我が心に歌えば」は、ロレンツ・ハート詞リチャード・ロジャーズ曲のポピュラー・ソング（一九二九）。一九五二年に、スーザン・ヘイワード主演の同名の米国ミュージカル映画により、再度ヒットした。

「ソーフィ！　おっ、ベリンジャム、ファインプレイだ！」

「えっ、何をしたの？」

「いや、何でもない。でもさっき言った通り消灯までは待ってくれ」

「当直の先生に見られたらどうするの？」

「年寄りのラザフォードかい？」

「巡回している最中にばったり出会うなんていやよ、いけない女だって思われちゃう」

ファイドーの顔にずる賢い表情が浮かんだ。

「便所に行くところだって思わせとけば」

「だったらファイドー、あなたがわたしの部屋へ来て」

「そんなことしたら、首が飛ぶよ」

「もう、今時そんなこと本気で言ってるの？　お願いよファイドー、みんな思ってるんだから……ほら、この指輪を見て！　わたしたち婚約してるのよ！　もう七〇年代なのよ！」

ファイドーは珍しく鋭敏な洞察力を見せた。

「そうじゃないんだよ、ソーフィ。違うんだ。ここではそうじゃないんだ」

「でもわたしにできるんだったら、あなただってお手洗いに行くふりができるんじゃないかしら？」

「便所は君の部屋の方向じゃないって、知ってるだろう」

かなり苛々したが抵抗するのは止めて、わたしのかわいい頭の中にしっかりしまわれた貴重な情報に対して払うべき妥当な値段だわとソーフィは考え、部屋に行くことを渋々承諾し、そしてその夜出かけていった。しかし官能的な満足感や気持ちの高まりを、これほど感じなかったのは初めてだ。ごろんと丸太のように横たわったままだったが、ファイドーにとってはどうやらこれが理想の形で、ソーフィがもっと協力してもしなくてもどちらでもいいようだ。やがてファイドーだけが一方的に快感に達し排泄したなと感じると、ソーフィはもはやほんのちょっとした好意の仕草を示すことさえできなかった。場所が場所なので、囁き声でそっと尋ねた。

「済んだ？」

校長の奥さんが見つけてくれた部屋に戻り、独りきりになると心からほっとした。セックスはふたりを結び付けるよりはむしろ引き離してしまったかのようで、次の日はほんの少し軽いキスをしただけで別れた。

「さよなら、ソーフィ」

「さよなら、ファイドー。三角筋を鍛えてね」

今度はまっすぐにアパートへ帰った。ジェリーはパブでかなり呑んでしまったらしく、もう午後なのに物憂げにベッドの中で眠っていた。ソーフィがビニールのショッピングバッグを四個ベッドの上に放り投げると、ジェリーは頭を枕から持ち上げぼんやりと眺めた。

「びっくりするじゃないか！」

「ジェリーったら、ひどい顔！」

「便所に行ってくるから、入れてくれないかな」

「コーヒーをさ、でしょ？」

あるのはインスタントコーヒーだったので、ジェリーが便所から出てきたときにはもう用意できていた。ジェリーは両手を髪の毛の中に突っ込み、昔は暖炉だった棚に立て掛けた髭剃り用の鏡を覗き込んだ。

「見られたもんじゃないね」

「この汚い部屋からそろそろ引っ越さない？　もっといい部屋を見つけましょうよ。ジャマイカみたいなところに住んでる必要はないわ」

ジェリーはベッドの端にだらしなく座り、コーヒーを手に取ってぐっと飲み干した。片手でうなだれた頭を支えながら、空になったカップをもう一方の手で差し出した。

「もっとおくれよ。それから薬も。紙に包んであるから、上の左側」

「ねえ、あの人たちがね」

「あのね、君が話しだすと頭が痛くなるんだよ。静かにしといてよ、頼むからさ、ね」

ソーフィは今度は自分のコーヒーも持ってきてベッドのジェリーの傍らに座った。

「フィリスのことなんだけど」

「え、フィリス？」

「アップルビー夫人。校長の奥さんよ」

「その奥様が一体どうしたのさ？」

ソーフィは一人ほくそえんだ。

「あの女ったら、わたしを教育してるつもりみたい。教師の妻としての最初の検査は申し分なくパスしたわ。それでまた次の検査だけど……ねえこれ、ほんとの話なのよ。女性は小さな男の子たちといるときは特に身体とかに注意しないとね、なんて言うの」

「レイプのこと?」

「違うわよ、下司《グロッティ》なこと言わないでよ!」*一
「そのガキ言葉なら知ってるよ。そんな言葉でお坊ちゃんたちと話してたんだな」

「みんなが話すのを聞いてただけよ。身体を清潔にしときなさいって。しつこく言うの」

「君が臭うと思ってるんだな。体臭のことさ、よく言われるやつだ」

「いいえ、香水のことよ、あの人が言うのは。『あたくし、ほんのちょっぴりつけているだけなんですのよ、ソーフィ』って」

ソーフィはベッドの上に仰向けになって天井に向かって笑った。ジェリーはにやにやしていたが、コーヒーか薬か、それとも両方がいっぺんに効いてきたのか、急に身体をしゃんと伸ばした。

「でもさ、その女が何を言いたいのか、俺はわかるよ」

「わたし、何か臭ってる?」

彼はうわの空でソーフィの方へ手を伸ばし近い方の胸を触り始めた。

「止めて、ジェリー。そんなことする時間じゃないわ」

*一　"grotty"は"grotesque"を縮めた俗語。ビートルズ主演の映画『ア・ハード・デイズ・ナイト』(一九六四)で初めて使われた。

「性豪ファイドーがすごい精力なんでへとへとなんだろう。一体奴は何回君をものにしたのかな?」

「ものになんかしないわ、全然、一度だって」

ジェリーはカップを床に置き、ついでに彼女のカップも取り上げて下へ置くと向きを変え、ソーフィの上に半ば重なるように横たわった。ソーフィの目の中を覗き込んで笑いかける。

「ソーフィ、君は大嘘つきだね」

「だったらあなたの方こそ、かわいい恋人が仕方なく留守しているとき、一体何回浮気したのよ?」

「一度だってござえませんよ、本当でやんす、奥様ぁ」

ふたりは互いを見て笑った、双子のように。ジェリーは下を向いてソーフィの顔のすぐそばに顔を寄せた。ソーフィの髪に顔をこすりつけながら、耳たぶをくすぐるように囁いた。

「すごく固くなってきたよ、おっぱいの間に入れて、歯をがたがた言わせてやろうかな」

でもそんなことをしやしない。ただ横になったまま軽い息をするだけ、ファイドーよりもずっと軽い息を。ソーフィは引っ張られていた巻き毛一房を身体の下から外して、囁きかける。

「質問の解答は全部手に入れたわ」

「ゴールドフィンガー*だって、君の仕事ぶりには満足するだろうな。ご熱心だからね」

「ビルも二日酔いかしら?」

「あいつが二日酔いなんかするもんか。神様はビルにはちょっと親切すぎるよ。奴に一体何の用があるの?」

「あきれた!　もう一度作戦会議よ!」

ジェリーは頭を振りながら不思議そうに見つめた。

「時々思うんだけど、君は……君って絶対諦めたりしないよね」

そこで三人は薄暗い部屋で再度会合を開き、男二人が言いたいことをあれこれ言った。ソーフィは何の提案もせず、校舎の配置について質問されて答えただけだった。しかし男たちはだんだんと現実世界から離れ、明らかに幻想の世界へと漂いつつあった。それでもしばらくの間ソーフィは二人の話を聞いていたが、退屈になってきて、自分自身の幻想、心の中の映像、あり得ないはずの白昼夢を幻と知りつつ紡ぎ始めた。ヘリコプターを操縦しながら鉤を降ろし、黒か褐色かあるいは白い肌の王子を文字通りひっさらっていく。秘密のトンネルを掘る。誰も抵抗できないほど強い不死身の身体で、弾丸をはね飛ばしながら歩き、追跡者の手は超人的なその肉体の上をつるつる滑り落ちていく。またある時は全能の力で好きなように物事に変更を加えることができ、王子をベッドから引っ掴んで、静寂の大気の中、あの場所へ連れていく……でも、あの場所って一体どこ？　そこでぶるっと震えが来て我に帰ると、ソーフィにあの場所は何で、どこにあるのかが見えた、それも彼女の心がではなくその場所が考えを持ち、それに伴ってアイディアもやって来たかのように。

二人の男が黙って彼女を見つめている。ソーフィは話すという動作が思い出せず、眠たげな視線を一人の男からもう一人の男へと移しながら微笑んでみせた。一切が不可能だと証明してみせて二人がいかに安堵しているかが見て取れた。再び口を開いたとき、ソーフィの言葉は微笑みと同じくらいに

＊一　イアン・フレミング原作の英国スパイ映画、００７シリーズ第三作（一九六四）のタイトル。

穏やかだった。

「ええ、わかったわ。でももし夜中に大きな爆発とか火事が起きたら、奴らは一体どうするかしら？」

長い沈黙が続く。ついにジェリーが注意深く抑えた声で話し始めた。

「さあね。何を爆破させたらいいのかわからないし、ガキどもが避難しようとどこへ行くのか見当もつかない。何も知らないし、皆目わからないんだ。いろいろと君が説明してくれてもね」

「ジェリーの言う通りですぜ。ソーフィさん」

「いいわ。わたしまた学校へ行くわ。必要なだけ何度でも。わたしたちはこの仕事を始めてしまったんだし、わたしたちは決して……」

ビルが突然立ち上がった。

「じゃあ、ソーフィさんが戻ってくるまでお預けってことだ。参っちまうな」

ふたりはビルがいなくなるのを待った。

「元気出してよ、ジェリー！　ふたりして、お金の夢を見ましょう！」

「おいおい。ビルが臆病だって言うのかい？　なあ、ソーフィ。俺たちはただ十分な準備が肝心だって言っているだけなんだぜ」

「問題なのは学校に戻るのに適当な口実がないってことなの」

「情熱的な想いっていうのはどう？」

「ランウェイ旅行社で働いていることになってるんだってば」

「首になったって言うのさ」

「イメージに傷がつくわ」

「君の方が奴らを首にしてやったのさ。もっと稼げるところへ移りますって」

「でも、ファイドーのところへ慌てて戻る理由にはならないでしょう」

「取り乱して飛んでって、奴のノックが命中しましたって言ったら?」

「ノックって?」

「ご懐妊だよ。腹ボテ」

小休止。

「あのね陸軍元帥殿、ご報告しましたように、わたしはあの人とやってませんのよ」

「それじゃあ、俺があいつを父親にしてやったと言ってやりなよ」

ふたりは上になったり下になったりして転がり、爆発したようにゲラゲラ笑ったりクスクス笑ったりして、すると突然それはセックスへ、我を忘れ、傷をつけ合い、実験的で、官能的で、長くてゆったりとした貪欲なセックスへと変わった。同時ではなかったがふたりともオーガズムに達し、崩れ落ちるように皺くちゃのベッドの中へ、汚れた窓から差し込む灰色の光の中へと戻り、ソーフィは乱れた口元を整える気にもなれずに、気持ちが通じ合った一種の忘我状態《トランス》の中に横たわっていた。

「ジェリー、あなたはそのうちきっと最高に汚い年寄りになるわね」

「君だって、汚らしいばばあになるさ」

灰色の光が潮のようにソーフィを洗った。

「いいえ。わたしはそうならない」

「なぜ、君だけ違うんだ?」

「訊かないで。とにかくあなたには解らないだろうから」

ジェリーは急に起き上がって座った。

「予知能力があるっていうのかい?　そんな考えはきっぱりと捨てた方がいいな。なぜ君を飼っているのかわかってるかい?」

「こんなに贅沢させて、ね?」

「一つだけ教えてあげるね、天使みたいなソーフィちゃん。君がウーマン・リブの運動家じゃないからさ」

これには思わず笑ってしまった。

「あなたが好きよ。わたしたちって双子みたいなんだから。本当よ!　あなたはたったひとりの人だと思ってる、だから……」

「だから、何?」

「大したことじゃないから気にしないで。さっきも言ったけど、わたしもう一度学校へ行くわ。指輪をどこかに置き忘れたことにするの。とても貴重なものを失くしたの、それも高価だからっていうんじゃなくて、気持ちの上でとても大切なものなの……ああ、ファイドー、あなたにすごく悪いことをしてしまったの、許してくださるかしら?　いいえ、ジェリーとどうこうっていうんじゃないの……実はわたしたちの婚約指輪を失くしてしまったの!　そう、当然わたしは泣き通しよ!　ああ、あなた、どんなに安く見積もっても二ポンド五〇はしたでしょうね……ああ、そんな大金これから一体どこで見つけられるかしら？　知ってるでしょ、ジェリーは、彼って……ねえ、しみったれにぴったしの悪口って何かしら？」

「俺に小遣いくれるって話のときには、君も随分しみったれてたよなあ」

「言ったわね、そのうちあなたをぶん殴ってあげるわよ」

「楽しみだね」

「このチンケな指輪、あなたが持ってることにする？　いいえ、こういうのはどう、学校のどこかで見つかる方が良くないかしら。もっと説得力があるから」

「ファイドーの枕の下も忘れずに覗いてみろよな」

「あなたってほんとに……」

それから理解の範囲外にある複雑な状況、嘘だと認めてはいないけどでも嘘だとわかっていること、様々な憶測、どう考えてもやはり複雑な状況、縫い目が見える側を想像してみるとおかしくて、ふたりは互いの腕に倒れ込み笑い転げた。

というわけでソーフィはウォンディコット・ハウス・スクールへ指輪を隠して持っていき、失くしたと打ち明けるとちょっとした騒動が起きた。一つには、指輪が紛失したと聞いてファイドーが激しく怒り、本当はいくらだったかをソーフィに告げた。二ポンド五〇よりかなり高額で、まだ支払いを済ませていなかった。もう一つには、美人のミス・スタンホープが婚約指輪を失くしたというニュースがあっという間に知れ渡り、学校中の機能が全く停止してしまった。学校全体がいわば再編成され、名前も知らない教職員が忽然と姿を現し探索隊の先頭に立った。それから少年たちの献身的な態度ときたら！　もちろんその一部始終はソーフィの目的にとってまさに理想的だったが、困惑するようなことも少なからずあった。校長のアップルビー博士が、最初にやるべきことはミス・スタンホープが最後にここに滞在したときの、一挙一動を完全に把握することだと強く主張したのである。フィリス・アップルビーが慣れた口調で、夫の提案内容をできるだけバカバカしく見えないように、また挑発的でないように方向転換させてしまったが、とにかく校長によって種はまかれたのだ。それゆえ、ミス・スタンホープが写真を見るためにフィアンセの部屋を訪れたというニュースは、軋《きし》り音がするくらい四角四面な厳粛さで受け止められた。ソーフィは頑張って涙を流し、これはかなりいい効果をもたらした。フィリスも優しくファイドーを諭《さと》した。こんな純情な婚約者がいるなんて、あなたは本当に幸運な男性なんですのよ、指輪は所詮ただの指輪なんだし、女の子が本当に求めているのは、どんなものよりも君の方が一万倍も大切だと婚約者に言ってもらうことなのですから。校長までがやって来てファイドーをたしなめた。

「マスターマン君、聖書に何て書いてあるか知ってるだろう。誰か賢き女を見出すことを得ん、その價《あたい》はルビーよりも貴し」

「あれはオパールだったんです」

「え、ああ、そうだったのかね。まあいいじゃないか、とにかく縁起をかつぐのは止めにしておこうな*」

　ソーフィかあるいは何でも屋の雑役夫かが……どちらなのかはあまりはっきりしないのだが……枯れかけた楡の木の下で指輪を見つけたので、みんなはほっと胸をなで下ろした。気味の悪い顔をした雑役夫にソーフィが優しく微笑んで、溢れんばかりの感謝の言葉を繰り返しているのが聞こえたので、きっと雑役夫が見つけたのに違いない。しかしソーフィがお礼をしなくちゃと言ったとき、ファイドーはそんな雑役夫は見たことも聞いたこともない様子だった。その後唯一いやだったのは、フィリスが、あたくしの車に乗ってふたりでドライブに出かけていらっしゃいと、しきりに勧めたことだ。ああ、講読のレッスンのことなら気にしないでいいんですのよ！　'accommodation' の綴りを教えないで済むのでしたら、あたくしが代わってあげますから。さあさあ、おふたりさん、外出して少し二人っきりになっていらっしゃい、ファイドー、そんなふくれっ面は止めて、乱暴になっちゃ駄目ですよ、女の子は兵隊じゃないんですからね、わかっていますか？　女の子に必要なのはね……ソーフィ、この人を連れ出して耳でも引っ張って、言うことを聞かせてやりなさいよ、修道院へ行って見物でもしてきたらどう、西向きの正面玄関は本当に素晴らしいわよ。

そこで二人はドライブに出かけた。ファイドーはむっつりとぶっきらぼうに運転していたが、次第に表情が氷解して和らぎ、少し熱っぽくなり色情を帯びてきた。ソーフィは我慢するのは今回が最後だと思うと嬉しくて、つい、今日はちょっと都合が悪いのと調子に乗って言ってしまった。女の子の身体のこと知ってるでしょ、ね。ファイドーは知ってはいるようだが、身体のこと以外はあまりよくわかっていない。再び不機嫌に黙り込んでしまった。

＊一　校長の引用は、旧約聖書箴言三一章一〇節からで、レムエル王が妻選びに関して母から受けた忠告の一つ。また、オパールについては、不幸を表すとして恋人への贈り物にするのは避けるべし、という俗信がある。

突然、ファイドーに対してソーフィの退屈な気持ちが溢れ出した。ジェリーやビル、ローランドや男たちの世界全体に向かってても溢れ出してきた。今夜はアパートには帰らないと決めた。パブに電話をして、ジェリーにこちらに泊まるって伝えてくださいと頼もう、そして厩で寝て勝手気ままにやるんだから。わたしには何か、もっと大きなことが必要なの、わたしには何かが必要だわ、わたしが……

尊敬できる何か？　それとも賞賛できるもの？　恐れるべきもの？　必要とするものが？

ソーフィはグリーンフィールドの本通りで下ろしてもらった。ファイドーに対して腹を立てていたので、スプローソン・ビルまで通りを足早に歩いていくとき、外側の女の子の姿はいっそうきらきらと輝いた。コインランドリー、テイクアウトの中国料理店、ティモシー・クリシュナ、ポートウェル葬儀社、スーバダー・シン紳士服店を通り過ぎるとき、元気一杯にビニールのバッグを振った。今でも素晴らしい一八世紀風の正面玄関に向かって通りを横切っていくとき、グッドチャイルド夫人を見かけて陽気に挨拶の言葉をかけた。横向きになって扉を押しながら廊下へ入っていったので、別の方向から来た弁護士事務所の事務員は客かなと思ったが当てが外れた。事務所の上のアパートへと続く階段を上るエドウィン・ベルの頭にはひらめくものがあった、さっそうと入ってくるあの様子には確かに見憶えがある、ソーフィだ、あのソーフィが戻ったんだ！

ソーフィは外からコラム書き部屋の中の様子を窺ったが、何も聞こえなかったので電話をかけようとまっすぐに入っていった。

「あら、パパ！」

父親は軽いキスを受けはしたが、ソーフィの腕がテーブルをこすりチェスの駒に触りそうになると声を上げた。

「気をつけろよ、自分がやっていることになな！　チクショウめ、女の子ってのはなんて不器用なんだ？　ふたりともここに来ることになってるのか、もう一人はどこにいるんだ？　ええと、アントーニアは？」

「どうしてわたしが知ってるの？　誰も知らないわ」

「ああ、そうだったな。でもいいか、言っとくが、私はこれ以上おまえたちの航空運賃を払う気はこれっぽっちもないから、もしかしてなんて考えるだけ無駄だぞ。金の問題ははっきりしておいた方がいいからな」

「パパ、お金のことじゃないのよ。ただ、会いたくなって来たの。だって、あなたの娘だもの。忘れてた？」

「電話をかけに寄っただけなんだろ」

小休止。

「まあね、後で借りるわ。あら、これは何？」

彼はテーブルに散らばっている駒を見下ろし、そして小さな機械の上に並べ始めた。

「これはコンピュータだっていわれてるんだが、本当は違うな。私なら計算機と呼ぶところだ。いくつか変数を使って計算するんだ、それからな……」

「それは考えることができるの？」

「学校では何にも教わらなかったのか。ほら！　あそこを見てみろよ、こいつの指し手ときたら！

こいつは頭が鈍くてね。私がやれば、白先手で王手に持ちこむまで八手しかかからないね。それなのに、何百ポンドも払ってこんな機械を買うっていう奴がいるから驚きだ」

「なぜわざわざそんなことしてるの？」

「この機械について論評記事を書くことになってる。どんな動きをするかをいろいろ観察して、そこから、どんなふうにしてこいつが作られたのか突き止めたいと、ちょっとした興味が沸いてるんだ。こんなことをやっていると、暗号解読していた戦時中を思い出すよ」

さあそれじゃあ行こうとバッグを取り上げると、パパが本の中によく出てくる父親のように深々と椅子に腰掛け、娘のことに多少なりとも興味を持っているふりを一生懸命しているので、おかしくなってきた。

「どうだ。うまくやっているのか、ええと、ソーフィ？」

「旅行社って、もう、すごく退屈なの」

「旅行社？　ああ、そうだったな！」

「何か他のことを探そうかと思っているの」

父親は指先を合わせ、机の下で足を伸ばし横目でソーフィの方を見た。微笑むと顔が輝き、ふたりで共謀して何かよからぬことを企んでいるような悪戯っぽい表情になった……そうか、そうだったのか……パパがどうしてあんなにいとも簡単に次から次へとおばさんたちを説得して、寝室から踊り場を通って自分の部屋へ来させることができたのか、すぐにわかった。

「おまえ、ボーイフレンドはできたのか？」

「そうね、パパ、パパはどう思う？」

「つまりだ、決まった相手はできたかって訊いているんだよ」

「パパはわたしが男とやったかって言うんでしょ？」

スタンホープは声を出さず、天井に向かって笑った。

「そんな言い方しても驚かんぞ、わかってるだろう。私たちだってやったものさ。ただそれをそんなふうには言わなかったし、そんなに話題にもしなかっただけだ」

「ママが……いなくなった後のおばさんたちのこと。トーニがバトラーたちと行ってしまったとき、あの子、ママを捜してたのよね」

「そうじゃないかと思ってたよ」

トンネルの口の「意識」が外側の女の子の声を使って話す。

軽い調子で。

「パパとそのおもちゃの間に、あれは割り込んでこなかったってわけね」

「おもちゃ？　おもちゃとは何だ？　おもちゃってどうして言えるんだ？」

「ママだってチェスは好きじゃなかったんだと思うわ」

父親の落ち着きがなくなった。もぞもぞ動き出したというよりも、筋肉を無理に停止させたという感じで、いつもより高めの声が微かな緊張感を帯びて飛び出してきた。

「電話したければしなさい。私は出ていくから。どうせ聞かれたくない話なんだろう。ただ母さんのことだったら、もう話したくない。それは解ってくれ」

「でもそのことだったら、わたしはちゃんと解ってるのよ！」

彼が彼女に向かって、大声でわめき返す。

「絶対に解りっこない！　おまえたちに一体何がわかる？　おまえたちふたりともだ。こっ、この、ロマンティックな何たらが、こ、この……」

「さあ言ってよ。ちゃんとあの言葉を使って」

「鼻にムッとくる糖蜜みたいなもんさ。人を飲み込んで、溺れさせ、縛り付け、奴隷にしてしまう、あれさ……」そう言いながら紙屑やゲームが載っている机の上を払うような身振りをした……「それが人生だなんて。手がかかるのも一時《いっとき》だとか、何やら格言みたいな助言をされて、見ていると気が休まるだろうとか、お漏らしの悪臭の中でもほらこんなにかわいくてきれいじゃないか、だとか、やれミルクだ、やれオムツだ、ぎゃーぎゃー泣きわめいて……」

そこでぶっつりと口を閉じ、普段の冷たい声で続けた。

「歓迎してないように見えるとまずいんだが、しかし……」

「しかしパパはおもちゃで忙しいのよね」

「その通りだ」

「わたしたちってあんまり健全じゃないいね」

「そう、おまえの言う通りだ」

「パパ、ママ、トーニ、わたし……わたしたちって、以前の人たちとは違う。緩んで解けていく全体の一部なのよ」

「エントロピーだな」

「全くパパったら、わたしたちを憎むほどの関心さえ、これっぽっちだって持ち合わせていないのね」

父は娘をじっと見つめ、そわそわと身体を動かした。

「出ていけ、ええと、ソーフィ。さっさと出ていってくれ」

だが彼女はそこに彼とドアの中間に突っ立ったまま、いろんなものが一杯詰め込まれたビニールのショッピングバッグに挟まれていた。振り返ると、彼の渋い顔、昔風の横分けした髪型、ワイシャツとネクタイ、白髪交じりのもみあげ、剥き出しになった顔の皺、それでもとても男らしい鷹のような顔が彼女の目に入った。そして突然理解した。これまでずっとそうだったし、いつもそうなんだ、彼を永遠に失ってしまった誕生日よりもずっと以前から、長方形のところを一緒に歩いて回ったり、ちっぽけな少女が彼を見上げプロポーズされてた、そうだあの数分間、いや半時間もの間プロポーズされてたあの頃からずっと、今でもそうなんだ、ジェリーを好きなあの感じとも違うし、ファイドーやビルとの付き合いのとも違う……もっと開けっぴろげで、あの星々の向こう側に根を下ろした情熱、そこでは、好きよなんて言ったとしても、大きな流れの泡一粒みたいに取るに足らないことで、無とか、冗談みたいなもの……

親に対する娘の気遣いを悪戯っぽさで隠しているふりをして、同時に、最後の破廉恥な振る舞いへと突き進むのを回避しようとして、本当の気持ちを隠しながら彼女の口が話し始める。

「でもパパ、パパ一人でずっと暮らしていくことはできないわ。年をとるのよ。いろんなものが必要になってくるわ、わたしが言いたいのはね、セックスなんて取るに足らないって口では言えるけど、実際はどうするの……」

それから彼の顔を正面から見つめているうちに、厳しい男性的な口、鷹のような鉤鼻、自分と同じくらい眼力があって、煉瓦の壁で自分を隠している人さえ見抜くその目から視線を逸らすことができなくなった……それから、両手は揺れるバッグのせいで脇腹に貼り付いたまま、魅力的だが愚かしいその肉体が電気を帯び、ブラジャーをしていない胸が彼の前で脹らみ、柔らかくて傷つきやすく男を虜《とりこ》にしてしまう突端はコントロールできないままに固くなり、突き出て、叫んでいるみたいにはっきりとした徴《しるし》として、Tシャツの布地をツンと上へ押し上げた。彼の視線は彼女の目から下へと、紅潮した顔や喉を過ぎ、その明白な信号をまっすぐに見つめる。彼女は口を開き、閉じて、再び開く。

「一体どうするの……」

耳の中でどきんどきんと血が脈打つ中にかろうじて聞こえたこの言葉に、彼が視線をソーフィの目に戻したのが見えた。彼の頬も赤い。彼の手は後ろへ回っていて、回転椅子の肘掛けを掴もうとしていた。近い方の肩がまるでふたりの間に割って入るかのように突き出され、その周りをぐるりと回って彼の視線が彼女に返る。それから、まるで自分の自由さ、大胆さ、あるいは口に出すのは憚られるであろうことを敢えて口にする力を誇示すかのように、彼は彼女の顔をまっすぐに見て話し始める。隠し事はない、突き出した肩だって何も隠していないぞとばかりに、椅子を少し回す。そうして返ってきた彼の言葉はまるで殴打そのもので、ふたりを引き離し、めちゃくちゃにして、おもちゃ部屋やコラム書き部屋、よその人たちから逃れて隠れる安全な部屋から彼女を放り出してしまった。

「どうするかだって？」それからシューと意地悪な音がして……「おまえはそんなことが知りたいのか？　本当に知りたいんだな、なら言ってやろう、マスターベーションをするのさ」

　この言葉でふたりはその場に釘付けになり、彼は椅子にうずくまり、肘掛けを掴んだ両手に貼り付けられ、彼女は扉の傍らで両手のバッグに貼り付けられていた。ゆっくり、そしてぎこちなくまるで再調整されているモデル人形か操り人形のように、彼は位置を変え、頭をチェスの機械が見えるように動かし、身体をぐるりと前へ向け、両手を片方ずつ椅子の肘掛けから持ち上げ、自分の研究、自分の仕事、自分のビジネス、自分のすべてに、自分のことに没頭している男の肖像を作り上げた。何のために生きるのか、男の存在理由の肖像。

　彼女は立ち尽くしていた、今度ばかりはトンネルの口の「それ」も、その存在を顕在化させることができない。外側の女の子が大き過ぎるのだ。顔が脹れているみたい、涙が目の下や後ろに溜まっている。

　その涙をぐいと飲み込むと、窓に視線を投げ、彼の無関心な横顔を再度見つめた。

「みんなしていることじゃない？」

　彼はそれに答えずチェスの機械を見下ろしながら、今いる場所から動かない。右手でボールペンを取って何か書こうとしたが、書くことなどない。ペンを持った手はそのまま、少し震えている。彼女は身体中が鉛になったように感じ、思いもかけなかった理解できない苦痛が彼女を満たした。この感情の嵐は部屋一杯に広がって実体を持つ物質と化し、壁のせいできっと立方体の形に封じ込められているに違いない、理解の限界を超えているが、ただ一つ理解できるとすれば、今までは存在していなかったもの、いや違う、一度だって存在し得なかったものを貫いて、彼がふたりの間に巨大な斜線を引いてしまったこと、そしてそこには断絶、別れ、厄介払い、意志による残酷で軽蔑的な行為があることだった。

「じゃあ行くわ……」

だが彼女の足は床に突き刺さったまま動けなかった。力を入れて床から足を抜き、そのためによろめきながら向きを変え、バッグを持った手の重みで身体が揺れ、扉を開け放ち、後ろの足で扉を閉じるという馬鹿な動作をした。扉は黙って手を震わせている人物に向かって閉じられた。彼女は急いで廊下を通り過ぎ、さっきの扉と同じようになんとかガラス扉を開け、また後ろに足を出して扉を引く、そして階段を転がるように降り、フジウツギが木陰を成すアスファルトの径を急いだ。溢れんばかりのローズマリーとミントの茂み、そして、子株に乗っ取られるようにして咲き乱れている薔薇の横を過ぎていった。屋根窓のある古い部屋へ続く狭い階段を上って、ソファーベッドの冷たい掛け布団の上に倒れ込んだ。わっと泣き出し、あらゆるものに対して憤った。この憤りが渦巻く心の中に言葉にならない言葉が生じ、あらゆるものの秘密は破廉恥にこそあるのだと聞こえてきた、そこで彼女は、熱い涙、怒り、憎しみを探り回し、解けて緩んでいくのに適合する破廉恥な行為を求めると、まさにそれは彼女自身の心の真ん中にあって、それを彼女はじっと見つめた。女の子が（ああ、手に腐った卵なんかもはや持ってはいない）庭の小径を通っていて、女の子らしい体格で、香水の匂いを放ち、胸を揺らし、明るく笑い、廊下へ向かい、乱暴に扉を開き、そして笑いながら大切なものを父親に差し出している、すると今度は、本物の弾む肉体を持つ若い女がよろめきながら階段を降り、幻の少女の後を追って小径を歩き、上り段を上ってガラス扉を開けると、コラム書き部屋では電動タイプライターが動き続け、狂ったサルみたいにお喋りを続けている、しかしその若い女はあの行為だけはできない、絶対にできない、肉体も絶対に、絶対にしようとはしない、だから女はその場を去り、涙を流し、日干ししていないソファーベッドに戻って横になる、それは破廉恥な行為ができなかったからだ、そして、あらゆるものから独立して存在しているような憎悪に、口にもお腹にも苦く、苦味というよりもひどい、焼け尽くす酸のような憎悪に心を煮えたぎらせた。

今や彼女は考えることも感じることもできないままに横たわり、他人の感想も批判も受け付けない剥き出しで無感情の「わたしは存在する」か、あるいは「それは存在する」という感覚しかない。やがて内部に住む名前のない「それ」が再びそこにいるのに気づいたが、「それ」は以前からずっとそこに座って睨みを利かせ、とこしえから永遠までをずっと見つめていた。永劫という果てしない時間、「それ」はトンネルの口であの黒い方向と、その後ろへと伸びて広がりきった方角のこともちゃんと知っていた。破廉恥をし損なったのをじっと見つめ、記録し、そして破廉恥な行為に及ぶ機会はまだあることを承知して、一言を（しかし声もなく）発した。

近いうちに。

ソーフィは横たわっているソファーベッド、今いる場所、自分の肉体、自分の平凡さに気づいた。右の頬が掛け布団の皺に斜めに押し付けられているけど、怒りと憎しみと恥ずかしさで顔に血が上り頬の肉が紅潮して柔らかくなっている、押し付けられた痕がいつにも増してくっきりとしているだろう。身体を起こして座り、ソファーベッドから足を垂らす。鏡のところへ行くとそこに見えるのは、涙が丸い目をいっそう赤くした顔にくっきり刻まれた皺の痕。

赤いウーステッドで縫い込まれているみたい。

誰がそう言ったの？　おばさん？　トーニ？　ママ？　それともあの人？

自分自身に間断なく話しかける。

「これじゃあ、駄目ね！　ダメージは修復しないと。女の子がまずやらないといけないのは、キャンディみたいに着飾って魅力的な女になることよ、大切なフィアンセとか、素敵な恋人が見たらどう思うかしら？　それとも、大事なあの……」

誰かがそうっと静かな足取りで、木の階段を上ってくる。足音はほとんどしなかったが、身体の重みのために板がごく微かに軋んでいる。頭が現れ、顔、そして肩が出てくるのが見える。ソーフィと同じように黒い髪がカールしている。その下の繊細な顔の中にある目もやはり黒い。スカーフ、長いレインコートの前を開け、グリーンフィールドにしては洗練され過ぎたパンツスーツが覗いている、それにヒールの高いロングブーツの中にたくし込んだパンツ。若い女が階段を上りきって部屋へと足を踏み入れ、無表情なままソーフィを見つめてすっくと立つ。ソーフィも負けずに見つめ返す。ふたりとも無言だ。

ソーフィは急いでショルダーバッグの中を手で探り、口紅と鏡を取り出して忙しく顔を直した。かなり時間をかけたが、満足して道具をバッグの中に戻し手をはたいた。そしてようやく打ち解けて話し始めた。

「わたしだったら、そんなに簡単に髪の毛を鬘《かつら》の中に入れるなんてできないわね。コンタクトレンズだってそうよ。それとも、髪は切っちゃったの？」

「切ってないわ」

「パレスチナからキューバ。それから……、あんたがどこからやって来たのか、わかってるのよ」

化粧した新しい顔を載っけた元の顔の後方から、微かな遠い声がした。

「そりゃ、そうでしょう」

「今度はイギリスの番ね？　いまいましい偉ぶった奴らをやっつけるのね！」

「検討しているところなの。見て回りながら」

この言葉を行動で示すかのように、トーニは部屋をぐるりと回り始め、写真を貼っていた壁のある場所を覗いた。突然ソーフィは、身体の奥深いところで押さえようもない喜悦が目覚め、沸き上がってくるのを感じた。

「パパにはもう会った？」

トーニは首を振り、壁の漆喰に今でもくっついている写真の切れ端を引っ張った。喜悦がぼこぼこと泡立つ。

「『あんたが必要なの』って手紙に書いてたわね。それで？」

「それでって？」

「あんたには手下がいるわ。お金だって。持ってるわよね」トーニは足を動かさずに腰を下ろそうと、ソファーベッドの端にとてもゆっくりと座って、待った。ソーフィは屋根窓から外を眺め、古い家のガラスが外れた窓を見つめた。

「わたしには入り込む手段があるの。それに計画とか、ノウハウなんかが。売ったっていいわ」

今度はソーフィがゆっくりとソファーベッドに沈み、謎めいたコンタクトレンズに面と向かい合った。

「ああ、懐かしい、大切なアントーニア。もう一度始めからやり直しね。わたしたちは、お互いこそがすべてという間柄になるんだわ」

第三部——一はひとり

第十二章

スプローソン・ビルの隣の本屋では、シム・グッドチャイルドが奥に座って「第一のこと」[*一]を考えようとしていた。棚の本を見ている客もいないのだから、考え事は簡単なはずだ。しかしジェット機がゴーン、ゴーンと音を立てながら、ひっきりなしにロンドン空港に降りてくるし、ヨーロッパ大陸行きの巨大なトラックが力任せにオールド・ブリッジを押し潰そうとするので、思考は一切不可能だった。それに「第一のこと」を考え出す（それを「引き返し」と呼ぶこともあったが）とすぐに、太り過ぎたとかほとんど禿げ上がってしまったとか今朝下顎を剃っているときにつけてしまった左隅の切り傷とかについて、思い巡らしてしまうのが自分でもわかっている。もちろん仕事はできるだろう。ちょっと整理し直したり、インフレの後をよたよた追いかけるために値札をつけ直したりするような手慰みの仕事ならできるだろう。実際、都会の喧噪の只中にあっては、禿げて年老いて息切れもして、こんなことしか考えられないのだ。それにもう一回り大きな考え事だって、つまり事業主として何をすべきかについても思い巡らすことはできるだろう。石油株は大丈夫だから、一生食べるにはとりあえず困らない。最低限必要なバターつきパンは石油株が保証してくれるが、ジャムは無理だ。この店の商いでもジャムは無理だ。どうすればいい？　パキスタン人を呼び込むにはどうすればいいだろうか？　黒人を呼び込むには？　テレビから白人たちを引き離して、また古書を読ませるようにするには、古書店主としてどんな素晴らしい独自の商売の才覚を発揮すればいいのか？　美しく装丁された書物が本質的な美しさ、愛らしさ、人間らしさとさえいえるほどのものを持っていると、どうやって納得させられるだろうか？　そう。そういうことなら騒音の中でも思い巡らすこともできよう、しかし「第一のこと」は無理だ。

思い巡らしてここまで辿り着くと、いつもシムは内側から突き動かされるように立ち上がってしまう。その内側からの圧力は、自分の欠点を思い出してしまったところから来ていて、もし立ち上がらなければその記憶が時間や場所を帯び始め、耐え難い気持ちになるからだ。棚の本を見渡すと、神学、神秘学《オカルト》、形而上学、版画《プリント》、『ジェントルマンズ・マガジン』[*二]……するとピカッと閃光が走り、思い出したくないばかりに立ち上がったはずの当の記憶が、意識にドーンと飛び込んできた。

一ヶ月ほど前、オークション会場にて。

「二五〇ポンド、二五〇ポンド、それ以上はありませんか。二五〇ポンドが最終値で……」

その時ミッドランド書店のルパート・ヘイジングが僕の方に身を屈めた。

「さあ、私の出番だ」

＊一　アリストテレスの言う「第一哲学」のことか。すべての学問の基礎になる学問として、彼は「第一哲学」を置いた。「形而上学」ともいう。

＊二　『ジェントルマンズ・マガジン』は米国フィラデルフィアで一八三七―四〇年刊行されていた雑誌。ゴールディングが心酔していたエドガー・アラン・ポーが、一時期主筆を務めたことでも知られる。

「何だって。一年分抜けているのにか」

ルパートの口があんぐりとなった。競売人をちらと見、それから僕を見た。それで決まりだった。ルパートが迷っている間にオックスフォードのソーントン書店が競り落としてしまった。

理不尽極まる邪慳《じやけん》な行為だった。自分の店の得になるからではなく、ルパートの邪魔をしたかっただけだ。それもおもしろ半分に。僕の奥深くに潜む悪魔的な「もの」が浮かれ騒いだのだ。今となっては償いの行脚《あんぎや》に出たところで、とてもじゃないがすべてを償いきれるものではない。ルパート・ヘイジングに『ジェントルマンズ・マガジン』全巻を揃えてやり、二五〇ポンドプラス自分のために一〇パーセント上乗せで、渡してやることもできない、というのも、比喩を変えて言うなら、この一番新しい邪慳は、高く積み重なった山にちょこんと乗っかった、ほんの一片に過ぎないからだ。その堆積物とは、屑、排泄物、汚らしいぼろ切れが積もったもので、今や山のようになっている……今さら何をしようと同じ、山はあまりにも大き過ぎる。一番上に載せた最後の汚物だけを取り除いたところでどうなる?

ここまで考えたところでいつもするように、シムは目をしばたたき身震いし、汚物の山の中から、昼の光がいくぶん抑えられた店内へと意識を戻した。これは毎朝シムが一方の小説、詩、文芸批評の棚、もう一方の聖書、祈祷書、手工芸、趣味の棚の間を歩くときに陥る、ふてぶてしく冷笑的な瞬間だ。自分自身を、先祖たちを、そして古き良き代々の商売が今容赦なく没落していくのを、嘲笑する瞬間だ。最近では、何年も前に買い揃えて大きなショーウィンドウの片側に並べた子ども向けの本をも、冷笑することに慣れてしまった。その本を初めて並べたとき、買い物から帰って店に入ったルースは何も言わなかった。だが後で店の奥の机にお茶を持ってきたときに、入り口の方にさっと目を走らせた。

「店のイメージを変えようとしているのね」

シムは否定したが、もちろんルースの言う通りだった。スタンホープ家の幼い姉妹が手を繋いで通りをやって来るのを見たその時、突如としてシムは、店の中の埃の一つ一つがすべて鉛でできている、自分自身も鉛でできていると感じ、人生（自分とは無縁になってしまったが）とはあのふたりの姉妹のように輝かしく純真無垢なのだと感じた。一種の秘かな情熱を込めてシムは子ども向けの本を、しかも新刊本を買い揃え、ウィンドウの左側に並べた。時にはクリスマスに親が子どものために買ってやることもあり、またその合間には、ごくたまにだが誕生日か何かで売れることもあったが、全体の売上高にはほとんど影響しないわずかな額だった。

シムは時々、自分の父親が店に並べた本にも同じように秘かで隠微な動機があったのだろうかと思ったりした。合理主義者のはずの父が、水晶玉、筮竹《ぜいちく》の揃った『易経』*一、タロットカード一式を展示したことがあったのだ。シムは自身の動機については解り過ぎるくらい解っていた。子ども向けの本はスタンホープ家の双子を引き寄せるための餌なのだ。この双子はいなくなってしまった僕自身の子どもたちの代わり……嫁いでカナダに行ってしまったマーガレット、病院に入ったままで治る見込みもなく、毎週面会に行く僕らと全く意志疎通ができないスティーヴン、この子たちの代わりなのだ。果

＊一　『易経』は中国の儒教の経典である五経の一つで、卜筮の一つ。

たせるかな、鮮やかに輝くふたりの少女はやって来た。ドアの取っ手にも届かないくらいの背丈だが、特別扱いに慣れた者特有の落ち着いて自信のある態度で入ってくると、子猫が鼻で嗅ぎ回るときのような厳かな注意深い態度で本を調べた。本を開き、自分たちはもちろん、他の誰にも読めないほどの速さで次々と頁をめくったが、ふたりはちゃんと読んでいるようであった。金髪で色白の子、トーニは子どもの本から離れて大人の本を取り出し、もう一人は絵を見ながらクスクス笑い、その間ずっと黒い巻き毛が小さな頭の上で揺れていた。

苦々しいことではあったろうが、ルースは理解してくれた。ふたりを居間に招《しょう》じ入れてレモネードとケーキを出してくれたのだ。しかしそれきりふたりが来ることはなかった。その後シムは戸口に立ってふたりが学校に通うのを、最初はオー・ペアの娘に付き添われ、後ではふたりだけで通うのを眺めた。ぼんやりしたふりをしつつ、きっかり何時何分に戸口に立っていれば、ささやかな贈り物を皇女然と授けていただけるのかシムは知っていた。

「おはようございます、グッドチャイルドさん」

「おはよう、スタンホープのお嬢さんがた！」

そうしてふたりは美しく成長した。まるでワーズワースの世界だった。*一

ルースが買い物に行くために居間から出てきた。

「昨日エドウィンに会ったわ。伝えるのを忘れていたけど、あなたに会いに来るそうよ」

ベルはスプローソン・ビルの一角に住んでいる。そこにアパートを借りているのだ。昔は双子のす

ぐそばに住んでいるベル夫妻のことが羨ましかった。が、それも昔のことだ。ふたりが小さな女の子だった時代はとっくに過ぎてしまった……十年前か、結局それほど昔っていうわけでもないが……子どもの本なんかとっくに卒業してしまった。

ルースは夫の考えを見抜いたかのように、ショー・ウィンドウの左側に向かって頷いてみせた。

「何か他のものを置いてみたらどう？」

「いい考えでも？」

「家政関係。ＢＢＣの出版物。洋裁」

「考えてみよう」

ルースは本通りに出て、民族衣装の人の群の中に姿を消した。シムは頷いた、そして頷き続けた。子ども向けの本についてはルースの言う通りだ、しかし僕は他のものに変えることはしないだろうとわかっていた。そのうち本たちにも鉛の埃がつくんだろうな。この本たちは頑迷な何かを物語っているんだ。不意にシムは机の横に積み上げている本の山に向かった。ラングポート邸《グレンジ》から買ってきたもので、分類し、値段をつけなければならない……仕事、仕事、仕事だ！

分類と値段つけは楽しい仕事だ。父親の商売を続けてこられたのも、この仕事が好きだったからだ。

＊一　ウィリアム・ワーズワースは「子どもは大人の父である」の詩句で知られる「虹の歌」（一八〇二作）の作者で、自然との精神的交流を謳った英国詩人。コールリッジとの共著『叙情民謡集』（一七九七）は英国ロマン主義の到来を告げた。

競るのは試練だった、というのも生来臆病で、手を挙げて勝負に出るのがいやなのだ。しかしその後の分類となると、これは砂金を選り分けるような楽しい仕事だ。十把一絡げの本の山を漁《あさ》っていると、もの言いたげな輝きが目に飛び込んでくる、そして入札の恐ろしい時間が済めば……ほら、ウィンスタンリーの『彩色ガラス入門』[*一]が完全な状態で!

　まあ、そんなことも一度はあったのだ。

　シムが机につくが早いかドアが大きく開かれ、ベルが鳴ったと思うと、それは紛れもなくエドウィンその人だった。チェックのオーバーを着て、黄色のスカーフを首から垂らしており、実物より一回り大きく見える、というよりそう見せようとしている。ベルは未だに三〇年代の大学生のようななりをしており、これで幅広ズボンがあれば完璧に当時の装いとなるだろう。

「シム!　シム!」

　一陣の風が起こった。エドワード・トマスとジョージ・ボローを掛け合わせたような風、[*二]ヒースの丘、偉大なる自然の中を吹き抜ける、それでいて洗練され、教養があり、真摯な精神を宿している。

「シム!　ねえ、シム!　僕が出会った人なんだけどね!」

　エドウィン・ベルは大股で店内を歩いてきて、婦人が乗馬をするみたいに両脚を同じ側に垂らして机の端に腰掛けた。持っていた教科書と『バガヴァッド・ギーター』[*三]を机の上にドサッと放り出した。

　シムは椅子の背に身体をもたれ、眼鏡を外し、逆光でぼんやり見える熱心な顔つきに向かって目を瞬いた。

「今度は何だい、エドウィン」

「その人はね……まさに『かの人を見よ《エッケ・ホモ》』*四だよ、罰《ばち》当たりなほどひどく冒瀆的でないならそう言いたいね、それにさシム、僕は冒瀆とは思わないんだよ。その人はすべての心を動かさずにはおかない、信じ難いような人間なんだ……僕は、本当に、僕は……興奮してるんだ！」

「興奮していない君なんて見たことないよ」

「とうとう来たんだ！　真実そう感じる……待てば海路の日和あり、だ。何年も待ち望んだ後とうとう……君が言おうとしていることはわかってる」

「僕は何も言おうとしちゃいないよ！」

「白鳥だと僕が思ったものはいつもガチョウだったたって、言いたいんだろ。そりゃあ、今までは確かにその通りだった。そのことは素直に認めるよ」

「神智学だろ、科学万能主義だろ、それから大賢者《マハトマ》*五……」

＊一　英国にヘンリー・ウィンスタンリー（一六四四―一七〇三）とハムレット・ウィンスタンリー（一六九八―一七五六）という、共に著名な彫版工の従兄弟がいた。この由緒ある名前を利用してゴールディングが考えた架空の書名らしい。
＊二　エドワード・トマス（一八七八―一九一七）は、田園の風物を誠実で真摯な叙情性をもって描いた英国ジョージ朝詩派の詩人。ジョージ・ボロー（一八〇三―八一）は、ロシアやスペイン、近東の旅行体験を元に、ジプシーや無頼漢を中心人物とする小説を著した。
＊三　四世紀頃にまとめられた古代インドの宗教哲学詩で作者不詳。ヒンドゥー教の三大宗派の一つヴィシュヌ教の基本的な経典。
＊四　新約聖書ヨハネ伝福音書一九章五節において、イエスの裁判を執ったユダヤ総督のピラトは、イエスには何の罪も見いだせないと考え、それをユダヤ人たちに示そうと荊冠のイエスを民衆の前に引き出した。その時のピラトの言葉。
＊五　マハトマはバラモン教の大知、大聖のこと。神智学では、秘儀の熟達者を指す。

エドウィンは少しおとなしくなった。

「エドウィーナも似たようなことを言ったよ」

エドウィンとエドウィーナの結婚、これは宇宙の始まりのときから意図されていたことだったに違いない。この結婚が明らかな意図に基づいていたと分かるのは、名前が偶然に一致していたからだけではない。ふたりはお互いにそっくりなのだ。どちらも互いを参照し合うような格好なので、ふたりのことをよく知らない人は、服装倒錯趣味があるんじゃないかと疑うほどだ。おまけにエドウィンは男にしては声が高くエドウィーナは女にしては声が低い。ふたりと知り合って間もない頃に電話で交わした会話を思い出すと、シムは未だに身がすくむ。電話に出た声が高かったので、「もしもし、エドウィーナ！」と呼びかけたのだが、その声は「違うよシム、エドウィンだよ！」と言った。それから次にかけたときには低い声が答えたので、「もしもし、エドウィン！」と言うと、返ってきた答は「違うわシム、エドウィーナよ！」だった。夫婦揃ってスプローソン・ビルを、正確にはスプローソン・ビルの中のアパートを出て本通りを歩いていく時も、ふたりは揃ってそっくりのオーバーコートの前を開けたままに着て、そっくりのスカーフをなびかせている。エドウィーナの髪はエドウィンの髪よりも少し短く、胸はエドウィーナの方がいささか大きい。この違いはふたりを見分けるのに大いに役立っている。

「いつだってエドウィーナの方が君より分別があるな」

「おいおいシム、それは他人の奥さんのことを褒めようとして、他に何も褒め言葉を思いつかないときに言う言葉じゃないか。僕はそれを愚妻症候群と呼んでる」

電話が鳴った。

「はい？　はい、ございます。少々お待ちください。良い状態ですよ。七ポンドと一〇です、いやつまり、七ポンド五〇ということですが。[*一]ご住所は伺っておりましたか？　結構です。はい、承知しました」シムは受話器を戻し、卓上日記にメモを取ると、深々と座り直し、エドウィンを見上げた。

「それで？　はっきり言えよ」

エドウィンはエドウィーナと全く同じ仕草で後頭部の髪を撫で付けた。ますます似てくるな。

「さっきから言ってるように、ある男に会ったんだ。黒衣の男だ」

「それなら聞いたことがあるよ。黒衣の男。白衣の女[*二]」

エドウィンは出し抜けに得意げな笑い声を上げた。

「いや、そんなんじゃないんだ、シム、違うよ！　見当外れもここまでくると立派なもんだ。ねえ、君は今、文学にしか頭がいってないだろう」

「何せ本屋だからな」

「でも僕はまだ君に話してな……」

エドウィンは横向きになって机の上に身を乗り出したが、その目は熱意で輝き、口は開き、低い鼻

＊一　英国では一九七一年までポンド・シリング・ペンスという通貨単位が使われていた。シリングは二〇分の一ポンドで、ペンスは一二分の一シリングだった。金種区分変更によりシリングは廃止され、ペンスは一〇〇分の一ポンドとなった。最初「一〇（シリング）」と口走ったシムは、まだ新しい制度に慣れていないのである。

＊二　『白衣の女』（一八六〇）。英国ヴィクトリア朝小説家ウィルキー・コリンズの代表作。

は何かを探し求めているかのように、情熱と期待で上に突き出ている。シムはうんざりしながらも気さくな親愛の情を込めて頭を振りながら言った。

「エドウィーナの言うことを信じろよ、エドウィン。彼女の方が胸があるんだからああ大変だ、何でこんなこと言ってしまったんだろう、つまり僕は……」

しかしまたしても、他のすべての人に関わる他のすべての場合と同じく、口に出た言葉はもはや取り返しがつかなかった。ベル夫妻の性生活についてはいろいろな噂があり、誰もが噂を知っていて、そして誰もそれを口にしない……今や紛れもなくベルは逆光の中で顔を赤らめて、というより、真っ赤になっている。上機嫌の興奮は怒りへ変わってしまったのだろうか？　シムは飛び上がり、拳で机を叩いた。

「何でだ、何で、何で……！　何でこんなことやってしまうんだ、ねえエドウィン？　一体全体何でこうなってしまうんだろう？」

ベルはようやく目を逸らそうとしていた。

「僕らが以前、名誉毀損の訴えを出そうとしたのを、もうその寸前だったのを知ってるかい？」

「ああ、聞いたよ。知ってる。噂をね」

「誰が噂してたんだい？」

シムは曖昧な身振りをした。

「世間の人々さ。わかるだろう」

「よくわかるよ、シム。わかり過ぎるくらいにね」

それからシムは少しの間黙っていた。言うことがなかったからではなく、あり過ぎたからだ。思いつく言葉はどれも二重の意味にとられるか、さもなければ誤解されそうだった。

やっとシムは顔を上げて言った。

「僕らは二人の爺さんなんだ。それを忘れちゃいけない。あと数年しか残っちゃいないんだ。僕らは……僕は少しずつ内向的に、バカになっていく、生来のバカさ加減にこれ以上おまけがつけられるならね。だけど僕らの人生これで終わっちゃいけないんだ、これで終わるなんてことがあってはいけない、そうだろう？　こんなふうに、取るに足らない些事に忙殺されて、人生を終わってしまうなんて……これもやろう、あれもやろう、でもまたあれもあるし、これもある、新聞は読んだかい、テレビでは何をやってる、スティーヴンの具合はどうだろう、郵送料込みで八五ペンスいただきます、だけど深みだとわかっているところには絶対に、絶対に飛び込まない……僕は六十八歳だ。君は……何歳だったたっけ……六十三だ。一歩外に出れば、パキスタン人、黒人、中国人、白人、ちんぴらに浮浪者、それから……」

シムはそこで押しとどまった、そしてなぜこんなに長々と話しているのだろうと自分でも少し不思議に思った。エドウィンは机の端で身体をもぞもぞさせ、立ち上がり、遠くの形而上学の棚を見つめた。

「この間僕は一時間中ズボンのチャックを開けたままで授業をしたんだ」

シムは唇こそ閉じたままだったが、一、二度口元をひくひくさせた。エドウィンは気づいていないようで、本の並びに目を向けていたが、視線はそのずっと先まで及んでいた。

「エドウィン。君は誰か男のことを話していたんだったな」

「ああ、そうだった！」

「フランシスコ派の修道士かい？　それとも、大聖者《マハトマ》？　ウェールズにポタラ宮殿を建てたがっている初代ダライ・ラマ[*一]の生まれ変わり？」

「馬鹿にしてるな」

「すまん」

「いずれにしろダライ・ラマじゃない。ただのラマだ」

「すまん、すまん」

「ダライ・ラマはまだ生きている、だから生まれ変わりなんてあり得ない」

「おやまあ」

「だけどこの人は……会った後で僕は……いや、泣いたんじゃないんだ、泣いたなんていう言葉はいささか子どもっぽい、赤ちゃんっぽい響きがあるからな……泣いたんじゃなくて、涙を流したんだ。それも悲しさのためじゃない。喜びのせいだよ」

「一は悲しみ」[*二]

「もうそうじゃない」

「その男の名前は何て言うんだい？　憶える縁《よすが》になるものがあった方がいいからな」

「そんなことを言っているうちは駄目だよ。それが物事の核心なんだ。名前なんか要らないんだ。そんなものは消し去ってしまえ。無視するんだ。今のこの状況を考えてもみろよ。僕ら人間の便宜のために言葉が勝手に生み出してきたり、逆に、言葉の便宜のために僕らが生み出してきた、今のこの混乱、喧噪、けたたましく滑稽で野蛮な紛糾がどれだけあることか……ああ、しまった、これじゃ演説じゃないか！」

「その人は言葉を捨てることを望んでるくせに、僕ら二人に近づいてきたっていうのかい、君と、君を通じて僕とにさ、生きていく上で誰よりも言葉に頼っている僕ら二人にだ！　ここに並んでいる本を見てみろよ！」

「見えてるよ」

「君の授業のことを考えてみろよ」

……

「さあどうだい！」

「わからないのかい？　君はいつか罪を犯すことよりも失言《フォー・パ》の方を気に病むと言ったね。まさにその時、君はそれこそ世界を逆さまにするような、とてつもなく大きな犠牲を払うことを求められるんだよ……印刷《プリント》され、ラジオ放送され、テレビで流され、テープに撮られ、レコードに保存され、記録された言葉すべてから慎重に身を離すことをね」

*一　ダライ・ラマは、チベットのラマ教教主で統治者の称号。当主（一九三四―　）は第十四世。ポタラ宮殿はダライ・ラマの宮殿で、チベットのラサ市内のマルボリ山にある。
*二　鳥を見かけたときにその数で将来を占うナーサリー・ライムの歌詞。「一は悲しみ、二は喜び。三は女の子、四は男の子。五は銀で、六は金。七は誰にも話しちゃいけない秘密のこと」で終わる。

「いや、そうじゃない」

「おいおい、シム、君は僕より年上だろう！　あと何年生きられると思ってるんだ？　どれくらい待てば気が済むの？　はっきり言うけど……」そしてエドウィンは大きな身振りをしたので、厚手のオーバーコートが勢いよく開いた……「長さはこれくらいさ！」

「不思議なことにはね、エドウィン、あとどれくらい生きられるのかなんて僕にはどうでもいいんだ。そりゃあ確かに死にたくはないさ。だけどすぐ死ぬと決まったわけでもない、そうだろう？　運が良けりゃ、少なくとも今日は死なない。いつかは死ぬ日が来るだろうし、そうなるのはいやだろうさ、きっと。でもそれは今日という日じゃない。今日という日は無限であり*一、それに取るに足らないものでもあるんだ」

「思い切って信じてみようとは思わないのかい？」

シムはため息をついた。

「哲学協会を復活させるつもりのようだね」

「会は死んでたわけじゃないよ」

「それじゃ、再開だ。全く僕らが言葉を弄することといったら！」

「超越主義……」

この言葉はシムに引き金が引かれたように作用した。エドウィンの話を聞くことを一切止めてしまったのだ。そうだ、もちろん輪廻の大いなる時間の環もあれば、ヒンドゥー教の宇宙空間もあり、それは物理学者たちが明らかにしようとしている宇宙と同一物のはずだ。その他にも五蘊《ごうん》*二、ヴィシュヌ神の化身、銀河の後退、外見と幻覚……そして、その間中エドウィンはずっと喋り続けているが、その話しっぷりはハックスリーのやや不出来な小説の登場人物にますます似てきたじゃないか![*三]　ここに至ってシムは、声には出さない繰り言として私見を述べ始めた……今挙げたものはすべて道理に適っている。また同じくらいすべて道理から外れているともいえる。僕はそれをすべて信じる、目に見えないすべてのものを信じるのと同じくらいに。ちょうど宇宙の膨張を信じるように、ヘイスティングズの戦い[*四]を信じるように、イエス・キリストの生涯を信じるように、それからまた……しかし、こんな信仰のどれ一つ取ってみても僕の心に触れることはない。二流の信仰だからだ。僕という人間はこんな信仰の寄せ集めなのだ、数ばかり多くて取るに足らない信仰の。

ここまできたところで再びエドウィンの声が耳に入ってきたので、シムは彼を見上げて頷いたのだがその仕草は、君の言いたいことはよくわかるよ、そうだとも、ちゃんと聞いていたよと、ちょっとした不誠実さを表す典型的なものだった。それに気づかないエドウィンがまだ喋り続けているという

＊一　英国の諺 "Tomorrow never comes"「明日という日は決して来ない（今日やれることは今日のうちにやれ）」を意識しているらしい。
＊二　五蘊は仏教用語で、人の存在を成り立たせる五つの要素の集まりを指す。色（物質あるいは身体）、受（感受作用）、想（心に浮かぶ像）、行（意志）、識（認識作用）。後には現象世界全体をも意味するようになった。
＊三　英国の小説家オルダス・ハックスリーは、思想小説『恋愛対位法』（一八二八）反ユートピア小説『すばらしき新世界』（一九三二）を著したが、後年は麻薬による心理実験や悪魔憑きなどの神秘主義へ傾倒した。
＊四　ノルマンディ公ギョーム（後のウィリアム一世）が英国王位継承権を主張し、武力侵攻の結果イングランド王国を征服する発端になった一〇六六年の戦闘。ヘイスティングズはイングランド南東部イースト・エセックス州の港町。

事実を前に、シムは弾き飛ばされるようにしていつもながらの驚嘆の心境へと舞い戻っていったのだが、その驚嘆の思いは存在するということの非情さへと向けられ、自分が本物だと信じているもの、二流の信念としてではなく、心から深く信じているもの、それはかの哲学者が言ったように、[*1]結局のところ自分自身でしかない（なぜなら、永遠に続いていく意識を自分が感じていると考えているということを感じているということを考えている……）ということの非情さへと向けられた。

気がつくとまた頷いていた。エドウィンは話し続けた。

「それで、どう思うね。あの人は僕が求道者だとなぜわかったんだろう？　僕のどこにそんなことが書いてあったんだろう？　カーストの印みたいに僕の額に書いてあったのかな？　部族の印が頬に刻み込んであったのかな？　透視だの、第二の視力だの、超感覚的な知覚、水晶占い、幻視、神から授かった力、そんな専門的な説明は脇に置いて、とにかくあの人にはわかったんだ！　そして僕らは一緒に歩いたんだが、その時……いいかい、ここが肝心なところなんだけど、あの人が話したのではなく……」

エドウィンは口を閉ざし、開けっぴろげな外見にしては精一杯秘密めいた顔つきを見せた。

「信じようとしないだろうけどね、シム。あの人が話したんじゃないだ。僕が話したんだ」

「そりゃもちろん、そうだろう！」

「違うんだ、そうじゃないんだよ、僕が僕のために話したんじゃないよ！　あの人の代わりに話したんだ！　どういうわけかわからないけど、気がつくと、あの人が話す言葉を僕が見つけてやってたんだ……しかも、言葉に詰まることもなく……」

「今までだって、君は言葉に詰まったことなんてなかっただろう。お袋に言わせれば、僕らはふたりとも、舌の先端だけじゃなく両端が動くんじゃないか、っていうくらいのお喋りなんだ」

「まさにその通り！　その通りなんだ！　あの人が一方の端にいて、僕がもう一方の端にいたんだ。そしてそれから……一緒に砂利道を歩いて、まだ切り倒されていない楡《にれ》の木立に向かって歩いていった……折しも雨がちくちく肌を刺すように降って、風が出たかと思うとまた止んで……」

エドウィンはそこで話を切った。机から立ち上がると、両手をポケットに深く突っ込んだ。カーテンを引いたようにオーバーコートが身体の前で閉じられた。

「……僕は言葉以上のもので話したんだ」

「じゃ、歌ったんだろう」

「そうなんだ」とエドウィンはユーモアなど微塵もない調子で答えた。「まさしくその通りなんだ！　つまり僕は言葉で伝えられる以上のことを経験したんだよ、あの時あの場所でね」小さな黒人の少年がショーウィンドウに顔を押し付けて店内を覗き込んだが、見通せなかったらしく、また走り去った。シムはエドウィンに視線を戻した。

「何のかの言っても、結局はいつも君の勝手な言い草を押し付けられてしまうんだからな。エドウィン、僕が社交的礼儀でがんじがらめなのが解らないのかい？　今のことにしても僕が本当はどう思ってるのか、それをさっきから面と向かって言いたいのを我慢してるんだぞ」

＊一　「我思うゆえに我在り」で知られるフランスの哲学者ルネ・デカルト（一五九六―一六五〇）のことであろう。

「一緒に来てもらいたいんだ。もう一度公園まで」

「会う手筈でもつけてきたのか？」

「きっとあそこにいるよ」

シムは苛立ちのあまり禿げ頭を撫で、身体を揺すった。

「いつでも好きな時に店を空けるわけにはいかない。君だって知ってるじゃないか。それにルースは今買い物に出かけてるんだ。とてもじゃないが、店を離れたりなんか……」

店のベルが鳴ったかと思うと、入ってきたのは誰あろう、もちろんルースだった。エドウィンは勝ち誇ったようにシムの方を振り返った。

「見ての通りだろう？」

今度こそシムは本当に苛立った。

「取るに足らない、つまらないことさ」

「すべて辻褄が合うじゃないか。おはよう、ルース」

「あら、エドウィン」

「まだ値上がりしているのかい」

「ところどころで少しね。心配するほどじゃないわ」

「店を空けるわけにはいかない、って言ってたところなんだ」

「あら、でもいいわよ。サンドイッチか何かでお昼を済ませるつもりだから、店番をしてあげられるわよ」

「またもや見ての通りだろう、シム。そりゃもちろん、取るに足らないことだろうともさ！」

追い詰められて、シムは頑迷になった。

「行きたくないんだったら！」

「エドウィンと一緒に行ってらっしゃいよ。身体にもいいわよ。新鮮な空気でも吸ってきたらどう？」

「いいことなんかないよ。あったためしなんか、一度もない」

「さあ、立って」

「何で僕が……いいかいルース、グレアムの店から電話があったら、完全なギボン[*一]全集は結局手に入らなかったと伝えてくれ。『拾遺』一巻が欠けてるんだ。でも『ローマ帝国衰亡史』なら状態の良い完全なものがある、ってね」

「それは初版本ね」

「『衰亡史』の値段については話がついている。他は改めて交渉だ」

「憶えておくわ」

シムはオーバーコート、スカーフ、ウールの手袋、柔らかい革の帽子をとった。二人は並んで本通りを歩いた。コミュニティ・センターの塔の時計が一一時を打った。エドウィンは建物に向かって頷いた。

＊一　エドワード・ギボンは英国の歴史家。一七七六年に『ローマ帝国衰亡史』第一巻を刊行、一七八七年に全六巻を完成させた。

「ここであの人に会ったんだ」

シムは答えず、二人はコミュニティ・センターを黙って通り過ぎた。墓地だったところには、まだ移し終わっていない墓石がいくつか残っている。ハロルド・クリシュナ、チャン・アンド・デサニィ衣料店、バルトロッツィ・クリーニング店、持ち帰り中華料理店マンマ・ミアの前を通った。スンダ・シン食料雑貨店でシン兄弟の一人が白人の警官と巻き舌の英語で話している。

寺院と新しいモスク。リベラル・クラブは改修のため閉鎖されていて、壁という壁には隙間なく落書きがしてある。国民戦線《フロント》*一万歳。フラントの野郎をやっちまえ。ファグルトン靴修理店。

エドウィンはシーク教徒の女とぶつかりそうになって、危うく身をかわした。レインコートの下から色鮮やかな民族衣装が見えている。シムはエドウィンの後について、バスを待っている白人の男女の間を十二、三ヤードばかり歩いた。エドウィンが肩越しに話しかけた。

「戦後僕がここに来たばかりの頃はこんなじゃなかったよね。今のようにロンドンが迫ってくる感じはなかった。グリーンのあたりもまだ本物の村共有の緑地だったし……」

「片目をつぶって見れば確かにそうだったな。ポンソンビーが牧師だったっけ。あそこで、君はその例の男に出会ったんだね」

「スティーヴンが出している木彫りの彫刻を見に行ったんだ。あの子はいいところまで行くだろう……まあ、そこそこだろうが。それにしても、教会をなくしてコミュニティ・センターにしたことで思わぬご利益《りやく》があったものだよ。何とかいう男の昆虫写真展もやってたし……誰のことかわかるだろう。惹きつけられたよ。全くのところ。リトル・シアター・グループもサルトルの、えーっと、そうだ

『出口なし』[*二]をリハーサルしてたよ。北側の別館でやってた」

「北側の翼廊《よく》のことだろう、聖餐用のパンをしまってあった」

「おいおい、シム！　相変わらず朴念仁だな、君は！　聖体拝領さえしなかったくせに。僕たちは多民族国家なんだし、すべての宗教は一つなんだぜ」

「それをモスクの中で言ってみろよ」

「君からそんな言葉を聞くとはね。国民戦線《フロント》にかぶれちゃったの？」

「滅多なことを言うなよ。それで、例の男はどこに……」

「僕があの人に会ったのはちょうど……いや、違う。聖水盤は反対側だ。でも、あの人は西側の窓の下に立って古い碑文をじっと見ていたんだ」

「墓碑銘のことだろう」

「君も知っての通り、僕は本を教えてる。それで飯を食ってるんだ。そもそも学校というところはそれが商売だからな。昨日あの人と会った後もシェイクスピアの史劇を教えていたんだけど、その時突然思ったんだ……ああ、そうだったんだ、そういうわけだからシェイクスピアは自分の書いたものをわざわざ印刷《プリント》させたりしなかったんだとね！　きっとわかっていたんだよ。わかっていたんだと思

＊一　国民戦線 National Front は、有色人種移民を本国送還することを主張する英国の極右団体。一九六七年結成。
＊二　ジャン-ポール・サルトル（一九〇五―八〇）はフランスの実存主義哲学者・作家。『出口なし』*Huis Clos*（一九四四）は、二人の死んだ女と一人の男が互いを監視し合う状況を描いた戯曲。

うな、そうじゃないかい？」

「『ヴィーナスとアドニス』、『ルクレーティアの陵辱』、ソネットはどうなんだ」

「若気のいたりさ。儀文は殺す。[*一]誰の言葉だったっけ？」

「その言葉にしたって印刷《プリント》されたものじゃないか」

「会っていた間に、二人とも黙っていた時間が何度かあったんだ。ほんとに全く音を立てなかった。その時僕はあることを発見したんだ。その静寂はおぞましいジェット機の通過する音で焼き焦がされてしまったから、もし、もし僕らが、あるいはあの人が、完全な静寂という性質を備えた場所を見つけることができたら……だからこそあの人はコミュニティ・センターにいたんだと僕は思う。静寂を求めて……もちろん当ては外れただろうけどね。そういうわけで、僕らが話していたのは、会っていた時間のほんの一部だったんだ。といっても、話していたのはもっぱら僕だったけど。君は僕がやたらに喋りまくる癖があることに気がついてたかい？　語漏症《ロゴリーア》と言ってもいいくらいに、時にはただ喋るためだけに喋ったりもするんだよね。でもその時はそうじゃなかった」

「君は自分のことばかり喋っているじゃないか。あの男のことじゃなく」

「そうなんだよ、そこが肝心なとこなんだ！　一緒にいる時間では僕の方が……つまり、僕が喋ってたんだ、原言語《ウルシュプラッヘ》[*二]をね」

「ドイツ語をかい」

「君、そんな茶々……。まこと恵まれてたよね、ラテン語を話していたあの昔の哲学者や神学者は！　でもうっかりしてた。そうとばかりは言えないな。ラテン語だって型《プリント》で刷られていたじゃないか……

原言語とはちょっと違ってる。シム。僕はね、汚れのない霊なる言葉を話してたんだ。楽園の言葉をね」

エドウィンは顔を火照《ほて》らせ挑むように横を向いていた。シムは自分の顔が上気してくるのがわかった。

「なるほど、見えてくるね」と彼は呟いた。「つまり……」

「君は見えてなんかいない。ただばつが悪いなと思っているだけた。僕だって見えていないし、ばつが悪いと感じてるんだ」

エドウィンはオーバーコートのポケットにそれぞれ突っ込んだ拳で陰部を押さえた。激しい口調で喋り始めた。「言葉が大事だってことじゃないんだよね。形がひどく整ってないというのかな。形式《メソ》主義的《ジスト》というのかな。裏通りのがせねた話とでもいうのかな。雑多な諸国語でだべっているだけのことだよね。話をしてた時間が過ぎるともう追体験することができないわけだ。なんとか思い出すだけのことはできるけど、で、思い出ってなんだろうね。無用なものの寄せ集めってとこさ。書き留めて上着の下襟にでも縫い込んでおくべきだったかな、ほらここらあたりにね。僕らは二人とも顔が赤くなりそうだね、汚い言葉を使っているのを見つかってしまったいけない二人の女学生みたいだよ。で

＊一　新約聖書コリント人への後の書三章六節にある言葉。「神はわたしたちに力を与えて、新しい契約に仕える者とされたのである。それは、文字に仕える者ではなく、霊に仕える者である。文字は人を殺し、霊は人を生かす」とパウロは言う。この句はトマス・ハーディ作の小説『日陰者ジュード』（一八九六）の副題にもなっている。

＊二　比較言語学でいう「祖語」に当たり、同系の数言語に対し、それらが枝分かれする前の源と想定される言語のこと。

も『乗りかけた船からは後へは引けない』だよ。君も思い出からは後へ引けないよ、シム。思い出を科学として扱う、そうすれば少し気持ちは楽になるけど。あの男との話の思い出を述べてみるからね、それもできるだけ正確に……七つの言葉を言ったんだ。つまらない文章を口にしたけど、その文が僕の目の前で輝く聖なる形になって見えた。ああ、うっかりしてた、科学的にいこうとしてたんだよね。輝く、はいいよね。聖なる、は？　それじゃ……『情念』というのは宗教的言葉遣いでは『聖なる』と普通に連動していた言葉だよね。そうか。あの光明はこの世のものではなかった。さ、どうぞ笑ってくれ」

「僕は笑ってなんかいないよ」

二人はしばらく黙って歩いたが、エドウィンは疑いを解かず自分をかばって横を向いたままだった。欧亜混血の小柄な人と肩がぶつかると、いきなり社交的エドウィンになってしまい、その姿の方が自分委員会のどのエドウィンよりもいつだって本来の彼らしく見えた。

「本当にごめんなさい、弁解の余地もない不器用さで、ほんとに大丈夫ですか、全く僕の方が悪くって。お怪我はないですよね。よかった、ほんとにどーもありがとう、ほんとに、ほんとに。さようなら。じゃーね。さようなら」

それから、突然スイッチを切り替えてしまったように、防御的エドウィンが一緒に歩きながら振り向いてシムを見つめた。

「そうだね、確かに君は笑ってないね。ありがとう」

「七つの言葉って何だったの」

エドウィンの首筋から顔にかけ、更に狭い額のところにまで、はっきりと赤い色の流れがさーっと広がっていき、白髪交じりの固い髪の生え際のところで、すーっと消えていくのをシムは見て、驚いた。エドウィンが一度だけ息を飲み込むと、結んだスカーフの上からでも彼の突き出た喉仏がごくりと上下に動くのを見ることができた。エドウィンは意識的にわざと咳払いをした。

「思い出せないよ」

「でも君は……」

「記憶に残っているのはただ七つということと、あの聖なる形で、その形もとても曖昧だったけど今は結晶化していて……色がなくて、あの、今は、あの……」

「アニー・ベサント[*一]みたいな経験をしたわけだ」

「でもまさにその通りなんだ。まさにそこがまた違うところさ。僕は経験した、いやむしろさせられたのかな……今までのガチョウということの、その意見とかが役立ってくれるんじゃないかとこちらで思い込んでいる人たちで、その考え方とか宗教とか基準とかが僕らが求めていたものだったかもしれないんだし、それに、明日、その次の日、ひょっとして次の年にでも何か光明の形をとって現れてくるものかもしれない……違うのは、今のこの体験がそうだったということだよ。明日だって、次の

＊一　アニー・ベサント（一八四七―一九三三）は英国の女流社会改革運動家。一八八七年、神智学の創始者ブラヴァツキー夫人の手ほどきで神智学協会に入信、インドに渡りそこで自分の輪廻転生を幻視し、大賢者（マハトマ）たちと交霊する体験を持つ。後に神智学協会の世界的リーダーとなる。

年だってそうなんだ。シム、僕が説明するまでもないと思うけど、何も探さなくていい……公園のあそこであの人のそばに座っているときそれを見つけた。あの人はそれに僕を差し出したのさ」

「なるほど」

「僕は少し落ち込んでた、ほら、わかるだろ、君が僕を……僕は意気消沈してたんだ、そう、がっくりの落ち込みだった」

「僕のせいだ、すまない。僕が乱暴な言い方をして」

「すべては収まるべきところに収まるのさ。印刷《プリント》された言葉ではなく手で書かれた言葉を持ち歩くのなら、あの人が反対するとは思えないよ……そうさ、すっかり自分の手で写してればね」

「本気でそう思うのか」

「君だって自分で書いて大事に自分だけにしまっておくようになるさ……わかるだろ、シム、今思い出したよ。皆一緒に合わさってきてるぞ。あの人は僕の本を取り上げた」

「どんな本を？」

「ペーパーバックさ。つまんない本だよ。それを取り上げて、公衆トイレの中に入って、もちろん戻ってきたときは……うん、返してくれなかった」

「君が置き忘れたんじゃないの。七つの言葉と同じにね」

「でもあの人がやったことが一つあるんだ。マッチ箱と石を一つ拾い上げた。それから椅子の肘掛けの上にマッチ箱を置き、とても注意深くバランスをとりながらその上に石を載せた」

「何か喋ったのか？」

「あの人の口は話すのに向いてないのさ。大変だ、僕なんて言ったっけ？　まさにその通りじゃないか！　話すのに向いてないんだ！」

「マッチ箱と石はどうなったの？」

「わからない。おそらくまだあそこにあるんじゃないかな。倒れてしまったかも。見てなかったんだ」

「僕らはおかしいよ。二人ともね」

「もちろんあの人は話せるんだよ、だって、はい、と言ったもの。ほとんど間違いなく、イエスと言ったと思うよ。そうに違いない。僕の頭の方も、あの人が何か他のことも口にしたことは間違いないと言ってる。そうだ、あの人は、『秘密』とかについて少し喋ったよ」

「ほんとに一体どんな秘密だっていうのかね？」

「話さなかったっけ？　また別のことなんだ。複写された言葉じゃ駄目だ。何かに永久について回る名前でもいけない。それに誰にも知られちゃいけないんだ」

シムが歩道で立ち止まったので、エドウィンも立ち止まって彼の方を向かざるを得なかった。

「いいかいエドウィン、こんなことはいい加減とてつもなく馬鹿げてるよ！　フリーメイソン[*一]じみ

＊一　フリーメイソンは古代宗教や神秘・魔術に基づく秘密結社（ロンドンでは一七一七年に活動開始）。秘密の身振りでお互いが会員であることを確認し合い、秘密を洩らした者には厳罰を下すとされ、一般には、胡散臭くおどろおどろしいイメージを持たれている。

てて、内輪だけにわかる話で、共謀的というか……君には解らないのか？　そいつだって自分のことを解っていないのかな？　本通りとか市場で立ち上がって一席ぶってもいいし、叫んでもいいし、それに拡声器を使ったっていいけど、誰も、ほんとに誰一人耳を傾けたりしないよ。ジェット機は頭の上を飛ぶし、車は通るし、買い物客も、お巡《まわ》りも、いかれたティーンエイジャーも行き交ってるけど、誰一人目もくれないだろうよ。君がスーパーの五ペンス引きの宣伝でもしているとしか思わないだろうよ。僕らは自分らがどんなに取るに足らない人間かに祟《たた》られているんだよ、それが現実だよ……秘密だって？　生まれてこのかたそんなバカげたこと聞いたことないよ、全く！」

「でもさ……ほら見て、君を公園の入り口まで連れてきてしまったよ」

「さっさと済まそう」

二人は入り口から公園のなか数ヤードのところに立ったが、エドウィンは踵を軸に身体を回した。子どもたちがいくつかのグループに分かれて、あちらこちらで遊んでいる。公園の管理人が公衆トイレからほんの数ヤードのところに立って、子どもたちがそこに駆け込み飛び出てきたり、そこへ他の子を引っ張って連れていったりするのをむっつりと見つめている。エドウィンは自分たちの背後にその人を見つけてぎょっとした。シムも同じように振り向くと、その男の顔と真正面に向き合っていた。今から舞台に上げられてある役を演じようとでもいうのか、その人の容姿には少し芝居がかったところがあった。かぶっている帽子はつばが広くて黒色で、オーバーコートも黒で長め、ポケットに両手を突っ込んでいるがエドウィンもそうしていた。シムの目にわかったのは、男が自分とちょうど同じ大きさだということで、だから目と目が向き合ったのだ。でもその男の顔は奇妙だった。右側は普通のヨーロッパ人よりも褐色の色合いが濃く、かといってヒンドゥー教徒とかパキスタン人と決められるほど、際立って褐色とはいえないし、まして黒人ではない。顔つきがエドウィンと同じコーカサス語族白人人種系なのだ。しかし顔の左側は判じ絵みたいだった。一瞬シムが思ったことだが、まるでその人がどんよりした霧深い昼間に微かな光を受けている手鏡を自分の顔に近づけているようで、左側の顔は色合いが少しだけ薄くなっている。そこでは目が右側のよりも小さくなっていて、この薄い色合いは光のせいではなく、皮膚そのものが違っているからだとシムにはわかった。この男は何年も前に顔の左側のほとんどに皮膚移植を受けていたんだ、それであの人の口は話すのに向いてないなんてシムは言ってたんだ、だってあの皮膚のせいで口の左側は閉じたままで、目がほとんど空いてないのと同じで、おそらく目の方も見るのに向いてないのだろう。黒い帽子の下から真っ黒な前髪がぐるりと突き出ていたが、左側にはかなり長めの黒髪の中から何か暗い赤紫色のものが突き出ている。それを目にしたシムは、耳、ちぎれた耳の残りだと知って胃が捩《よじ》れそうになりながらも、その耳が伸びた髪でもきれいに隠れることがなく、皮膚移植を受けなければならなくなった出来事からそのままの姿だということがわかった。見るに事欠いてまさかこんな奇形を見るとは予想もしていなかった。それを見ていると落ち着かなくてたじろいでしまう。初めは打ち解けて声でも、と進みながら開きかけた口は開けたままで、何も言葉が出てこない。だが何も言う必要はなかった、エドウィンが傍らで熱心に、しかもあの独特な声高のいななく調子で、生徒たちから影でこっそり物真似されている大仰な先生口調で喋っているのが耳に入ってくる。でもシムはエドウィンが話していることに全く注意を払っていなかった。シムの眼差しはその男の一個半分の目と、話すのに向いていない半分の口と、そしててい口を引っ張っている皮膚に負けないほど、皮膚を締め付けている異常な患難とに釘付けになっていた。そのうえ、これもきっと見ている側の心が気まぐれに動いたからだろうが、男は今居るところの背景から輪郭線で浮き彫りにされ、その中心点になったようだった。

目は釘付けになったまま、言葉が自分の中に湧き起こって喉に入ってきて、意思に逆らって、呼び覚まされ、正直に、形をとって口から飛び出てくるのをシムは感じていた。

「僕の気持ちとしては、こんなことは皆ナンセンスだと思えるんですが」

その男の右の目が大きく開いたようであった。突然その目から光の輝きが発射されたみたいで、どきりとさせられた。怒り。怒りと患難だ。エドウィンが答えた。

「もちろん、君が予想していたのとは違うさ。逆説的になるけど、もし君は少しでも考えていたら、予想していた通りになるはずがないとわかっていただろうね！」

とりわけ唸るようなジェット機が徐々に大きな音を立てながら頭上に降りてくる。同時に本通りにはクリシュナ神像の山車《だし》のような大型トラックが並んで侵入するように通っていく。シムは片手を上げて耳のところにもっていき、騒音を遮断したというより異議を唱えていた。ちらりと横を見た。エドウィンが低い鼻を上に向け、頬を紅潮させて、依然として喋り続けている。罰を宣告する賛美歌のように響いていて、まるで相手を投げ飛ばし、踏んづけているみたいだ。

シムは自分自身が口にしたことを、そこに自分がいるから聞き分けることができた。

「僕らは一体何をしでかしているんかね？」

その時ジェット機が通過し、トレーラートラックは自らをすり潰しているような音を立てて進み、右折し、ゆっくりカーブを描きながら、モーターウェイの支線口へ向かっていった。シムはその男を見ようと振り向くと、その男の姿が消えていたのでぎょっとして身体がぐらりと揺れた。ほとんどは馬鹿げているがいくつものどろどろした憶測が、頭に溢れてきた。その時十ヤードほど先に、長いオーバーコートのポケットに手を突っ込んで男が歩き去るのが目に入った。エドウィンが後に続いていく。

三人は縦一列になって一番広い砂利道を進んだ。患難と怒り。この二つがしっかりと混ざり合い、一つの固まった特性、一つの強さになっていた。再び言葉が盛り返してきてシムの身体の中に入り、まるで瓶の中の泡のように喉のあたりにせり上がってくる。だが男は前方にいて顔が隠れたままで、シムは言葉を呑み下して抑えようとした。

い、い、い、い、い、い、い、い、い、い、い、い、い、い、い、

ある種の信心深い牧師とばかり予想してたんだ。

まるで二人は一つの精神を共有していたかのように、エドウィンが歩調をゆるめてシムの横に並んだ。

「誰もが期待していたのと違っているのはわかるよ。君の方はどうだい?」

嫌々ながら、でも用心しながら、

「まあ……おもしろいけど」

三人は子どもたちが遊んでいる区域に近づいてきた。ブランコ、シーソー、金属製の小さな回転木馬、滑り台がある。公園の中心部に近づくと、突然に列車が唸ってガタガタと通ることがあったが、道路の騒音は包まれたように小さくなり、芝生の縁に来ると繋っている木々が、視界を遮っているのと同じように音の方も包んで鈍化させている。ただジェット機だけが二、三分おきにゴーン、ゴーン

と飛んでいく。

「ほら！　見たろ！」

エドウィンは斜めに手を伸ばしてシムの手首を掴んだ。二人は前方を見たまま、立ち止まった。

「何を見たって？」

「あのボールだよ！」

男の方は歩調をゆるめることなく二人の前をどんどん進んだ。エドウィンはまたシムの手首を強く引っ張った。

「君だって気づいたはずだよ！」

「何に気づいたって、一体……」

とりわけ頭の鈍い生徒に話し聞かせてやるみたいに、エドウィンは説明し始めた。

「あの男の子が蹴ったボールだよ。砂利をすーっと転がっていき、あの人の脚の中を抜けていったんだ」

「馬鹿言うな。ボールは脚の間を抜けていったんだ」

「いいか、脚の中を抜けていったんだ」

「目の錯覚という奴だよ。僕だって君と同じくらいよく見てたんだ。脚の間を抜けたんだ。自分をいくつだと思ってるんだ、エドウィン。次はあの男が空中浮遊をしてると言い出しそうだね」

「いいかい、僕はそれをこの目で見たんだ」

「僕だって見たさ。そしてボールは脚の中を抜けたんじゃないよ」

「中を抜けたんだ」

シムは我慢できなくなってわっはと笑い出すと、ほんの一瞬間をおいてエドウィンもゆっくり微笑み返した。

「すまない。ただ……ほら、いいかい、ちょうどはっきりと……」

「中を抜けたりはしていない。だっていいかい、もしそうだったら、ねえエドウィン、奇蹟ってほんとに取るに足らないものということになるよ。ボールが脚に当たって跳ねてどこかに転がっていったのと、何の違いがあるのかね。それともボールの奴が、僕は間違いなく間を抜けたと思ってるけど、あの男の脚の間に通り道をたまたま見つけたということでもいいじゃないか。それも普通に考えられないほど手際よく、実行可能な形でね」

「僕のこの目が証人になっているのを疑ってみろと求めているわけ？」

「おいやめてくれよ！　君は手品師を見たことないのかい？　確かにあの男は並みの人間じゃないし、非凡な人なんで、疑うこちらの方がばつの悪い思いをするし、君もきまり悪いと思ってるんだ、でも僕はいやなんだよな、光の加減とかほんのちょっとした偶然の一致とかを、自然秩序の破壊とか、奇蹟という言葉が好きだったらそう言ってもいいけど、そんなふうに呼んでこちらの喉に無理やり押し込まれるなんてのは、いやなんだよ」

「どんな言葉を使えばいいのかわからないんだ。次元が違ってた、そういうことだよ」

「科学用語で表面を取り繕ってるんだろ」

「あの人の生活には、もちろん僕が分かち合ってきた範囲内のことだから、数分間か、数時間の間のことかもしれないけど、あんな類の……現象が満ち溢れているんだ」

「なぜ物体コントロール実験装置のある実験室にでも行かないのかな?」

「きっと何かもっと大切で、やり遂げたいことがあるんだよ」

「真実を究めることよりももっと大切なこと?」

「そうね、そうだね、そういう言い方だとね!」

「じゃあ、何だよ?」

「僕にわかるはずないだろう」

男は砂利道の近くに置かれたベンチの傍らに立ち止まったままであった。シムもエドウィンもそのベンチからわずか数ヤードのところで立ち止まり、ほんの一瞬だがシムは、えらく阿呆みたいだなあと感じた。何しろ今自分たち二人が、この男の後について歩いているのは明々白々ではないか、それも彼がちょっと違う人間だからではなくて、何か珍種のけものか鳥みたいだからついてきたようなもので、しかもその珍種と人間的に触れ合うという可能性も全くないわけで、その仕草とか羽とか毛とかがおもしろそうだからというだけのことなのだ。その男は黒い服を着て、頭を肩の上に載っけているだけの白人種の人間というのだから、なんともバカな話で、その顔面の片側は随分と昔にひどい損傷を受けた痕があり、治療が不完全だったようだ。生きていて自分は何がよかったのかと、この男が悩むのも至極当然のことかもしれない、シムは勝手にそう自分に言い聞かせていると、だんだん気が休まってきて気持ちが楽になってきた。

エドウィンは喋るのを止めてしまって、その男が見つめている方向を見つめている。子どもたちはばらばらに遊んでいて、そのほとんどは小さな男の子たちだが、その外側に小さな女の子が一人、二人いる。それに一人男がいた。細身の年寄りで、シムは自分より年を食ってるかなと思ったが、子どもたちが一杯のこの朝、この公園では一番の年かさの人間で、細身の身体を少し丸め、髪は白くぼさぼさして、着ているスーツは年代ものの霜降り、子どもたちよりも相当に年をとったスーツだが上等、男には上等すぎるスーツで、紳士たちがまだご健在でありチョッキも着こなされていた時代に紳士が誂えてもらったようなスーツである。靴は横側で留めるブーツで褐色、子どもたちが一杯のこの朝コートは着てなくて、顔つきは不安げだが少々バカづらの感じ、子どもたちとボール遊びをやっていた。そのボールは大きめでいろんな色がついている。この年寄り、おそらく老紳士、いやただの老人かもしれないが、とにかく軽快に動き、ボールを一人の男の子に投げては返球させ、また別の男の子に投げては返させ、彼も男の子たちも少しづつ動いて公衆トイレの方に近づいていく、老人の痩せた顔には不安そうな微笑みが輝いている。

僕が見ているのは一体これは？

シムは踵を軸にして身体を回しあたりを見た。公園の管理人の姿はどこにも見えない。とにかくグループで遊んでいる子どもたちがたくさんいて、一人の人間ではどこにでも居合わせることなどできはしない。エドウィンは、破廉恥なと言いたげに憮然としていた。

老人は年をとっても衰えなかった敏捷さで、ぴかぴかに磨いたブーツを使いボールを強く蹴ると、おかしそうにわずかに口を開けてくっくっと笑った。そのボールは男の子に、すべての男の子に当たった。ボールは飛び、跳ね、まるで老人がそう狙っていたみたいに跳ねて、跳ねて、こちらにやって来て、黒い服の男が両手を伸ばすと、そこにしっかりと納まった。老人はくっくっと笑い手を振ってボールが返ってくるのを待っていたし、黒い服の男も待っていたし、子どもたちも待っていた。すると老人はピョンピョンと猫のように飛び跳ね、走りながら砂利道へと近づいてきたが、ゆっくり速さをゆるめ始め、笑いが消えかかり、息切れの喘ぎも止まり始め、少し、ほんの少しだけ身体を丸め、三人の男たちを一人一人吟味した。誰も口を利かず、子どもたちは待っていた。

老人は顎を引き、ぴくぴく動く白い眉毛の下から男を見上げた。老人は身ぎれいなりをしていて、着古したスーツではあったがそれを着こなした姿は、不自然なほどきれいである。その声はお金をかけて教育を受けた声であった。

「わたしのボールですよね、紳士の皆さん」

それでも誰も口を利かなかった。老人は再びあのバカげた不安げな、くっくっという笑い声を立てた。

「ウィルギニブス・プエニスク[*1]」

黒い服の男はボールを胸にしっかり持ち、ボール越しに老人をじっと見つめた。シムの目にはその人の顔の損なわれていない側、損なわれていない目と耳が見えていた。顔だちは整っていたし、魅力的とさえいえた。老人は再び口を開いた。

「あなたがた紳士が内務省と関係あるかたたちなら、これだけははっきり保証しますが、このボールはわたしのボールであって、わたしの後ろにいる小さな男の子たちは何も損なわれてはいません。もっとはっきり言いますと、あなたがたはわたしの弱みを何も持っていないわけです。だからお願いですからわたしのボールを返して、さっさと立ち去ってください」

シムが口を開いた。

「あんたのことはわかってるぞ！　ずっと何年も昔のことだ……そうだ、僕の店でだよ！　子どものための本を……」

老人は目を丸くして見つめた。

「ああそれじゃ昔の知人との邂逅巡り会いというわけですね。あなたのお店ですって？　こんな言い方を許していただきたいのですが、近頃は信用貸しが許されていませんし、受けることもありませんよね、買い物のたびにちゃんと支払いをしているわけですよ。わたしはきちんと払いを済ませたのです。掛けでなく、あなたがたが目にしているこの生涯を代金にしましてね。理解していただけますかね。ほら、ベル先生に聞いてみてください。ベルさんがここに連れてきたのでしょう。でも僕は支払ってきたのですよ。僕に払いを無理強いすることは止めてください。さあそのボールを返してください！　自分で買ったんですよ！」

黒い服の男に何かが起きていた。ゆっくりだが一種の激震のような痙攣で、胸に持っているボールが揺れていた。男の口が開いた。

「ペディグリー先生」

＊一　ラテン語で「少年少女のために」の意。ロバート・L・スティーヴンソンの人生訓を集めた随筆集（一八八一）の書名でもある。

老人はぎょっとした。食い入るように相手の歪んだ顔を凝視し、その左側の白い皮膚の裏側までも見ることができそうだといわんばかりに、頭を片方に傾げて見つめながら、歪んだ口元からその上の中途半端に隠れた耳まで、顔全体を探っていた。老人の凝視は眩耀《げんよう》に変わっていった。

「そう、おまえのことはわかるぞ、マティ・ウッドレイヴ！　おまえは……ずっと何年も昔、臆面もなく、残酷にも、遺恨を持って……わかってるぞ！　わたしにそのボールを返してくれ。わたしにあるのはただ……すべておまえのせいだったんだぞ！」

再び黒い服の男の身体に激震が走ったが、今度は患難と怒りが言葉に響いていた……

「わかっています」

「皆さん聞いたでしょう！　紳士の皆さんがわたしの証人ですよ、逃げないでください。ほら、見えませんか？　大事な人生を台無しにされて、とても美しく過ごせたかもしれない人生を……」

「違います」

その言葉はまるで口にされるのが慣れていないところから、低い声で軋《きし》りながら出てきたようであった。

「わたしはボールが欲しいんだ！　わたしのボールが欲しいんだ！」

しかし黒い服の胸にボールをしっかりと抱いたまま、老人の前にいるその人の態度は拒否を表していた。老人は再び唸った。周りを見回し、まるで何かを突き刺されたかのように叫んだ。子どもたちは走ったり、ぶらぶらしながらそこを離れると、公園の周りで遊んでいるグループと一緒になってしまった。老人はピョンピョンと誰もいない芝生の方へ走っていった。

「トミー！　フィル！　アンディ！」

黒い服のその人はシムの方を向いてボール越しに顔を見合わせた。とても厳かにボールを差し出すので、シムも同じように厳かにボールを受け取らなければいけないのだと理解した。両手で受け取りながら頭を少し下げることまでした。黒い服のその人は向きを変えると、老人の後を追って歩き始めた。自分の後からまた二人がついていこうと一歩を踏み出すのがわかっていたように、その人は振り返りはしなかったが、身体の片側で諭すような仕草をした。ついてきてはいけない。

二人はその人が芝生を横切って、公衆トイレの後ろに消えていくまで見つめていた。シムがエドウィンの方を向いた。

「あれは一体何だったんだ？」

「とにかく少しははっきりしたよね。あの老人さ。名前はペディグリーっていうのさ」

「僕は言ってやったよな。あの男よく万引きをしてたんだ。子ども用の本をね」

「訴えたの？」

「警告して近寄らないようにしたさ。あの男のことは解っていたさ。あの爺さんが本を欲しがったのは餌としてなんだ、あの、じい、じい……」

「僕らだって怪しいもんだ、神様のお恵みがなけりゃね」

「信心ぶるのはよしてくれ。君は自分でぶらつき見回って子どもたちにちょっかいを出してやろうと思ったことはないんだからね。僕だってそうだけど」

「あの人は長いことあそこに立ってるなあ」

「他の人と同じようにトイレを使ってるのさ」

「あの年寄りと揉めごとを起こしてなければね」

「全く見下げ果てた所業だよ。二度とあの男を見たくないな」

「誰を？」

「あの年寄りさ……何と呼んだっけ……ペティファー？」

「ペディグリー」

「じゃ、ペディグリーだ。むかつくね」

「たぶん見てみた方がいいか……」

「何を見るのかね？」

「あの人がひょっとして面倒な……」

エドウィンはとことこと芝生を横切って公衆トイレの方へ向かった。シムは待ちながら阿呆らしいというよりは、ボールがまるで汚れたもののようで胸がむかつくのを感じていた。ボールをどうしたらいいかな？　むかつく欲望を抱いているあの身ぎれいな老人の姿を思い出すと、心のうちでたじろぐものがある。ほんとにきれいで美しいものに心を向けようと、スタンホープ家の小さな双子姉妹のことを考えた。あの子たちはなんとも言いようがないほどきれいで、お行儀もよかった！　あの子たちが大きくなるのを見守るのは嬉しいことだったなあ、あの子たちが性的魅力に溢れた年頃になったときでも、子どもの頃のあのほんとに妖精のような繊細さにはとてもかなわなかったなあ、あの繊細な美しさは見ていて泣けそうになったし……もちろん二人が順調に成長しなかったのは彼女たち自身のせいもあるだろうが、親父のスタンホープの責任も同じくらい重いよな、それにソーフィはとても可愛くて、とても愛想がよくて……おはようございますグッドチャイルドさん、奥さんの具合はどうですか？　そうだ、その通りだ、間違いなくスタンホープの双子は一つの光のように、グリーンフィールドで輝いていたよな！

エドウィンが戻ってきた。

「いなくなってた。消えてしまった」

「立ち去ったということだろう。大げさな言い方をするなよ。月桂樹の間に道へ出る門があるじゃないか」

「二人ともいなくなってる」

「このボールはどうしたらいいかね」

「自分で持ってた方がよくない？　またあの人に会うだろうから」

「そろそろ家に戻らなくては」

二人は一緒に砂利道を歩いて戻り始めたが、五十ヤードと進まないうちにエドウィンが立ち止まった。

「ここらあたりだ」

「何が？」

「憶えてないの？　僕が見たものさ」

「僕の方は見てないよ」

だがエドウィンは聞いていない。突然何かに驚いてポカンと口を開けた。

「シム！　今僕は解ったぞ。そうなんだ、皆ぴったし符合するんだ。完全な理解に一歩近づいている……あの人が何者かじゃないけど……あの人がどう働きかけ、何をやろうとしてるか……回り込むか抜けるかしたボールのことさ……あの人はわざとやり過ごしたんだ。ボールが違うってことをあの人はわかっていたんだ」

ルースはこのところ幻覚を見るようになっていた。概して現実的な女なので、こういうことは滅多にないのだが、今は風邪のため熱を出して寝込んでいるのだ。アルバイトの女の子が時々店番をするとはいえ、シムはその娘と店内の両方が見えるところにいないと、いつも落ち着かない気持ちになるのだけれど、何度も二階に温かい飲み物を持っていっては、妻に飲むよう言い含めてやらなければならない。またそのたびに幻覚症状が出ている妻のためちょっとの間そばにいてやらなければならない。ルースはふたりが一世代前に二人の子どもに生を授けたダブルベッドの、自分がいつも寝る側に横になっていた。目は閉じたまま、顔が汗で光っている。時折何ごとか呟く。

「何て言ったんだい、ルース?」

呟き。

「温かい飲み物をまた持って来たよ。起き上がって飲むかい?」

ルースは驚くほどはっきりとした声で言った。

「あの男、動いたわ。見えたのよ」

苦悶がほとんど物理的なものとなって、シムの心臓をきゅっと締め付けた。

「そうか。よかったな。さあ起き上がってこれを飲んでくれよ」

「女はナイフを使ったわ」

「ルース！　身体を起こせよ」

ルースの目がパチパチと瞬いて開き、シムは妻の目が自分の顔に焦点を合わせるのを見ていた。それからルースは寝室の中を見回し、天井を見上げたが、そこから聞こえてくるジェット機の降下音は凄まじく、まるで目に見えるかのようであった。彼女は両手を下について身体を起こした。

「気分は良くなったかい？」

ベッドの中でルースは身震いし、シムはショールを肩に掛けてやった。ルースは飲み物を一口ずつすすって飲むと、夫の方を見ずにコップを返した。

「昔で言う火照《ほて》りの状態になっているから、そのうち気分が良くなるよ。もう一回熱を計ってあげようか？」

ルースは首を振った。

「無駄よ。これ以上わかることなんかないわ。騒音だらけね。北はどっち？」

「なぜだい？」

「知りたいの。知ってなきゃいけないのよ」

「まだ少し頭がボーッとしているのかい」

「知りたいのよ！」

「ええと……」

シムは表の本通りやオールド・ブリッジのことを考えてみた。運河と鉄道、高速道路、そういったすべてを焼き焦がしながら通り過ぎていくジェット機の航路、すべての道筋を頭の中で張り巡らした。

「それはちょっと難しいな。太陽はどっちだろう？」

「太陽はいつも動いているわよ。それにあの騒音！」

「わかってるよ」

ルースは再びベッドに横になって目を閉じた。

「一眠りしてみたらどうだい」

「いや！　できない、できないわ」

誰かが表の通りでクラクションを鳴らしている。シムは窓越しに下を見た。大型トラックがオールド・ブリッジに乗り入れようとしており、後ろに渋滞している車が苛立っていたのだ。

「もう少ししたら静かになるよ」

「店番をしてちょうだい」

「サンドラがいるよ」

「用があるときはドンって叩くから」

「キスはしない方がいいみたいだね」

シムは人差し指を唇に当て、それからその指をルースの額に当てた。ルースは微笑んだ。

「行って」

シムは忍び足で階下に降り、居間を通り抜け店に入った。サンドラが机のところに座っていたが、その顔は微動だにせず全くの無表情で、表の大きなショーウィンドウにまっすぐ向けられている。ただ一つ動いているのは、チューイングガムを噛んでいる下顎だけだが、どうやらこのガムは永久に噛み続けられる代物らしい。サンドラは砂色《サンディ》の髪と砂色《サンディ》の眉毛をしているが、眉毛には中途半端にまゆずみが塗ってある。太っていて、履いているジーンズもパンパンに膨れていて、シムはこの娘が大嫌いだった。給料も安く、現代の基準からすればパッとしない、知性などこれっぽっちも必要としない仕事の求人に応募してきたのはたった三人で、その中からルースがこの娘を選んだのだ。ルースがなぜ器量が一番悪い、というより不器量が一番甚だしい娘を選んだのかよくわかっていて、だからこそその選択に従ったのだが、この上なく恨めしかった。

「サンドラさん、私の椅子を返していただけますか?」

皮肉は通じなかった。

「いいわよ」

サンドラは立ち上がった。シムはその後に座ったが、見ているとサンドラは向こうへ歩いて、高い棚の本を取るのに使う踏み台に行き、その大きなお尻を載せた。シムは獰猛な目つきで睨みつけた。

「サンドラ、立っていた方がよくはないかな?　お客さんはみんな店番は立っているものと思ってるんだよ」

「お客なんていやしないいし、今までも来なかったわ。それにもうすぐお昼だから、これからだって来やしないわよ。電話さえかかってこなかったんだから」

全くその通りだった。売上高は滑稽なほど少なくなっている。もし稀覯本《きこうぼん》がなかったら……

シムは一瞬、痛烈な劣等感に苛まれた。サンドラがこの店とスーパーマーケットやお菓子屋との違いを理解してくれるなんて、期待するだけ無駄だ。その違いについて、この娘にだってこの娘なりの考えはあるだろうが、それはことごとくスーパー側に肩入れするものだろう。スーパーには活気がある。同僚たち、お話、お喋り、照明、喧噪、それでもまだ足りないかのように有線放送《ミューザック》の音楽さえある。ところがこの店にあるものといえば、棚の上で忠実に客を待つ物言わぬ本だけであり、書かれている言葉は揺籃期本《インキュナビュラ》*一から現代のペーパーバックに至るまで何世紀もの間、一字も変わることはないのだ。あまりにも明白なものだから、これを驚くべきだと思う能力が自分にあると知って驚くことだってしょっちゅうだ。それからそこに端を発し、特に決まった対象のない驚きの状態へと移り、この一般化された驚きが、ものの本に謂《い》う「智慧のはじめ」*二ではないかと、何となく感じられてくる。ただ一つ困ったことは、驚きは何度も生じるのに、智慧がその後に続かないことだ。驚きながら生き、驚きながら死んでいく、か。

サンドラは身体が重くてしんどいんだな、きっと。大きなお尻が踏み台からはみ出しているのがここからでも見える。それともひょっとしたら生理中なのかもしれない。シムは立ち上がった。

「いいよ、サンドラ。少しの間僕の椅子に座りなさい。電話が鳴るまでね」

サンドラはお尻を踏み台からよいしょと持ち上げると、ぶらぶらと歩いてきた。二つの太腿《ふともも》が擦り

*一　ヨーロッパで一五〇一年以前に活版印刷された本。
*二　旧約聖書詩篇一一一篇一〇節に、「ヱホバを畏るるは智慧のはじめなり」とうたわれる。

合うのが見える。椅子に身を沈めた後でも、まだ雌牛みたいにガムをクチャクチャさせている。

「どーも」

「読みたかったら、本を読んでもいいよ」

サンドラは瞬きもせず目をシムに向けた。

「なんで?」

「字は読めるんだろう?」

「当たり前よ。奥さんに訊かれたわ。そんなことも知らないの」

ますます横着になるばかりだ。お払い箱にしなくては。パキスタン人を雇おう、若い男を、それなら働くだろう。ただし目は離せなくなるけどな。

そんなふうに考えては駄目だ! 人種問題だぞ。

しかしそうは言っても奴らは群がってくる。世界最高の善意をもってしても、やっぱり「群がる」と言わざるを得ないんだ。頭でどう考えようとも、所詮心で感じ取るようにしか人を判断することはできない。僕がどう感じているか、誰にも知られずに済むのはありがたいことだな。

しかし果たして客は来ることとなった。それも本を買ってくれるかもしれない客だ。今扉を開けようとしている……チン! 誰あろうスタンホープだ。シムは急いで入り口に向かいながら、然るべきやり方で手をこすり合わせたが、これは彼なりの芝居がかった所作だった。

「おはようございます、スタンホープさん! お出でくださいまして誠にありがとうございます。ご機嫌いかがでいらっしゃいますか? お元気そうにお見受けしますが」

スタンホープは例によってシムの挨拶を払いのけるように手を振ると、すぐに用件の専門的な話に入った。

「シム。レティ*一の『チェスのゲーム』だ。一九三六年版の再版。いくらかね」

シムは首を振った。

「申し訳ありません、スタンホープさん。あいにくですが、うちには置いてございません」

「売れたのか？　いつだ？」

「最初からなかったと存じますが」

「いや、確かにあったぞ」

「それでしたらどうぞご自由に……」

「店の在庫を把握しているのが賢い本屋というものだ」

笑いながらシムは首を振った。

「そうやすやすと尻尾をつかまれたりしませんよ。わたしが父の代からこの店にいるということをお忘れなく」

スタンホープは踏み段にひょいと飛び乗った。

「ほら、あった。ひどい状態だ」

「おやまあ」

＊一　リチャード・レティ（一八八九―一九二九）はハンガリー出身で、チェスの名手。「現代流」派の創始者の一人。

「前に見かけたのを憶えていたんだ。ここ何年立ち寄ったことはなかったがね。いくらだ？」

シムは本を手に取ると、本の天に積もった埃を吹き払い、それから本の見返しを見た。彼は素早く暗算をした。

「三ポンド一〇です。いや、つまり三ポンド五〇ペンスのことですがね、もちろん」

スタンホープはぶつぶつ言いながらポケットに手を入れた。シムはこらえきれずに口を開いたが、その声はどうやら自分の意志とは関係なく勝手に口から出ていくようであった。

「昨日お嬢さんをお見かけしましたよ。店の前をお通りになって……」

「誰だって……うちの双子の片割れか？　たぶんソーフィだろう、怠け者のあばずれだよ」

「お言葉ですが、お嬢さんはとても魅惑的ですよ……おふたりともたいそう魅惑的で……」

「いい年をして、もっと分別を持てよ。あの世代に魅惑的な奴などいやしない。誰一人としてな。ほら、代金だ」

「毎度ありがとうございます。お嬢さんがたは私どもにとりましてはいつでもたいそうな喜びでしたよ。純真無垢で、お美しくて、お行儀が良くて……」

スタンホープは甲高い笑い声を上げた。

「純真無垢だって？　あれたちは一度なんか私に毒を盛ったんだぞ。もうちょっとのところだった。ベッドのそばの引き出しに腐ったものを入れていったんだ。きっと家のスペア・キーを見つけて、それで陰謀を思いついたんだろう……あばずれどもめ！　一体どこからあんな、むかつく奇怪なものを見つけてきたんだろう？」

「悪戯が過ぎたのですね。それにしても、おふたりとも私どもにはいつも親切にしてくださいましてね……」

「ひょっとしたら、あれたちに会うかもしれないぞ。君とベルが開く例の会合の時に」

「お嬢さんたちに会えるですって？」

「君らは静かな場所を探しているんだろう？」

「エドウィンが言ったんですね」

「では」

スタンホープは頷いてみせると、ちらっとサンドラを見やり、チン！と店から出ていった。天井からドンという大きな音。シムは急いで二階に上がり、ルースが痰を吐いている間身体を支えてやった。彼女は気分が良くなると、誰と話していたのと尋ねた。

「スタンホープだよ。チェスの本一冊きりだった。幸い在庫はあったがね」

ルースの頭が左右に揺れた。

「夢を見てたの。悪い夢」

「ただの夢だよ。今度はいい夢が見られるさ」

ルースはまたうとうとし始め、やがて安らかな寝息を立てた。シムはそっと爪先立ちで階段を降り、店に戻った。サンドラは相変わらず座ったままだ。だがその時また店のベルがチン！と鳴った。エドウィンだ。シムはシーッと言って、メロドラマでよくやるように、囁き声で続けた。

「ルースが病気なんだ。二階で寝てて……」

それまで賑やかだったエドウィンが急に声をひそめた様子も、シムと同じくらい芝居がかっていた。

「どうかしたのかい、シム」

「ただの風邪さ、それにもう随分いいんだ。だが、僕たちくらいの年にもなると……もちろん、ルースは僕よりは若いがね、それでも……」

「そうだね。僕たちみんなご同様だよ。それよりニュースがあるんだ」

「会合のこと？」

「残念ながら、今のところ僕たち二人だけなんだけどね。でも、実のところは残念至極というわけでもないんだ。それ招かるる者は多かれど[*一]ってね」

「スタンホープのうちだな」

「本人から聞いたのか？」

「今しがたまでここにいたんだ。店に立ち寄ったのさ」

スタンホープが店に立ち寄ったことは、シムにとって微かに誇らしい出来事だった。何しろスタンホープはコラムやテレビ、ラジオや公開試合などで名の知れた名士だからだ。チェスが日の当たらない場所から抜け出し、ボビー・フィッシャー[*二]のおかげでスポットライトを浴びるようになって以来、シムは不本意ながらスタンホープに敬意を払うようになっていた。

「君に反対されずに済んでよかった」

「誰が？　僕がかい？　スタンホープの家を使うことに？」

「以前からずっと感じていたことなんだが、君のあの男に対する態度は少しばかり、なんというか、不寛容だからな」

　シムは考え込んだ。

「うん、当たっているかもしれない。つまるところ僕もスタンホープと同様ずっとここで暮らしてきたんだ。二人とも古くからのグリーンフィールドの住人だからね。実は昔ちょっとした醜聞沙汰があったのさ、まあ僕が謹厳居士ということなんだろうが。あのうちの奥さんが出ていった後のことだがね。いろいろ女性問題があってさ、わかるだろう。ルースもあいつには我慢ならないそうだ。それにひきかえ双子の娘たちは……あの子たちは僕たちにとって喜びの源だった。大きくなっていくのをただ見ているだけでもね。どうしてスタンホープは無視できるんだろう、いやできたんだろう、あんなに魅力的なのに。あんなふうにほったらかして……」

「君はまたあの双子の魅力を味わえることになるよ、といっても間接的にだけどね」

「まさかあの子たちも会合に？」

「いや、来るわけじゃないよ。君だってそんなこと期待してはいないだろ？　ただね、スタンホープがあの子たちのところを使っていいと言ったんだよ」

「それは部屋かい？」

＊一　新約聖書マタイ伝福音書二二章一四節。天の国に入る資格のことを、婚宴の礼服着用にたとえながら、イエスは「招かれる者は多いが、選ばれる者は少ない」と説教する。

＊二　米国のチェス・プレーヤー。一九七二―七五年の世界チャンピオン。

「庭の外れの厩《うまや》だよ。入ったことある？」

「いや、ない」

「昔ふたりはあそこを一応の住まいにしていたんだ。こう言ってはなんだが、スタンホープから逃れられて嬉しかっただろうさ。そして父親の方もね。ふたりはあの場所をもらったんだ。知らなかったかい？」

「その場所のどこがそんなに特別なのかわからないな」

「僕は中に入ったことがある。何しろ僕はあの庭のこっち端に住んでいるんだからね。知ってて当然だろ？　僕たち夫婦が初めてここに引っ越してきた頃、ふたりは僕たちをお茶に招んでくれさえしたんだよ。ままごとのお茶会みたいだった。その時の厳かな様子といったらもう！　それにトーニが訊いてきたあれやこれやの質問ときたら、ほんとに！」

「それにしたって、わからないな……」

「朴念仁だな、君は！」

シムは不平を鳴らしてみせた。

「あんなに町外れじゃないか。そもそもコミュニティ・センターじゃどうしていけないのかわからないな。その方がメンバーだって集めやすいだろうに」

「あの場所にはある特質があってね」

「女性的なのかい？」

エドウィンは驚いたようにシムを見た。シムは顔が赤らんでくるのを感じ、急いで説明をつぎ足した。

「いやね、娘が大学生だったとき一度娘が住んでいた下宿屋に入ったことがあるんだが、上から下まで女だらけで、香水の匂いがそれこそ身体を貫き通すようにたちこめてて、信じられないほどなんだ！　だから、ただ思っただけなのさ、もしもそこが女の子二人のいるところなら……つまり、そういうことなんだ」

「そういう場所じゃないよ。全然違う」

「それはすまなかった」

「謝ることなんかないけど」

「それで、その特質というのは？」

エドウィンは店内中央の本棚の一つをぐるりと一回りしてきた。戻ってきて顔をほころばせながら直立不動の姿勢をとると、両腕を大きく広げた。

「ソン、アア！」

「ご満悦じゃないか」

「シム。君は、その、コミュニティ・センターに最近行ったことがあるかい？」

「久しくないね」

「もちろん、あそこでも構わないよ。もともとそういうことのための場所なんだし。あの人と初めて出会った場所でもあるしね……」

「わかってると思うけど、僕は君みたいにその男に、その、感銘を受けてるわけじゃないんだ。君の半分もね。それは解っておいてくれよ、エドウィン。そりゃ君にとっては、その男は定めし……」

「おい、ちょっと聞いてくれよ」

「聞いてるさ。続けろよ」

「違う、違う！　僕の話のことじゃない。とにかく耳を澄ませてみてよ」

シムは耳をそばだてながらあたりを見回した。通りの車が中程度の騒音を立てていたが、特に普段と変わったところはない。その時コミュニティ・センターから時計が打つ音、そしてその音の延長のように、オールド・ブリッジを渡る消防車の警鐘の音が聞こえてきた。ジェット機が唸り声を上げながら徐々に降下を続けている。エドウィンは何か言おうと口を開きかけたが、また閉じると指を立てて口にもっていった。

ジェット機の轟音は今や耳で聞くというよりも、足で感じ取るものとなっていた……微かな振動だ、しかもそれはいつまでも止まない、というのも今度は列車が運河の鉄橋をガタガタ渡り、中部地方《ミッドランド》に向けて田園を突き進み、貨物車や客車の長い列を延々と引っ張っていったからである。

天井がドンと鳴った。

「ちょっと待っててくれ。すぐに戻るから」

ルースの用件は、トイレに行っている間ドアの外で待ってて欲しいというものであった。気分が悪くなっちゃうかもしれないから。シムは屋根裏部屋の階段に腰掛けて待った。覗き窓越しに外を眺めると、フランクリー商店の愚にもつかない在庫品の数々を納めてあった倉庫のつぎはぎだらけの屋根が、作業員たちによって既に剥ぎ取られようとしているところだった。そのうちに解体作業車がやって来て、鎖に繋げた球を振り回すのだろう。もっとも今でも既にそんなもの必要ないほどの状態だがな。古くなった建物にもたれかかるだけでも、崩れ落ちてしまうだろう。また一つ騒音だな。

彼が店に戻ると、エドウィンが机の端に腰掛けてサンドラと話し込んでいた。その光景を目にしたシムは、無性に腹が立った。

「それじゃ」

「もう帰っていいよ、サンドラ。ちょっと早いが、今日はもう店を閉めるから」

サンドラは物思いに耽ったままで、机の後ろのコート掛けからだぶだぶのカーディガンを取った。

サンドラが店を出ていくまでシムはじっと見ていた。エドウィンが笑い出した。

「収穫無しさ、シム。あの子の興味を惹くことはできなかったよ」

「まさか君……！」

「いいじゃないか。どんな魂にも等しい価値が宿る、ってね」

「ああ、その通りだな。僕もそう信じてるよ」

そうだ、まさしくそう信じている。僕らはみんな平等だ。信じているとも。さしずめ四流の信念といったところだろうか。

「さっき君は気違いじみた考えを、僕に説明しようとしていたところだったな」

「かつて教会は、聖なる井戸のそばに建てられたものだった。時には井戸の真上にね。必要だったからだ、水が、それは地中からバケツで汲み出してくるもの、大地からの授かりものだったんだ。水道局のご厚意で水道管から取ってくるものじゃなかった。井戸の水はこんこんと湧き出る、野生で生《なま》

のままの水だったのさ」[＊一]

「バイ菌がうようよいただろうな」

「水は神聖だった。みんながそれを崇めたからだ。ねえ、神の無限の愛は、僕たちのためにもそういうものを用意してくれるんじゃないんだろうか？」

「無限の愛は選り好みするんだとさ」

「水は神聖そのものなんだ。とにかく昔はそうだったんだ」

「あいにくだが、今日はものを信じる気分じゃないんだ」

「そしてこの現代。現代の混乱状況にあって、昔の水と同じくらい奇妙で、誰にとっても思いがけなくて、誰もが必要とする、そんなものがあるんだ。それは、静寂だよ。貴重で、生《なま》のままの静寂」

「二重ガラスにすればいいさ。答は科学技術が出してくれる」

「科学技術が野生の神聖さを囲いの中に入れ、お上品にパイプを通して引き出すみたいにかい。違うよ。僕が言っているのは、野放図な静寂だよ。運によって巡り会う静寂、運命づけられた静寂なんだ」

「君はここ数日の間にその場所に行ってみたのかい？」

「スタンホープから使わせてくれると聞いてすぐにね。行ったとも。階段の一番上に踊り場のようになった通路があって、そこからいくつかの部屋に繋がっているんだ。小さな屋根窓から外を見ると、一方には静かで昔のままの運河、もう一方には庭の緑が広がっている。そこには静寂が息づいているんだよ、シム。僕にはわかる。静寂がそこにあって、僕たちを待っている、あの人を待っているんだ。

あの人はまだそのことをご存じないけどね。僕があの人のために見つけてあげたんだ。神聖なる静寂が僕たちを待っているんだよ」

「あり得ないよ、そんなこと」

「一体どういうわけでああいうことが起きるんだろうな。紛れもなく、下に降りていくという感覚があるんだ。街全体が上の方に建っていて、例の場所はいわば階段の一番下、閉じ込められたような一種の中庭か、それよりもっと深い地中にある秘密の場所と言ってもいいけど、そこはまるで杯のように太陽の光を受けとめてるみたいでさ、静けさだって受けとめそうなんだ……誰か、もう呼吸する必要がなくなってしまった誰かがそこにいて、両手を差し出しているみたいにね」

「純真無垢のせいだったんだよ。君も言っただろう、ままごとのお茶会だって。悲しいね」

「それのどこが悲しいんだい？」

「ふたりとも大人になっちゃったからじゃないか。なあエドウィン。それはきっと建物の構造のせいだよ。音が反響するうちに何かの具合で吸収されてしまうんだろうな」

「ジェット機の音もかい？」

「そうさ！　何らかの具合で建物の表面がそういう作用をするんだろう。合理的な説明ができるは

＊一　旧約聖書エレミヤ書二章一三節において「『それは、わたしの民が二つの悪しき事を行ったからである。すなわち生ける水の源であるわたしを捨てて、自分で水ためを掘った。それは、こわれた水ためで、水を入れておくことのできないものだ』と神が預言者エレミヤに告げた言葉を連想させる。

ずだよ」

「さっきは純真無垢のせいだって言ったじゃないか」

「老いた心にじんと来ただけさ」

「そういう言い方にしたって、つまるところは……」

「あの子たちは何か後に残していったかい？」

「家具ならまだ一応残っているよ、そういうことを知りたいのかい」

「おもしろい。興味を持ってくれるかな？　あの子たちは、ってことだけど」

「あの子たちは家には戻っていないよ」

シムは店の前をソーフィが歩いているのを見かけたんだ、と説明しようとしたが、思いとどまった。シムが双子のことを訊くと、決まってエドウィンの顔に微かな好奇心の表情が浮かぶからだ。あの、実際には起こってもいない出来事、一人の男の想像の世界の中にしか存在しない奇妙で官能的で喜ばしくて痛烈なあの絆は、どうやら僕だけの秘密ではなく、実は白日のもとに晒されていて、誰もが看破し読み取れるものらしい、まるで本のように、いやせいぜい滑稽な連載漫画、十数年に渡るシム・グッドチャイルドの愚行の一端というところか。

実年齢も年寄りで、自分でもそう感じており、世の中に対しても自分自身に対しても苛立ちを感じたシムは、日頃慣れ親しんだ秘密主義に背き、その漫画の隅っこを暴いてみせた。

「僕は昔あのふたりに恋をしていたんだ」

ほら、言ってしまった。目が潰れんばかりの事実。

「といっても君が考えるような意味じゃないよ。ふたりとも本当に愛らしい、慈しむべき子どもたちだと思ったんだ。ふたりとも今でもそうなのか、それはわからないが、少なくとも黒髪《ブルネット》の方、ソーフィは変わってない、とにかく最後に会ったときは変わってなかったよ。もちろん、金髪の片割れ、トーニは、あの子はいなくなってしまったがね」

「ロマンティストの爺さんだな」

「父性本能さ。それなのにスタンホープときたら、父親のくせに子どもたちのことを気にかけてもいやしない。これは確かだよ。それればかりか、女をとっかえひっかえ……まあ、もうずっと昔のことだがね。とにかくあの子たちは放っておかれてると皆感じてたんだ。だから、君が変なふうに僕……」

「とんでもない。そんなこと考えちゃいないよ」

「本当にそんなんじゃないんだ」

「全くだ」

「僕の言うこと、わかるよね」

「よくわかるよ」

「もちろん、僕の……僕たちの子どもは二人ともずっと年上だったから」

「うん、そうだね」

「だから、あんなに可愛らしい女の子が二人も、うちの戸口同然のところに住んでいるとなれば、そうなったのも自然の成り行きというもんだ」

「もちろんだ」

長い時間会話が途切れた。エドウィンが口を開いた。

「もし君の都合がよければ、明日の夜にと思っていたんだけど、どうだろう。あの人が夜は休みなのでね」

「ルースの具合が良くなればね」

「ルースも来てくれるのかい？」

「一人きりにしておけるくらいになったら、っていう意味だったんだよ。エドウィーナはどうなんだ？」

「いや、来ないよ。絶対に。エドウィーナの性格を知ってるだろう。実はもうあの人に会ってるんだよ。ほんの一、二分だったけどね。彼女はとにかく……」

「感受性が強い、って言うんだろう。知ってるよ。本当に、病院のケースワーカーがよく勤まるもんだね。見るに耐えないものも一杯あるだろうに」

「試練だよ。ただ、彼女は仕事については割り切ってやってるんだ。あの人と会った後ではっきりと言ったよ。もしあの人が患者だというなら話は別だわ、ってね。わかるだろう？」

「うん、わかるよ」

「プライベートな時間については話が別なんだよ、ね」

「そうだな」

「もちろん急患の場合はまた別だよ」

「解るよ」

「そういうわけで、参加は僕たち三人だけということだな。昔と比べると、哲学協会も随分メンバーが少なくなってしまったものだね」

「もしよかったら、エドウィーナにルースの看病をしに来てもらえないかな」

「君も知ってるだろう、エドウィーナがどんなに細菌に弱いか。常日頃はライオンの如く勇敢なんだがね。でも細菌だけは駄目なんだ。ウィルスはいいんだけど、細菌はね」

「そうだね、きっとそうだろう。細菌はウィルスよりも不潔だ。細菌の中にウィルスが含まれている、だっけ？」

「とにかく、駄目なんだ」

「エドウィーナは委員会じゃないね。女はたいてい委員会じゃない。エドウィン、君は委員会なのかい？　僕はそうだよ」

「何のことだかさっぱりわからないんだけど」

「ああ、全く。信念にもいろいろな水準があるだろ。委員会のメンバーの数に信念の数を掛けてみろよ」

「やっぱりわからないよ、シム」

「仕切りだよ。僕の中の委員の一人は仕切りがあることを信じている。例えば、この壁の向こう側にはフランクリー商店がある、といっても取り壊されるまでの話だけれども……でも、壁はいつまでも現実のものとしてあり、そうでないかのようにお体裁をつくろったところで無駄なのさ。だけどまた、僕の中の別の委員は……さあ、何と言うだろうか」

「あの人なら仕切りを貫き通すかもしれない」

「君の言っている例の男かい？　それなら本当にできるかどうか、疑う余地もないくらいにできるかどうか、やらせてみろよ。僕にはわかってるんだ……」

そうとも、僕にはわかっている、心がベッドから起き上がり、前に進み、階段を降りて扉を抜け、小径を通って厩に行くと、そこは二人の小さな女の子の光のおかげで薔薇色に明るくなっている。でも二人は眠っていて、その幻影がバカげた踊り、阿呆のようなアラビア風の踊りを踊っているけれど、二人が目を覚ますことはないのだ。

「何がわかってるって？」

「大したことじゃないよ。委員会のメンバーの誰かが独りごちただけさ」

すべて空しい幻想に出会うだけ。[*一]

「仕切りはどこまでいっても仕切りなんだ。僕の委員会の多数決ではそうなっている」

一はひとり、一人だけ、どこまでいっても一人。[*二]

エドウィンは腕時計に目を走らせた。

「急いで帰らなきゃ。あの人と連絡がとれたら知らせるよ」

「夜遅くの方が僕には好都合だ」

「委員全員にとって、かい。双子に対して特別な感情を持っているのはどの委員なんだ？」

「センチメンタルな老いぼれさ。そいつがわざわざ行くかどうかは怪しいけど」

シムはエドウィンを店の扉の外の通りまで送り出し、急いで去っていくその背中に向かって、いかにもお客のお帰りであるかのように丁寧なお辞儀をした。
センチメンタルな老いぼれだって？
シムはため息をついた。センチメンタルな老いぼれじゃなくて、手に負えない代物《メンバー》*三だ。

八時になり、ルースにはおもしろい本を持たせてベッドに座らせ、自分のお腹には魚の切り身と水で戻した乾燥ポテト、缶詰のエンドウ豆を詰め込むと、シムは店内を通り抜けて、扉の鍵を開けた後でかけ直し、数歩の距離を歩いてスプローソン・ビルへ着いた。まだ外はこうこうと明るいのに、ビルの向かって右手にあるスタンホープの部屋の窓には明かりが灯っていた。街は静かで、ケグ・オヴ・エールというパブのジュークボックスから流れてくる音楽だけが、青い夏の夕べを掻き乱している。エドウィンが取り沙汰している厩の静寂なんか別にとりたてて必要というわけじゃないよな、とシムは思った。これくらいの小さな会合なら、まあたった三人では会合という言葉さえ不似合いだけれど、

*一　シェイクスピアの詩『ヴィーナスとアドニス』五九七行のパロディ。狩りに行くと言い出した美少年アドニスが猪に殺される運命にあることを予感したヴィーナスは、不安を打ち消そうとアドニスの雄々しい姿を思い浮かべてみる。しかしそれは空しい幻想だとヴィーナス自身解っている。

*二　クリスマスのキャロルやキャンプ・ファイヤーで歌われるフォークソング「燈心草は緑色」"Green Grow the Rushes, O"のリフレイン部。元はキリスト教にまつわる数を憶えるための数え歌で、絶対唯一の神を表す一から始まって、四は四大福音書、十は十戒、最後の十二は十二使徒を指すという。ここではシムはそれを違う意味で使っている。

*三　「手に負えないメンバー」とは英語で「舌」の別称。放縦な物言いを諌めるヤコブの忠告（新約聖書ヤコブの書三章五―八章）に由来する成句。また、「メンバー」には隠語として「陰茎」の意味もある。

街角でやってもいいくらいなんだから。だがシムがそう考えている間にも、ヘリコプターが赤い光を撒き散らしながら古い運河の上空を端から端まで飛んでいったし、それに駄目押しをするかのように、列車が高架橋の上をガタゴトと走っていく。ヘリコプターと列車が通っていった後、シムの聴覚は新たに研ぎ澄まされたらしく、明かりの点いた窓辺でタイプライターがカタカタ鳴る微かな音を捉えたが、この時間だというのにスタンホープは、まだ本の原稿だか放送原稿だかコラムだかを書く仕事をしているらしい。シムは建物正面の二段の階段を上り、玄関のガラス扉を押し開けた。馴染みのある場所だ……左には事務弁護士事務所とベル家があり、右にはスタンホープの玄関の扉がある……短い廊下の一番奥には扉があり、庭に降りる階段に通じている。シムにとっては馬鹿馬鹿しいほどロマンティックな場所だった。ロマンスと馬鹿馬鹿しさを肌で感じ、認識した。僕はあのふたりの女の子とはこれっぽっちの繋がりもない。これまでもなかったし、これからだってありっこない。何もかも純然たる夢想の産物なのだ。ほんの数回、たったの数回店に来てくれたことがあった、それだけ……

左の階段をガタガタと降りてくる音がした。エドウィンが騒々しく現れた。今は快活そのもので、長い腕をシムの肩に回してものすごい力で抱きしめた。

「シム、嬉しいよ、来てくれたんだね！」

あまりにバカげた挨拶に聞こえたので、シムはできるだけ素早く身を離した。

「あの男はどこにいるんだい？」

「待ってるところさ。場所ならあの人は知ってるよ。知ってると思う。行こうか？」

いつもより一回り大きく見えるエドウィンは、大股で歩いて廊下の一番奥に行くと扉を開き、庭に降りる階段を示した。

「お先にどうぞ」

花をつけた草木、灌木、小振りの木々が小径に覆いかぶさっており、その小径は薔薇色のタイル葺《ぶ》きで古めかしい屋根窓のある厩へとまっすぐに続いている。それを見て、長い間すぐ身近にありながら未知のままであったものの現実の姿に、これは本当に現実なのかというい つもの疑念にシムは一瞬陥った。それを言おうと開いた口は、またすぐ閉じた。

六段ある階段を降りていく一歩また一歩が、それぞれにはっきりとした特質を持っている。感覚が麻痺あるいは鈍化されるようだ。コスタ・ブラバ[*一]で泳いだりシュノーケルをつけて潜水したことがあるが、今の一連の動きはちょうど水中に潜っていく感じにそっくりだ。だが水中に入る時とは違って、一瞬にして水の上から下へと、切れ目のない表面、境界線を突き抜けていくのではない。この場所にある境界線は水面と同じく確かに存在するが、水面の場合ほどはっきりと見極められない。グリーンフィールドの夕方の喧噪から抜け出して、一歩一歩降りていくごとに、感覚が麻痺して……いや違う、鈍化する、でもない。ぴったり来る言葉なんかないな。この細長い庭は、手入れもされず打ち捨てられ、誰も立ち寄りもしないが、それでいて、まるで何かの溜め池、強いて言えば静けさを溜めておく池のようだ。香油の溜め池。シムは今しがた受けた感覚を、耳だけではなく目でも感じ取れるような気がして、立ち止まりあたりを見回したが、何もない……あるのは繁り過ぎた果樹、伸び放題の薔薇

＊一　スペイン地中海沿岸の保養地。

の株、カモミール、イラクサ、ローズマリー、ルピナス、ヤナギラン、ジギタリスだけだ。今度は澄み切った空を見上げた。すると驚いたことには、ちょうどその時に高いところから一機のジェット機が降下してきていたのだが、その音はぬぐい去られていて、まるでグライダーみたいに優雅で無垢だった。再びあたりを見回すとフジウツギ、クレマチス、クワガタソウ……すると庭の芳香があたかも初体験のように、シムの鼻孔へ侵入してきた。

エドウィンの手が肩にかかっていた。

「先へ進もう」

「僕たちが持っている小さな庭に比べると、ここは随分素敵だなと考えてたんだよ。花のことは思案の外だったよ」

「グリーンフィールドは田舎の町なのにね！」

「どこを見るかの問題なんだろうな。それにどうだい、この静寂！」

小径を歩いて庭の端まで来ると、太陽の光を遮られた馬車だまりがあった。かつては入り口が二重の扉で閉じられていたが、今では二つとも取り外されている。今残っているのはただ一つ、奥にあって、曳き船道に続く小さな扉だけだ。左手に階段が続いている。

「ここを上るんだ」

シムはエドウィンの後に続いて上り、それから立ち止まってあたりを見回した。フラットと呼ぶのは大げさだろう。幅の狭いソファーベッド、かなり古いソファー、小さなテーブル、それに椅子を数脚どうにか納めている程度の広さだった。二竿の箪笥があって、その両側に扉のない入り口があり、ちっぽけな寝室に続いている。屋根窓もあって、一つは運河を見下ろし、もう一つは背後の母屋の建物を見上げている。

シムは一言も発することなく、棒立ちになっていた。部屋の狭さのせいでもなければ、板一枚の厚さしかない床のせいでも、安っぽい材質の板材の内壁のせいでもない。使い古した中古の家具でも、詰め物が飛び出してぶら下がっている肘掛け椅子でも、しみのついたテーブルでもない。部屋の空気。臭いのせいだ。誰か、おそらくはソーフィが、最近ここに来たのだろう、身体を貫き通すように強烈な安っぽい香水の香りが空中にかかっており、それが一種の覆いのように古い臭いにかぶさっているのだが、それでも古い臭いは依然としてそこにあった。何か食べ物の腐敗臭、そして食べ物だけではなく他にもある、身体の……火照り、でもなく発汗でもなく、まさしく……動物的な汗の臭い。一方の壁には手の込んだ金箔細工の縁飾りがついた鏡、その下の棚の上には瓶、使いかけの口紅、缶、スプレー、それに白粉《おしろい》がある。屋根窓の下の低い箪笥の上には、やたらにでかい人形が壁にもたれかかり口を開けて笑っている。真ん中のテーブルにはがらくたの山……タイツ、指人形、洗濯していないパンツ、女性雑誌、それにトランジスタ・ラジオのイヤホン。それでもテーブルの上に掛けてあるビロードの布には毛糸の小玉の縁飾りがついているし、絵や写真を貼ってはがした跡の間《あいだ》々《あいだ》にはいくつかの装飾品、例えば陶器の花、色をつけた何かの欠片《かけら》などがあり、それが薔薇の花の形にくっつけてあったりした。埃をかぶっている。

シムの中で二十年分の幻想が泡のように消え去った。そりゃそうさ、当然だよ、そうとも、誰にも構ってもらえないまま成長しなければならなかったんだからな。そうさ、僕は一体何を期待していたんだ？　母親もいなかったんだからな……可哀相に、可哀相に！　仕方のないことだよな……

エドウィンの方は、気を遣いながらテーブルの上の物を取り除けていた。それを屋根窓の下の箪笥の上に置いた。箪笥の脇にフロアスタンドがある。笠はピンク色でテーブルクロスと同様、毛糸玉の飾りがついていた。

「窓は開けられそうかい？」

その声はほとんどシムの耳には入っていなかった。患難としか言いようのない感情を吟味していたからだ。やっとのことで屋根窓の方を向くと、開けられるかどうか調べた。窓枠をペンキで塗ろうとしかけて止めたらしいが、他には何年もの間誰も開けた形跡がない。部屋のもう一方の端にある屋根窓の下に置かれた箪笥の扉も同様だった。誰かがピンクに塗りかけて止めている。背後の母屋を曇った目でじっと見つめ返しているような屋根窓からシムは外を眺めた。

エドウィンがそばに来て言った。

「この静寂を感じてみなよ！」

シムは驚いて相手を見た。

「君は感じないのか、この、この……」

「この、何だい、シム？」

この患難、さ。それ以外の何物でもない。患難。冷遇。

「何でもない」

その時シムは、庭の向こう端にある階段の一番上で、ガラス扉が開くのを見た。その扉から二人の男がこちらへやって来る。シムはエドウィンに向き直った。

「何てこった！　君はこのことを知ってたのか？」

「もちろん場所はここだって知ってたさ。僕たちがままごとのお茶会をやったのはここなんだから」

「言ってくれればよかったのに。エドウィン、もし知ってたら絶対に僕は来なかったよ。何てことだ、全く……あいつが万引きするところをつかまえたことがあるんだぞ！　それに、君はあいつがどこに行ってたか知らないのか？　牢屋だぞ、理由は君だって知ってるだろう。何てことだ、全く！」

「おいワイルドウェイブ」

階段にさしかかった男の声が突然近くに聞こえてきた。

「そんなこと言ったって誰が信じるものか。わたしをどこに連れていくつもりなのかもわからんし、どこだろうと気に入らないね。何かの罠なのか？」

「おい、エドウィン……」

階段の踊り場の上に黒い帽子、続いて萎《しな》びた顔が見えてきた。その後ろから、公園に入りびたっている老人の半白髪の乱れ髪と歪んだ顔が続く。老人は悶えるように身を捩《よじ》って、階段の途中で立ち止まった。

「いやだ！　止めろったら、マティ！　これは一体何の真似だ？　アル中更正会ならぬ、美少年趣味更正会とでもいうのか？　三人完治、残りはあと一人ってわけなのか？」

マティと呼ばれた男は老人の襟を掴んだ。

「ペディグリー先生……」

「マティ、おまえは今でも相変わらず大阿呆だな！　放せ、聞こえないのか？」

茶番もいいとこだ。奇妙で醜い二人の男は階段の途中でもみあっているらしい。エドウィンは階段の上で踊り回っている。

「そこのお二方！　まあ落ち着いて！」

シムはこの茶番から身を引きたいと思い、せっかくの静寂を無残に奪われ辱められたこの建物から遠ざかりたいと、心底願った。だが階段は塞がれてしまっている。老人は逃げようともがいたためその時ばかりは精が尽き、ぜいぜいと喘ぎながら、その息で喋ろうとしていた。

「おまえは……わたしの状態がどうのこうのと……素晴らしい状態なのに……誰にもわかるもんか。おまえは精神科医のつもりか？　わたしは治りたくなんかないんだ……医者たちだってそれは認めてる……だから、これでご機嫌よう……」と、馬鹿げたことではあるが老人は社交上の礼儀を守ろうと奮闘し、階上のシムとエドウィンにお辞儀をしつつ、同時に身体をマティから引き離そうともがいていた。「……ご機嫌よろ……しゅ……」

「エドウィン、ここから出よう、後生だから！　はなから間違いだったんだよ、全くの茶番、生き恥もいいところだ！」

「君らには何の借りもないはずだぞ……君らの誰一人として……放してくれ、マティ、法律に訴えてでも……」するとその時、黒い帽子をかぶった男は手を離し、両手を下に降ろした。二人は階段の途中に立っていて、まるで水底が傾斜したところで水浴びをしている人たちみたいに、身体の上の部分だけが見えている。その時ペディグリーの顔はウィンドグローヴの肩の高さにあり、その目が一フィートほど上にある相手の耳を捉えた。嫌悪のあまりペディグリーの身体が激しく痙攣した。

「見るも恐ろしい、忌まわしい化け物め！」

ゆっくりと、情け容赦もなく、血がマティの顔の右半分を染め尽くした。マティは何もせず、何も言わずに立っていた。老人は急いで後ろを向き、歩き出した。やがて馬車だまりの敷石を踏む音が聞こえ、草が伸び放題の花壇に挟まれた小径に姿を現すのが見えた。大急ぎで立ち去ろうとしている。小径を半分ほど行ったところで、老人は歩みを止めずに振り向き身を屈め、メロドラマに出てくる悪役そのままの毒気を込めて、屋根窓を肩の下からちらりと見上げた。唇が動いているのをシムは見たが、不思議な鈍化のせいでその言葉はくるみ込まれている……とはいうものの、この場所があんなふうに冒瀆されてしまった今となっては、魔法のような特質もシムにとってもはや一つの神秘ではなく、単なる遮音効果へと成り下がっていた。老人は階段を上りきると、廊下を抜け、通りへと出ていってしまった。

エドウィンが口を開いた。

「あいつは僕たちが警察だとでも思ったんだろう」

ウィンドローヴの顔はまた白と茶色に戻っていた。黒い帽子が少しばかり一方に押しやられているので、耳がいやでも目に入る。シムが自分のどこを見ているのか心得ているように、男は帽子を脱ぎ髪を整えた。今や彼が帽子を手放さないわけがより明白となった。男は注意深く髪を下へ撫で付け、それから髪を押さえるように帽子をかぶり直した。

一つの事実が暴かれたことで、見ている者としてもいくぶんやりやすくなった。ウィンドグラフ……

マティ、とかあの爺さんは言ってたっけ……マティというこの男も、初めこそ近寄り難い不気味な怪物に見えたが、不具でおまけに奇形持ち、いやハンディキャップがあると言わなくちゃいけないんだよな、そうとわかれば、ただの人じゃないか。シムははっきりした決心もないままに、気がつくと、ちょっとした社交的なやり取りを交わしていた。手を差し出したのである。

「シム・グッドチャイルドです。よろしく」

ウィンドグローヴはその手を、まるで握手するものではなく吟味する対象であるかのように眺めた。それから手を取ると、ひっくり返して手のひらを覗き込んだ。シムは少しばかりこれに当惑し、手のひらが何かで汚れているのか、何かおもしろいものでも見つかるのか、それとも装飾でも施してあるのかを見極めようと、自分でも手のひらを見下ろした……そして言葉が意識の中に降りてくるのを待つまでもなく、男が自分の手相を読んでいるのだということを理解したので、そこに立ったまま気を楽にし、少なからず愉快に思った。自分自身の手のひらを覗き込むと、それは青白く、皺だらけで、言うなれば一冊の書物、しかも製本材料の中で最も稀少、でなければ少なくとも最も高価なこの材料で装丁された書物のようだ……そう思ったとき、自分のすべてがあたかも空間を抜けるように落下して、手のひらを意識するだけの存在になり、周転する時間をも停止させた。この手のひらは、えも言われぬほど美しく、光でできていた。貴重なものであり、芸術でも尽くせないほどの確かさと巧緻さで、貴さを込めて刻み込まれ、十全な健やかさを損なうことなく、作られた場所を離れ、ここに据えつけられたのだ。

これまでに経験したことのないほど激しく身震いしながら、シムは自分自身の手のひらという巨大な世界をじっと覗き込み、その世界は神聖だと見て取った。

小さな部屋がシムの意識に戻ってきたとき、相変わらず奇妙ではあるがもはや近寄り難くはないこの人間は、まだシムの手のひらを見下ろしており、エドウィンは椅子をテーブルの方に寄せていた。

確かにそうだ。静寂の降りたこの場は魔法だ。それでいて、汚い。

ウィンドレイヴが手を放したので、シムは美と啓示を宿した手をそのまま引き取った。エドウィンが話しかけた。その言葉にほんの少しの埃、微かな嫉妬心があることが感じ取れた。

「長生きを請け合ってもらえたの？」

「止めろよ、エドウィン。そんなんじゃないよ……」

ウィンドローヴがテーブルの反対側に行って座ると、そこがたちどころに上座になった。エドウィンはその右手に座った。シムは左手に滑り込むように席につき、これでテーブルの三つの側面が埋まり、ペディグリーが座るはずだった四つ目の面が空いたままとなった。

ウィンドグローヴは両目を閉じた。

それには何の遠慮もせず、シムは部屋の中をじろじろ見回した。そこかしこに装飾品を留めてあった画鋲がついている。かなりみすぼらしい鏡。屋根窓のそばにあるソファーベッドには、ええと、毛糸玉がいくつもの列に並んでついている……人形にもフリルがついていて、箪笥の向こう端に立てかけられ、クッションで固定してある……仔馬の写真と若い男のブロマイドもある。きっとポップソングの歌手かなんかだろうが、今では名前も忘れられている……

男は両手のひらを上に向け、テーブルの上に置いた。シムが見ていると、エドウィンはちらっと下に目をやり、男の右手を自分の左手でとり、右の手をテーブル越しにこちらに伸ばしてきた。二人がやろうとしていることがわかると一瞬気恥ずかしさが先に立ったが、とにかく手を伸ばしてエドウィンの手を握り、右の手でウィンドローの左手をとった。その手に触れたのは、がっしりとして、しなやかな物体だった。宇宙でも何でもない、けれども暖かい、それも驚くほど暖かい、熱いくらいだ。

　シムは心の内で激しく沸き起こる笑いに身体が震えた。我らが哲学協会……議事録、議長、ホールや集会場の確保、著名なゲスト講演者など、いろいろやってきた挙げ句が結局これか……二人の爺さんが互いの片手を繋ぎ合い、もう片方の手の先には……何が居るんだ？

　それからしばらく経って……一分だったか、十分、三十分か……シムは鼻を掻きたくなっているのに気づいた。薄情に両手を離してこの小さな輪を崩そうかとも思ったが、そうしないことに心を決めた。結局のところ大した犠牲じゃないし、それにもしも今、鼻を掻きたい欲望から本当に身を離せたなら、他の諸々の欲望など、それこそ何マイルも遠ざけられたと実感できるだろうし、そうなればこの輪も小さな輪どころか巨大な輪、環状列石《ストーンサークル》よりもまだ大きい、州全体、いや国全体に……広大無辺に広がる輪となるだろう。

　またしても鼻を掻きたくなってきた。インチ刻みの尺度と、宇宙的といってもいいほどの尺度と、二つの全く異なる尺度を持つのはいまいましいことだ……この鼻の奴とは格闘しなければならない！鼻先からほんの少し左に寄ったところの痒み、まさしく身体中の皮膚という皮膚の筋肉を連動で痒くさせるよう悪魔的な調整が施された、そんな痒みなのだ。右手がいかに強く握り締められているかを意識しながら、シムは断固として踏ん張った……そして今や左手もぎゅっと握られて、誰が誰を握っているのやら判らない状態で、ひたすら踏ん張っているせいで息が大きな喘ぎへと変わった。顔が苦悶で歪み、両手を外そうともがいたが、どちらの手もしっかりと握られている。できることといえば、ただ鼻を中心に顔を何度も何度もひねり回し、頬や唇、舌、使えそうなものすべてを使って鼻の先を触ろうと、愚にもつかない努力をするだけだ……その時霊感がひらめき、シムは身体を曲げて両手で囲まれた机の木の表面に鼻を擦りつけた。痒みが消えた爽快感は手のひらの美しさと同じく、えも言われぬほどであり、シムは鼻を木につけたままで、呼吸が平常に戻るのを待った。

頭上でエドウィンが喋った。いや、それはエドウィンでもなければ、喋ったのでもない。音楽でも、歌でもない。たった一つの音だった。金色で、光り輝いていて、これまでのどんな歌い手も出したことのない音。ただの人間の息では維持できるはずもない音が、あの時シムの手のひらが目の前で開いていったように開かれ、広がり、音域が進むごとに貴さを増して、人間の経験域を越えるまでになり、いや元から越えていたのかもしれないが、やがて苦痛となり、それからその苦痛を超越し、苦痛と快楽を一緒にすると双方を破壊し、一つの存在物となり、そしてまた別の何かに変わっていく。その音は、次に来るものを予感させながら、しばらくの間止んだ。音は始まり、続いて、止んだのだ。それは一つの言葉だった。その始まり、その爆発的で生気溢れる状態の変化は、一つの子音だったのであり、その子音から発して膨らんでいった黄金の王国、[*一] あれは久遠まで続く母音だったのだ。そして結

＊一　「黄金の王国」は、英国詩人ジョン・キーツの「チャップマンのホメロスを初見して詠める詩」（一八一六）の冒頭行にある句で、古から詩人たちが紡ぎ出してきた詩の世界を指す。また、マーガレット・ドラブルの第七作小説（一九七五）の題名でもある。

末のあの半母音は、音の終わりではなかった、というのはこの言葉には終わりなどはなく、そもそも終わりなどあり得るはずもなく、あるとすればそれは再調整だけ、その背後に霊の世界がゆっくり、ゆっくりと姿を隠していくのを可能にする再調整だけで、その様子はあたかも恋人が別れ際に、いつまでも愛しています、そして請われればいつでもまたやって来ますと、言葉にできないほど神聖な約束を与えて、未練を残しつつ去っていく時のようだった。

黒衣の男がシムの手を離したとき、手はどれもまた、ただの手に戻ってしまった。シムにそれが見えたのは、木の表面から顔を上げたとき、両手を合わせて顔の前にもってきたからだ。そこには右の手のひら、少し汗ばんでいるが全く汚れのない、他の誰のと比べても全く同じ手のひらがあった。上体を起こすと、エドウィンがティッシュで顔をしきりに拭っているのが見えた。ふたりは一斉にウィンドローヴの方を振り返った。彼はテーブルの上に両手を広げ、顔を下に向けて、顎を胸に埋めていた。黒い帽子のつばのせいで顔は見えない。

一滴の透明な雫《しずく》がそのつばの下から滴り、テーブルの上に落ちた。マティは顔を上げた。だが自分に向けている萎びた左半分から、シムは何の表情も読み取れなかった。

エドウィンが話しかけた。

「ありがとう……本当にありがとう！　神のご加護がありますように」

マティはエドウィンをまじまじと見つめ、それからシムを見つめたが、その時初めてシムは顔の茶色の側にある表情が浮かんでいるのを見て取れた。疲労困憊。ウィンドローヴは立ち上がり、一言も喋らずに階段まで行くと、下り始めた。エドウィンが弾かれたように立ち上がった。

「ウィンドグローヴくん！　今度はいつですか？　ねえ、それに……」

エドウィンは急いで階段まで行き、降りていった。馬車だまりから何事か早口で喋っているのが聞こえてくる。

「今度はいつ会えますか？」

「本当ですか？　ここで？」

「ペディグリーを連れてきてもいいか、ですって？」

「ねえ、あの、えーと、お金の方は大丈夫なんですか？」

ほどなくして、曳き船道に出る扉の掛け金がかちっという音が聞こえた。エドウィンが階段を上がってきた。

シムは渋々立ち上がり、周りの絵や写真、それらが貼ってあった跡、人形、ゴリウォッグ人形[*一]がぶら下がっている箪笥を眺めた。ふたりは並んでその場所を出、どちらが先に階段を降りるかで礼儀正しく譲り合い、それからまた並んで庭の小径を歩き、廊下を抜け、スタンホープの書斎でまだタイプライターがカタカタ鳴っているのを耳に留め、そして通りに出た。エドウィンが立ち止まり、ふたりは互いに向き合った。

エドウィンは深い感動を込めて話しかけた。

＊一　真っ黒な顔に縮れ髪、奇抜な服を着た人形の名。バーサ・アプトン作フロレンス・アプトン画の連続児童絵本（一八九五）に出てくる人形に由来する。

「君たちは本当に素晴らしいチームだよ！」

「誰が？」

「君とあの人だよ……神秘学《オカルト》的な意味でね」

「僕と……あの男が？」

「素晴らしいチームだ！　まさに僕の言ってた通りだったろう！」

「一体何のことを言ってるんだ？」

「君があの忘我状態《トランス》に入ったとき、君の顔に霊的な抗戦ぶりが映し出されているのが見えたのさ。するとまさにその時、僕が見ている前で君はそれを乗り切ったんだ！」

「そんなんじゃなかったんだ！」

「シム！　ねえシム！　君たち二人は僕をまるで楽器のように奏でてくれたんだよ」

「なあエドウィン……」

「何かが起こった、ってことは君にもわかってるんだろう、シム、ねえ、謙遜なんかしないでくれよ。そんなのは偽りの慎みさ……」

「もちろん何かが起こったのは確かだけど……」

「僕たちは障壁を打ち破ったんだ、仕切りを打ち破ったんだよ。違うかい？」

その言葉を激しく否定しようとしたとき、シムは思い出し始めた。何かが起こったことに疑いを差し挟む余地はないし、おそらくそれには僕たち三人が必要だったのだろう。

「おそらく、破ったのかもな」

第十四章

七八年六月一二日

我が友ペディグリー先生はスプローソンビルの厩の階段までやって来たでもそこにいるのはどうしてもいやがって先生は私らが害を加へるつもりだと思っていて私はどうしたらいいかわからない。先生は立ち去り私と共に残ったのはまだファウンドリングズで教えているベル先生とグッドチャイルドさんでこの人は本屋さんだ。この人たちは私から何かを期待していたらしいたぶん言辭《ことば》を。私らは身体で輪を作り惡しき靈から身を護ろうとしたなぜなら厩には緑や紫や黒の靈がたくさんいたから。私はできる限り靈を近づけないように努めた。靈は二人の紳士の後ろに立って鉤爪で引っ搔こうとしていた。私がいないときにはあのお二人はどうして生きていられるのか私は私に尋ねる。ベル先生がお金をくれようとしたけどあれはおかしかった。でも私は幼兒《おさなご》のように泣いてしまったそれはペディグリー先生のためだ先生は自分の軀《からだ》にがんじがらめになっているのだ見るも恐ろしい忌まわしい。あの男子の守護者になる仕事から割ける時間しか先生のために割いてあげられない。ペディグリー先生のことを心配することがなかったらあの男子を守護しながら幸福な人生を送れるのに。わが世にあらん限り私はその男子の僕《しもべ》となり幸福に多くの年月を望めるけれどそれも私がペディグリー先生と私の靈なる顔を翳《いや》すことができればの話だ。

七八年六月一三日

大いなる怖《おそ》るべきことが迫っている。見ることができる人に物事を示す手だて（マッチ箱だの刺《とげ》だの土瓦《やきもの》の碎片《くだけ》だのを使ったり惡しき婦《をんな》と結婚する等々）を授かったのは私とエゼキエルだけだと思っていたのに。そのわけは。言いたいことがうまく言えない。

　あのひとは婚約指輪を失くしたあのひとはマスターマン先生体育先生と婚約している先生は体操では有名な人らしい。あのひとが行ったところは何處《どこ》でもくまなく私らは指輪を探した。私は生徒たちに楡樹《にれのき》の下を探しなさい*1と言い自分でもその樹々の近くを探してみた。それから生徒が立ち去った後にあのひとがやって来てあなた楡樹《にれのき》の下はもう見てくださったのと尋ねてきたので私はいいえと答えたけれど私のつもりでは続けて生徒たちが見ましたと言うはずだったなぜなら私が見たと言ったら虚偽《いつはり》になるからでも私がちゃんと話す前にあのひとはわたしが見るわと言って歩いていった。あのひとはとても美しくてにっこり笑っていて私は我が軀《からだ》を思い切りつねり上げて軀《からだ》がやったことへの罰とし私はそれからまた指輪を探し始めた。しかしまた顔を上げてしまったとき（このことでもう一度軀《からだ》をつねるのを忘れるなその時はつねり忘れてしまったから）あのひとが指輪を手から落とすのが見えた失くしたと言っていたのにそれからあのひとは指輪を見つけたふりをして両手をぱっと広げてあったわ《ビンゴ》と叫んだ。笑い声を上げながらあのひとは私の處《ところ》へ近づいて左手の指に指輪をはめてみせた。私は何も言えず途方に暮れてしまった。何處《どこ》を見たら指輪があるかもしれないかあなたが教えてくれたとみんなには言ってちょうだいね実のところマ先生には指輪はあなたが見つけたって言わなくちゃ駄目ですよとあのひとは言った。今は晩になって私はどうしたらいいのかわからない。惡しきことの他は人から言われたことは何でもすると誓《ちかひ》を立てたからには私にはあのひとに頼まれたことが惡しきことかどうかわからない。私の頭は失《う》せてしまった失《う》せたのは指輪だったはずなのに。この徴《しるし》は何の意味なのか今私は私に尋ねる。虚浮《うそ》をつくことも徴《しるし》なのか私は私に尋ねる。あのひとはにっこり笑って虚浮《うそ》をついた。言《ことば》ではなく行いで虚浮《うそ》をついたのだ。あのひとの言《ことば》は真実だけど真実ではない。指輪を見つけなかったでも指輪を見つけたのだ。わからない。

七八年六月一四日

一日中指輪のこととその意味を考えてぼうっとしていた。あのひとこそ怖《おそ》るべき女なのだがでもなぜ私に徴《しるし》を送ったのだろう？　難しい問題だ。あのひとは宝石が失くなっても失くならなくても気に留めないという意味なのだ。日割り分を暗唱してからもし私の思っていることが正しいのであれば私はこの身を犠牲《いけにへ》として獻《ささ》げますと言った後床についた。それから私が見たものが異象《まぼろし》なのか夢なのかわ

＊一　旧約聖書ホセア書四章一三節には、楡の木の下で淫行に耽った女たちの神聖冒瀆ぶりが描かれている。

からない。あれが夢なら人が見るという尋常の夢ではないなぜならあんなものに毎晩耐えられる者などいるはずないではないかと私は私に尋ねたくなるひょっとすると聖書に書かれているような夢かもしれない。パロも悩んだことだろうそうでなければ夢解きのために人を召したりしなかったはずだ。*一それとももしかしたらやはり異象《まぼろし》だったのかも私は本当にあそこにいたのかもしれない。あれは黙示録の女だった。女は怖《おそ》るべき榮光《えいくわう》の彩《いろど》りに覆われてやって来たその彩りが私を苦しめたあの女には私を苦しめることが許されているのだ私がスタンホープさんに邪《よこしま》な思いをもったから。でも私がスタンホープさんのことを考えるのは私ばかりのせいではない、あのひとは宝石であんな妙なことをし徵《しるし》のことか徵《しるし》の示し方をあのひともわかっているのかどうか見てるのに一日かかった。しかし実はあの黙示録の女がスタンホープさんの顔をかぶって笑い声を上げて私に下着を汚させてあれはひどい痛苦《いたみ》だったそれで私は目が覚めたときそれとわかって恐れ驚いたなぜかというとノーザンテリトリーのハリーバマー以来もう下着を汚すこともできなくなったと思っていたし恐れることも愧《は》ぢることもできなくなったからだ。

それから七八年六月一五日になって（でも夢は見なかった）この日一日仕事をしながら愧《はぢ》をおふように努めてみたができなかった。他の者と同じく私も罪を犯せるという発見。言いたいことがうまく言えない。鳥の声に耳を傾けてワライカワセミみたいにあざけり嗤ってやしないかと思ったけれどそうではなかった。ではあのひとは光の御使《みつかひ》に扮《よそほ》ひしものなのかそれともあのひとは良き靈なのか。空が見える。私が言いたいのは私には今空を覗き込んで上の方まで微かに色づいている様を見て取れるということだ。生徒たちが来たけれどほんのちょっとの間だけ。少年たちに譬《たと》へばハレルヤやその他のことで世のもの皆が喜んでいる話をしようとした。でもできなかった。まるで白黒からカラーに変わるみたいだ。長い野原のそばにある樹に少しばかり日が照っていて私は。少年たちは音楽鑑賞へ向かっていった。私にはほんの微かにしか聞こえなかった。そこで私は仕事を放り出して生徒たちの後を追い、音楽室の窓の近くのガレージの處《ところ》に立った。蓄音機で音楽をかけていて大きな音が出ていて音楽はまるで樹々や空を今見ている感じのような感じで聞こえていて御使《みつかひ》の如き生徒たちを今見ている感じのような感じで聞こえていて大きな楽団がベートーヴェンを奏でていて交響曲というのだそうだ私は音楽棟の窓の外の敷石の上で生まれて初めて踊り始めた。アップルビー奥様が私を見てやって来たので私は踊りを止めてじっと立った。奥様は大天使が笑っているように見えて私はじっと立った。奥様は大きな声で素晴らしいわよねえ七番ってそう思いませんことあなたが音楽好きだなんて知らなかったわとおっしゃってだから私も笑いながら私も知りませんでしたと大声で返事した。奥様が笑っている大天使みたいに見えたので私の口は何ならしていいのかにお構いなしに叫んでしまった。私も人間の男で私にだって息子が持てるのです。奥様はまあなんて突拍子もないことを言うのあなた大丈夫と言った。その時私は沈黙の誓《ちかひ》を思い出したが誓《ちかひ》は何だかとても小さく思えたでも生徒たちと話をするだけでもうぎりぎりの處《ところ》へ近づいていると思ってだから私は祭司のように右手で奥様に祝福を与えた。奥様は驚いた様子で急いで去っていった。今日のは昔のピアスさんの言い方で言えばおったま

＊一　アブラハムの孫ヨセフがエジプト国王パロ（ファラオ）の夢判断を行った挿話への言及で、旧約聖書創世記四〇―四一章に書かれている。

げた椿事なのだ。

さっき書き込みをした後つまり、なのだと書いてからさっきと書くまでの間に私は大いなることを示された。靈たちでもなく異象《まぼろし》でもなく夢でもなく啓《ひら》き出《いだ》しだった。私は天の摂理の一部分を見た。あの男子がいつの日かこの言辭《ことば》を読んでくれることを私は望む。来るべき将来その男子にこれを読んでもらうことが私がこれを書き留める目的なのだあの時（六五年五月一七日）は頭が変ではないことを示す證《あかし》にしようなんて愚かなることを考えていたけれども。真実を記すなら私の心の眼*一がなのだとさっきの間に啓《ひら》かれたのである。聖なる靈によりてこの世に噓《ふき》入れらるること能《あた》はぬ善の生氣《いのちのいき》は人間の本性によりて地上に現るるべし。私はその人間たちを見た小さくて萎《しお》れていて私のような顔をした人もいた手足の不自由な人もいた身体が毀《こわ》れている人もいた。それぞれの人の後ろには日の出《い》づる如き靈が一人ずつ見えた。その眺めは歡喜《よろこび》をはるかにすぎ踊りもはるかにすぎていた。それから声がしてこの糸を擦り切れさせて断《た》ってしまうのが音楽なのだと告げた。

七八年六月一七日

なけなしの時間を使って書かなければならないことがある昨日の夜に日割り分を暗唱した後に素晴らしい事が起こったから。できるだけ急いで書かなくてはならないもうすぐしたら自転車に乗ってグリーンフィールドに行ってベル先生とグッドチャイルドさんとペディグリー先生に会わなくてはいけないから今度はペディグリー先生も一緒に行くと言ってくれると思う。昨日の夜私はやる仕事があると思った。そこで私は言うなれば自分の軀《からだ》から温もりをみんなすくい取って靈たちの方へ獻《ささ》げてみたら靈たちは優しく私を召寄《めしょ》せてくれた。赤い衣の長老は冠をかぶり青い衣の長老は小冠をかぶり私を優しく待ち設けていた。私は長老たちがいつも私を気にかけてくださることにお礼を言ってこれからも末永く友でいてくださいと言った。とりわけ長老たちが私の内にあって誘惑《まどはし》の根を除いてくださったあの年月についてお礼を言った今ではもちろん私もその誘惑《まどはし》の根は実は小さいものと見ることができるようになったから。こんなことを言っていると長老たちは奇《くす》しき輝きを増して私は目が眩んだ。長老たちは示した、我らはおまえが人の女子《むすめ》に目を凝らし美麗《うつくし》きと感じたことを知っている。私は長老にスタンホープさんのことを尋ねて指輪を落とす徴《しるし》のことも尋ねて私にはその徴《しるし》の意味が見えないと告白した。すると靈たちは示した、すべては我らからも隠されている。何年も前にあの女も召寄《めしょ》せようとしたがあの女は来なかったのだ。

気がつくと私は馬具部屋の外に立って空を見上げていたのだったでももう今は寝室に戻ってベッドの端に腰掛けている。我愛《わがあい》する子よ、その後に起こったことを書くのは難しいよあまりに奇妙で大いなることだったんだから。急に二人の靈が私を召寄《めしょ》せたんだ。長老たちは示した、おまえの質問に対する答は済んだゆえに今度は我らからおまえに教へてやることがあるさすればおまえの知識は溢れひ

＊一　「心の眼」（理解の眼）は新約聖書エペソ人への書一章一八節にある句。イエスの力により人々の心の眼が開かれることをパウロが祈願している。

ろごるであろう。天に達せる號呼《さけび》*一がおまえを地上に下らしめたのだ。さておまえが守護する子の身の後ろに立つべき大いなる靈が姿を現された。おまえは何のために生きているのかと聞いたがこれこそがおまえの生きる意味である。おまえは燔祭《はんさい》として獻《ささ》げられるのだ。それではこれからおまえを我らの友へ引き合わせ共に飲食《のみく》いせん。

今では長老の靈たちにも慣れたし自分の靈なる名もわかっていて靈に召寄《めしよ》せられるときにも寒くなくなったでもこの消息《おとづれ》は言ってみれば天の下部に座すような心地だったので私はまたあの時（六五年五月一七日）みたいに軀《からだ》じゅう寒くなって毛が一本一本ふくらんだ鳥肌の上に逆立った。しかし私から温もりが一つ残らずなくなってしまうと二人の長老の間にその友が立っているのが見えた。その靈は真白な衣に身を包み頭の周りには太陽の円光をまとっていた。赤と青の長老は冠を脱いで投げ捨てた私も冠を脱いで投げ捨てた。白い衣の靈を私はとても畏《おそ》れたのだでも赤の長老が示した、こなたがおまえの守護する子の後ろに立つべき靈なる者である。その子は世に靈なる言語《ことば》をもたらし國《くに》の子孫《ひとびと》はお互いその言語《ことば》もて語り合うようになるであろう。これを聞いて御前に私は頭を垂れ、人間に向けられた歡喜《よろこび》の大きさを感じてテーブルに目から涙がこぼれた。それからまだ目は下げたままだけれども私は靈《れい》たちを我が小さなテーブルに歓迎した十分に場所の余裕はあるみたいだったから。すると青の長老が示した、本日歡喜《よろこび》は天に満つ斯《か》くの如き集いはアブラハムの日々より絶えて久しきゆえ。それから私は靈なる食物飲物をさしあげて靈たちはそれをうけた。これが終わると私はどうでも犠牲《いけにへ》となりたい望《のぞみ》を覚えて私は何をすればよいのでしょう何がお望みなのでしょうかと尋ねた。赤の靈が示した、おまえと共にここを訪れ共によろこぶ以外は何も望まぬおまえは我らの仲間なのだから。おまえも長老なのだからまだ肉の身であるとはいえ知っておいても良かろうと思われるゆえおまえにも我らの智慧《ちえ》を分かち持たせよう。靈たちはこれを大いなる書《ふみ》を示すことではなくてこの上なく素晴らしい啓《ひら》き出《いだ》しによりて示されたたとえ私にこれを録《しる》す力があったとしてもこれを録《しる》すのは公義《ただしき》こととは思えない。

頭の周りに太陽の円光を頂く白の靈はこの間じゅうテーブルの私の正面に座っていて私は初めにその御姿を見ることができた後は目を上げて御顔を見る勇氣がなかった。でも今は啓《ひら》き出《いだ》しの榮光《えいくわう》に助けられているし靈たちも白の靈を自分たちと私の友と呼んでいるのだからと思って私は目を上げて白の靈の御顔を見たするとその御口から剣が出てきて*二私を打って心臓を刺し通してとても怖るべき痛苦《いたみ》で、後から判ったのだけれど私は気を失ってテーブルに突っ伏してしまった。また気がつくと靈たちは私を遠ざけたそして

村の時計が教会の塔から時を打った。マティは自室の小さなテーブルからはっと起き上がった。練習帳を閉じると整理箪笥の中にしまい込んだ。急いで馬具部屋に向かい、壁に立て掛けてあった自転車を掴む。マティの口がシューッという音と共に息を吸い込んだ。後輪がパンクしている。マティは自

*一　旧約聖書サムエル前書五章一二節に見られる句で、神の契約の箱を奪ったペリシテ人に神罰が下り、疫病に苦しむ国民の叫び声は天にまで達した、とある。

*二　新約聖書ヨハネの黙示録一章一六―一七節参照。ヨハネは幻視の中でキリストを思わせる人物を見るが、その口からは両刃の剣が突き出している。これを見てヨハネは死んだように気絶する。

転車をひっくり返すと、サドルとハンドルを下にして立てた。それから急いで水道のところへ行き、バケツに水を一杯に入れた後、タイヤのチューブを引っ張り出し、どこがパンクしているのか見つけようとチューブを水の中に沈めた。

ルースは笑いながら首を横に振った。シムは無意識に自分の祖父を真似た身振りで手を広げた。

「でも、僕は君に来て欲しいんだ。来てくれたらいいのに！　君はこれまで、僕と一緒に馬鹿げたことをするのをいやがったりしなかったじゃないか！」

ルースは何も言わず微笑み続けた。シムは自分の禿げた頭に手をやった。

「君はいつもスタンホープのことを褒めそやしていた……」

「何を馬鹿なこと！」

「そうさ……女たちはそうだった……」

「わたしを『女たち』と一緒にしないで」

「でも本当に来てくれたらいいのにって思ってるんだ。夜遅すぎるっていうのかい？」

再び沈黙。

「ペディグリーのせいなのかい？」

「あなた、どうぞ行って。楽しんできてちょうだい」

「楽しむってのはあんまり……」

「そう。じゃあ、会がうまくいくといいわね」

「エドウィーナも来るんだ」

「本人がそう言ったの？」

「エドウィンが来るよう頼んでいるところさ」

「もし来てたら、よろしく伝えてちょうだい」

最初の会合から一週間が経ち、また例の不思議な男の時間が空く午後になった。シムは人集めをやってみたがその結果は芳しくなかった……三人から断られたし、一人からは「行くかも」という返事だったが、これは明らかに来る意志のないことを意味していた。恨めしげにシムは、哲学協会の終焉を伝える通知を、グリーンフィールド・アドバタイザー紙の誕生者死亡者欄に載せてもらってもいいかもしれないと思った。スプローソン・ビルの廊下に到着したときも、まだその通知の文言を案出しようとしていた。エドウィンが自分のアパートへ続く階段の一番下の段に立っていた。

「ルースはどこ？」

「エドウィーナは？」

それからまた沈黙があった。シムがその沈黙を破った。

「ペディグリーだ」

「わかってるさ」

「ペディグリーのせいなんだ。奴のせいでみんな来ようとしないんだ。ルースでさえね」

「そう、その通りだ。エドウィーナは、こんな状況でなかったら必ず来てくれただろうさ」

「ルースだってそうだよ」

「エドウィーナはほんとは、とっても広い心の持ち主なんだよ。ただペディグリーが……」

「ルースだってこれ以上ないくらい本当に慈悲深い人なんだ。真の意味、ギリシア語の意味での慈《カ》悲深《リタス》さでね」

「もちろんだよ。乳母車の赤ん坊に関する例の一件が原因さ。若い母親たちには残酷な仕打ちだった。じりじりとした心理的拷問ってやつだ。エドウィーナはひどく心に期するものがあったみたいでね。もし現行犯《フラグランテ・デリクト》で捕まえていたら、この手で奴を去勢してやったのに、っていつか言ってたな」

「フラグランテ・デリクトなんてラテン語は使わなかっただろ！」

「正確には、子どもに暴行を加えるところを捕まえたら、って言ったんだ。赤ん坊の乗った乳母車を押していってしまえば、それは暴行と見ていいよね」

「僕が思ったのは、エドウィーナの言わんとしたことは……」

「とんでもない。そんなこと言いやしないだろう、違うかい？　つまり、エドウィーナはいろいろと経験豊富だけれど、そりゃあの手のことは……」

「思い出すよ、エドウィーナが去勢について話したとき、ルースも同意していたのを。そりゃあ熱心な調子でね」

エドウィンはちらりと時計に目をやった。

「あの人たち少し遅いな。先に行くとするか？」

「じゃあ、お先にどうぞ」

二人はそろそろと階段を降り、ほぼ爪先立ちの状態で庭の小径を歩いていくと、厩《うまや》の下の馬車だまりへ入った。エドウィンは階段の一番下のところで明かりを点けた。すると二人の頭上の部屋で、突如として驚いたような動きがあった。結局ペディグリーは先に来ていたのかと思ってシムは上に辿り着いたのだが、そこにいたのはソーフィで、さっきまで座っていたソファーベッドのそばに立ってお り、何だか顔が青白く緊張しているようだという思いが、この時即座にシムの頭に浮かんだ。しかしエドウィンは単刀直入に行動した。

「やあソーフィ、これは嬉しいね！　元気かい？　暗いところに座っていたの？　でもお邪魔して悪いね……ああ全く！　君のお父さんがね、僕たちに許可してくれて……」

ソーフィは頭の後ろの巻き毛に手をもっていき、それからまた放した。着ていた白いスウェットシャツの前には「わたしを買って」という文字が刷り込まれていて、シムは思ったのだが、その下には他に何も、全く何も身に着けておらず、だから……

「僕らが出ていくよ、ソーフィ。きっとお父さんの手違いだったんだよ。僕たちがある会合を開くのにこの部屋を使ってもいいと言ってくれたんだ……けど、何てバカげたことだったんだ。バカげたことに聞こえるよね、それにもちろん君は加わる気なんて……」

それから三人とも沈黙したまま立っていた。たった一個下がっていた裸電球の光で、三人の鼻の下にはそれぞれ黒い影ができていた。ソーフィですら奇怪な様相で、目は巨大な黒い窪みとなり、光のせいで鼻の下にはヒットラー髭のような影ができていた。スウェットシャツ、ジーンズにサンダルが見える、それにきっと帽子みたいなものも？　頭の後ろで巻き毛に隠れているのはニットの帽子だろう。

ソーフィは二人から目を逸らし、ソファーベッドの端で寄りかかり合っているビニール製のショッピングバッグをちらりと見た。再び髪に手をやり、唇を舐め、それからエドウィンの方に視線を戻した。

「会合ですって？　会合がどうのこうのっておっしゃったわよね？」

「単なるバカげた手違いだよ。君のお父さんのね。ねえシム、もしかして僕らはからかわれたのかな？　若い人なら『はめた』って言うんだろう、ソーフィ、僕が知っている最新の情報によるとね。でも君はもちろん家に泊まりに戻ってきたんだろ。僕たちは廊下のところに行って、他の人たちが来たら止めることにするからね」

「いえ、違うわ！　違うのよ！　パパには手違いなどなかったわ。わたし、ちょうど出ていこうとしてたのよ。明かりを消したところだったの。ここを使っていただいて大いに結構よ。ねえ……ちょっとだけ待ってて……」

ソーフィは素早く部屋の中を動き回ると、屋根窓の下に置かれたテーブルランプに、ピンク色で毛糸玉飾りのある笠のついたテーブルランプに明かりを点けた。たった一個下がっていた裸電球をぱちんと消すと、その顔からは恐ろしげな影が拭い去られ、薔薇色で上向きの火照《ほて》りがそれに取って代わった。二人に向けた顔は火照っていた。

「さあこれでいいわ！　まあまあ、ほんとに！　上のあのひどい明かりといったら！　トーニはあの明かりを指してよく言っていたんだけど……それにしても、あなたがたに会えて嬉しいわ！　これってあなたたちがやってる例の哲学協会の会合なんでしょう？　どうぞゆっくりしてらしてね」

「君の、君のショッピングバッグは持っていかないのかい？」

「これ？　ええ、もちろんよ！　すべてここに置いていくの！　そう、そうね！　お分かりにならないでしょうね。今晩はどの品も要らないの。どれも退屈極まりないから。でもあなたがたの邪魔にならないように、部屋のものをちょっと片付けさせてちょうだい……」

シムは驚いて、薔薇色に火照っているソーフィの顔を見つめたが、その微笑みの表情がすべてランプの明かりの効果によるものだとは思えなかった。ソーフィは非常に興奮している、目からはまるで燐のように閃光がほとばしっており、何かの目的に満ち満ちているように見える。即座にシムの心は一足飛びでいつもの憂鬱な結論へと達した。セックスだ、間違いない。密会のはずだったんだ。それが邪魔されたというわけだ。ここで本当に思いやりのある、理解ある態度をとろうと思えば……

しかしエドウィンはまだ喋っていた。

「それじゃさよなら《オ・ルヴォアール》、ソーフィ。たまには顔を見せてくれるかい？　でなかったら、消息を知らせておくれよね」

「ええ、そうね。まあまあ、ほんとに」

ソーフィはショルダーバッグを取って肩に掛け、身体を横にして二人のそばをすり抜けていた。

「ベル夫人によろしくね？　それからグッドチャイルド夫人にもね？」

火照った微笑みを浮かべたかと思うと、その娘は階段を降りて出ていき、扇情的で虚ろな薔薇色の火照りが後に残った。二人は曳き船道に通じる扉が開いて閉じる音を聞いた。シムは咳払いをしてテーブルのそばの椅子の一つに深く沈み込むと、周囲を見渡した。

「この手の色は女郎屋のピンクって呼ばれているんじゃないかな」

「そんなの聞いたこともない言葉だったよ。全然」

エドウィンも座りこんだ。二人はしばらく沈黙していた。もう一つの屋根窓の下に置いてあった段ボール箱の中をシムは調べた。見て取れた限りでは、そこには缶詰食品が一杯入っていた。その上にはロープが一巻置いてある。

エドウィンもそれを見ていた。

「きっとソーフィはキャンプに行こうとしていたんだね。大丈夫だよな、僕ら別に何も……」

「もちろんそうさ。あの子には若い男がいるんだよ。だって実際……」

「エドウィーナはソーフィが二人の若い男と一緒にいるのを見かけたことがあるんだ。それぞれ別々の時になんだけどね」

「一人の方なら見た。あの子の相手にしてはやや年を食っているな、と思ったんだけど」

「その男は既に結婚している様子があるように思ったとエドウィーナは言ってた。もう一人の男はもっと若くて、もっとずっとお似合いだったそうだ。エドウィーナは絶対にスキャンダルを広める人じゃないんだけどね、それでも目の前で事が進んでいるのに気がつかないふりはできない、って言ってたな」

「憂鬱だな。それを聞くと憂鬱になるよ」

「君は本当に道徳心の厚い爺さんだな、シム！　道徳主義者だね」

「憂鬱になるのはね、もう自分は若くないし、若いボーイフレンドが二人いるわけでもないからなんだ。おっと間違えた。ガールフレンド、だった」

それから再び沈黙があった。エドウィンをちらりと見ると、この女性的なランプの光のせいでこれまでにはなかった繊細さが彼に漂い、その口元に微笑みが浮かんでいるのをシムは見て取った。たぶん僕もそうなんだろう。僕たちはここで、憂鬱な気分で、それでも顔には微笑みの表情を塗りたくって、待っている……待っている、待っている、待っている。あの男の言葉にもあるように。[*1]

「連中ひどく遅いな」

エドウィンはぼんやりとした調子で喋った。

「『やっちゃう』っていうのが今ふうの言い方だよ」

エドウィンは素早くシムの方を振り返ったが、火照っているせいでその表情にはおそらくわずかに熾烈《しれつ》さが加わっていた。

「つまり、この手の言葉を耳にするって言いたいんだ。生徒たちが使うしさ、わかるだろう、それに読んでて目にすることだってあるし……」

「『しけこむ』というのはアメリカ式の言い方だったかな?」

「全くとんでもないよな、耳に入ってくる言葉ってのはさ。テレビまで使ってるんだ!」

再び沈黙。それから……

「エドウィン……もう一つ椅子がいるよ。四人いるんだから」

「この前は四つあったのに。どこにあるんだろう?」

エドウィンは立ち上がり、四つ目の椅子は失くなったのではなく単に目に触れにくくなっただけで、よくよく見れば見えるのだとでもいうように隅々に目を凝らしながら、部屋の中をうろつき回った。

「これは以前あの子たちのおもちゃ箪笥だったんだ。エドウィーナと僕がお茶に呼ばれたとき、一つ一つ人形を見せてくれたっけな……つけられた名前とその人形にまつわる話が突拍子もなくてさ……シム、この女の子たちには非凡な才能があるんだよな。創造力ってやつだ。単に知性があるなんて言ってるんじゃないよ。本物の、類まれな創造力だ。あの人形たちは一体……」

エドウィンは手を伸ばして、箪笥の扉を開けた。

「何て風変わりなんだ！」

「箪笥に人形をしまっておくのが何で風変わりなんだい？」

「それはどうってことはない。でも……」

四つ目の椅子が、外の方を向いて箪笥の中央に置かれていた。長短それぞれのロープが椅子の背や脚の部分についていた。それぞれのロープは解けないように、端の部分が慎重に熱で溶かしてあった。

「おやおや！」

エドウィンは再び扉を閉じ、戻ってくると、テーブルを手で掴んだ。

「手伝ってくれ、シム、お願いだ。四人目用にはソファーベッドを使わなければならないだろう。とてもじゃないが交霊会には見えなくなること請け合いだけどね。人形たちのお茶会のことを思い出

＊一　出典不明。アイルランド人作家サミュエル・ベケットの不条理劇『ゴドーを待ちながら』（一九五二）への言及か。

しちゃったよ。君にも話したことあっただろう？」

「ああ」

「それにしても、あの子があんな椅子やロープやらで何をしていたのかは、神のみぞ知るだな」

「エドウィン」

「うん？」

「よく聞いてくれ。他の連中が来ないうちに。僕たちはどえらいものを偶然見つけてしまったんだよ。あの椅子を見たなんて口にしてはいけない」

「何かまずいことでも……」

「いいかい。これはセックスなんだ。解らないのかい？　緊縛さ。性的遊戯なんだよ、他人には秘密の、そして、そして恥辱的なやつさ」

「何てことだ！」

「他の連中が来る前にだ。これは僕に……僕らに……できるせめてものことだ。僕らは、君と僕は、絶対、絶対、絶対にこのことを人に洩らしてはいけない、ほんのちょっとでもいけない……思い出してごらん、僕らが明かりを点けたときの、それから僕らが誰かわかったときのあの子の驚きようを……暗がりの中にいて、誰かを待っていて、あるいはおそらく誰かのために準備を整えていたんだ……そして今しがた出ていったのさ、ああ神様、あの人たちがあの箪笥を開けようなどという気を起こしませんように、と思いながらね……」

「何てことだ！」

「だから僕たちは絶対に……」

「ああ、でも僕なら決して……もちろんエドウィーナに対しては別だけど！」

「つまり結局のところ……僕らだって怪しいもんだ神様のお恵みがなけりゃ……つまりそういうことさ。結局、僕たちは誰だって皆、ということなんだ」

「どういう意味だい？」

「そういう意味だよ」

それから長い長い間、その薔薇色をした部屋には静寂があった。シムは会合、あるいは交霊会という呼び方の方がよかったのだろうが、そのことについては全く考えていなかった。直観的理解については多くの人が自分にはあると主張し、またあり得ないと否定している人も多いが、後になってやはりあの直観的理解は正しかったのかと思われるほどに周囲の状況がうまくはまっていくこともあるのだな、とシムは考えていた。薔薇色の明かりの下、閉じられた箪笥と共に、ここには棒状になったり捩《よじ》れたりして固まっている人工繊維の糸屑が二つ三つあり、それらはまるで一字一字印刷《プリント》された文字のようにはっきりと、隠された秘密を暴露していた。その結果二人の男は、神秘的な知覚力によるのではなく、熱心に想像力を働かせることによって、知らされるはずのなかった、また知るべきではなかった事情を認識するに至ったのだった。ソーフィにしては年を食い過ぎたように思える男、そして女郎屋のピンク……シムの心はそのすべてを説明することに没入したが、魅惑的で刺激があり、想像力が激しく掻き立てられたので、その美醜入り交じった臭いを嗅ぐとはっと息を呑んだ……

「神よ、わたしたちすべてをお救いください」

「そう。すべてを」

更に沈黙。ついにエドウィンが、おおよそ気後れしたような様子で口を開いた。

「あの人たち随分遅いな」

「ペディグリーはあの男が来なければ来ないよ」

「あの人だってペディグリーが来なければ来ないだろう」

「どうしよう？　学校に電話してみようか？」

「あの人をつかまえることなどできはしないさ。それに今にもここに来る感じがするんだ」

「ひどい話だ。連絡くらいしてくれてもよかったのに、もしも……」

「僕らは約束したんだ」

「一時間待ってみよう。それで駄目なら帰ろう」

エドウィンは下に手を伸ばすと、するりと靴を脱いだ。そしてソファーベッドに乗って足を組んだ。腕を脇腹のそばに置き、手のひらを上にして前腕を伸ばした。それから目を閉じると、やたらと大きな深呼吸をした。

シムは座って一人考え込んだ。すべてがこの場所だったのだ、ここであって他のどこでもなく、何度も頻繁に夢想してきてそしてついに見つけた場所、そこには静寂もあるがそれのみならず塵と汚れと悪臭もある。それればかりか、ピンク色の明かりと毛糸玉飾りの女性的な感じとで、今や見る者の目には女郎屋のイメージが加わっている……そして部屋の端には、僕が机に隠している秘密の本から抜け出してきたかのような、倒錯趣味の椅子がある。

僕にはすべてがわかった、とシムは思った。とことん最後までね。

だが、このようにかつての想像が死に絶えた後には、結局はある悲しい満足感、更にそれと結び付いた辛辣な情欲の震えが残った。あの子たちは成長し、無上の子ども時代の光を失わなければならなかった。あの子らも他の人間と同じように苦しみの道を通らねばならなかったのだ。そして今のこの瞬間、間違いなくそれは、楽しくやるとか、進んでるとか、セックスや緊縛にはまってるといった言葉で包括されていた。われらの幼《いと》けなきとき、天国はわれらのめぐりにありき[*一]、ということか。

エドウィンが突然鼻を鳴らした。シムがそちらに目をやると、エドウィンが頭をぐいっと引き戻すのが見えた。エドウィンは瞑想に耽りながら眠りこけていたところ、自分の鼾《いびき》で目が覚めたのだった。これもまた、すべてを矮小化してしまう結果をもたらした。エドウィンの鼾の結果、シムは抗し難い無益感を覚えた。自分たち二人も出演中の、ペディグリーを地獄から救い出すという目的のみに作られた、深遠で意義深い精神ドラマや仕掛けや筋書きなどについて想像しようとしてみた。しかし、すべてのことは老いていく本屋のシム自身に関わっており他の人には無関係なのだ、ということを自らに認めざるを得なかった。

結局万事これでいいんだ、ごく普通のことなんだ。何も起こりはしないんだ。いつもと同じで、一流、二流、三流など、様々な信念の山に囲まれて日々を送るものの、結局は日常の無関心と無知から

＊一　ウィリアム・ワーズワース「幼年時代を追想して不死を知る頌」第六六行の詩句。引用には一部間違いがあり、「われらのめぐりに」"about us" の箇所にシムは "round us" という句を使っている。

できあがった窓も扉もない壁にぶち当たってしまうというだけの話だ。

九時。

「あの男は来ないよ、エドウィン。帰ろう」

マシュー・セプティマス・ウィンドローヴが来なかったのには、これ以上ないほどの理由があった。まずゆっくりと入念にタイヤの修理をやっていた。それから彼にしてはいつにないほど時間と労力を節約し、エアーポンプで一気にタイヤの空気入れをするつもりで、自転車を肩に担いでガレージまで運んでいった。しかし手順を説明してくれるはずのフレンチ氏の姿が見えなかった。ガレージの扉が開いているのを発見したが、これはいかにも奇妙なことだった。フレンチ氏はなぜ明かりを点けていないのだろうと考えながら、ガレージの裏手へと進んでいった。裏手にあってガレージから外に開いている事務所の扉の方へと行ったとき、一人の男が車の陰から忍び寄り、重いスパナで彼の後頭部をがつんと殴った。彼は自分が地面に倒れるのを感じる暇すらなかった。男は倒れた身体をまるで袋のように事務所まで引きずっていき、テーブルの下に押し込んだ。それから男は作業に戻り、書籍購買部と背面で接している工場の壁に重い箱を取り付けた。その後ほどなくして爆弾が炸裂した。壁は破壊され、貯水槽が書籍購買部の上に倒れ、水槽より近くにあったガソリンタンクの上面も壊れて開いた。水は燃え上がるタンクの中へと流れ込んだが、火を消すどころか、底に沈んでガソリンを押し上げた。燃え盛るガソリンは燃え輝く流れとなって溢れ出し、火災報知器が鳴った。

学校では普段見かけない人たちの影が、そこへ向かって走っていった。ソーフィの案は完璧にうまくいっていた。消火訓練はあっても、それは爆弾への対処のためになされているのではない。事態は混沌としていた。砲撃のような途方もない音を耳にしても、それを信じられる者は誰一人いなかった。その混沌状態に乗じて、兵士の服装をした一人の見慣れぬ奇妙な男が、学校からある重い荷物を運び出すのに成功した。それは毛布でくるまれており、その端から小さな足が突き出て空を蹴っていた。この男は砂利につまずいたものの、生い繁る木々の闇に向かって全速力で走った。しかし燃え盛る火の流れがあったためにカーブを描きながら疾走せざるを得なくなり、その間に奇妙なことが炎の中で生じた。炎は燃え盛る火焔の形へと化していくように見え、ガレージの扉から飛び出してぐるぐると旋回した。それはまるで、その男と抱えている荷物が目的であったかのような動きだった。静かにぐるぐると旋回していて、そこから聞こえるのはただ燃える音のみ。炎はすぐそばまで接近し、かつその姿は恐ろしいものだったので、男は持っていた荷物を下に落としてしまったが、その中から一人の少年が飛び出し、他の子どもたちが集められていた場所に向かって泣き叫びながら走り去っていった。兵士の格好をした男は猛々しく炎の怪物に打ってかかり、それから叫び声を上げながら木々で覆われた場所へと走りに走って逃げ込んだ。炎の怪物は踊るように跳ね回り、ぐるぐると旋回した。しばらくしてばたりと地面に倒れ込み、更に時間が経つと、横になったままじっと動かなくなった。

ソーフィは厩を出ると、急ぎ足で曳き船道沿いにオールド・ブリッジへ行き、そこから本通りへと入った。電話ボックスへ駆けつけダイヤルを回したが、電話は相手が出ぬまま鳴り続けるばかりだった。ソーフィは電話ボックスを出た。オールド・ブリッジへ走って引き返し、曳き船道の方へ出たが、厩の建物の屋根窓にはまだ薔薇色の光が見えていた。彼女は子どものように地団駄を踏んだ。しばし当惑したような様子で、緑色の扉の方へ二、三歩進み出ては遠ざかり、水辺の方へ向かっては後ずさりして戻ってきた。再びオールド・ブリッジの方へ走ったかと思うとくるりと向きを変えると、仁王立ちになり、肩のそばで拳を握り締めた。その間ずっと、橋を照らす街灯の眩耀《げんよう》により、ソーフィの顔は青白く醜悪だった。それから曳き船道に沿って走り出すと街と光から遠ざかっていった。厩から離れ、以前はフランクリー商店だった建物の崩れた屋根があるところと、救貧院の長い壁とを通り過ぎた。軽やかな足取りで進んでいったが、息切れしたかと思うと、一度曳き船道の泥に足を滑らせた。

頭の中で、ある声が話しかけた。

もし始まっていたら、連中は今頃きっと運命の分かれ目だわ。始まってないといいんだけど。もう子どもたちは消灯時間よ。お坊ちゃんたちは。明後日出るはずのビラのイメージが心の中に突如として浮かんだ。「身代金一兆ポンド」。でもうそうそ。あり得ないわ、わたしが、いえわたしたちが今まさにこの瞬間にこんなことおそらく。

もう子どもじゃないんだからしっかりするのよ。いいえ。もっと大人になるのよ。

生け垣でどんどんという大きな音があり、それを聞いてソーフィはぴたりと動きを止めた。何かが飛び跳ね身体をばたばたさせ、それから甲高い声で鳴いたが、見ると曳き船道と林の間にある溝のそばに仕掛けられた罠に兎がかかっていたのだ。兎はひたすら身体をばたばたさせていたが、何に捕らえられたのかわからず、またわかりたいというよりもむしろ、ただただ逃れようとして、あるいはおそらくただただ死に向かって、もがくあまり自ら命を縮めていた。その激しさのあまり夜は汚され、それと共に事の成り行き、待ち構えている罠へと向かうある一瞬から次の一瞬への必然的な時の経過が、グロテスクかつ卑猥な形で戯画化された。ソーフィは急いでその場を通り過ぎて進んでいき、その時に肌に感じた寒気は、早足で突き進むことから生まれる熱気に抗い、少なくともわずかの間はそれに勝っていた。

真っ赤に火照っている。

そこは子どもたちが遊んでいた場所だった。ゴム製の船がまだそこに繋がれている。じゃあおそらく明日戻ってくるということね。憶えておかなくては。君のような女の子が何で、とかなんとか。それからあの女も来るわ。家族揃って暮らしているのね。パパはどこにいるの？　コラム書き部屋。ママはどこ？　神様のところかニュージーランド。そうだわね、まあどっちにしても同じことじゃないんかいね？　あれが閘門《こうもん》、あれが橋、あれが古い艀《はしけ》。あの上流には丘陵地があって、下の方は微かに光っている。

あれは頂きへと続いている窪んだ道で、木々が覆いかぶさるように生えている。その道を通ってやって来る者などいやしないだろう、車では来ないだろう、そうはしないだろう。手に荷物を抱えてくることはないだろう。運河の水で車は隠しおおせるかしら。わたしたち、そのことを確認しておくべきだった。窪んだ道を、あるいはその横を歩いて上っていけば、谷や学校へと下る坂道を目にすることができるわ。でもそれは賢明なことじゃない。誰も近寄らせないように見張るため割り当てられたこの場所にいる方が、もっと賢明だわ。ここにいた方が賢明よ。

ソーフィは左へ曲がると、窪んだ道へ踏み込んだ。生い繁った木々の下を窪んだ道に沿って歩くのは、曳き船道を歩くよりものろのろとした作業だった。しかし、空気中にある何かが自分に追いつき、肩の部分に付きまとっているような気がしたので、できるだけ足を早めた。月に雲がかかり至るところまだら模様になっており、古い道に押し寄せるように枝を広げている木々の幹の間からは、丘陵地の斜面がゆらゆらと浮かびちらちら光って見えたが、ほとんどが異なる二つの色をした雲と滑らかに移動する月光によるものだった。

それからソーフィは立ち止まった。

これは方角の問題だわ。こんなふうに納得することだってできるわね、学校の真上の空へ向かう一本の直線はそこだけに存在しているんじゃないんだって、それから、偶然の一致が高じて……あの痩せた金髪女なら本物の偶然の一致だと思うだろうけど……それが高じて、その線上には全く繋がりのない二つの炎が存在しているんだって、その片方は小さくて手に負えなくはないけど、もう片方は……

そこは薔薇色をした一区画で、丘陵地の頂き近くの斜面越しに半ば見え隠れしていた。汚らわしいものや露骨なものは何もなく、ただ一つ二つ薔薇の花弁があるのみだった。薔薇は今や開花して広がり、雲で陰っていた隅の部分を取り込んで、ますます軽やかで明るい色合いになっていた。消防車が召集されて学校のそばの谷に到着するには十五分かかるということだ。電話線は切ってある。でも空がこんなに明るいのに気づけば、消防車がやって来るに違いない。それにあの学校には特別に、わたしたちが近づけず断ち切ることのできない何らかの通信手段があるだろうし……

彼は運河のそばを通って少年をここへ連れて来る、曳き船道に沿って厩まで運ぶために……古い艀や、その前方部分にある箪笥や、例のあの便器を使えばいい……

光が丘陵地一面に明るく輝いた。突然ソーフィはそれが自分自身の炎であり、自らが成し遂げたものであり、宣言であり、世間の目に突き付けた行為……一つの破廉恥な行動であり勝利！であることがわかった。法を犯したことで笑いが、激しさが、狂気じみた喜びが、身体を貫いた。まるで、丘陵地の向こう側の斜面で震える光が周囲のものをぐらぐらに弛める働きを持ち、その結果すべての世界が弱体化して、ろうそくの先のように溶けていくかのようだった。その時ソーフィは究極の破廉恥とは何なのか見て取り、自分にもそれができることがわかった。目を閉じると、そのイメージが自分の周りに広がった。古い艀の端から端まで通る長い通路を這っていく自らの姿が見えた。目を閉じて木の幹にしがみついていたのだが、両手の間にあって身体に当たっている幹のごつごつした皮の感触は消えた。その代わり、膝の下にあるでこぼこした床張りの板を感じ、その下を流れる水の音を聞き、手が一面にぐっしょり濡れるのを感じた。どういうわけか手にはジェリーのコマンドーナイフが握られている。どんどんと兎が立てるような音が例の箪笥から、そしてその前方部分に据え付けられた例の便器から聞こえてくる。それから、まるでその兎が怯えきって動くことすらできなくなったかのように、どんどんという音は止んだ。おそらく奴さん、こんなふうにのろのろじっとりとした調子で近づく足音に、耳をそばだてているのだろう。

「わかった！　わかったわ！　今行くから！」

音はまた始まるわ、女の子の声だもの、そう、もちろんよね。

ソーフィはくだけた会話口調で扉に向かって話しかけた。

「ちょっとだけ待って。開けてあげるから」

　それはいとも簡単な作業で、扉は回転して大きく開いた。内側に見て取れた最初のものは、小さな丸っこい窓、それは舷窓だったが、その楕円の形だった。しかし船の中央線の上、移動式のエルサントイレか何かの便座のすぐ上には、小さくて白い長方形をしたものもあった。この長方形は左右に激しく動いており、ソーフィはおしっこの臭いを嗅ぎ取った。男の子がそこにいて、背中で腕を縛られ、足と膝も縛られていた。箪笥の中に座らせるときにそうするはずだった通りのやり方で縛られて便器の上に座り、ロープによって船の両壁に繋ぎ留められていて、口から頬にかけてはべたべたした大きな絆創膏が貼られていた。男の子はできるだけ激しく身体をぐいっと動かしていて、鼻からは哀れっぽい泣き声が漏れていた。ソーフィは便器に座っている生きもの自体に対して絶対的なむかつきを感じたのだが、その便器は臭くって、もうむかつきそうで、ゲーッ、オェッだけど、ああそうだ、あらゆる異様さの中でもかなりの部分を占めていて、その異様さからすべてのものは破滅なんだということが見えるわけで、だから

　わたしは選んだんだ。

　銃を持ってくればよかったでもわたしには使い方がわからない、ナイフの方がいい……そう、断然いいわ！

　男の子にはもはや動きがなく、平らな石の上でソーフィがやって来るのを待っていた。ソーフィは左手で男の子のジャージを弄《いじ》り始めたが、男の子に動きはなかった。しかしシャツの前の部分を引っ張り出すと、男の子はまたじたばたもがき始めた。でも縄の縛り具合はうっとりするほど素敵、ジェリーはうまくやったのね、ただただ驚くばかり、この子が長靴下の脚でできる限りの無駄なあがきを

している様子といったらなんとも可愛いらしい、この子はパジャマでいるはずじゃなかったのかしら、このちっちゃないやらしい生きものはきっと何かよからぬことをやっていたのよ、男の子の露わになったお腹とお腹のボタン、ああ、ちゃんとした呼び方が必要だというならお臍《へそ》ね、そこに手を滑らせ、紙みたいに薄っぺらなあばらに触れると、中央の左側にどくんどくん、どんどんという鼓動がある。そこでソーフィは男の子のズボンを脱がせ、濡れた小さな陰茎を手に掴んだところ、男の子はもがき、鼻声で何かもごもご言った。ナイフの先を男の子の肌に突き立て、当たりをつけてわずかばかり押すと、切っ先がちくりと刺さった。監禁状態の中で男の子が激しく痙攣し身体をばたばたさせると、ソーフィあるいは誰かが、ずっと離れたところでわずかに怯えて不安な気持ちになった。そこでソーフィは更に突き刺し、脈打つものにナイフが何度も何度も触れたり触れられたりするのを感じたが、一方男の子の身体は爆発的に激しい痙攣を繰り返し、甲高いもごもごが鼻から漏れた。ソーフィは錯乱状態になりながら、あらん限りの力で突き刺した。身体の中で脈打っていたものがナイフを掴み、その結果ナイフの柄が手の中で脈打ったが、そこには漆黒の太陽*一があった。至るところに液状の流れがあり、強く激しい痙攣があったが、それらの動きを妨げないようにしてやろうとしてナイフを引き抜くと、動きは止まってしまった。男の子は縛られた状態のまま、ただ座っており、口に貼ってあった絆創膏の白い布が、鼻から流れ出た暗い液体のせいで真ん中から二分されていた。

＊一　新約聖書ヨハネの黙示録六章一二節には、地上への災いが込められた巻物の第六の封印を小羊が解いたとき、「太陽は毛織りの荒布のように黒くなり」、月が血の色に染まり天の星が地に墜ちたと書かれている。

ソーフィはひどくはっとし、そのためうっかり頭を木の幹にぶつける羽目になって正気に返った。咆哮に似た音が轟き、虫が立てるようなカタカタという大きな音も聞こえ、赤く狂乱した光が丘陵地の斜面に沿ってぐるぐると旋回している。頭上を通り過ぎたかと思うと、地平線上空へ勢いよく進んでいき、炎のあるところへ降下した。ソーフィは疑似殺人の熱狂で身体が震えており、トンネル状の木立を通って古い艀の方へ戻り始めたが、膝に力が入らなかった。運河に架かっている軍用の橋までやって来ると、明かりも点けずでこぼこの道を上下に揺れながら走ってくる車があった。ソーフィは走ることができず、車が来るのを待っていた。車は止まり、バックして向きを変えると、すぐにでも逃走できる構えを整えた。それからソーフィはクスクス笑いながらよろよろと車のところへ行き、厩にいる老人たちのことや船を使わなくてはならなくなった事情をジェリーに説明しようとしたが、運転席にいたのはビルだった。

「ビルなの？　あの人はどこ？　男の子はどこ？」

「くそガキなんかいやしない。捕まえはしたんだが、火で燃え上がった野郎がこっちに向かってきやがって、それで……ソーフィ、何もかもまずいことになっちまった。ずらからねえと！」

ソーフィはビルの顔を見つめながら立っていたが、男の顔は片方が青ざめ、もう片方は空で燃えるような色に染まっている雲に照らされて火照っていた。

「お嬢さん！　ソーフィ……頼むから早くしてくれ！　もうほとんど時間が……」

「ジェリーは！」

「大丈夫だよ……連中、あんたの彼氏を人質にしちまったんだ……さあ早く……」

「連中って？」

鬘《かつら》を取ったときのあの女を彼が見て以来ずっと、わたしにはわかっていたのよ。何かの声がわたしに囁いていたんだけど、ただわたしがそれを信じようとしなかっただけ。裏切りだわ。連中は交換《スワッピング》したとでも考えているんだ。

心の中で炸裂した怒りのために勝利感や激しさは鳴りを潜めてしまい、その怒りで高揚したソーフィは、あの男や連中どもに向かってわめき声を上げ、悪態をつき唾を吐き捨てた。それから四つん這いになり、草むらに向かって何度もわめき声を上げたが、そこには男の子はおらず、いるのはみんなから利用され騙されてきたソーフィという女一人だった。

「ソーフィ！」

「どこかへ失《う》せちまいな、この低能野郎！　ああ、ちくしょう！」

「後生だから……」

「失せろ！」

ようやくわめくのをを止め、自分が頬を掻きむしったことや、両手には引き抜いた髪の毛が握られていること、今や他には何もないこと、あの男も連中もあの女もなく、あるのは消えゆく炎が丘陵地の頂きに広がっている漆黒の夜だということを理解し始めると、雨のように涙が頬を伝い、ついていた血を洗い流した。

まもなくソーフィは膝をついて立ち上がり、まるであの男がそこにいるかのように言葉を発した。

「そんなことしたって全くの無駄よ！　この年月の間ずっと、誰一人として……あの女は素晴らしいとあなたは思っているんでしょうね？　男って最初はいつもそう。でもそこには何もないのよ、ジェリー、一切何もないの。ぎりぎりわずかの肉と骨だけ、他には何もない、出会ったり、一緒に出かけたり、一緒にいたり、何かを分け合ったりする人間はそこにはいないのよ。あるのは思想だけ。幻影よ。思想と空虚、完璧なるテロリストだわ」

ソーフィは重々しく立ち上がり、男の子のいない、誰の身体もない古い艀にちらりと目をやった。ショルダーバッグを肩に掛け、どれほど自分の顔を傷つけてしまったのだろうかと考えた。船と炎に背を向けると、道を選びながら曳き船道に沿って後戻りし始めたが、そこには今や闇以外に目に見えるものは何もなかった。

「言ってやるわ。わたしは利用されたんだって。わたしに不利な証拠なんかどこにもないんだから。あの椅子から縄を解いておかなくっちゃ。あの人はキャンプに行くんだよと言ったのです、判事様。わたしはこれまでとても愚かでした、判事様、ごめんなさい、涙が出て止まりません。思いますに、わたしの婚約者も一枚関わっていたに違いありません、判事様、あの人が親しかった相手は、相手は……パパがこの件に無関係だったのは確かです、判事様。パパはわたしたちが厩から出ていくのを望んでいたのですから、判事様、何か別のことに厩を使いたいと申しておりました。いいえ、判事様、それはロシアでのチェスの会合に出かけた後のことです。いいえ、判事様、パパは何も教えてくれませんでした」

第十六章

建物の裏手から出されるとシムは、機械的な生活の一部になってしまったような手馴れた動作で色つき眼鏡を直した。その眼鏡は、数週間に渡る尋問中に手に入れた三つのうちの一つだった。その歩きぶりはといえばこれまた機械的だが、堂々とした進み方である。慌て急いだりすれば致命的、ほぼ文字通り致命的であることはとうに悟っていた。そんなことをすれば周囲の注目を集めることになるだろうし、連中の一人がいるぞとか、あいつが今日証言した奴だとか、あいつがグッドチャイルドだ！などという叫び声すら上がることにもなるだろう。とりわけこの名前は人々の興味をそそるらしかった。

堂々とした歩き方でシムは脇道を進んだが、それはフリート街[*一]へ入って、まだ建物内に入れない人々の行列を避けるためだった。通りすがりの警官に職務質問されたが、色つき眼鏡のせいで視界がぼやけているのに、相手はおもしろがり蔑みながらこちらを見ているんだなとシムは思った。

一杯のお茶でも飲めればありがたいところだが。

＊一　ロンドン中心部の特別行政区域シティにある通りで、王立裁判所やたくさんの新聞社がある。

尋問からなるべく遠のいてしまえばその分こちらが誰だと気づかれることも少なくなる、なんて考えていたのだろう？　とんでもない間違いだった！　テレビのおかげでどこにいても同じことだ。あそこに証言していた奴がいるぞ……絶対逃げられっこないのだ。本物の破滅、本当に民衆が糾弾してくるというのは、良いとか悪いとかいう問題ではない。破滅にせよ糾弾にせよある種の威厳というものがある。けれども愚か者であるとか、愚か者だったと見られてしまうとなったら……

いよいよ最後に尋問から解放されるとき、僕らの無実の罪は晴らされていることだろう。それまで僕らは物笑いの種となるのだ。そしてその後はどうなる？

バスに乗った女が言っている……あいつらの一人だわ！　あなた、既にいた連中の一人じゃなくって？　それから唾が飛んできたが、狙いが不十分でまずく、着ている混ぜ色織りのオーバーコートの袖にかかる……僕たちは何もしていない！　あれは一種の祈りだったんだ！

ある店の周りに人だかりができていた。シムはいつものように思わず場所と時間のこのいやな記憶の広がりへと引き寄せられたが、後ろの方で立ち止まった。あちこちに身体を動かして、断片的ながらもなんとか窓の中を覗き込むことができたが、そこには少なくとも十五台のテレビのスクリーンがあって、いずれも同一の画面が流れていた。それからシムは斜め上方にある小さな画面が見えたので、あちこち身体を動かすのを止めた。

シムにはそれが午後のニュース概要の放送だということが見て取れた。画面がいくつかに分かれていて、判事のマロリー氏と二人の補佐が画面の下三分の一を占めており、すぐ上には、今や実に有名となってしまった、噴煙を上げる学校の画像が映っていた。無疵《むきず》で威厳を保っていた頃の学校は目にしたことがなかったが、それでもこの国の王の子どもやあの国の皇太子の子ども、はたまたあの多国籍企業の重役の子どもなど、いろいろな子どもたちが飛び降りたり投げ出されたりした様々な窓を確認することができた。一番上の画面が変わった。画面は今ロンドンの空港に逆戻りしていて、まばゆく輝く髪のトーニと、その共犯で以前は軍の士官をしていた若い男がいる（これには傷ついたな）。そのそば、男のピストルが向けられた先には、姉妹のもう一方と婚約していた重量挙げ選手がいる……するとこの男も関わっていたのか？　信じられないことだ……何がどれで、誰がいたのだろうか？離陸する飛行機が映っていたかと思うとまた画面が変わり、シムは心中にだるい痛みを覚えながら、次に何が出てくるかを予見した。テーブルを囲んで三人の男が座っている小さな部屋の中を、隠しカメラが見下ろしている。一人が身悶えしたかと思うと、突然顔をテーブルの上に臥せた。三人の手は繋がれている。反対側にいた男が頭を上げて口を開いた。

映像がまた尋問の場面へと切り替わり、裁判官、司法関係者、報道関係者、それにどんな働きをしているのかシムにはいま一つ理解できなかった例の奇妙な団体、壁を背にしてあちこちに立っている武装兵士たちを支援する特別捜査官らしき団体がいて、その全員が笑っていた。また画面が切り替わり、今度は前に戻って三人の男の画像、自分の頭が急に前屈みになり、それからエドウィンの口が開いている画像がスローモーションで映し出されたが、今回は店の窓を囲んで立っていた人々が、尋問に出ていた人々と同じように笑っていた。

「そんなんじゃなかったんだ！」

幸いなことに、その言葉を気に留めた者は一人もいなかった。シムは自分自身の証言、判事のマロリー氏がこの恐るべき事件における低俗喜劇の一幕だと称した証言をもう一度見ることになるかもしれない（とても俗受けする代物だったので）という考えに耐えきれなくて、急いでその場を離れた……

「つまりグッドチャイルドさん、あなたは忘我状態《トランス》にあったのではないと言うのですね？」

「その通りです、判事。両手をしっかり握られたまま、自分の鼻を掻こうとしていたのです」

ここでどよめきのような笑いが起こり、それが長々と続いた……ああ、たっぷり数秒もの間そうだったに違いない。

僕だって同じ立場ならそんなこと信じようとしないだろうさ。自分たちが無実だった……今も無実……なんて信じられるわけがない。

通りで女の声がしたが、そこにいたもう一人の女は女性がよくやるように頷きながら同時に喋っていて、火のないところに煙は立たないって言ったでしょ、という声が聞こえた。それから二人は僕の姿を見て、口をつぐんだ。

地下鉄は大きな唸り声を上げて走り、ラッシュアワーの往来で混み合っていた。シムは吊革にもたれて頭を垂れ、お腹の肉さえ邪魔しなければその先に見えたはずの足の方に目を向けていた。ここに愚か者がいるぞと誰にも気づかれずにもたれかかっているのは、おおよそ心が安まるものだった。

シムは駅を後にして歩いたが、地下から通りへと出てくるとき、またもや自分は無防備だという感覚に襲われた。もちろん僕たちは皆この件に関わっていたわけだ！　だって現にあそこにいたんだもの、そうじゃないか？

会計士のようななりをしていたが、実は諜報部とか何だとかいうところから派遣された男、隠しカメラを操ったあの男によれば、当局はほぼ一年前からあの女の姉の実態を掴んでいたということだ。誰が誰を利用したのだろうか?

僕は無関係だった。なのに罪を負っている。実を結ぶことのない自らの欲望のせいで、あたりの空気はこちこちに固まり、現実世界の様々な音は鈍化され押し消されてしまった。

僕は狂っている。

シムは本通りをまっすぐに、痛々しく張りつめた気持ちで歩いた。わかってるさ、顔の下の方を布で覆っている褐色の肌の女たちですら……でも僕が今そばを通ると布をもっと上に引き上げたぞ、汚れるのを避けるためなんだ……その褐色の肌の女たちですら、きらりと光る視線を斜めに投げてこちらを見てるな。

ほらあの男だよ。

サンドラまでもこちらを見たっけ。あの娘はのっそりとぎこちなく近づいてきたが、身体全体が興奮で生き生きと輝いていたな……「母さんは行って欲しくないって言うんだけど、わたしは言ってやったの、グッドチャイルドさんがわたしを必要としている限りは……」

サンドラは恐怖と関わっていたいのだ、それがどんなに遠く離れた関わりであっても。

せわしい足音がすぐそばまで追いついてきて、それから速度をゆるめるとシムと歩調を合わせた。ちらりと横を見ると、そこには顎を上げオーバーコートのポケットに両の拳を突っ込んだエドウィンがいた。エドウィンは身体をほんの少し揺らし、シムの肩を軽くかすった。それから二人は並んで歩いた。周囲の人たちは二人に道を空けた。シムは向きを変え、乗用バンが停まっている道路脇の待避車線に入った。エドウィンは数歩先のスプローソン・ビルには行かず、シムについてきた。シムは横手の扉を開き、エドウィンは何も言わず後に続いた。

店の奥にある小さな居間には薄明かりが差していた。シムはカーテンを引いた方がいいか迷ったが、そうしないことに決めた。

エドウィンが、囁き声ほどの小さな声で話しかけた。

「ルースは大丈夫かい?」

「『大丈夫』って何が?」

「エドウィーナは妹のところにいるんだ。スタンホープの消息は聞いたかい?」

「出入りのクラブにいるという話だが。よくはわからない」

「ソーフィのことが出てる新聞があるよ」

「『あの人にすっかり心を奪われて、とテロリストの双子の妹は語る』というやつだろう」

「君は引っ越すんだね」

「店をショッピングセンターの経営者どもに売ってね」

「いい値でかい?」

「とんでもない。連中はここを取り壊して、空地をショッピングセンターへの利用通路に使うつもりなんだ。あそこは大企業だからね」

「本はどうなるんだい?」

「競りに出される。少しはお金になるかもね。当分の間、僕たちは有名人なんだから。さあさあ寄ってらっしゃい！という具合さ」

「僕らは無実だよ。判事はそう言ったんだ。『わたしは今ここではっきりと申し上げねばなりません、思うにこのお二方は、不運な偶然の一致による犠牲者であります』とね」

「僕らは無実ではない。有罪よりもたちが悪いよ。僕らは滑稽なのさ。煉瓦の壁を透視できるなどと思い上がった考えをする間違いをしでかしてしまったんだ」

「僕は辞職するよう勧められているんだ。これはフェアじゃないよ」

シムは笑った。

「娘のところへ行って、こんなことからは早々に逃げ出してしまいたいよ」

「カナダにかい？」

「流浪の民さ」

「思うんだけど、シム、僕はこの事件の全貌について本を書くつもりだ」

「それだけの暇はできるだろうさ」

「このおぞましい事件に多少とも関わりのあった人間をすべて突き止めて詰問し、真実を見つけ出してやる」

「あれは名言だったね。歴史はでたらめである[*一]ということさ。人間がつまらぬことについて書いた、

＊一　自動車王ヘンリー・フォードが一九一六年に発言した「歴史というのは多かれ少なかれ、でたらめである」という句の引用。

そのまたつまらぬものが歴史ってやつだよ」

「アーカーシャの記録[*1]なら……」

「少なくとも僕は、二度とあの手の白痴行為に戯れるような間違いをしでかしたりはしないよ。何が起こったのかなど絶対に誰にもわかりはしない。多くのことがあり過ぎて、あまりにも多くの人間が絡んでいて、次から次へと拡散していく事件があって、それが自らの重みに耐えきれず粉々に崩壊する。あの可愛らしい娘たち……あの子たちはあらゆるものを持ち合わせている……この世のあらゆるもの、若さ、美しさ、知性といったものをね……それとも、生きていく目標が何も見い出せないというのか？　解放と正義だなんて声高に叫んだりして。どんな解放なんだ？　どんな正義だというんだ？　ああ、全く何てことだ！」

「美しさがそれとどう関係するのか僕には見えてこないんだけど」

「宝ものがあの子たちのために注ぎ込まれたのに、本人たちはそれに背を向けたんだ。あの子たちばかりでなく、僕らみんなのためでもあった宝ものにね」

「ちょっと！」

「何？」

エドウィンは指を一本上げた。物音が聞こえ、何者かが店の扉を弄《いじ》っていた。シムは飛び上がり、慌てて店の方に進み出た。ペディグリー先生がちょうど後ろ手に扉を閉めているところだった。

「今日は閉店だよ。ご機嫌よう」

ペディグリーはそれほど構えているようには見えなかった。

「それならどうして扉が開いていたんですかね？」

「そんなはずはない」

「いや開いていましたよ」

「頼むから出ていってくれ」

「あなたの今の立場としては、グッドチャイルドさん、偉そうに振る舞う資格などありませんよ。ああわかってます、あれはただの尋問であって裁判じゃないってことぐらいは。でもわたしたちはわかっているんです、でしょう？　わたしのちょっとした持ち物があなたの手にありましたよね」

エドウィンはシムを押しのけて進み出た。

「おまえが密告したんだな？　そうだろう？」

「何のことだかわかりませんね」

「それでおまえは長居しようとしなかったんだ……」

「出ていったのは、同席者が気に入らなかったからですよ」

「おまえは隠しカメラのスイッチを入れに行ったんだ！」

「エドウィン、それは問題じゃないのでは？　あの諜報部の男が……」

「真実を突き止めてやるって言っただろう！」

＊一　アーカーシャとはインド哲学の用語でエーテルのような元素を指し、この中に生命流転を繰り返す魂の歴史や過去の知識の蓄積が刻み込まれており、霊能者はこの元素を感知し、過去や前世を透視できるという。ドイツの神智学者ルドルフ・シュタイナーもこの元素の記録を霊視したといい、『アーカーシャ年代記』（一九〇四）を著している。

「そうですか。わたしが欲しいのは自分のボールなんです。ほら、あなたの机の上にあるやつです。ちゃんと金を出して買ったんですよ。マティは本当に律義でしたよねえ」

「ちょっと待ってくれ、シム。僕らはわかっているんだぞ、どうしておまえがボールを欲しがっているのか、そうだよな？　また刑務所に入りたいってのか？」

「もしかしたらわたしたち全員が刑務所行きになるという事態もあり得ますよね？　こうやって話をしているお二人がとても利口なテロリストで、あの女の子たちを事件にそそのかした連中だ、ということがなきにしもあらずでしょう？　そう、もちろんあの女は……もう片方と同じぐらい悪人でしたよ！　裁判官はあなたたちを無罪だと言ったけど、わたしたち、偉大なるイギリス国民であるわたしたちは……自分もそのうちの一人になっているなんておかしな話！……わたしたちはわかっているんですよ、そうでしょう？」

「待てってば、シム……僕に任せろ。ペディグリー、おまえは汚らわしい爺いで、くたばって当然なんだ。ボールを持って行っちまえ！」

ペディグリー先生は、甲高いいななきのような声を出した。

「わたしが好きで便所や公園をうろついていると思ってるんでしょう、必死になって求めて、求めて……何も好んでやってるわけではない、そうしないではいられない！　いられないんですよ！　求めているのはただあの、いやそれとも違う、求めているのはただ親愛だけなんです。いやそれ以上、ただ触れ合うだけでも……自分が他の人間と違っているのはなぜかを見つけるのに、わたしは六十年かかりました。わたしにはリズムがあるんですよ。たぶんあなたたちも憶えていることでしょう、それとも若すぎて憶えてないのですかね、すべての神の子にはリズムがあるという文句[*一]が、人々の口にのぼったときのことを？　わたしのリズムは波の動きなんです。そんなふうに生きてるということがどんなものなのか、わからないでしょうね。刑務所に入るのをわたしが望んでいると思ってるんですか？　でもたびたびわたしは、そんな時が自分の方へ向かって忍び寄っているのを感じることがあるんです。あなたたちにはどんなものかわからないのです、必死になってやるまいと思っていても、それでもやってしまうだろうなとわかっている状態というのが、ああそう、やってしまうんです！　終局が、畏《おそろ》しいクライマックスが、大団円がこちらへ動いて、動いて、そしてまた動いてきているのを感じる状態……それがわかっている状態……『やらないぞ、やらないぞ、やらないぞ……』と、例えば金曜日には自分に向かって言い聞かせているのに、土曜日になればやってしまうだろうなと、その間ずっと身の毛もよだつ驚愕ともいえる思いをしながらわかっている状態、ああそう、やってしまうんです、土曜日には男の子のズボンのジッパーを弄くって……」

「もういい加減にしてくれ！」

「それにもっと悪いことがある。というのは、ずっと昔ある医者に言われましてね、妄想や恐怖や耄碌《もうろく》でわたしがしまいにゃどうなるかって……子どもの口を封じるためにね……わたしは耄碌する年にさしかかっているように聞こえますか？」

＊一　“All God's Children Got Rhythm”は米国のマルクス兄弟によるミュージカル喜劇映画 *A Day at the Races*（一九三七）の挿入歌名。同年に米国歌手ジュディ・ガーランドも録音、ヒットさせている。

「自首するんだね。病院へ行くんだ」

「連中は若いうちにやったというだけなんですよ。子どもを誘拐しようとして……誰が殺されるのかなんて悩みもしないで……考えてみてごらんなさい、あの若い男どもや、前途には人生のすべてが開けていたあの美しい女の子が！　いいや、わたしは決して最低なんかじゃありませんよ、いいですか、周りじゃ爆破や誘拐やハイジャックなんかが起きていて、それがみんな高尚この上ない動機とやらのためだなんて……あの女の言い分は何でしたかね？　わたしたち、今の自分についてはわかるけど、このあとはどうなることやら[*1]、という台詞がありましたね。わたしの大好きな登場人物の一人ですよ。さてと、わたしはあなたたちの親切ともてなしぶりに感謝するつもりはありませんよ。塀の中で会えないのは残念です……もちろん、当局がもっとたくさんの証拠を見つけ出せば別ですがね」

コートをまとい、色のついた大きなボールを胸に抱え、その妙なピョンピョンよろよろとした足取りで前に進んで横手の扉から出ていく姿を、二人は沈黙したまま見つめていた。その後ほどなくして、板を打ちつけた店の窓の隙間を身体の影が遮ると、どこかへいなくなってしまった。

シムはぐったりと机に座りこんだ。

「僕の身にこんなことが起こるなんて」

「でも実際起こってるじゃないか」

「本当に辛いのは終わりが来ないということなんだ。僕はここに座ってる。でもテレビ局の方では、テーブルを囲んだ僕らの映像を流すのを止めるだろうか？」

「いずれそうしなくてはならなくなるさ、遅かれ早かれ」

「映像が流れているとき、君は見るのを止められるかい？」

「いいや。実を言うと止められない。そうしないではいられないんだ、君と同じでね。同じ、同じ……いや、ペディグリーと同じだなんてご免だ。でもどのニュースの時間も、どの特別報道も、どのラジオ番組も……」

シムは立ち上がり居間に入った。男性の声が大きくなり、画面が明滅して明るくなった。エドウィンは入り口のところに立っていた。別のチャンネルでも、また一通り同じ場面が流されていた。学校の映像が現れ、撮影していたカメラがゆっくりと動くと、崩壊し噴煙で黒ずんでしまった建物の翼《よく》の部分が映し出される。それからは延々と、人質を飛行機に連行していくトーニ、ジェリー、マンスフィールド、クルッの様子が流された。そしてその日の進行状況や新たなニュースを伝える前置きとして、再びアフリカでのトーニの姿が現れ、例の冴えた声で解放と正義を謳う長い独唱《アリア》が、美しく遙かかなたでブラウン管に流れていた。

シムはトーニに向かって毒づいた。

「あの子は狂っている！　どうしてみんなそう言わないんだ？　あの子は狂人で悪党だ！」

「あの子は人間じゃないのさ、シム。僕らはそのことを直視しなくちゃいけないところに来てるんだ。僕らはみんなが人間だとは限らないんだ」

「僕たちはみんな狂っていて、人類全体が呪われた種族なんだ。仕切りを貫くことができるかとい

＊一　シェイクスピアの悲劇『ハムレット』四幕五場で、狂気に駆られたオフィーリアが言う台詞。

う問題に対して錯覚を抱き、妄想に走り、混乱に陥っているんだ。僕たちはみんな狂っていて、孤独な監禁状態にあるのさ」

「僕らはわかっているつもりになっている」

「わかっているだって？　それこそ原子爆弾などよりたちが悪い、これまでもいつだってそうだった」

それから沈黙が訪れると、二人はテレビに目をやり聞き耳を立てた。それから異口同音に叫んだ。

「日記？　マティの日記だって？　どんな日記だ？」

「……が判事のマロリー氏に手渡されました。これにより多少なりとも光が投じられる可能性が……」

じきにシムはテレビのスイッチを切った。二人の男はお互いを見て笑みを浮かべた。今後マティについて何かが分かるだろう……そうなればまた一緒に集会をするのとほぼ同じことにもなる。どういうわけだか理由など皆目判らないのだが、シムはマティの日記のことを考えると元気が湧いてくる気がする……さしあたってはほぼ幸せな気分だった。自分が何をしているのかわからぬうちに、シムは一心に自分の手のひらに見入っていたのだった。

年代ものの霜降りのスーツを着たペディグリー先生は、オーバーコートを片方の腕に掛け、例のボールを両手に抱えて公園に向かう途上にあった。少しばかり息が切れており、その息切れに腹を立てていたが、それは二、三日前にグッドチャイルド氏及びベル氏と交わした会話に、自身の年齢のことを自分から喋ってしまった会話にその原因が思い当たるからであった。あの時年齢の奴が待ち伏せしていた場所からピョンと飛び出てきて、今でも離れず付きまとっており、おかげで自らの妄想が描き出すグラフに対処するのがいつもよりずっと難しくなったのを感じていた。そのグラフというのは今もそこにあって、確かにそうで、そのことを否定できる人間などいやしない、でなければどうして自分は、日中はまだ暖かいが夕刻になると最近は急に冷え込む秋のこの時期にこうして……でなければどうして、つい一時間前に、いやその時だけでなく今ここでも必死の言葉を口にしたというのに、いまだに自分は足を向けて進んでいるのか、意に反して足がひとりでに動いていくがままに任せて……いやだ、いやだ、いやだ、二度といやだ、ああ！　そうしている間にも依然として足は（予想通り）この身を前に進ませて長い坂を上り、曙の子ら[*一]が駆けて遊ぶあの楽園のような危険で呪われた公園へと向かわせる……そして今、まだ開いている鉄の門が前方に現れると、自分が息切れしたことは前ほど大した問題ではないように思われた。そしてあの事実、既に彼の行く手を阻もうと立ちはだかっているあの事実、今夜は警察の独房で過ごすことになり、殺人犯にさえ向けられることのないあの特別な侮蔑の目を浴びるのだという、あの疑う余地もない事実……その事実に彼はすがって、応唱の返ってこない「いやだ、いやだ、いやだ、ああ！《オー・ゴッド》」という祈りの短句を支えようとしたが、その事実の重みも減じ始め、びくびく震える事実を今や一つの予感が窒息させながら、ごまかしようのない寄る年波から来る息切れを助長している、老齢、とまでは言わないがそれでもやはり年のせい、もしくは老齢

＊一　「曙の子ら」は、カルカッタの主教を務めたレジナルド・ヒーバー作の賛美歌（一八一一）タイトル中の句。

のとば口というか、彼の言い草では「わたしほどの年齢《テーリクー・ホース・ペル・エゴーン》」のせい……

なおも深く息をし、驚きと悲しみに駆られながら、足が今また自分を険しい妄想の縁へと、門から砂利道へと前進させるのを見て取ったが、まさしくその足自身が目を持っていて、男の子たちが大声を出して遊んでいる遠くの側に視線を注ぎ、そこを凝視していた……ほんの半時間もすれば、男の子たちは母親のいる家に戻ってしまうだろう。もう半時間だけ我慢すれば、わたしは更にもう丸一日分持ちこたえたことになる！

一陣の風が舞い散る秋の木の葉を足下に運んできたが、その足は木の葉など目もくれず、速い、あまりにも速いスピードでどんどん先へ進んでいく……

「ちょっと待ってくれ！　待ってくれって言ったんだ！」

だがすべてもっともな動作だったのだ。身体にはそれなりの事情があり、足の方はわがままであるというに過ぎないのだから、椅子のそばを足が通り過ぎようとしたとき、彼はなんとかしばらくその足を引き留め、コートを身体にぴったり引き寄せると、鉄製の椅子の透かし板にどすんと座った。

「やり過ぎだよ、おまえたち二本とも」

二本の足は輝いているブーツの中でじっとしていたので、少しばかり我に返りはしたものの、気持ちはおどおどしていてぼやーっとした錯覚に包まれていた。心臓の方が足よりも大切で、心臓は休もうと異議を申し立てている。彼は心臓の上に覆いかぶさる姿勢をとり、そのどくん、どくん、どくんという音と共に何やら不快なことが起こらないようにと願った。心臓の鼓動が初めて落ち着く気配を感じ取ったとき、他のどんな動きを押しのけてでも心臓が要求し必要としているのが空気なのだから、言葉を声に出すために空気を使うような危ない真似をする度胸すら持てず、思っていた言葉は心の中で呟いた……

ぎりぎりのところで逃れられたぞ！

それからまもなく目を開くと、目に映ったボールの鮮やかな色の模様が確固たる形をとり始めた。男の子たちはいつまでも公園の端っこにいることはないだろう。何人かはこちらに来る、そのはずなんだ、正門に辿り着くためにはね、男の子たちは道をやって来る、そしてこの色鮮やかなボールを投げたら目に留めてこっちに持ってきてくれるだろう……作戦は万全だ、うまくいかないにしてもちょっと冗談を言い交わすことぐらいはできるだろうし、うまくいった場合には……

太陽にかかっていた一筋の雲が晴れ、太陽そのものがたくさんの黄金の手で彼を捕らえて暖めた。彼は太陽の慈悲深さに対してとてもありがたい気持ちになっているのを自覚して、また子どもたちがやってくるまでしばらく待つ時間的余裕があることがわかって驚いた。思考することと決断することが興奮を伴うものだとすれば、それはまた一方で疲労をもたらすもの、時として狂乱的であり危険である。行動を起こさねばならなくなるまで少し休息をとることで、心臓はますます良好な状態になるだろうと考え、大きなコートの中に居心地よく身体を落ち着け、頭を胸にもたれさせた。太陽の黄金の手は身体を暖かく撫でていたが、太陽の光は波のような感じで、まるで誰かが櫂《かい》でその光をかき混ぜているかのような意識を覚えた。これは無論あり得ないことだったが、光というのは実体を持つものであり、それ自体で一つの元素を成していて、更には肌のすぐそばに接しているものであることを発見して幸せな気持ちになった。これに後押しされたように目を開くと周囲を見回してみた。そこでわかったのは、この太陽の光には周囲のものを金色に染めるばかりかすっかり覆い隠してしまう役割があるということであり、というのも、自分がまさに目の高さまで光の海につかって座っているように思えたからである。左を見たが、何も見えなかった。それから右を見たのだが、そこにマティがやって来る姿を認めても全く驚きはしなかった。マティは死んだのだから、本来ならば驚くはずのことだとはわかっていた。しかし現にここには、正門を通って公園へ入ってくる、いつもと同じ黒衣のマティの姿があった。マティはゆっくりとペディグリー先生の方へやって来たが、腰のあたりまで金色に包まれて歩むその子の今の姿は、人が思うほど見るだに畏しいものではなかったので、その歩み寄りは自然であるばかりか快いとさえ感じられた。マティは近づいてくるとペディグリーの前に立ち、相手を見下ろした。自分たちのいる公園は太陽の光が直《じか》に肌に触れる相互信頼と親密さの場であることを、ペディグリーは理解した。

「いいかい、すべておまえのせいだったんだよ、マティ」

マティは同意するように見えた。その子の容貌は、実は心地よいものだった！

「するとわたしは説教されることはないわけだね、マティ。わたしたちはもうこのことについては話をしない。そうだね？」

ウィンドローヴは左右に揺れ、しっかりと帽子を握り締めたままでいる。ウィンドローヴが一つの地点に留まろうとしてリズミカルな動きをしているのは、この黄金が、この風が、この素晴らしい光と暖かさが並外れて生き生きとした本性を持っているからだ、とペディグリー先生は見て取った。それから長い間隔があったが、今は他のことなど何も考える必要がないくらい楽しいと感じられた。だがしばらくして、日頃はペディグリー先生が自分の身体だと考えている広がりある空間の中で、とりとめもない雑多な考えがひとりでに湧き始めた。

　彼はこのような考えから口を開いた。

「わたしは目が覚めて気がつくと自分が塀の中にいるというのはいやなんだ、わかるだろう。そういうことがこれまでたびたびあったんだ。わたしがまだ若い頃には監獄って呼ばれてたやつだよ」

　ウィンドローヴは同意するように見えた。それから何の言葉を交わすでもなかったが、ペディグリー先生はウィンドローヴが本当に同意しているのがわかった……この確信から生まれる喜びは大きく、ペディグリー先生は涙が頬を伝って流れるのを感じた。まもなくいつもに近い自分を取り戻すと、その確信の気持ちから口を開いた。

「おまえは変な奴だね、マティ、いつだってそうだった。おまえはいつもこうやってひょっこり現れる。近くで見たり聞いたりする人間が他に誰もいないとき、おまえは本当にそこに実在しているんだろうかって、わたしの言ってることがわかるかい、そんなふうに思ったのは一度や二度じゃないんだよ。そんなとき考えたよ……この男は周囲のものすべてと繋がっているんだろうか、それともすべてをすり抜けて流浪しているってとこなのか、と。一体どっちなんだろう！」

　それからまた長い沈黙があった。最終的にその沈黙を破ったのはペディグリー先生の方だった。

「みんなはそいつをいろんなふうに呼ぶんだ、違うかい、セックスとかお金とか力とか知識とかいうふうにね……そしていつだってそいつは肌の上に直に触れているんだ！　何だかわからないがみんなが渇望してる代物なんだ……でもそいつがおまえ、醜いマティ坊や、本当にわたしのことを愛してくれたおまえだったとは！　わたしはそいつを捨て去ろうとしたんだけれど、そいつの方ではどうしても離れようとしなかったよ。おまえは誰なんだい、マティ？　この近所にはあんな人間どもが、あんな化け物どもが、あの女とその手下ども、スタンホープ、グッドチャイルド、ベルだってそうだ、それからベルのとこのぞっとする奥さんなんかがいたんだ……わたしはあの連中とは違うのさ、悪い人間なんだが連中ほど悪くはない、誰も傷つけたことないしね……連中の方じゃわたしが子どもたちを傷つけたと思ってたけれど、やっちゃいない、わたしが傷つけたのは自分自身なのだよ。それに、もし生き長らえたらやりかねないとわたしが恐れていたこと、あのことをおまえは知っているよね……子どもを黙らせて、口封じをするためだけにやることを……そんなことをすれば地獄だよ、マティ、地獄になってしまうよ……わたしを助けてくれ！」

　自分は夢を見ているのではないとセバスチャン・ペディグリーが気づいたのは、ちょうどこの時点だった。そぐそばにあった風の黄金色が、その中心部で変化し、最初は舞い上がってぐるぐる旋回しながら上り、それからマティのいる上の方へ突進し始めたのだ。黄金色は前より激しくなって燃えた。目の前にいる男が篝火《かがりび》の中にいる人形*のように燃え尽くされ、どろどろに熔けて消え失せる様子を、セバスチャンは恐怖に駆られながら見つめていた。顔はもはや異なる二色ではなく炎のような黄金色で、表情は厳めしく、至るところで巨大な孔雀の羽の目を感じさせ、口元に浮かぶ笑みには情愛深さと同時に恐ろしいものがあった。セバスチャンはこの存在に引き寄せられていったが、ついにはその黄金色の唇に対する恐怖が口から叫び声を引き出した……

「なぜだ？　なぜなんだ？」

頭上にぬっと現れたその顔は、言葉を発するか歌うように思われたが、それは人間の言葉によるものではなかった。

解放。

その時セバスチャンは、胸に抱きかかえている色とりどりのボールの感触を感じ、またこれから何が起こるのかがわかったので、断末魔の叫びを上げた。

「いやだ！　いやだ！　いやだ！」

ボールをもっとそばに抱き締めて身体の中に引き込むようにし、自分の方へ伸びてくる大きな手から逃れようと試みた。肌に触れている黄金よりももっとそばに引き寄せたのだが、ボールが自分の手の間で恐怖に駆られながら脈打つ様子を感じ取ると、ボールを抱き締めて何度も何度も悲鳴を上げた。しかし相手の手は、こちらの手をすり抜けて入り込んできた。その手が脈打つボールを取って引っ張り出すと、ボールと彼とを結び付けていた糸が、彼の悲鳴と共にぷつりと切れた。そしてそれは消えて失くなってしまった。

別の門から入ってきた公園の管理人は、胸の上に頭を垂れて座っているペディグリーの姿を見た。管理人はうんざりし腹立たしく感じたが、それは老人の手から落ちて転がった色鮮やかなボールが、

＊一　ガイ・フォークス人形のこと。フォークス率いるカトリック教徒の一党が一六〇五年一一月五日、議会を火薬で爆破しようと企んだ事件にちなみ、毎年この日の夜にフォークスの人形を篝火にくべる風習が生まれた。

老人の足下《あしもと》から二、三ヤードのところにあるのを目にしたからだ。管理人には、その汚らわしい爺さんは癒《いや》しようがないとわかっており、まだ二十ヤード以上も離れたところなのに、苦々しく相手に向かって一方的に喋り始めていた。

訳者あとがき

この本はウィリアム・ゴールディングが一九七九年に発表した長編小説 *Darkness Visible* の全訳である。テクストは、フェイバー&フェイバー社の初版に依拠した。

ゴールディングは一九一一年九月一九日コーンウォールの寒村セント・カラム・マイナー生まれ。父親が教鞭を執るモールバラ・グラマースクールに学び、オックスフォード大学ブレイズノーズ学寮で英文学（古英語文学）を修めたのち、演劇活動に手を染めたり、ソールズベリのグラマースクールの教壇に立ったりしているうちに、第二次世界大戦が始まり、ゴールディングは海軍士官として戦争を肌で体験する。終戦後は再びソールズベリで教職に戻り、勤務の傍ら小説を書き始める。一九五四年、四三歳になる二日前に処女作『蠅の王』が出版され、それから二年と経たないうちに、ゴールディングは世界的ベストセラー作家の仲間入りを果たした。以後数年間は、『後継者たち』（五五年）、『ピンチャー・マーティン』（五六年）、『自由な顚落』（五九年）、『尖塔』（六四年）と、重厚濃密な小説を次々に発表していった。一九六二年に教職を離れ、コーンウォールのトゥルーローに居を移す。一九八三年にノーベル文学賞授賞、八八年にはナイト爵位を得、正式には「サー」の称号付きで呼ばれることになる。コーンウォールのペラナワースル村に転居後、九三年六月一九日自宅にて心臓発作で急死した。遺した長編小説は十一本で、五〇年代の凄まじい量産ペースから見れば、結果的には寡作な作家で終わった。

ゴールディングの長編小説は次の通りである。

Lord of the Flies（五四年）〔『蝿の王』平井正穂訳、集英社・新潮文庫〕
The Inheritors（五五年）〔『後継者たち』小川和夫訳、中央公論社〕
Pincher Martin（五六年）〔『ピンチャー・マーティン』井出弘之訳、集英社〕
Free Fall（五九年）〔『自由な顚落』小川和夫訳、中央公論社〕
The Spire（六四年）〔『尖塔』（邦訳未刊）〕
The Pyramid（六七年）〔『我が町、ぼくを呼ぶ声』井出弘之訳、集英社〕
Darkness Visible（七九年）〔『可視の闇』〕
Rites of Passage（八〇年）〔『通過儀礼』（邦訳未刊）〕
The Paper Men（八四年）〔『紙人間』（邦訳未刊）〕
Close Quarters（八七年）〔『密集地域』（邦訳未刊）〕
Fire Down Below（八九年）〔『底火』（邦訳未刊）〕

それから、未完成の遺稿 *The Double Tongue*〔『二枚舌』（邦訳未刊）〕が九五年に単行本として発表されている。短編小説や戯曲、詩集、旅行記、随筆集などを含む彼の全作品については、『ウィリアム・ゴールディングの視線―その作品世界―』（開文社出版）収録の書誌を参照されたい。

『可視の闇』は『蝿の王』から数えて七作目の小説で、前作の『ピラミッド』から十二年の休筆期間を挟んで発表された。ゴールディングにしては、随分長い空白だと言えるだろう。ゴールディング愛読者がそろそろ待ちくたびれた頃、そして口さがない評論家たちが「ゴールディングはもう終わった作家だ」と見なし始めていた頃、やっと本作が発表され、筆力はまだ衰えていないと世に示した。

長い間待たせただけのことはある充実した出来映えである。矢継ぎ早に翌年出版された『通過儀礼』は八〇年のブッカー賞を受けたが、『可視の闇』もそれに劣らぬ高い評価を獲得している。『タイムズ文芸付録』は「我々に生命力を取り戻してくれる、比類なき洞察の凝縮」と賛辞を与え、『ニューヨーク・タイムズ・ブック・レビュー』は、ゴールディングをアーサー王伝説の魔術師マーリンにたとえながら、「『可視の闇』はマジックである」と評した。マジックとはまさに言い得て妙、プロット展開や文体が読む者を吸引する力は、魔力に近いものがある。

実際、この作品にはゴールディングのすべてがあると思われてならない。鮮烈な神話・宗教性、特に聖書世界の色合いを強く帯びたプロット作りと、光と闇に代表される二元的シンボリズムを用い、善と悪をその極まで突き詰めて把握しようとする迫力は、確かに『蝿の王』や『尖塔』のゴールディングのものだ。ゴールディングと同時代の小説家で、ピューリタン作家を自認するアンガス・ウィルソンも指摘したように、ゴールディングは人間の悪や心の闇を追究し続けた作家だが、正面切って小説のタイトルに「闇」という語を使ったのはこれが初めてである。（タイトルの『可視の闇』は、ミルトンの『失楽園』第一巻六三行の詩句から取られている。サタンが堕ちた地獄の中で、光を放たずに炎を上げる業火の様子が「目に見えるは暗闇のみ」と表現されていた。）これまで取り組んできた主題に一つのけりを付けようと、満を持して執筆した入魂の作品という観がある。

また、罪悪へ傾斜する登場人物に〈意識の流れ〉手法で心情を吐露させるのも、『ピンチャー・マーティン』『自由な顚落』などで自家薬籠中のものとした手法だ。これにより、読者は否が応でも「悪漢」への感情移入を多分に強いられるのである。悪を志向する人間の心理を読者に体験・体感させるのはゴールディングの十八番で、後の『紙人間』でも効果的に使用されている。

しかし、ではゴールディングが過去のテーマや手法の単なる焼き直しをやっているに過ぎないのか、というと決してそうではない。『可視の闇』には数々の新機軸が採用されており、それが作品を高密度なものにしているのである。

まず、この小説には実に多彩な文体がちりばめられている。これほど多種な文体を一作品に詰め込むのは、ゴールディングにとって初めての試みである。そして、ゴールディングはその文体の使い分けを非常に意図的に行っている。

第一部「マティ」は、いわゆる〈全知の語り手〉によって物語られているが、この語り手は主人公マティに対してかなりつれない態度をとっている。全知のはずなのに、語り手はそもそもマティの姓さえ登場人物たちと同様うろ憶えである。おかげでマティは、ウィンドアップ、ウィンディ、ウィールライト、ワイルドウェイヴ、ウィンドローヴなど、全部で十四通りの姓で呼ばれる始末である。それに加えて、この語り手は、全知のくせに、マティの心理にあまり深入りしたがらない。第二部の主人公ソーフィや第三部の主要人物シム・グッドチャイルドについては、〈意識の流れ〉手法を駆使してその心の動きを丹念に辿っているのに、マティにはそのような肩入れをしていない。第三章などには、マティの心情をまだしも真摯に描写する箇所もあるが、むしろ揶揄的な口調の方が目につく。マティの聖書マニアぶりをからかうように、ときおり語り手は欽定訳聖書の言葉づかいを口真似し、「マティに関しても学校は再びこれを知らざりき」などと茶々を入れさえする。この傾向は物語の進行につれて更にエスカレートする。第五章の「そんなことあっ磔刑《たっけ》」は、語り手の意地悪な冗談の最たるものだろう。同章後半にもなると、「おそらく内心動揺していただろう」だの「どうやら求めているらしい」だの、いい加減な言葉づかいでしかマティの心を描写しなくなる。第一部は、「マティ」と題されマティを中心人物に据えておきながら、その文体は、語り手がどんどんマティに対し冷淡になっていく過程を表しているのである。

語り手が距離を置けば置くほど、マティの滑稽さが目に付くようになる。マティ自身はあくまで真剣に預言者を自任し、禁欲的求道に専心する。そのマティに読者は善の姿を見たいと思い、マティに共感しようと思うのだが、このような語り手のスタンスによって、どうしてもマティの滑稽さの方に目をやるよう仕向けられてしまう。彷徨するマティは自分では宗教叙事詩の主人公のつもりだが、語り手の扱いぶりは、まるで『ドン・キホーテ』のような一種のピカレスク小説流なのである。

第七章に至ると、語り手は完全に身を引いて、マティの日記を読者に直接覗き見る機会を与えてくる。しかしその日記の文体たるや、句読法もよく解らない人間が、連想の赴くままに論理性を無視して綴ったという代物なのだ。ダニエル・キイスの『アルジャーノンに花束を』の主人公、ＩＱ六八のチャーリーが連日書く報告書を一種髣髴とさせるところもある。しかし、マティの日記には、外界から自分を閉ざしてしまうような独り合点の愚かさがあって、チャーリーの場合とは正反対に、日記の書き手に対する読者の感情移入は、かえって妨げられることも少なくない。

この隔絶感は、第三部の主人公であるシム・グッドチャイルドにまつわる語り口からも感じられる。シムの心情は〈意識の流れ〉手法により展開される。この独白を読むと、シムの注意関心は自分の思索を辿ることにのみ向けられていて、エドウィンがすぐそばで話しかけていることなど全く等閑にしていることが判る。現代人のひとりひとりの間に「仕切り」が存在しており、その「仕切り」のせいで、心を通わせることが不可能になっている。これがシムの虚無的な信条なのだが、その信条は、〈意識の流れ〉手法をごく自己完結的に使うという文体の選択によっても、効果的に提示されている。

第二部「ソーフィ」の主人公の心理描写にも、同様の効果を狙って同様の文体が適用されている。しかし、インテリのシムとは異なり、ソーフィの〈意識の流れ〉には教養臭がない。早くに学校教育に愛想を尽かしてしまったため、ソーフィの語彙は決して豊富ではない。せいぜい十五歳くらいまでの実体験の中で身につけた語彙によって、思考が行われている。しかし、語彙の貧困に比べ、ソーフィの知能と想像のエネルギーは並大抵のものではない。幼い舌足らずな言葉づかいで、ソーフィは自分の体験を驚異的な肉薄力をもって内省する。父の愛を渇望し、それを父から拒否され続け、その反動のようにして黒魔術めいた力に覚醒していく切ない過程が、「異様 weird」や「単純 simple」や「トンネルの端に座っているソーフィ」など手探りの表現で語られる。たどたどしいソーフィの〈意識の流れ〉は、文法的に破格な〈内的独白〉の域に達することも多い。確かに幼稚で隔靴掻痒ではある。しかし、そうではありながら、というよりそうであるからこそ、これらの言葉は迫力をもつ。

ゴールディングはかつて、A・S・バイアットに次のような話をしたことがあるそうだ――「私はシェイクスピアのような言葉づかいで語りたいといつも願っているのです。そして、ときおり、シェイクスピアのような珠玉の言葉が霊感のようにやって来てくれることもあります。しかし、いざそれを口にしようとすると、まるで舌が分厚いゴムに変わったみたいになって、うまく話せなくなってしまうのです」。バイアットは、これこそゴールディングの文体を自らうまく言い当てた言葉だと感心したという。ゴールディングには、何かを言い表したいという巨大な衝動と、それをうまく表現できないという巨大な焦燥が同居している。そこが感動を生むのだとバイアットは指摘している（『英語青年』一九九九年七月号所収のバイアット・インタビューを参照のこと）。

このゴム製の舌鋒の迫力を、最大限にそしておそらく意図的に発揮したのは、この『可視の闇』が初めてであろう。鋭利な刃物の切れ味ではなく、鈍器がものをぐっと押し切っていくような圧迫感。ソーフィの内省の他には、小説冒頭にある戦火の写生、そしてマティがオーストラリアの沼で自らを洗礼する場面、ソーフィが子どもの心臓にナイフを刺し込む妄想の描写などにも、特にそれが強く感じられる。

『可視の闇』の新機軸は文体の面にとどまらない。『可視の闇』は、ゴールディングの小説としては異例なほど多数の登場人物を擁しているが、その人間関係の繋がりは暫定的であり、希薄である。第一章で幼いマティの命を救う消防隊長は、その後の章には全く顔を出さないし、フランクリー金物店でマティを性的魅力で虜にしたミス・エイリンも、一度きりの登場に終わる。ソーフィから「いっ死ぬの」と聞かれて泡を食っていた祖母も、まもなく小説から忘れ去られてしまい、どんなふうに死んだのかすら言及されない。彼女らがマティなりソーフィなりの人生にもう一度絡んでくることはない。

しかし、別のところでは、登場人物たちやいくつかの場面が一脈通じ合っているような、奇妙な照応を見せることがある。第一章でマティを救出するロマンティックな本屋には、シムと同一人物ではないかと疑りたくなる要素がかなり書き込まれている。第一章の本屋は爆撃後の光景を予想して「壊れた壁とガラスの外れた窓」だらけの世界を空想するが、これは第二部から第三部にかけてのフランクリー商店の哀れな末路が、ソーフィやシムの目に映る有様でもある。第五章には、マッチ箱や壺を手に立ち去るマティを見送る公園管理人が登場するが、これは小説結末でペディグリーを見やる公園管理人と重なって見えてしまう。ミス・エイリンが軽く発した「どーも（"Ta"—Thanksの口語形）」という一言を、マティはペディグリーの呪詛と同じくらい深く心に刻み込むが、全く同じ言葉をグッドチャイルド書店の不細工なアルバイト嬢も口にする。マティは常に「何のために生きるのか」という問いを心に抱いて生きているのだが、ソーフィの父がソーフィを最後に拒絶する場面にも、同じ問いが顔を出す。そしてソーフィの父はごくあっさりと、いかにも冷淡な解答を示す——「ビジネスのため、仕事のため」。第十三章で、熱に浮かされたルース・グッドチャイルドは、「あの女はナイフを使った」と口走る。もしかすると、その女とはソーフィのことなのか。このような思わせぶりなクロス・レファレンスも、ゴールディングにとって新しい手法である。何を意図しているのだろう。単なる「偶然の一致」？　それともソーフィがジェリーに説明している七七七の日付のように、「偶然なんだけど、でも偶然以上」なのか。表向きの世界にあっては無関係に見えるものも、裏側の次元では何かで繋がっている。そんな「縫い目が見える側」をマティは感得し、ソーフィもまたその存在に気づいていた。（ちなみに端役の消防隊長も第一章で似たようなことを考えている。これもクロス・レファレンスの一例。）右に挙げたような数々の事例も、物事が裏側では連関している可能性がある、ということを示しているのだろうか。また、「二」「三」「七」といった数が幾度となく思わせぶりに言及されるのも、事物を何らかの象徴やイメージで結び付けるための方策なのか。

小説が終わっても、これらは謎のままである。主要登場人物たちの末路もまた、謎のままである。マティは、誘拐されかかった子どもを救出するつもりでビルに立ち向かったのか、それとも炎に包まれた苦しさにもがいていただけなのか。トーニとジェリーに裏切られ、鳶《とんび》に油揚げを掠われた格好のソーフィは、この後単なる日陰者になるのか、それとも超自然的な闇の力を更に希求し続けていくのか。ペディグリーがいまわの際に見るマティの光輝溢れる姿は、マティが救い主であることを証明するのか、それとも公園管理人が言うように、ペディグリーは「永遠に救いようがない」のか。

ゴールディングは、インタビューを受けているとき興が乗れば、作品に込めた意図をかなり突っ込んだところまで明白に喋ってくれる人だった。しかし、この『可視の闇』に関しては、どんなに水を向けられても頑なに沈黙を守っていた。おそらくは、表現したいことを表現したい形ですべて作品に注ぎ込んだ作家の、自負の表れであろう。また、駄弁よりも沈黙の中に真実を見出すという作品主題を、作家自身が実践しているのでもあるだろう。だから、この謎の多い作品の最終的な解釈については、翻訳者としても作家の黙秘に倣うことにしたい。

文学作品の翻訳に関して、ゴールディングは否定的な意見をもっていた。ギリシア語に堪能だった彼は、一九六二年九月一四日付の『スペクテイター』誌に、『オデュッセイア』の新訳本に関する書評を寄せた。その中で、ゴールディングは「翻訳はしてはいけない。もしどうしても翻訳をするというのなら、原典に忠実であること。原典の文体が単調なら、そのまま単調な訳文を心がけねばならない」と述べている。

今回の翻訳に当たっては、我々も、原典の文体や調子をできるだけ残すよう留意して訳文を作り上げていった。概してゴールディングの文は息が長い。一センテンスの中にかなりの量の情報を盛り込みたがるのである。複数の概念を単一の場面として認識させたがっているらしいのだ。翻訳もその息の長さを写すことを重んじて作った。実を言うと、これはなかなかの重労働であった。日本語の文章としては、二つか三つの文に区切った方がずっと理解がしやすくなると解っているのに、句点を打ちたくなる誘惑と戦いながら、原典通り一文に無理やり収め込んでいく。これは訳者たちにとってかなりフラストレーションが溜まる作業であった。

その上、ゴールディングは元来が晦渋な文章を書く人でもある。読者に対する要求が途轍もなく大きい作家なのだ。いったい作家というものは、読者に共感や同意を求めてくるのが常だが、ゴールディングの場合は単なる共感だけでは飽き足らないらしい。作家との一体化、かなり根源的なレベルでの思考様式や感覚器官の共有を強いてくる感じなのである。読者は自分固有の考え方をいったん放棄して、ゴールディングの頭の中へ溶け込んでいかなければならない。そのゴールディングの思考様式というのが、必ずしも明瞭明快ではないものだから、いよいよ読者の負担は大きくなる。文の流れは、論理的というよりも感覚的な原理に沿って進むことも多い。X、Y、Zという連なりを書くのに、ゴールディングの文章は間のYをすっ飛ばしていくのである。この飛躍ぶりには我々も悩ませられた。正直言って、とんでもない誤解に基づいたまま訳文を作ってしまった箇所が残っていはしないか、不安も感じている。読者諸賢のご叱正を乞う次第である。

また、この作品においてゴールディングは、いくつかの単語をキーワードとして特定登場人物の描写に絡めるという、周到な言葉づかいを行っている。我々はできる限りこれを見過ごさないよう注意を払い、キーワードについては訳語もそれぞれ一つに絞って割り当てた。少しだけ例を挙げると、seeという単語はマティやソーフィの幻視能力に関わる重要語と規定し、常に「見」という漢字を当てるよう配慮した。その他、マティに関しては「炎 fire」「奇妙な strange」「厳かな solemn」など、ソーフィに関しては「異様 weird」「単純 simple」「バカ silly」「破廉恥 outrage」等々の語についても訳語統一を行った。こういった工夫が、原典の味わいに迫る翻訳文体という目標達成に、幾らかでも奏功してくれることを祈るばかりである。

文体といえば、マティに関わる部分には聖書の引用や言及が散在していて、これが地の語りやマティの日記文と絡んで、文体混淆の違和感を醸し出している。特に日記文は前述の通り、文の区切り方もまともに知らない一方、古い版の聖書から学んだと思しき大仰で古めかしい語彙はふんだんに使いこなすという、違和感だらけの文体で綴られている。これも書き手マティの人となりを見事に提示する工夫である。これもなんとか訳文に活かそうと、心を砕いたつもりである。マティが手にしている木製表紙聖書の版は、一六一一年に国王ジェイムズ一世が裁可した英訳版、いわゆる欽定訳聖書であった（マティがオーストラリアで破り捨てた革装版は、別の英訳版だったと思われる）。文体を大事にする訳を心がけるからには、その欽定訳の古色も再現したいと思い、訳文の中では日本聖書協会刊『舊新約聖書　文語訳』の文体を（ただし註の文章の中では同協会刊の一九五五年改訳版を）原則として使用させていただいた。

なお、訳文の中にはいわゆる差別語とされる表現が若干あるが、これは登場人物の性格造形上どうしても必要な言葉であったため、敢えて使用したものである。

訳者たちは皆、通称「福岡現代英国小説談話会」のメンバーである。この談話会がゴールディング研究に取り組み始めたのは、およそ二十年前のことだった。研究の成果は、一九九八年の『ウィリアム・ゴールディングの視線』（開文社出版）に一応の結実を見たが、その後まもなく会員の中から「もっとゴールディングの作品を広く一般の人たちに知って欲しい」という声が挙がり、新会員の二人を加えた総勢十名で、ゴールディング最大の問題作『可視の闇』の翻訳に取りかかることになったのである。まずは第一次の訳を章ごとに分担して作る作業から始めた。第一・四・五章を宮原が担当し、第二章を久富、第三章を吉田、第六・七章を吉村、第八章を高本、第九・十章を矢次、第十一章を松田、第十二章を内田と吉田、第十三・十四章を谷口、第十五・十六章を池園が担当した。あとがきの文責は宮原にある。いったん訳を作成した後、何度も会合を開き、あるいは随時電子メールをやり取りして、各メンバーの訳を徹底的に討論し、批評し合い、改稿を重ねた。最終的には全体の翻訳・文体チェックを宮原・吉田の両名が行ったが、原則としては十名による共訳である。船頭多くして何とやらというが、共訳ゆえの苦労も多かった。しかし、多彩な文体を駆使した本書を翻訳するには、複数の訳者が各自それぞれに訳文を作るという方式にも、少なからぬメリットがあったと言えるのではないかと思っている。

本書の翻訳に当たって、山口大学人文学部外国人教師のヘンリー・アトモア氏と、福岡女子大学非常勤講師ナイジェル・ストット及びトニー・ブラウン両氏に御礼申し上げる。英語語法上・英国文化上の不明箇所に関する再三の問い合わせに、いつも貴重な教示をいただいた。また、開文社出版社長の安居洋一氏は、『ウィリアム・ゴールディングの視線』に引き続いて本書の刊行を快諾、その後も常に訳者たちの仕事ぶりを励まし続けてくださった。氏への厚い感謝の言葉をもって、この「あとがき」を閉じることにしたい。

訳者紹介

池園　宏（いけぞの・ひろし）　山口大学人文学部助教授。
内田和美（うちだ・かずみ）　久留米大学外国語教育研究所講師。
高本孝子（たかもと・たかこ）　水産大学校水産情報経営学科助教授。
谷口秀子（たにぐち・ひでこ）　九州大学言語文化部助教授。
久富芳子（ひさとみ・よしこ）　福岡県立新宮高等学校教諭。
松田雅子（まつだ・まさこ）　長崎大学環境科学部助教授。
矢次　綾（やつぎ・あや）　宇部工業高等専門学校一般科講師。
吉村治郎（よしむら・じろう）　九州大学医療技術短期大学部助教授。
宮原一成（みやはら・かずなり）　山口大学人文学部助教授。
吉田徹夫（よしだ・てつお）　福岡女子大学文学部教授。

可視の闇　（検印廃止）

2000年6月10日　初版発行

訳者（代表）　吉田徹夫・宮原一成

発行者　安居洋一

印刷所　平河工業社

製本所　株式会社難波製本

〒160-0002　東京都新宿区坂町26

発行所　開文社出版株式会社

電話 03(3358)6288番・振替 00160-0-52864

ISBN4-87571-956-6 C0097